KB233360

윌리엄 포크너 연구

— 성장을 통한 희망찾기 —

윌리엄 포크너 연구

- 성장을 통한 희망찾기 -

신 영 헌 著

한국학술정보㈜

책머리에

1992년 봄에 포크너의 비전의 변화를 다룬 논문으로 석사학위를 취득한 후 2004년에 포크너의 후기 성장소설을 다룬 논문으로 박사학위를 받았으니 나의 포크너 연구는 햇수로 치면 강산이 한 번 변할 세월 동안 이어진 셈이다. 이쯤 되면 이젠 제법 포크너에 대한 심도 있고 권위 있는 연구 성과를 내어놓을 법도 하건만, 막상 박사논문을 쓰는 과정에서 확인하게 된 사실은 내가 이 위대한 작가에 대해서 모르는 부분이 아직 너무도 많다는 점이었다. 공부를 하면 할수록 마치 양파 껍질을 벗기듯이 예전의 틀로는 설명할 수 없는 새로운 요소들이 나타나면서 논문의 주제를 다시 잡아야 하는 게 아닌가라는 문제로 며칠씩 고민하기가 일쑤였다. 고백하건대 박사학위논문이라는 그럴싸한 결과물이 나오게 된 것은 그간의 연구를 통해 포크너 공부의 한 매듭을 맺게 되어서라기보다는 어떤 식으로든 논문을 마치지 않으면 평생 내 향방 없는 공부의 미로 속에서 헤매게 될지도 모른다는 절박한 발버둥의 결과인 듯하다. 지금도 나의 논문이 포크너의 작품세계에 대한 이해를 돕기보다는 그가 지닌 문학과 인생에 대한 심원한 비전을 나의 좁은 이해의 틀 속에 가둠으로써 결과적으로 그의 작품세계에 누를 끼치는 게 아닌가라는 우려를 떨칠 길 없다. 물론 이는 전적으로 나 자신의 부실한 공부와 부족한 비평능력 때문이겠으나 달리 생각해 보면 설사 내가 앞으로 십수 년간 포크너를 제대로 공부한다고 한들 과연 이 거장의 세계에 대해서 온전히 이해하게 되었노라고 말할 수 있을 것인가라고 자문해 보면 그 대답은 아니오이다. 부족하기 짝이 없는 이 연구서를 출판하는데 동의한 것은 바로 이러한 이유에서이다.

　내가 대학을 다니던 80년대 중후반은 대한민국의 근대사 중 가장 암울하고 절망적인 군사독재가 이루어지던 시절이면서 동시에 이를 뚫고 보다 나은 새날을 열고자 하는 민주화 운동이 치열하게 전개되던 시절이었다. 따라서 이 시기의 대학 캠퍼스에서 인문학을 배우는 학도들이 결코 비껴갈 수 없었던 물음이 바로 문학과 사회의 상관관계였다. 문학은 순수해야 하며 사회적 이슈들과 일정 정도의 거리를 유지해야 한다는 주장 자체가 지극히 순수하지 못한 하나의 정치적 입장일 뿐이라는 이글튼 식의 논지가 너무나 당연시되던 시절이었다. 이런 상황에서 순수문학이냐 참여문학이냐는 사실 별 의미가 없는 논제였으며, 다만 문학이 올바른 문학이 되기 위해서는 사회와 어떤 관계를 맺어야 하는가가 우리들의 화두였다. 문학사적으로 이는 80년대 문단의 화두였던 리얼리즘과 모더니즘 논쟁으로 표출된다. 지나친 단순화의 위험을 무릅쓰고 말하자면, <창작과 비평>은 리얼리즘을 옹호하면서 모더니즘에 대한 전방위의 공격을 수행했다면, <문학과 지성>은 상대적으로 친모더니즘의 입장을 표방하면서 리얼리즘 진영의 공세에 맞서왔다고 할 수 있다.

　모더니스트들은 기본적으로 인간 상호간의 의사소통의 가능성을 회의한다. 모든 사람이 객관적이라고 인정할 수 있는 객관이 상실된 현실에서는 다수의 주관(의 합)이 객관으로 통하게 된다. 따라서 그룹마다(혹은 개개인마다) 각기 다른 객관을 상정하게 되고 이에 따라 참된 의사소통의 불능이라는 현상이 생겨난다. 그들이 보기에 개인은 이 세상에 피투된 존재이며 따라서 자아라는 어찌할 수 없는 벽 속에 갇힌 채 홀로 떠다니는 섬 같은 존재이며, 고독은 피할 수 없는 인간조건이다.

이에 대해 사회주의 리얼리즘의 대표적 이론가인 게오르그 루카치는 모더니즘이 인간을 탈역사, 초역사적 존재로 파악함으로써 고독을 실존적인 인간조건으로 묘사한다고 공격한다. 그는 리얼리즘이 기본적으로 사회적 존재로서의 인간을 그리는데 반해 모더니즘은 자본주의라는 특수한 사회구조에서 기인한 정신병리학적 인간소외 현상을 보편적인 인간의 실존적 상황으로 묘사하는 오류를 범한다고 지적한다. 모더니스트들이 묘사하는 피폐하고 병적인 인간세계가 자본주의하의 암울한 현실에 대한 간접적인 비판이자 이로부터의 도피욕구의 표현이긴 하지만, 그들은 기본적으로 외부적 현실의 변경 불가능성을 전제하기 때문에 모든 인간행동을 무의미한 것으로 여기게 되고 주로 정신적 육체적 마비를 노래할 수밖에 없다고 루카치는 비판한다.

내가 포크너에게 주목하게 된 것은 바로 이런 논쟁이 치열하게 벌어지고 있던 맥락에서였다. 한 마디로 그에게서 리얼리즘과 모더니즘을 통합하는 예술적 비전을 발견할 수 있지 않을까 라는 기대였다. 사실 포크너는 의식의 흐름과 다층적 시점 등의 일련의 형식적인 요소와, 인간관계의 단절, 외견과 실재의 괴리, 현대 사회의 황무지성의 묘사라는 내용적 요소를 이유로 미국 모더니즘을 대표하는 작가로 평가되어왔다. 그러나 포크너는 여타의 모더니스트들과는 달리 인간 행위의 무의미성을 강조하거나 주변 환경의 변경 불가능성을 주장하지 않는다. 오히려 포크너는 곤경에 처한 인간이 자신이 지닌 유일한 수단(인간의 영혼 혹은 마음)을 사용함으로써 당면한 위기나 운명에 대처할 것을 역설한다. 특히 이런 경향은 후기로 갈수록 두드러진다. 나의 석사논문은 전기와 후기의 대표작들을 한편씩 들어서 이런 변화를 살펴본 것이다. 즉 주제적인 면에서 비관적 인생관에서 보다 낙관적 인생관으로의 변화가 드러나고 있으며, 이런 변화는 기법적인 측면에서 전기의 난해한 실험성이 줄어들면서 보다 전통적인 리얼리즘 형식으로의 조심스러운 회귀 현상과 유기적인 결합을 이루고 있다는 것이다. 본 서는 이런 큰 틀에서의 포크너의 변화를 인정하면서 초점을 보다 좁혀서 후기 소설에서 나타나는 포크너의 긍정적 메시지가 어떤 형식으로 드러나는가를 규명해 보려는 시도이다. 간단히 말해서 포크너는 모더니스트들이 그리는 암울한 인간조건을 누구보다도 분명하게 인식하면서도, 인간에게는 이런 상황을 뛰어넘을 수 있는 능력이 있음을 믿지만, 이런 능력이 그냥 자동적으로 주어지거나 발휘되는 것은 아니라고 역설한다. 또한 이는 무슨 주의(ism)나 종교 혹은 철학을 통해서 배울 수 있는 것도 아니며, 다만 자신의 인종적 성적 계급적 편견을 극복하고 다른 사람의 곤경에 대한 깊은 연민의 마음을 가질 줄 알며, 주위 사람들과의 연대를 통해 문제를 해결해 가는 주인공들의 성장에서 그 가능성을 찾고 있다.

　1897년 미시시피 주 유니언 군 뉴올버니에서 출생한 포크너는 1962년에 심장마비로 사망하기 까지 20여권에 달하는 장편 소설과 100편에 달하는 단편을 발표한다. 자신의 '우표딱지만한' 고향 땅을 모델로 한 가공의 요크나파토파 군을 배경으로 수십 명의 등장인물들이 출현하는 그의 작품세계는 한편의 장대한 대하소설의 성격을 띤다. 따라서 포크너의 개별 작품을 제대로 이해하기 위해서는 동일 인물이 등장하는 다른 작품에 대한 이해가 필수적으로 요구되며, 그 과정에서 한 인물에 대한 평가 역시 정반대로 날라지는 낭혹스런 경우도 비일비재하다. 사실 특정 시기의 특정 작품에서 그려지는 모습에 국한해서 등장인물들을 다루면 그들에 대한 깔끔하고 일관된 이해가 가능하다는 장점이 있다. 실제로 최근에 쏟아지는 수많은 포크너 비평들은 대개 이런 경향을 보이며, 라깡이나 칼 융 혹은 기타 유행하는 이론에 근거해서 포크너의 개별 작품이나 인물을 분석하는 것이 대세이다. 그러나 이런 비평서들을 읽으면서 드는 의문은 라깡의 위대성이나 융 이론의 적실성은 설명해 주면서도 정작 포크너가 왜 위대한가는 별로 설명해 주지 못하는 게 아닌가라는 의구심이었다. 뿐만 아니라 이론에 기대어서 포크너를 읽으려는 시도 중 상당 수가 텍스트 속에 나타난 인물의 구체적인 캐릭터 분석을 소홀히 하든지 아니면 지나치게 평면적이고 치우친 분석에 그치는 경우가 많다. 대가들이 흔히 그러하듯이 포크너에 대한 연구는 일반화에 저항하는 작품과의 지속적인 술래잡기 놀이인 경우가 많다. 포크너를 페미니스트로 보는 비평가와 안티페미니스트로 보는 비평가가 반반으로 나뉘고, 포크너를 비관론자로 보는 비평가들과 포크너의 낙관론을 중시하는 비평가들이 동시에 존재한다는 점이 이를 단적으로 보여준다. 이는 앞서 지적한 것처럼 포크너가 인생을 바라보는 관점이 전기와 후기에서 상당한 차이를 보이기 때문이라고 할 수 있다. 그러나 때론 전기의 부정적 인생관에서 후기의 긍정적 인생관으로의 점진적 변화라는 이런 일반화 역시 포크너의 작품세계에 대한 온전한 이해를 가로막는 장애물이 될 수 있다. 이러한 일반화로 설명되지 않는 측면이 전혀 예상치도 않았던 부분에서 튀어나오기 일쑤이기 때문이다. 그러나 적어도 포크너 전공자가 아닐 대부분의 독자들에게 있어서 방대한 포크너의 세계를 대충 그려보는데 약간의 도움은 될 수 있겠다 싶어서 지나친 단순화 및 성급한 일반화의 위험에도 불구하고 이런 식의 설명을 붙여 보았다.

　아무쪼록 이 책이 포크너에 대한 이해를 진작시키지는 못한다 하더라도, 독자들에게 이 위대한 거인의 작품세계를 알아보고 싶은 욕구를 조금이나마 불러일으킬 수 있다면 그것만으로 이 책을 발간하는 충분한 의의가 될 수 있을 것으로 믿는다.

2005년 6월

신영헌

목 차

ABBREVIATIONS

AA Absalom, Absalom! (New York: Random House, 1936)

AILD As I Lay Dying. (Harmondsworth: Penguin, 1930)

FB A Fable. (New York: Random House, 1954)

FIU Faulkner in the University. Eds. Gwynn, Frederick L. and Joseph L. Blotner. (Charlottesville, U of Virginia P, 1959)

GDM Go Down, Moses. (Harmondsworth: Penguin, 1942)

HL The Hamlet. (New York: Vintage, 1991)

ID Intruder in the Dust. (Harmondsworth: Penguin, 1960)

KG Knight's Gambit. (New York: Vintage, 1978)

LIA Light in August. (Harmondsworth: Penguin, 1932)

MS The Mansion. (New York: Vintage, 1965)

RFN Requiem For A Nun. (Harmondsworth: Penguin, 1960)

RV The Reivers. (New York: Random House, 1962)

SF The Sound and the Fury. (New York: Vintage, 1961)

SN Sanctuary. (New York: The Modern Library, 1932)

TN The Town. (New York: Vintage, 1961)

UV The Unvanquished. (The New American Library: New York, 1959)

Ⅰ. 머리말

　　포크너의 작품세계는 인종, 젠더, 계급이라는 3가지 주제가 주밀하게 짜여진 직물에 비유할 수 있다. 포크너가 당대의 미국 남부사회를 묘사함에 있어서 이 세 가지 주제를 통합적으로 다루기 위해 심혈을 기울였다는 사실은 많은 경우 그의 소설의 주인공들이 복합적인 문제를 안고 있다는 점에서 드러난다. 예를 들어『팔월의 빛』의 Joe Christmas는 흑백의 인종적 정체성에서 오는 혼란에 시달리면서 이것이 다시 남녀 간의 올바른 관계 맺음을 차단하게 되는 이중적 질곡으로 인해 고통당한다.『압살롬, 압살롬!』의 Thomas Sutpen의 경우는 어려서 겪은 모욕에 수반된 계급적 자각이 그의 인생항로에 결정적 영향을 끼치게 되는데 그 결과가 Charles Bon의 존재를 통해 유색인에 대한 육체적, 정신적 착취라는 형태로 나타나며, 이는 다시 Charles와 Henry 및 Judith의 삼각관계를 통해 젠더의 문제로 이어지는 식이다. 이런 측면에서 포크너의 작품 세계에서 인종, 젠더, 계급은 당대의 미국남부사회를 그리는 바탕색이면서 동시에 현대사회를 진단하는 세 종류의 리트머스 시험지와 같다고 할 수 있다. 그러나 이 주제들을 하나로 묶어서 논의하기에는 워낙 방대하기 때문인지 종래에 포크너 비평가들은 이 세 가지 중 어느 하나만을 중심으로 포크너의 작품세계를 분석하는 경향을 보여 왔다.[1] 예컨대 Noel Polk는『팔월의

---

1) 물론 이 말이 인종, 젠더, 계급의 세 주제를 묶어서 논의한 비평가들이 전혀 없었다는 뜻은 아니다. 예를 들어 70, 80년대의 포크너 비평계를 풍미한 대가들인 Michael Millgate, Irving Howe, Olga Vickery, Cleanth Brooks 등은 위의 세 주제들을 비교적 골고루 다루는 편이다. 그러나 1975년에 발표된 John T. Irwin의 *Doubling*

빛』, 『모세야 내려가라』, 『어둠 속의 침입자』, 「일몰」, 「그 오후의 태양」, 「건조한 구월」 등을 예로 들면서 포크너 세계에서는 오이디푸스적 주제가 인종보다 언제나 더 중요하고 근본적인 주제라고 주장한다. Polk의 표현을 빌자면, "포크너 작품세계를 통틀어 인종은 젠더의 가면이다."(race is a mask for gender throughout Faulkner)[2]

and Incest/Repetition and Revenge(1975) 이후로 불기 시작한 활발한 이론화 작업의 영향 때문인지, 80년 이후부터 지금까지의 포크너 연구는 위 세 가지 주제 중 어느 하나(특히 젠더)를 잡아서 이를 이론적으로 규명하는데 치중해온 것이 사실이다. 이는 포크너와 관련해서 가장 권위 있는 학술대회라고 할 수 있는 <Faulkner and Yoknapatawpha>의 최근 십수 년간의 주제들을 살펴보거나, 포크너 전문 학술지인 Faulkner Journal의 최근 발표된 글들을 일별해 보면 쉽게 확인할 수 있는 문제이다.

최근에 발표된 비평서들 가운데 Philip Weinstein의 Faulkner's Subject: A Cosmos No One Owns(1992)는 세 가지 주제를 모두 다루는 보기 드문 예인데, 여기에서도 각각의 주제들이 부각된 작품을 장 별로 나누어서 논의할 뿐 이 주제들에 대한 통합적인 접근을 보여주지는 않는다. 이 점에서는 앞서 언급한 70년대의 대가들의 경우도 별반 다르지 않다.

2) Noel Polk, "Faulkner: The Artist as Cuckold", Faulkner & Gender: Faulkner & Yoknapatawpha 1994. Eds. Donald M. Kartiganer and Ann J. Abadie(Jackson: UP of Mississippi, 1996) 26-27면. 젠더 주제와 관련된 최근의 비평 흐름을 잘 요약한 글로는 Anne Jones의 "Female, Feminine, Feminist, Femme, Faulkner?"를 들 수 있다. 이 글에서 Jones는 여성론적 포크너 비평가들을 영미 여성론자들과 유럽의 정신분석학적 여성론자들로 양분한 후, 전자와 후자를 대표하는 논자들인 Diane Roberts와 Minrose Gwin의 비평을 비판적으로 검토한다. 먼저 Jones는 Gwin의 핵심 개념인 'bisexuality'는 Helene Cixous에게서 빌려온 개념임을 지적한 뒤, 포크너가 '여성성'이 텍스트의 남성적 지배욕구와 통제욕구를 방해하는 양성적 공간 속으로 글을 써 들어갔다는 Gwin의 주장이 일리는 있지만, 그의 논의 가운데 막상 '역사상에 실존했던 여성'(historical women)이 사라져 버린다는 문제점을 지닌다고 비판한다. 524, 529면

한편 남부 여성을 대 여섯 가지 범주로 분류하면서 포크너는 남

Polk와 달리 Theresa M. Towner는 포크너가 가장 큰 비중을 두는 주제는 젠더가 아니라 인종이라고 주장한다. Towner에 의하면, 포크너는 인종이란 언어적·문화적 구성물이며 이 구성물은 정체성을 형성하고 반영하는 주형이자 거울임을 누구보다도 잘 알고 있던 작가이다. 특히 후기의 포크너는 인종적 정체성과 개인의 정체성이라는 문제를 융합시키면서 이것이 목소리 및 '이야기하기'(orality)와 지니는 상관관계를 집요하게 탐색했다고 Towner는 분석한다.3)

부 가부장제 사회가 절대시 해온 범주들의 붕괴를 보여주거나 이를 동요시키는 다양한 여성 인물들을 묘사한다는 Roberts의 논의에 대해서, Jones는 각 작품의 디테일들을 통찰력 있게 해석하고 있다고 호평한다. Jones, Anne Goodwyn. "Female, Feminine, Feminist, Femme, Faulkner?", *Mississippi Quarterly* 51.3(1998).

　이 외에도 최근의 여성론적 포크너 비평들의 경향을 잘 살펴볼 수 있는 글로는 Kartiganer, Donald M. & Ann J. Abadie, eds. *Faulkner & Gender: Faulkner & Yoknapatawpha 1994.* (Jackson: UP of Mississippi, 1996)을 꼽을 수 있다.

3) 일반적으로 'orality'란 맥락에 따라 '구술성', '구술능력', '구술문화', '전달성' 등의 다양한 용어로 번역된다. 본 논문에서 'orality'란 간단히 말해서 'story-telling'이란 뜻이며, 등장인물이 담론의 장에서 자기의 이야기를 만들어내고 이를 청중에게 전달함으로써 자신이 의도한 성과를 이끌어 내는 행위를 지칭하는 용어이다. 본 논문에서는 '이야기하기' 혹은 '이야기(하기) 능력'으로 번역하기로 한다. Towner는 "사람이 어떻게 스스로를 대변하는 법을 배우며, 또 어떤 사람은 어떤 식의 허락을 통해서 다른 사람을 대변하는가?"(how one learns to speak for oneself and by what leave someone speaks for another)야말로 후기 포크너의 일관된 주제였다고 주장한다. 간단히 말해서 orality는 포크너 인물들의 인종적 정체성을 형성하는 데 있어서 핵심적인 위치를 점한다는 것이다. Theresa M. Towner, *Faulkner On the Color Line: The Later Novels.* (Jackson: UP of Mississippi, 2000) 30면 참조.

　Towner 이외에도 인종문제에 천착해온 비평가들 중에서 주목할 만한 비평가로는 Lee Jenkins를 들 수 있는데 그는 *Faulkner and Black-White Relationship: A Psychoanalytical Approach*(1981)라

　포크너의 작품 전체를 계급적인 관점에서 접근한 비평 중 가장 고전적인 비평서로는 Myra Jehlen의 *Class and Character in Faulkner's South*[4]을 들 수 있다. 이 책에서 Jehlen은 "The Bear"를 Ike의 반성장소설(anti-bildungsroman)로 읽는데, 이때 Ike의 입문에서 가장 핵심적인 역할을 담당하는 인물이 바로 Sam Fathers라는 인물로서 그는 재산을 상실해버린 채 스스로가 재산인 사람들을 대표한다. 즉 Jehlen이 보기에 개인적으로 Sam이 아무리 뛰어난 능력과 인식의 소유자라 하더라도 그는 결국 McCaslin 집안의 하인 이상도 이하도 아니며, Sam으로서

　　는 책에서 포크너의 다양한 흑인인물들의 성격을 텍스트에 충실하게 꼼꼼히 분석한 바 있다.

4) Myra Jehlen, *Class and Character in Faulkner's South*(New York: Colombia UP, 1976). 사실 "계급(class)보다는 가문(clan)이 포크너 소설의 기본적인 사회적 단위"라는 Howe의 지적처럼 포크너에게 있어서 계급이라는 주제가 다른 두 주제들에 비해서 상대적으로 덜 부각되는 것은 사실이다. 그러다보니 이 주제들에 대해서 깊이 천착해온 포크너 비평가들은 거의 찾아보기 어렵고 대신 계급 비평의 대가라고 할 수 있는 Jehlen의 포크너 비평이 오히려 이 주제에 관해서는 가장 돋보이는 성과인 형편이다. 어찌 보면 이는 비단 포크너에게 국한되는 현상이 아니라 미국 비평계 전반에서 계급이라는 주제를 거의 취급하지 않는 경향과도 맞물려 있는 현상이라고 볼 수 있다. 그러다 보니 요즈음에는 포크너 연구에서 인종, 젠더, 계급이라는 항목 대신 인종, 젠더, 아이덴티티를 중심으로 논의가 이루어지는 추세이다. Irving Howe, *William Faulkner: A Critical Study.* (Chicago: U of Chicago P, 1952. rpt. 1975) 8면 참조.
　　계급 문제와 관련해서 주목할 만한 국내의 비평가의 글로는 이진준의 『William Faulkner 연구─「가난한 백인」과 계급상승의 주제를 중심으로』(서울: 서울대학교, 1995)를 들 수 있다. 이 글에서 이진준은 포크너 작품에 등장하는 계급을 귀족계급, 상류계급, 중류계급, 가난한 백인, 흑인 등의 다섯 가지로 분류한 후, 이 중에서 남부 사회의 변화에 가장 역동적으로 반응해온 가난한 백인들의 계급 상승이라는 주제를 중심으로 포크너의 주요 작품들을 논한 바 있다. 7면, 18-46면.

는 그나마 자신이 더 이상 노예가 아닌 걸 다행으로 여기며 살아야 할 입장임을 인식하는 것이 Ike의 입문에 있어서 핵심적 요소이다. 따라서 이 인식은 인종보다는 계급에 대한 눈뜸이라고 Jehlen은 주장한다. 요크나파토파는 기본적으로 인종적 의식이 강한 사회이지만 보다 근본적인 원칙은 계급이며, 특히 백인 농장주들과 '가난한 백인 노동자'(redneck) 간의 갈등이 중심이 되는 사회라는 것이 Jehlen의 주된 요지이다.5)

그러나 위에서 살펴본 이런 식의 논의 구도는 자칫 끝없는 소모전으로 이어질 소지가 다분하다. 성 정체성이 전면에 드러나 있는 작품들을 주로 분석대상으로 삼거나, 혹은 인종이나 계급의 문제가 부각된 작품들을 골라 그 속에 숨어있는 성 정체성의 문제를 전경화 시키는 Polk의 방법론을 인종문제를 중심으로 적용하면 Towner 식의 결론이 도출될 것이고, 반면 이를 계급에 적용하면 Jehlen 식의 결론이 나올 것이기 때문이다. 사실 포크너의 소설들은 얼핏 보기에 어느 한 가지 주제가 두드러진다고 느껴지는 경우에도 이에 못지않은 비중으로 다른 주제들이 다루어지고 있는 경우가 많으며, 이 경우 수면 아래에 숨어있는 다른 주제들을 수면 위로 끌어올려 읽어내는 것이 중요하다. 사실 종래의 포크너 비평사 역시 크게 보아 바로 이러한 과정의 반복이었다고 해도 과언이 아니다.6)

---

5) Jehlen, 5면. 9-10면.

6) 일례로 『고함과 분노』는 아무래도 Caddie의 인물형상화와 그녀의 목소리 부재를 둘러싼 성 정체성이 작품의 중심 모티프라고 볼 수 있는 작품이다. 하지만 4장의 화자를 포크너로 보면서 와해되는 Compson 가를 지탱하려 애쓰는 Dilsey의 희생과 헌신을 작가가 찬미한다는 식의 전통적 해석과는 달리, 4장을 Dilsey의 시각에서 Compson 가를 위한 더 이상의 무의미한 희생과 봉사를 단념하고 이제부터라도 무너져 가던 자신의 가정을 재건하겠다는 결단의 이야기

본 논문에서는 인종, 젠더, 계급의 주제들을 통합적으로 다룰 때에 비로소 온전히 전달되는 남부의 현실이란 과연 어떤 모습이며, 이를 통해 포크너가 궁극적으로 전달하려 한 메시지는 무엇인가를 탐색해 보고자 한다. 이 방대한 주제들을 전체적으로 아우를 수 있는 하나의 틀로서 성장소설의 가능성에 주목하고자 한다. 이 주제들을 균형 있게 다루는 것은 포크너 일생의 과제였으며, 이를 성취할 목적에서 후기에 천착하게 된 장르가 바로 성장소설이라는 것이 본 논문의 요지이다. 이런 주장의 근거로는 후기작에는 반복해서 등장하는 성장소설적 패턴이 있다는 점을 들 수 있다.7)

로 읽는 Phillip D. Castille의 해석에서는 오히려 인종문제가 전면에 부각된다. Philip Dubuisso Castille, "Dilsey's Easter Conversion in Faulkner's *The Sound and the Fury*", *Studies in the Novel* 24.4 (1992)

7) 예컨대 M.E. Bradford는 『정복되지 않는 사람들』부터 『도둑들』까지의 시리즈물들은 주인공의 성장을 다루는 책이며, 포크너의 작품에는 기사도적 모험극의 패턴이라는 일관된 구조가 있음을 주장한 바 있다. M. E. Bradford, "A Redefined Myopia: Faulkner and the New Literary History", *Sewanee Review,* 99.1(1991). 80, 82면 참조. 이 외에 후기작에서 반복해서 나타나는 패턴들을 몇 가지 열거하자면, 첫째 주인공은 청(소)년 기에 접어든 10세에서 24세 사이의 백인소년이라는 점, 둘째 주인공이 대개 이중의 입문 경험(double initiation)을 하게 된다는 점, 셋째 주인공에겐 선택의 상황에서 자기를 이끌어 주거나 도와줄 아버지의 존재가 결여되어 있다는 점, 넷째 그러다보니 포크너의 주인공들에겐 아버지 이외의 다른 존재가 그들의 입문과정에서 멘토의 기능을 담당하게 되는데 대개는 인종과 계급 혹은 성이 다른 인물이 멘토가 된다는 점, 다섯째 주인공이 겪는 여러 형태의 입문 경험들이 에피소드 식으로 엮어져서 하나의 소설을 형성한다는 점, 여섯째 여러 번의 입문의 경험을 통해서 주인공이 갖게 되는 능력 중 하나가 바로 이야기하기 능력이라는 점, 마지막으로 한 소설의 주인공은 이러한 성장의 과정을 거친 후 다른 소설에서 또 다른 주인공의 멘토 역할을 맡게 된다는 점 등을 들 수 있다.

포크너의 작품세계에서 무엇을 기준으로 전기와 후기를 구분할 것인가는 이견의 여지가 많은 문제이다. 본 논문에서는 포크너의 작품세계에 있어서 『압살롬, 압살롬!』의 출판 이후 결정적인 변화가 일어났다는 Bradford의 주장8)과 『모세야 내려가라』가 포크너의 작품세계에서 하나의 전환점이 된다는 Peter Swiggart와 Brian Barbour의 주장에 근거해서 『압살롬, 압살롬!』까지를 전기 작품으로, 그리고 1936년 이후 출판된 작품들을 후기작으로 간주할 것이다. Swiggart는 자신의 주장의 근거로 『모세야 내려가라』 이전의 작품들에서는 사회에 대한 작가의 비판적 인식이 인물의 형상화와 서술구조를 지배하는 반면, 『모세야 내려가라』에 오면 인간을 타락시키는 사회의 역할이 훨씬 약화되는 대신 원시적인 가치를 대변하는 인물들이 좀더 역동적인 역할을 하게 된다는 점을 든다.9) Towner는 『모세야 내려가라』 이후를 후기작으로 분류하면서도, 후기 포크너의 형식상의 실험은 6개의 기존에 발표된 단편을 『정복되지 않는 사람들』로 개작하면서 시작된다고 지적10)함으로써, 『정복되지 않는 사람들』부터 후기작이 시작된다는 본 논문의 입장을 뒷받침하고 있다.

전성기에 비해 결코 적지 않은 수의 작품들이 후기에 발표되었으며 여러 문제작들을 포함하고 있음에도 불구하고, 포크너의 후기작에 대한 일반적인 평가는 대체로 부정적인 편이어서 그저 '위대한 소설가의 평범한 소설들' 정도로 인식되어 왔다. 상

---

8) Bradford, 77면.

9) Peter Swiggart, *The Art of Faulkner's Novels.* (1962; Austin: U of Texas P, 1967) 174면.

10) Theresa Mary Towner, *"A World Unsuspected": Story as Structure, Telling as Theme in Faulkner's Later Novels.* (Ph. D. diss. U of Virginia, 1990 May) 21, 22면.

당수의 비평가들이 포크너의 후기작이 전기작에 비해 열등하다는 점을 기정사실화하면서, 후기작 자체에 대한 심도 있는 연구보다는 후기로 갈수록 포크너의 창작력이 쇠퇴하게 된 원인을 규명하는 데에 오히려 치중해온 형편이다. 예를 들어 Hyatt Waggoner는 1940년대 중반 이후 포크너의 작품세계에는 "등장인물들의 목소리가 예술가의 목소리와 경쟁하거나 심지어 이에 굴복하기 시작했는데, 이는 자신의 메시지가 너무도 중요해서 예술가가 더 이상 픽션의 에두름에 만족할 수 없었기 때문이"(the voices of the characters began to have to compete with, even give way to, the voice of the artist whose message was so important that he could no longer be content with the indirection of fiction)며, Gavin Stevens의 등장이 이런 쇠퇴의 증거라고 주장한다.[11] 최근에 들어서는 포크너의 창작력의 쇠퇴를 그의 높아진 공적 지위와 진부한 휴머니즘 탓으로 해석하는 경향이 지배적이다.[12]

그러나 후기작들이 전기작들에 비해 열등하다는 평가는 재고의 여지가 있다. 무엇보다 그런 평가가 주로 신비평 계열의 비평가들에 의해 주도되었다는 사실은 후기작에 대한 기존의 평가가 후기의 포크너가 보여주는 기법 및 주제 상의 변화에 대한 특정 계열의 거부감에서 기인한 의도적인 폄하일 가능성을 내포하기 때문이다.

그렇다면 과연 포크너의 후기작은 어떤 점에서 전기작과 다른가? 형식과 기법적인 측면에서 보자면 먼저 후기작에서는 작가의 목소리가 보다 분명하게 나타난다. 이와 더불어 전기의 왕

---

11) 같은 책, 6-7면에서 재인용.
12) 같은 책, 8면.

성한 형식상의 실험이 눈에 띄게 줄면서 보다 전통적인 소설 형식이나 기법 등이 많이 사용된다. 주제적인 측면에서는 후기로 갈수록 전기의 부정적인 세계관에서 보다 긍정적인 세계관으로의 변화를 보인다.13) Lyall H. Powers는 포크너가 남부의 몰락을 성찰한 우울한 작가나 현대의 황무지 같은 세상을 묘사한 비관적인 관찰자로서 종종 인식되어 왔지만, 그의 주요 작품들은 항상 낙관적이며 희망적이고 고무적이었다고 주장한다.14)

그러나 후기의 포크너가 보이는 비전의 변화에 대해 비평가들이 한결같이 동의하는 것은 아니며, 예컨대 Towner는 포크너의 후기 작품들은 인간의 운명에 대해 (전기에 비해) 더 낙관적이지도 않으며, 인간 본성에 대해 덜 회의적이지도 않다고 주장한다.15) 그러면서도 Towner는 후기작품들은 '포크너의 예술기법에 있어서 새로운 경향'을 보여주고 있다고 주장한다.16)

이 모든 특징들이 궁극적으로는 하나의 방식에서 이전의 작품들과는 근본적으로 다른 소설들로 만개했다. 이 소설들은 구조상으로는 단편과 개개의 플롯을 지닌 에피소드에 기반 하는데, 이들은 다시 다른 이야기 및 에피소드들과 병치되면서 통합적으로 시점보다는 행동에 바탕을 둔 소설들을 낳게 되었다. 『정복되지 않

---

13) Doreen Fowler, *Faulkner's Changing Vision: From Outrage to Affirmation*(Michigan: UMI Reasearch P, 1983) 2, 4, 65면 참조. 이 책에서 Fowler는 Faulkner의 작품세계에는 인간 존재에 관한 비관적, 절망적 평가와 낙관적, 희망적 평가 사이에 간극이 있으며, 전체적으로 보아서 초기의 비관적 인생관에서 후기의 긍정적 인생관으로의 점진적인 그러나 명백한 변화가 있다고 주장한다.

14) Lyall H. Powers, *Faulkner's Yoknapatawpha Comedy*(Ann Arbor: U of Michigan P, 1980) 1면.

15) Towner, *"A World Unsuspected"*, 10면.

16) 같은 책, 11면.

는 사람들』, 『마을』, 『모세야, 내려가라』와 더불어 포크너의 작업실에 새로운 방이 만들어졌다. 그 방에서 포크너는 사람들이 어떻게 그리고 왜 이야기들을 지금 자기들이 하는 방식으로 지어내는가를 구체적으로 묻는 소설들을 만들었다.

all of these eventually became full-fledged novels that differed in one fundamental way from their predecessors. They were based structurally on the short story and discretely plotted episode which, when juxtaposed with other stories and episodes, combined to produce novels based on action rather than point of view. A new room opened in Faulkner's workshop with The Unvanquished, The Wild Palms, The Hamlet, and Go Down, Moses; in that room, he built novels that ask specifically how and why people construct stories the way they do.

Towner의 말을 요약하자면, 포크너의 후기작품들은 첫째, 구조상으로는 단편과 각각의 구성을 지닌 에피소드에 바탕을 두며, 둘째로 시점보다는 행동에 근거한 소설이라는 공통점을 지닌다는 것이다. 초기작에서는 포크너의 실험이 주로 스타일과 수사에 관한 것이고 시점을 주요한 구조적 장치로 사용하면서 상징주의적 전통 및 언어에 대한 불신이라는 주제를 주로 다루었다면, 후기작에서는 성장소설, 탐정소설, 전쟁소설 등의 다양한 양식들을 사용해서 작가 자신의 비전을 전달하려는 과정에서 이야기하기의 공적 역할이 강조되면서 이야기하기야말로 개인들과 공동체의 삶에서 중심적이고 핵심적인 행위가 된다고 Towner는 분석한다.17)

이러한 시각은 포크너의 후기작의 특징을 내용과 형식이라는 두 가지 범주로 나누지 않고 이를 통합적으로 바라본다는 점에

---

17) 같은 책, 12, 17면.

서 진일보한 관점이다. 그러나 Towner가 포크너의 후기작이 전
기작에 비해 인간운명에 대해 더 낙관적이거나 인간본성에 대
해 덜 회의적인 것은 아니라고 주장한 연후에, 전기 작품들에서
보여 지던 언어를 통한 의사소통에 대한 불신이 후기로 가면서
줄어들면서 이야기하기가 후기작의 중심적인 행위가 된다고 주
장하는 것은 자가당착이다. 전기의 포크너가 인간운명에 대해서
비관적인 진단을 내리는 가장 큰 이유 중 하나가 인간 서로간
의 의사소통의 불가능성이기 때문이다.18) 또한 전기에 발간된
단편들을 소설로 재구성한 결과 후기작은 에피소드적 구조를
지니는데 이는 단순한 이야기 모음집이 아니라 새로운 관점과

---

18) 이를 가장 핵심적으로 보여주는 인물이 바로 『내 누워 죽어갈 때』
    의 Addie라고 할 수 있다. 그녀는 자신의 사중생의 삶의 현실에
    대한 원인으로서 행동과 괴리된 공허한 말을 통해 이루어지는 모
    든 종류의 의사소통의 덧없음을 든다.

> 말은 빠르고 무해하게, 한 가닥의 가는 선이 되어 똑바로 위로
> 올라가 버리지만, 행동은 땅에 찰싹 붙어서 끔찍하게 땅을 따라
> 움직인다고 난 생각하곤 했다. 얼마 후면 두 개의 선은 한 사람
> 이 두 다리를 한쪽씩 걸치기에는 너무도 간격이 벌어지고 마는
> 것이다. 그리고 또 나는 죄와 사랑 그리고 두려움이란 죄짓지도
> 사랑하지도 두려워하지도 않은 사람들이 자기들이 겪어보지도
> 않았고, 앞으로도 그 말들을 잊어버릴 때까지는 결코 겪을 수
> 없는 그 어떤 것 대신에 갖고 있는 소리들에 불과하다는 생각을
> 하곤 했다. 요리조차 할 줄 모르는 코라처럼 말이다.

> I would think how words go straight up in a thin line, quick
> and harmless, and how terribly doing goes along the earth,
> clinging to it, so that after a while the two lines are too far
> apart for the same person to straddle from one to the other;
> and that sin and love and fear are just sounds that people
> who never sinned nor loved nor feared have for what they
> never had and cannot have until they forget the words. Like
> Cora, who could never even cook. (*AILD*, 138)

비전으로 이야기를 재구성하고 다시 쓴 것이라는 Towner의 발언 또한 성급한 일반화의 혐의가 있다. 사실 포크너의 후기작들 중에 상당수가 에피소드적 구성을 지닌 단편소설 모음집 형태를 띠고 있지만, 동시에 이와는 달리 정통 소설 형식을 취하는 작품도 상당수이기 때문이다.19) 그렇다면 후기소설들의 에피소드적 구조를 설명해 주면서 동시에 이와 다른 구조를 취하는 작품들까지 아우를 수 있는 틀의 가능성을 탐색해 볼만 하다. 본 논문의 주제인 후기소설의 성장소설적 특성의 중요성이 새삼 부각되는 곳이 바로 이 대목이다.

포크너의 후기소설이 대체로 에피소드적 구성을 지닌 단편 모음집 형태를 띠는 이유는 그것이 주인공의 성장이라는 포크너의 핵심 주제를 형상화하는데 상당히 유용한 양식이기 때문이라고 할 수 있다. 플롯의 일관된 진행을 위해 세부묘사에까지 충실해야 하는 전통소설보다는, 에피소드 중심으로 이야기를 배치하면서 각각의 사건에서 주인공이 얻는 교훈과 통찰을 집중적으로 보여주는 에피소드적 구성은 성장의 메커니즘에 초점을 맞추는 포크너에게 대단히 매력적인 양식이었음에 틀림없다.20)

---

19) 물론 Towner 자신이 이런 사실을 모르고 있는 것은 아니다. 이는 1장에서 1938-1942년 사이의 에피소드적 소설들을 살펴본 후, 2장에서는 1948-1951년 사이의 탐정소설들을 분석하고, 3장에서는 "스노웁스 감시하기"라는 제하에 1940-1959 사이에 발표된 스노웁스 3부작을 살펴보는 논문 구성에서도 알 수 있다. 그러나 기존에 발표된 단편들을 하나의 장편으로 묶기 위해서는 플롯의 일관성을 유지하기 위한 차원에서라도 여기저기를 손 볼 필요가 있음은 상식에 속하는 문제라고 본다면, 포크너의 후기작의 주된 특징이 다시 쓰기이며 그 증거가 에피소드적 구조를 지닌 소설들이라는 Towner의 말은 일종의 동어반복인 셈이다. 십분 양보해서 Towner 말을 그대로 인정해 준다하더라도 왜 유독 이 시기에 에피소드적 소설들이 많이 씌어졌는가에 대해서는 별다른 대답이 없다는 점에서 Towner와는 다른 식의 설명이 요구됨이 분명하다.

한편 포크너 후기작들을 성장소설이라는 큰 틀로 볼 때 무엇보다 계급, 젠더, 인종이라는 포크너 소설 세계의 3대 주제를 균형 있게 바라볼 수 있는 지평이 확보된다. 포크너가 이 세 가지 주제를 집요하게 탐구하는 것은 이들 중 어느 하나도 놓치지 않고 대면할 때 비로소 개인이 진정한 주체로 성장할 수 있기 때문이라고 한다면, 성장소설이야말로 포크너의 작품세계를 통합적으로 조망할 수 있는 틀이 되는 셈이다. 또한 성장소설 구도로 포크너의 후기작을 보면 지금껏 각각의 주제와 관련해서 거의 정반대의 평가가 공존해온 포크너의 면면에 대한 일관성 있는 설명이 가능해진다. 여성 혐오론자와 여성 해방론자, 인종 평등주의자와 인종차별주의자, 진보주의자와 보수주의자라는 극단적인 평가를 동시에 받아온 포크너에 대한 종합적이고 총체적인 평가가 가능해진다는 말이다.21)

---

20) 물론 이 말은 에피소드적 구성이 전통 소설 양식에 비해 성장 소설에 더 유용하다는 일반론은 아니다. 다만 다른 작가들에 비해서 유독 성장이 이루어지는 계기나 방식에 관심을 보이면서 여러 형태의 입문으로 이를 담아내려는 포크너로서는 에피소드적 구성의 효용성에 주목하지 않을 수 없었을 것이라는 의미이다.

21) Andrè Bleikasten은 포크너 비평이 당대의 유행하는 지배적 비평이론에 영향을 받아온 결과 1970년대까지는 신비평의 영향력 하에서 포크너를 읽어왔다면, 70, 80년대 이후로는 크게 보아 탈구조주의의 영향 하에 들어갔다고 진단하면서 포크너 비평에 이론이 필수불가결함은 분명하지만 이론 자체가 개별 텍스트의 검토에 우선해서는 안 된다고 역설한다. 또한 포크너는 '이질적 요소가 혼합된'(heterogeneous) 작가이며, 포크너 소설의 위대성은 작가의 이데올로기로는 설명되지 않는 '미끄러짐'(slip)을 너무도 자주 제기한다는 점에 있으므로, 포크너의 이데올로기적 영향을 지나치게 강조하면서 포크너를 인종주의자나 반인종주의자로, 혹은 여성 혐오론자나 여성숭배자로 결론짓는 것은 잘못이라고 주장한다. Andrè Bleikasten, "Faulkner in the Singular", *Faulkner at 100: Retrospect and Prospect-Faulkner and Yoknapatawpha 1997*. Eds. Donald M. Kartiganer and Ann J. Abadie. (Jackson: UP of Mississippi, 2000) 205, 208, 212-13면.

 포크너의 후기작을 성장소설의 관점에서 연구한다고 할 때 본 논문에서 주로 다룰 내용은 주인공의 성장이 어떤 과정을 통해서 이루어지며 그러한 성장의 의미는 무엇인가가 될 것이다. 이에 대해 주인공의 성장은 일차적으로 인종, 젠더, 계급에 근거한 남부의 지배 이데올로기가 어떤 방식으로 주인공 자신과 주변 사람들을 옥죄어 왔는가에 대한 인식과 눈뜸의 과정임을 살펴볼 것이다. 동시에 이는 등장인물들이 근대라는 새로운 시대의 주체로 성장해가는 과정에 대한 탐색이 될 것이다. 한 개인이 주체로 성장해 가는 과정은 그를 주체로 호명하는 사회와의 관계 속에서 이루어진다는 점을 감안할 때, 이는 단지 주인공 개인의 도덕적 성장에 국한되는 게 아니라 주인공이 위치한 시대와 역사 속에서 자신의 존재가 갖는 의미를 찾아가는 여정에 대한 탐구가 될 것이다. 이 과정에서 인종, 젠더, 계급이라는 어찌 보면 19세기 후반의 미국의 남부라는 지극히 특수한 사회의 과제가 근대를 열기 위한 세계사적 투쟁이라는 보편적 과제와 어떻게 관련되는가를 짚어 봄으로써 포크너의 문학세계가 지닌 보편적 호소력의 일단을 규명해 보고자 한다.22)

---

22) 이렇게 본다면 본 논문은 Franco Moretti의 주제의식과 상당부분 겹친다고 볼 수 있다. Moretti는 '이동성과 내향성'이 근대 자본주의 체제의 가장 큰 두 가지 특성인데, 성장소설은 이 두 가지를 젊음의 대표적 특성으로 규정하는 소설이라고 설명한다. 근대사회에서 성숙과 젊음은 서로 상충되는 개념으로서 위 두 가지가 혼재되어 나타난 것이 바로 성장소설이며, 이중 어느 한쪽의 극단으로 치우치는 순간 성장소설은 사라진다고 Moretti는 주장한다. 이때 George Eliot의 *Felix Holt*와 *Daniel Deronda*로 대표되는 영국 성장소설이 성숙에 더 강조점을 둔다면, Flaubert의 *Sentimental Education*으로 대표되는 대륙 성장소설은 상대적으로 젊음에 더 강조점을 둔다. 자유와 행복, 정체성과 변화, 안정과 변형이라는 상충하는 가치들의 공존을 현대사회가 요구하는 바 이에 대한 문학적 대응이 바로 성장소설이라는 양식이라는 것이다. Franco Moretti, *The Way of the World: The*

성장소설이란 무엇이며 어떤 의미를 갖고 있는가? David L. Vanderwerken에 따르면, *bildungsroman*은 너무 유연한 장르여서 정의하기 어렵지만 대개 '형성소설, 도제소설, 발달소설'(novel of formation, apprenticeship, development) 등으로 번역된다.[23] 이를 우리 비평용어로 번역하는 과정에서 '교양소설'[24]이나 '성장소설'로 번역하는 것이 일반적인데, 이때 전자는 'bildung'의 정의 내지 내용에 더 비중을 둔 용어라면, 후자는 그 과정에 더 의미를 둔 용어라고 할 수 있다. 달리 말하면 전자는 19세기 영문학에서 많이 통용되는 '신사'로서의 성장에 주로 관련된 용어라고 한다면, 후자는 미국소설에서 주로 많이 연구되는 '성인 남자'(man)로의 성장에 초점을 맞춘 용어이다. 시골 출신의 비교적 순진무구한 주인공이 교양의 습득을 통해서 그 사회의 전인 개념인 신사가 되는 이야기는 19세기 영소설이 즐겨 다루는 내용으로서 여기서 중요한 역할을 하는 것이 바로 사회이다. 영소설

Bildungsroman in Europe Culture(1987; London, New York: Verso, 2000) 4-9면.

23) David L. Vanderwerken, *Faulkner's Literary Children: Patterns of Developments.* (New York: Peter Lang, 1997) 3-4면.

24) *bildungsroman*을 무엇으로 번역할 것인가는 국내 비평가들의 몫일 터인데, 미문학에 상당수의 *bildungsroman*이 있지만 이 주제와 직접적으로 관련된 국내 비평가들의 글은 상당히 찾아보기 힘든 것이 사실이다. 교양소설이라는 주제에 깊이 천착하는 국내 비평가는 거의 예외 없이 영문학 전공자들이라고 해도 무방한 실정이며, 그러다보니 요즘에는 *bildungsroman*을 교양소설이라고 번역하는 것이 대세인 것 같다.
   그러나 이 주제에 대한 지속적인 관심을 보여 온 비평가 중 하나인 윤지관도 본디 교양의 이념이 유래한 독일어 'bildung'은 형성이나 교육이라는 넓은 의미를 가진 것임을 인정하는 것을 볼 때, *bildungsroman*을 굳이 교양소설이라고 번역해야 할 당위성은 없을 듯싶다. 윤지관, 『근대사회의 교양과 비평―매슈 아놀드 연구』(서울: 창작과 비평사, 1995) 119면. 주32 참조.

에서의 성장은 대개 '사회 속에서' 이루어지는 반면, 미소설에서
의 성장은 대자연 속에서 고립된 가운데 일어나는 경우가 비일
비재하다. 따라서 미문학에서 *bildungsroman*은 사회라는 개념을
전제하는 '교양소설'이라는 번역보다는 '성장소설'이라는 좀더 중
립적인 번역이 더 적합하다고 생각하며, 본 논문에서도 이 용어
를 따르기로 한다.

포크너의 후기 성장소설에서 성장의 개념은 '소년이 남자가
되는 것'(a boy becomes a man)[25]으로 요약될 수 있으며, 한
개인이 주체로 성장해가는 과정 전체를 가리킨다고 할 수 있다.
이것이 성장의 개념을 주로 '근대성'과 연결시킨 Moretti의 성장
소설론과 갈라지는 지점이다. Moretti의 경우 근대성이 전면에
부각되면서 인물들 간의 관계를 규정하는 시대의 특성과 이에
반응하는 여러 행태들에 초점이 맞춰진다면, 포크너의 경우에는
개인이 경험하게 되는 성장의 직접적 계기 혹은 구체적인 성장
의 순간과 메커니즘에 더 집중한다고 볼 수 있다. 이런 맥락에
서 Christopher A. Lalonde의 *William Faulkner and the Rite
of Passage*는 포크너의 작품세계에 나타나는 일련의 입문의식
을 통과의례라는 인류학적 모델을 빌려서 설명하는 중요한 책
이다. Lalonde에 따르면 통과의례란 한 문화가 그 구성원들에게
정체성을 수여하는 사회적 구성물이다.[26] 통과의례를 통해 "물
질적 존재"(physical being)가 "사람"(person)으로 변화한다. 이

---

25) 이는 1940년 5월 초에 Random House 출판사의 편집장 Robert K.
   Haas에게 보낸 편지에서 『도둑들』의 구상을 밝히면서 포크너가 썼던
   문장이다. Joseph Blotner, ed, *Selected Letters of William Faulkner*.
   (New York: Random House, 1978) 123-24면. 본 논문에서는 James
   Carothers의 "The Road to *The Reivers*"(98)에서 재인용함.
26) Christopher A. Lalonde. *William Faulkner and the Rite of Passage*.
   (Macon: Mercer UP, 1996) 5면.

때 사람이란 사회적 관계에 초점을 맞추는 용어로서 통과의례를 통해서 개인이 사람이 된다.27) Lalonde에 따르면 통과의례는 분리(separation), 전환(transition), 통합(incorporation)의 세 단계로 이루어진다.28) 분리의례는 문자 그대로 개인이 공동체로부터 분리되는 단계를 말하는데, 이 분리는 종종 물리적 분리로 나타나기도 하지만 그 본질은 항상 심리적 분리라는 점에 있다. 전환의례는 개인이 공동체 내에서의 지위를 상실하면서 공동체의 일원이던 기존의 상태와 새로이 얻게 된 정체성을 통해서 공동체와의 새로운 관계를 맺게 되는 상태 사이에서 마치 허공에 붕 뜬 것처럼 존재하는 단계이다.29) 통합의례란 새로운 정체성을 부여받은 개인이 공동체로 재진입하는 단계를 의미한다.

---

27) Lalonde, 5면. 여기서 Lalonde가 사용하는 '사람'(person)이라는 용어는 Althusser의 '주체'(a subject)와 거의 동일한 의미라고 할 수 있다. Althusser는 주체라는 용어의 핵심에 자리한 역설에 관심을 보인다. "개인은 (자유롭게) 자신의 종속을 받아들일 수 있도록, 즉 자기 스스로 복종의 몸짓과 행동을 할 수 있도록 (자유로운) 주체로 호명된다."는 것이다. Weinstein은 Althusser의 주체론이 지닌 주체의 탈중심성 혹은 탈중심화된 주체라는 개념을 끌어 들여서, 스스로 결정하고 행동하는 자족적 실체라는 전통적인 정체성 이론 (혹은 주체론)을 비판한다. Philip Weinstein, *Faulkner's Subject: A Cosmos No One Owns.* (New York: Cambridge UP, 1992) 90-91면 참조.

　　Lalonde는 개인이 주체로 서가는 과정에 있어서 입문의 중요성을 강조한다는 점에서 크게 보아 전통적 정체성 이론과 Althusser의 주체 이론 양자를 반반씩 취하고 있다고 볼 수 있다. 왜냐하면 입문을 거쳐서 나름대로 자유로운 주체가 된다고 볼 수 있지만, 입문 자체를 외부 이데올로기에 대한 자발적 동의 과정으로 볼 수도 있기 때문이다.

28) Lalonde, 6, 44면.

29) Lalonde는 이런 전환의례를 가장 잘 보여주는 사례로 아프리카의 어느 부족의 경우 입문에 참여한 소년들을 일정 기간 동안 공중에 매달아 놓는 경우를 예로 든다. Lalonde, 6-8, 44면.

통과의례는 입문(initiation)이라고도 하는데 Isaac Sequeira는 다음과 같이 입문을 정의한다.

입문이란 청춘기의 주인공이 자신과 악의 본성과 세상에 대해서 귀중한 지식을 얻게 되는 어떤 경험과의 실존적인 대면 혹은 일련의 대면으로서 대개는 고통스럽다. 이 지식은 순진성의 상실 및 고립의 의식을 동반하며, 이것이 영속적인 효력을 발휘하기 위해서는, 인격과 행동에서의 변화로 귀착되어야 한다. 왜냐하면 지식이 개인의 사고와 행동을 변화시키지 않는다면 어떤 배움도―어떤 지식의 습득 자체도―일어나지 않았기 때문이다. 변화는 거의 모든 경우에 성인 사회로의 조정 가능한 통합으로 나아간다.

Initiation is an existential encounter or a series of essential encounters in life, almost always painful, with experience, during which the adolescent protagonist gains valuable knowledge about himself, the nature of evil, and the world. The knowledge is accompanied, by a sense of the loss of innocence and a sense of isolation, and if it is to have any permanent effect at all, result in a change in character and behavior; for if knowledge does not change an individual's thinking and behavior, no learning-no acquisition of knowledge per se-has taken place. The change, in almost every case, leads towards an adjustable integration into the adult world.[30]

Sequeira는 입문의 종류를 완결된(decisive) 입문, 미완의(uncompleted) 입문, 유사(tentative) 입문 등 세 가지로 구분한다.[31] 완결된 입문이라 함은 고통스러운 과정을 성공적으로 겪어내고

---

30) Isaac Sequeira, "The Initiation of Chick Mallison", *William Faulkner: A Centennial Tribute.* (New Delhi, Prestige, 1999) 234면.
31) Sequeira, 234면.

자신의 정체성과 세상에 대한 소중한 지식을 얻게 되는 경우를 가리킨다. 미완의 입문은 입문의 문턱을 넘어가긴 하지만 더 이상 어느 방향으로 나아가야 하는지를 알지 못하는 경우이고, 유사 입문이란 어느 정도의 고통과 환멸을 경험하긴 하지만 결국 입문의 문턱을 건너지는 못하는 경우를 일컫는다. 이 구분에 따르면 포크너의 전기 소설의 주인공들은 대개 두 번째 혹은 세 번째 유형에 속하는 반면, 후기 소설의 주인공들은 두드러지게 첫째 유형의 특징을 보여준다고 할 수 있다.

James Carothers 또한 이와 유사한 주장을 펼치는 바, 그에 따르면 포크너의 작품세계에는 세 부류의 인간형이 등장한다. 첫째는 부조리한 인간세상보다는 차라리 죽음을 택하는 형이다. 둘째는 부조리한 인간세상으로부터 분리되어 혼자만의 순수를 유지하려는 형―예를 들어 『모세야 내려가라』의 Ike―이며, 나머지 하나는 부조리한 인간 세상을 바꾸기 위해 무언가를 해보려는 형이다.[32] Carothers는 1942년 이후의 포크너 소설들에서는 세 번째 유형의 인물들이 두드러진다고 주장하며, 그 예로 『기사의 첫 수』의 Gavin, 『어둠 속의 침입자』의 Chick, Aleck Sander, Miss

---

32) James Carothers, "The Road to *The Reivers*", *"A Cosmos of My Own": Faulkner and Yoknapatawpha, 1980*. Eds. Doreen Fowler and Ann J Abadie. (Jackson: UP of Mississippi, 1981) 104면. 엄밀히 말하자면 이는 Carothers의 구분이 아니라 포크너 자신의 분류이다. 포크너는 버지니아 대학교에서 가진 문학 세미나 도중에 "Bear"의 Ike는 현존하는 악을 보고 자기는 거기에 가담하지 않겠노라는 선택을 한 것으로 보면서, 자기가 정말 바라는 타입은 현실의 잘못을 보고 무언가를 해보려고 하는 사람들이라고 말한 바 있다. 이는 Ike의 선택에 대한 우회적인 비판으로 읽을 수 있지만 동시에 포크너는 Ike의 상속포기가 성공은 아니라도 무언가 가치 있는 것 즉 마음의 평정과 지혜는 가져다주었음을 인정함으로써 Ike의 선택은 도피일 뿐이라고 일방적으로 비판하는 비평가들과는 거리를 둔다. *FIU*, 246, 269. 54면.

Habersham,『어느 수녀를 위한 진혼곡』의 Nancy,『우화』의 상병 (corporal), 영국군 전령, Tobe 목사, 그리고『읍내』와『저택』의 Chick, Gavin, Ratliff 등을 열거한다.[33]

포크너의 성장소설에서 주인공의 성장은 일차적으로 남부 사회의 지배 이데올로기를 대면하고 극복함으로써 진정한 주체가 되는 것을 의미한다. 백인남성 우월주의라는 이데올로기에 침윤된 남부사회에서 주인공의 성장은 외형적으로는 백인남성 중심의 주류사회로의 진입이라는 형식으로 나타날 수밖에 없다. 그러나 이 과정이 지배 이데올로기에 대한 아무런 저항이나 문제의식 없이 이루어진다면 그것은 성장이라는 이름에 값하는 변화일 수 없으며, 다만 주류 사회로의 편승내지는 투항이 될 것이다. 따라서 성장소설에서 어떤 식으로든지 주인공의 귀환내지는 복귀가 전제됨은 분명하지만, 그 복귀라는 것이 사회로부터의 분리나 고립의 과정을 심도 있게 경험한 후에 이루어져야 한다는 점이 무엇보다 중요하다.[34] 포크너의 주인공들이 백인남성 우월주의를 극복해가는 방식은 작품에 따라 약간씩 차이는 있지만 전체적으로 보아 인종적, 성적 정체성이란 것이 따지고 보면 언어에 의해서 구성된 허구에 불과하다는 점을 깨달아가는 과정으로 그려진다고 볼 수 있다.[35]

---

33) *FIU*, 105-6면.

34) 이때 주인공의 혹은 주인공들을 통한 작가의 저항을 읽어내는데 쓰이는 유용한 도구 중 하나가 바로 여성론이며, 현재 포크너 비평가들 중에서 가장 활발한 활동을 보이는 비평가들이 바로 이들이다. 이들은 주로 가부장제 이데올로기를 역전시키거나 전복시킬 가능성을 보여주는 여성 주체들에게 주목한다. 그러나 여성론자들은 포크너가 절묘한 균형감각을 가지고 묘사한 남부 사회의 실상을 젠더만을 중심으로 읽음으로써 본의 아니게 인물의 성격이나 작품의 메시지에 대한 일방적거나 왜곡된 평가를 내리는 우를 종종 범하는 듯하다.

　　포크너의 성장소설에서 성장이 지니는 두 번째의 중요한 정
의는 이야기하기의 습득이다. 한 인물이 이야기하기를 터득해
간다는 것은 단순히 표현능력의 향상을 의미하는 것이 아니라,
독자적인 사고 능력과 주위의 사람과 사물에 대한 정확한 파악
능력 및 부당하게 자기에게 강요되어온 죽은 전통과 관습을 거
부하는 능력을 획득하게 됨을 의미한다. 또한 이야기하기를 배
운다는 것은 자신의 이야기를 들어줄 청중을 만들어내는 법을
배우게 됨을 의미하며, 이는 곧 화자와 청자의 연대 가능성을
암시하는 것이다.36)

　　마지막으로 포크너의 성장소설에서 이야기하기의 습득이 성장
의 중요 단계라면, 이 능력을 습득한 주체들이 연대하여 난관을
극복하는 것은 성장의 궁극적 완성이라고 볼 수 있다. Simone
de Beauvoir는 여성이 주체가 되지 못하는 것은 여성들이 그룹
이 되지 못하는 것과 같은 이치라고 지적한 바 있는데,37) 이는

---

35) 이를 잘 드러내 주는 장면으로는 『어둠 속의 침입자』의 Chick이
　　Lucas의 집에 가서 그의 담요를 몸에 두른 채 흑인들의 냄새에 대
　　한 성찰에 빠져드는 장면을 들 수 있다.

36) 이의 좋은 예가 『어둠 속의 침입자』의 Lucas인데 작중에서 그는 백
　　인인 Vinson Gowrie를 살해했다는 누명을 쓰고 감옥에 갇힌 상태에
　　서 언제고 들이닥칠지 모르는 린치군중을 기다리고 있는 입장이다.
　　이 상황에서 자신의 이야기를 들어주고 믿어줄 청중을 창조해 내는
　　것은 그가 주체로 서는 관건이 될 뿐 아니라 자신의 목숨까지 달린
　　문제이다.

37) Weinstein, *Faulkner's Subject: A Cosmos of No One Owns.* 20면
　　(주6)에서 재인용. Weinstein은 여성 주체가 불가능한 것은 여성의
　　'무리 짓기'(grouping)가 불가능한 것과 같은 현상이며, 이는 여성이
　　언제나 타자로만 인식되는 '치유불가능한 주변성'(irremedially
　　marginality)을 지닌 존재로 묘사된다는 뜻이라고 주장한다. Philip
　　M. Weinstein, "Meditations on the Other: Faulkner's Rendering of
　　Women", *Faulkner and Women: Faulkner and Yoknapatawpha,
　　1985.* Ed. Doreen Fowler and Ann J. Abadie. (Jackson: UP of

비단 여성 주체뿐 아니라 흑인 주체의 경우에 있어서도 마찬가지이다. 이런 이유에서 포크너의 성장소설들에서는 흑인들 간의, 그리고 여성들 간의 혹은 흑인과 여성과 아이를 아우르는 연대의 가능성이 지속적으로 모색된다는 특징을 보인다.

본 논문에서는 포크너 성장소설의 특징을 규명하되 Ⅱ장에서는 『정복되지 않는 사람들』의 주인공인 Bayard Sartoris가 전근대의 질곡을 넘어서 근대의 주인공으로 성장해 가는 과정을 검토할 것이다. 이 과정에서 Bayard가 자신이 내면화시켜 온 남부 사회의 이데올로기가 특히 여성과 흑인들의 삶을 어떻게 왜곡시키고 억압해 왔는가를 깨달아 가는 과정에 초점을 맞출 것이다. 이런 깨달음의 결과로 Bayard가 아버지의 죽음에 대한 복수의 의무를 이행할 것을 요구하는 남부 사회의 압력에 굴하지 않고 비무장으로 상대방을 찾아가게 되는 과정을 살펴볼 것이다. 이를 통해 개인의 고유성과 가치를 말살하려는 사회의 그릇된 요구에 저항하면서도 이 저항이 공동체에 대한 거부가 아니라 공동체와의 창조적인 관계맺음을 통해 이루어질 때에 비로소 진정한 의미를 지닐 수 있다는 작가의 메시지를 규명해 볼 것이다. Ⅲ장에서는 『어둠 속의 침입자』[38]의 Chick Mallison이 곤경에 처한 흑인 Lucas Beauchamp를 돕는 과정에서 이야기하기를 습득함으로써 주체로 성장해 가는 모습을 검토해 볼 것이다. 백인 남성 우월주의에 기반한 남부의 지배 이데올로기가 개인의 건강한 삶을 가로막는 질

Mississippi, 1986) 99면. 주 8번 참조.
38) 『어둠 속의 침입자』를 『흙 속의 침입자』로 번역하는 경우가 왕왕 있는데, 포크너가 버지니아 대학교에서 가진 문학 세미나 도중에 남부의 방언들이 표준적인 단어 뜻과 아주 다르게 사용되는 일례로 'dust'는 'dusk'라는 뜻이라고 말한 적이 있음을 감안할 때, 이를 『어둠 속의 침입자』로 번역하는 것이 옳은 것 같다. *FIU* 127면 참조.

곡으로 작용하고 있음을 깨닫게 된다는 점에 있어서는 『정복되지 않는 사람들』의 Bayard와 동일하지만, Bayard가 비폭력이라는 자신의 신념과 용기라는 남부 사회의 가치를 동시에 만족시킬 수 있는 행동을 보여주는 것으로 충분한 반면, Chick은 자신의 신념을 이해하고 믿어줄 청중들을 만들어 내야 한다는 점에서 이중의 과제를 떠안고 있다고 볼 수 있다. Chick이 이러한 과제를 완수해가는 과정을 살인 사건의 해결이라는 플롯과 결합시킴으로써 흥미진진하게 Chick의 성장을 따라가게 만드는 포크너의 예술적 성취를 짚어볼 것이다. Ⅳ장에서는 『도둑들』의 Lucius Priest가 남부 사회가 요구하는 왜곡된 신사의 상을 넘어서 진정한 신사의 의미를 배우게 되는 과정을 검토해 볼 것이다. 남부사회의 신사도라는 것이 인종주의와 교묘하게 결합되어 있는 상황에서 Lucius가 Ned와 Uncle Parsham 등의 흑인인물들이 지닌 미덕과 Corrie와 Miss Reba를 위시한 여성 인물들의 연대를 지켜봄으로써 진정한 신사란 무엇인가를 깨달아가는 과정을 살펴볼 것이다. 또한 Robert Browning의 극적 독백 양식을 빌어서 자신의 깨달음을 손자에게 전해주고 그 손자의 입을 통해 이를 다시 또 다른 독자에게 들려줌으로써 당대의 남부 사회가 직면한 여러 문제들이 어린 세대의 성장에 의해서 점차 해결되기를 희구하는 작가의 비전을 평가해 볼 것이다. 결론에서는 성장소설이라는 주제와 전기작과의 관계를 간략하게 살펴본 후, 포크너가 후기 들어 성장소설을 집중적으로 쓴 의도는 무엇이며 이것이 오늘날의 독자들에게 던지는 메시지는 무엇인가를 종합적으로 논하겠다.

Ⅱ. 『정복되지 않는 사람들』
: 근대의 주인공으로 성장하기

　　대개의 포크너 작품은 클라이맥스에서 주인공이 취하는 태도 내지는 행동의 의미에 초점을 맞추는 구도를 지닌다. 이런 이유에서 포크너의 소설은 많은 경우 탐정소설의 형태를 띠게 된다.39) 이런 구도에 따르면 『정복되지 않는 사람들』의 핵심질문은 '왜 Bayard는 비무장으로 Redmond를 찾아가는가?'이다. 이는 아버지의 죽음에 대한 복수라는 남부 사회의 전근대적 가치를 따를 것인가 아니면 법과 이성의 테두리 안에서의 문제해결이라는 자신의 근대적 신념을 따를 것인가의 갈등의 상황에서 Bayard가 고심 끝에 내린 선택이다. Bayard의 선택은 성장소설의 주인공들이 보여주는 전형적인 행동인 '타협'으로 볼 수 있

---

39) 예컨대 『압살롬, 압살롬!』은 'Henry는 왜 Charles Bon을 쏘아 죽였는가?'라는 의문을 Quentin과 Shereve라는 두 명의 탐정들이 풀어가는 이야기라고 할 수 있다. 『내 누워 죽어갈 때』의 경우는 'Addie는 왜 굳이 자기의 시체를 먼 고향땅 제퍼슨에 묻어달라고 했으며, 이 약속을 굳이 지키려는 번드런가 사람들 개개인의 숨은 동기는 무엇인가'가 사건을 푸는 열쇠가 된다. 『모세야 내려가라』의 경우는 'Ike는 왜 유산상속을 포기했으며 우리는 이 선택을 어떻게 바라봐야하는가'에 초점이 맞춰진다. 이런 탐정소설 구도는 여러 포크너 학자들이 포크너 작품이 '구심적' (centripetal)인 특성을 지닌다고 주장하는 것과 일맥상통한다. 그런데 흥미로운 점은 후기작에 속하는 『모세야 내려가라』나 『정복되지 않는 사람들』의 경우 각각의 질문에 대한 답이 작품 내에 분명하게 주어지는데 반해서, 전기작인 『압살롬, 압살롬!』이나 『성소』의 경우 이에 대한 명확한 대답이 주어지지 않고 그 최종적인 판단을 독자 스스로 내리도록 유도한다는 점이다.

다. 『정복되지 않는 사람들』은 Bayard가 어떤 과정과 훈련을 거쳐서 이런 타협에 이르게 되며, 그의 선택이 지니는 의미와 의의는 무엇인가를 묻는 작품이다. 이 과정에서 포크너는 남북전쟁과 재건기를 역동적으로 살아간 여러 인물군상을 통해서 인간사회를 발전시키는 것은 무엇이며, 이를 이끌어 갈 세력은 누구인가라는 만만치 않은 질문을 던진다. 따라서 『정복되지 않는 사람들』을 읽으면서 가장 염두에 두어야 할 점은 Bayard라는 한 남부 백인 소년의 건강한 성장을 가로막는 질곡으로 작용하는 남부의 지배 이데올로기란 어떤 것이며, Bayard는 어떤 과정을 통해 이를 극복하고 새로이 열리는 근대의 주인공으로 성장하는가라는 물음이다.

1. 어린 시절과의 결별: 「매복」

ⅰ) 포크너 성장소설의 내러티브적 특징: '이중적 관점' (double perspective)

「매복」은 남북전쟁이 한창이던 1862년의 어느 여름날에(아마도 6월경) 12살 난 주인공 Bayard와 그의 흑인 친구 Ringo가 미시시피 북부에 위치한 사토리스 농장에 갑자기 나타난 북군 기병대를 향해 소년다운 단순함과 만용에서 총을 쏜 후에, 자신들을 잡으러오는 북군 병사들을 피해서 집안으로 도망친 후 할머니의 치마 속에 숨어서 위기를 넘긴다는 이야기이다. 출생 시에 어머니를 여읜 Bayard는 외할머니인 Rosa Millard―작중에서는 주로 Granny로 불린다―와 사토리스 농장에 딸린 흑인노예인 Joby—Ringo의 친할아버지—일가와 함께 아버지가 전쟁터에 나가고 없는 집을 지키고 있는 백인 소년이다. Bayard의 아버지인 John Sartoris는 남북전쟁이 발발하자마자 자비를 들여 미시시피 최초의 연대를 창설해서 남군 대령으로 전쟁에 참전한 용맹무쌍한 인물이다. 하지만 지나치게 엄격한 훈련과 지휘로 인해 인기가 떨어진 John 대령은 투표를 통해 지휘권을 빼앗기고 소령으로 강등된 채 고향으로 돌아온다. 그 후 마을의 가난한 백인(poor white)들을 중심으로 소규모 게릴라 부대를 편성한 John 대령은 현재까지 테네시와 미시시피를 오가며 북군과 게릴라전을 벌이고 있다. 같은 해에 태어나 마치 형제처럼 자라난 검둥이 친구인 Ringo와 함께 Bayard가 날마다 하는 놀이는 전쟁놀이이다. 작품의 첫 장면은 그들이 벌이는 전쟁놀이로 시작된다.

> 그해 여름 훈제창고 뒤에 링고와 나는 실물 지도를 만들어 두었다. 빅스버그가 단지 나뭇단에서 가져온 한 줌의 나무토막에 불과하고 강은 다져진 땅 위에 괭이 끝으로 그어 놓은 금에 불과했지만, 그것은 (강, 도시 그리고 지형) 살아 있었고 심지어 모형임에도 수동적이지만 포대를 능가하는 묵직한 지형적 저항력을 간직하고 있어서, 그에 비하면 가장 찬란한 승리나 가장 비극적인 패배들도 단지 일순간의 시끄러운 소음에 불과했다. 단지 햇볕의 영향을 받은 땅이 우리가 우물에서 길어오는 것보다 더 빨리 그 물을 빨아드린다는 의미에서라도, 링고와 나에게 있어서 그것은 살아 있었다. 그것은 갈등의 무대이자, 물이 새는 양동이를 들고서 숨을 헐떡이면서 끊임없이 우물과 전쟁터 사이를 내달리던 길고도 거의 희망 없는 시련의 무대였으며, 우리가 먼저 힘을 합쳐 공동의 적인 시간에 대항해서 안간힘을 다해야만 우리와 현실 사이에, 우리와 사실과 숙명 사이에 끼인 천이나 방패와 같은 맹렬한 모의 승리의 반복적 패턴을 창출하고 또 이를 고스란히 유지할 수 있었다. (······) *그때 갑자기 루시가 우리를 지켜보며 거기*

에 서 있었다. 그는 조비의 아들이자 링고의 삼촌이다. (……)

"그게 뭐야?"라고 루시는 말했다.

"빅스버그야" 나는 말했다.

루시는 웃었다. 그는 나무토막들을 보면서 큰 소리는 아니지만 웃으면서 거기에 서 있었다.

"이리 와, 루시." 필라델피가 장작더미에서 말했다. 그녀의 목소리에도 무언가 묘한—급박한, 어쩌면 겁먹은 듯한—기색이 있었다. "저녁을 먹고 싶다면 장작 좀 날라줘야지요." 하지만 난 어느 쪽인지, 급박한 건지 겁먹은 건지 알 수 없었고, 궁금해 하거나 곰곰이 생각할 짬도 없었다. 왜냐하면 갑자기 링고와 내가 움직이기도 전에 루시가 허리를 굽혀서 손으로 그 나무토막들을 쓸어서 넘어뜨렸기 때문이다.

"저 모습이 바로 너희들의 빅스버그야"라고 그는 말했다.

Behind the smokehouse that summer, Ringo and I had a living map. Although Vicksburg was just a handful of chips from the woodpile and the River a trench scraped into the packed earth with the point of a hoe, it (river, city, and terrain) lived, possessing even in miniature that ponderable though passive recalcitrance of topography which outweighs artillery, against which the most brilliant of victories and the most tragic of defeats are but the loud noises of a moment. To Ringo and me it lived, if only because of the fact that the sunimpacted ground drank water faster than we could fetch it from the well, the very setting of the stage for conflict a prolonged and wellnigh hopeless ordeal in which we ran, panting and interminable, with the leaking bucket between wellhouse and battlefield, the two of us needing first to join forces and spend ourselves against a common enemy, time, before we could engender between us and hold intact the pattern of recapitulant mimic furious victory like a cloth, a shield between ourselves and reality, between us and fact and doom. …… Then *suddenly Loosh was standing there, watching us.* He was Joby's son and Ringo's uncle; ……

"What's that?" Loosh said.

"Vicksburg" I said.

Loosh laughed. He stood there laughing, not loud, looking at the chips.

"Come on here, Loosh" Philadelphy said from the woodpile. There was something curious in her voice too-urgent, perhaps frightened. "If you wants any super, you better tote me some wood." But I didn't know which, urgency or fright' I didn't have time to wonder or speculate, because suddenly Loosh stooped before Ringo or I could have moved, and with his hand he swept the chips flat.

"There's your Vicksburg" he said. (13-14, 이탤릭은 인용자)

여기서 우선 주목해 볼 점은 화자인 Bayard의 존재이다. 위 인용문의 화자는 분명 열두 살 난 남부 백인 소년인 Bayard이고, 그는 소년의 목소리와 시각으로 사건의 개요를 전해준다. 그러나 예를 들어 '포대를 능가하는 수동적이지만 무게 있는 지형의 저항'은 열두 살짜리 소년의 표현이라고 볼 수 없다.40) 이 문장을 풀이해 보자면 대충 다음과 같다. 여름철이나 우기에 포대가 질척한 땅 위를 잘 이동하지 못하는 일이 종종 발생하는데, 그처럼 무게 있고 위용을 갖춘 포대도 땅의 수동적인 저항 앞에 맥을 못 추는 것을 보면 대자연의 위대함과 그 앞에서 인간 군상들의 벌이는 여러 시도들의 초라함과 덧없음이 느껴진다. Bayard와 Ringo가 전쟁놀이를 하기 위해 만들어 놓은 지형

---

40) James C. Hinkle은 이에 대해 "땅이 스스로에게 영향력을 미치려는 노력들에 대해 고의적으로 저항하려 애쓰는 것은 아니지만, 그런 노력에 대해서 저항하고 이를 무화시키는 것은 단순히 땅의 본성이"라고 설명한다. James C. Hinkle & Robert McCoy, *Reading Faulkner: The Unvanquished.* (Jackson: UP of Mississippi, 1995) 4면 참조.

즉, 괭이로 그어 놓은 금과 세워놓은 나무토막들 역시 이와 동일한 무게감을 작게나마 지니고 있다. 이처럼 고도로 함축적인 구문과 상징적인 표현에는 경험적 사색을 통해 인생에 대한 깊은 통찰력을 지니게 된 성인의 목소리가 묻어난다. 그렇다고 해서 성인이 된 Bayard가 자신의 어린 시절에 겪은 경험담을 회고하는 구도는 아니다. 『정복되지 않는 사람들』의 주된 내용은 어디까지나 열두 살 소년의 언어와 시각으로 전달된다. 비유적으로 표현하자면, 마치 소년 Bayard가 화자 역할을 하는 도중에 가끔 장년의 Bayard가 슬쩍 끼어들어서 한두 마디 덧붙이고 나면 다시 소년 화자가 이야기를 이어가는 형국이다.

이런 서술방식을 통해 작가가 노리는 바는 무엇인가? 소년 Bayard가 경험하는 사건을 생생하게 전달함으로써 독자로 하여금 주인공의 성장에 동참하는 듯한 느낌을 불러일으킴과 동시에, 인생을 더 폭넓고 깊이 있게 볼 수 있게 된 성년 화자의 시각을 간간이 함께 버무림으로써 인생에 대한 진지한 성찰의 기회를 독자들에게 제공하는 것이다. 이런 서술 기법은 「매복」에 국한되지 않고 『정복되지 않는 사람들』 전체를 통틀어 지속되며, 이는 포크너의 후기 성장소설들을 특징짓는 기법이라고 할 수 있다. 『정복되지 않는 사람들』과 『도둑들』에 나타나는 화자의 목소리는 직접적으로 경험을 감지하는 젊은이와 그 경험을 회상하고 상술하고 설명하는 성인이라는 '이중적 관점'으로 이루어진다는 James Carothers의 지적41)은 후기 소설 전반에 확대해서 적용해도 별 무리가 없을 듯하다.

위 인용문에서 이중적 관점이 사용된 다른 예로는 '그에 비하면 가장 찬란한 승리나 가장 비극적인 패배들도 단지 일순간의

---

41) Carothers, "The Road to *The Reivers*", 113면.

시끄러운 소음에 불과했다'는 표현을 들 수 있다. 비록 소년의 이해력과 어휘력을 넘어서는 단어나 표현이 이 문장에 등장하는 것은 아니지만, 이런 인식이 적어도 현재의 Bayard나 Ringo의 의식세계에서 나온 것은 아님이 분명하다. 왜냐하면 현재의 Bayard와 Ringo에게 있어서 북군과의 전투는 반드시 승리해야 하고 또 승리하게 될 영광스러운 전쟁이기 때문이다.

Susan V. Donaldson은 『정복되지 않는 사람들』에서 어린 Bayard가 화자로 등장하는 여타의 이야기들은 전형적인 남북전쟁 이야기인 '폭력담'과 유사한 반면, 나이가 든 Bayard가 화자로 등장하는 「정복되지 않는 사람들」과 「버베나 향기」는 "회의적이고 불연속적이며 파편화된" 책읽기를 요구하는 차이를 보인다고 주장한 바 있다.42) 그러나 이런 주장은 얼핏 보면 어린 화자가 또래의 어린이 독자들에게 들려주는 소박한 내용인 것 같지만 그 속에 보다 성숙하고 세련된 성년 화자의 목소리를 포함하고 있는 포크너 특유의 서술기법에 대한 오해에서 기인한 것이다. 이런 이유에서 회의적인 책읽기 혹은 이중적 관점에 대한 세밀한 이해에 바탕한 책읽기는 비단 「버베나 향기」뿐만 아니라 『정복되지 않는 사람들』 전체와 나아가서는 후기 소설 전반에 적용해야 할 원칙이라고 할 수 있다.

ii) 두 개의 진실: 놀이세계와 현실세계

포크너가 화자로서의 Bayard의 신빙성을 다소간 해칠 위험을 감수하면서까지 이런 표현들을 작품 서두에 배치한 것은 이런

---

42) Susan V. Donaldson, "Dismantling the Saturday Evening Post Reader: The Unvanquished and Changing 'Horizons of Expectations'", *Faulkner and Popular Culture: Faulkner and Yoknapatawpha, 1988.* Eds. Doreen Fowler and Ann J. Abadie. (Jackson: UP of Mississippi, 1990) 188면.

표현들이 지닌 주제적 중요성 때문이다. 우선 대포와 땅의 대비를 통해서 유구한 자연의 영원성과 유한한 인간들이 유한한 자원을 놓고 벌이는 갈등들의 덧없음이 대비된다. Bayard로서는 시간의 제약을 받는 가운데 자신의 정체성을 발견해야 하는 과제를 안고 있음을 암시한다.

또한 순수의 세계에서 살아가는 Bayard가 경험의 세계로 진입하기 위해서는 그와 현실을 가로막고 있는 천과 방패라는 장애를 극복할 것이 요구된다. '마치 우리 자신과 현실 사이에, 우리와 사실과 숙명 사이에 천이나 방패처럼 가로놓인 반복적이고 맹렬한 모의 승리의 형태'라는 말은 곡간 뒤에 빅스버그를 만들어놓고 Bayard와 Ringo가 매일 벌이는 전쟁놀이가 늘 남군의 승리로 끝나는 것이 마치 천에 새겨진 무늬처럼 변할 수 없는 패턴이라는 의미이다. 그런데 이 천은 그들의 놀이 세계―여기에서 모든 전투는 남군의 승리로 끝이 난다―와 현실세계―실제로는 남군이 북군에게 밀리고 있다―를 가로막는 역할을 한다. 이는 Bayard로 하여금 진실을 보지 못하게 만드는 왜곡된 이데올로기의 틀을 벗어나는 것이 그의 성장의 중요한 측면이 될 것임을 암시하는 대목이다.

순수의 세계에서는 선과 악이 분명하게 나뉘어져서 쉽게 선택할 수 있을 뿐 아니라 늘 선이 승리한다. 예컨대 Bayard는 전쟁 중에 잠깐 집에 들른 아버지의 모습에서 '선택받은 승리자'(the elected victorious, 18)의 냄새를 맡았다고 고백한다. 어린 Bayard의 의식세계에서 남군이 '승리자'가 되는 것은 당연하지만, 이 앞에 '선택받은'이라는 다분히 종교적인 수식어가 붙게 되면 그 의미는 한층 복잡해진다. 전쟁을 벌이고 있는 두 당사자 중 하나인 남군이 신의 택함을 받은 자이면 반대쪽은 자동적으로 사탄의 무리가 되기 때문이다. 순수의 세계에서는 선악이 분명한 만큼 선택은 쉽고 늘 즉각적이다. 그래서 Bayard와 Ringo는 생전 처음 목격한 북군 병사를 향해서 아무런 주저 없이 방아쇠를 당길 수 있는 것이다.

그러나 이제 그들이 진입하게 되는 경험의 세계, 성인 세계에서 일차적으로 배우게 되는 교훈은 이 선악의 문제가 그리 간단치 않다는 점이다. 아니 이 문제가 간단치 않다는 점을 배움으로써 그들은 성인세계로 입문하게 된다.

한편 위의 인용대목에 나타나는 Bayard, Ringo, Loosh의 관계를 통해 흑백의 갈등이 전면에 드러난다. 이 장면에는 흑인들이 백인들과 맺는 관계의 몇 가지 전형들이 등장한다. 먼저 Ringo는 자신의 정체성을 흑인으로 규정하기 이전에 먼저 스스로를 남부인으로 규정한다. 따라서 그에게 남부의 전통과 가치들은 자신의 존재의 소중한 일부로 내면화된다. 이런 Ringo에게 있어서 흑인해방의 기치 아래 남부를 공격하는 북군은 어디까지나 적일 뿐이다. 이 점에 있어서는 John 대령의 몸종으로 남북전쟁에 참전 중인 Ringo의 아버지 Simon이나, 주인이 없는 동안 충실하게 사토리스 농장을 돌보는 할아버지 Joby 역시 마찬가지이다. Joby의 둘째 아들 Loosh는 모든 점에서 이들과는 대척점에 서 있다. 그에게는 남부인이라는 정체성은 찾아볼 수 없으며, 남부는 오직 흑인을 착취하고 부려먹는 억압자일 뿐이다. 따라서 이런 남부와 전쟁을 벌이는 북군은 그에게 있어서 해방군이자 구원자이다. 이런 인식을 지닌 Loosh가 자유를 찾아서 무작정 달려가는 흑인들의 대 탈주행렬에 동참하는 것은 너무나 자연스런 반응이다. Loosh의 아내인 Philadelphy는 Loosh

만큼 격렬한 증오심을 남부에 대해 품고 있지는 않지만, 어차피 사토리스 농장의 노예로서의 삶이 불만족스럽기는 그녀도 매한 가지이다.

이렇게 볼 때 Loosh의 등장을 Bayard가 소개하는 대목은 자못 의미심장하다. "그는 거기에 서 있었다. 우리는 그가 어디서 왔는 지 알지 못했고 그가 나타나는 것도, 출현하는 것도 보지 못했 다."(14)는 Bayard의 말은 Loosh가 갑자기 나타났다는 단순한 사실관계를 전달하는 차원을 넘어서, Bayard에게 있어서 Loosh는 자신의 고향이자 뿌리인 남부사회를 부정한다는 점에서 자기가 어디서부터 왔는지 모르는 존재로 비쳐짐을 드러내준다. Bayard 의 눈에는 Loosh가 존엄성과 독자성을 지닌 자유인이 아니라, 자기 존재의 뿌리를 부정하는 불안하고 위험천만한 떠돌이로 보일 뿐이다.43) 어디선가 모르게 갑자기 Loosh가 나타났다는 말을 세 번씩이나 반복하는 Bayard의 모습에는 Loosh로 대변되는 반항적 흑인계급에 대한 일말의 두려움이 드리워져 있다. 남부 사회가 규정해 준 정체성을 받아들이기를 거부함으로써 백인의 통제를 벗어나게 된 이들의 존재는 그 들고남을 예측할 수 없다는 점에서 Bayard를 위시한 백인들에게 강박관념에 가까운 두려움을 안겨 준다.44) 갑자기 등장한 Loosh는 Bayard와 Ringo가 세워 놓은 가

---

43) Loosh의 부정적 면모는 사토리스 농장에 쳐들어온 북군 기병대에 게 사토리스 가문의 가보 격인 은제 물품들을 담은 가방을 숨겨둔 장소를 고자질해서 그들이 이를 탈취해 가게 만드는 데에서 가장 두드러지게 드러난다. 그 외에도 Loosh와 Phildelphy가 동참한 대 탈주 행렬이 거의 집단 최면에 빠진 군중들의 맹목적인 진군으로 묘사된다는 점에서 그가 말하는 북군에 의한 흑인해방이 얼마나 기만적이고 맹목적인가가 드러난다.
44) 『정복되지 않는 사람들』 내내 이런 자유로운 흑인들의 움직임은 강(물) 이미지로 구체화된다. 흑인들의 행렬을 강물로 비유하는 데 에는 강물이 상징하는 자유와 힘에 대한 긍정적 평가와, 통제되지

상의 빅스버그를 무참하게 짓밟아 버린다. 아무리 전쟁 중이라 하더라도 사토리스 집안의 노예인 Loosh가 어린 주인 Bayard가 만들어 놓은 놀이터를 이렇게 무참하게 짓밟을 수 있을까라는 질문이 가능하겠지만, Loosh는 자신은 더 이상 노예가 아니라 자유인이며 힘으로 자신을 제압할 수 있는 유일한 존재인 John 대령이 부재한 상태에서 Bayard의 놀이판 정도야 쉽게 짓뭉갤 수 있다고 판단했을 법하다.

이러한 Loosh의 개입은 Bayard와 Ringo의 목가적 순수의 세계에 현실이라는 냉정한 잣대를 들이대고 그들의 인식의 변화를 촉구하는 역할을 한다. 여기서 빅스버그가 이미 함락되었고 곧 북군이 이곳에도 들이닥칠 것이라는 Loosh의 말은 반은 맞고 반은 틀린 말이다. 빅스버그가 현재 무너진 것은 아니지만[45] 남군이 밀리고 있는 것은 사실이고, 또 Loosh가 이 말을 한 다음날 북군 기병대가 Bayard의 집 앞에 출현한 것을 보면 Loosh의 말이 그리 틀린 것도 아니다. 중요한 것은 Loosh의 말과 행동이 Bayard와 Ringo의 의식세계에 끼친 영향이다. Loosh의 도발적

않는 강물이 빚게 될 엄청난 재앙에 대한 비판적 경고가 함께 들어 있다고 볼 수 있다. 이에 대해서는 「후퇴」에서 좀더 자세하게 논하겠다.

[45] 미시시피 강 상류지역에 위치한 빅스버그는 남북전쟁 당시 이를 점령하는 측이 미시시피 강을 통한 인력과 물자의 원활한 공급권을 차지하게 되는 전략적 요충지였다. 역사적으로는 작중 현재로부터 거의 1년 뒤인 1863년 7월 4일에 함락된다. Hinkle, 9면 참조. 이렇게 보면 Loosh는 현재 치열한 전투가 벌어지고 있는 빅스버그 전투가 이미 남군의 패배로 끝났다는 거짓 정보를 흘려서 Bayard와 Ringo를 기죽이는 셈이다. 그러나 한편 John 대령과 Granny의 대화를 엿듣던 Ringo가 "빅스버그가 떨어졌다고? 그 도시가 강물 속에 떨어졌다는 말인가?"(Vicksburg *fell*? Do he mean hit fell off in the River? 23)라고 되묻는 걸 보면 작중에서 실제로 빅스버그가 함락된 것으로 설정된다고 볼 여지도 있다.

인 태도를 통해서 Bayard는 자기가 당연시해온 남부의 승리가 사실은 어린애다운 순진함이 '빚어낸' 환상일지도 모른다는 점을 어렴풋이 깨닫게 된다. 이보다 더 충격적인 발견은 Bayard 자신과 Ringo와 Loosh는 모두 남부인이며 그런 이유로 당연히 남군의 승리를 바란다는 전제가 근거 없는 억측이었다는 깨달음이다. 특정한 남부인 즉 Loosh와 같이 피부색이 다른 일부의 남부인들은 오히려 북군의 승리를 바란다는 사실은 Bayard에게 엄청난 가치관의 혼란을 불러온다. 남군이 늘 이기기만 하는 자신들의 전쟁놀이가 현실과는 한참 동떨어진 가상의 세계라면, 빅스버그가 이미 함락되었다고 말하면서 자유를 찾아 무작정 떠나겠다는 Loosh의 결심 역시 현실에서 벗어나있기는 매한가지인 상황에서, 이제 Bayard는 자신과 현실 사이에 가로놓인 천 혹은 방패 —현실을 보지 못하는 장애물이면서 동시에 현실의 위협을 막아주는 역할을 해온—를 넘어서 그 현실을 직면해야 하는 지점에 와 있는 것이다. Loosh의 매몰찬 행동에서 자기가 목도하게 될 현실이 끔찍하고 모호하고 혼돈스러운 세계일지도 모른다는 점을 어렴풋이 감지한 Bayard는 갑작스럽게 눈앞에 나타난 현실세계와 처음으로 대면하게 된다.

iii) 침범해온 현실세계

현재의 전황에 대해서 그리고 John 대령이 어느 전선에서 싸우는가라는 문제로 Bayard가 Loosh와 말다툼을 벌인 다음날 갑작스럽게 북군 기병대가 집 앞에 출현 하고, Bayard는 아무런 주저함 없이 이들을 향해 총을 발사한다. 자신의 행동의 결과를 미처 살펴볼 겨를도 없이 급히 집안으로 도망쳐온 Bayard에게서 "우리가 그 새끼를 쏘아 맞혔어요."(We shot the bastud, 30)라는 뜻금없는 말만 듣고도 사태를 파악한 Granny는 Bayard와 Ringo를 자신의 치마 속에 숨기는 임기응변을 발휘한다. 곧 이어 몰려온 북군 병사들이 흥분해서 집안을 뒤지는 상황에서 Granny는 자기 집에는 아이들이 없으며 그들이 증거물로 들고 온 소총도 본 적이 없노라고 거짓말한다. 화가 잔뜩 난 북군 상사의 말을 통해서 아이들이 쏜 총알이 다행히 사람이 아니라 말에 맞았으며 그 말은 안락사 시켰음을 들은 Granny는 "그들이 [사람을 죽이지는] 않았군요. 오! 하나님 감사합니다."(Didn't-they didn't-Oh, thank God! Thank God!, 32)라고 말하며, 숨어서 이를 듣던 Bayard와 Ringo도 안도의 한숨을 내쉰다.

　뒤 이어 들어온 북군 대령 Dick은 먼저 들이닥친 부하들과는 달리 예의범절을 갖춘 군인으로서 남부의 귀부인 앞에서 모자를 벗고 깍듯이 예를 표한다. 하지만 그는 이내 Granny의 치마 속에 두 소년이 숨은 것을 눈치 채고는, 자신이 이를 눈치 챘다는 사실을 눈치 챈 Granny에게 "부인, 이 집이나 이 집 주변에 아이들은 없다는 말이지요?"(Do I understand, madam, that there are no children in or about this house? 33)라고 묻는다.46) 이에 대해 Granny가 "없어요. 장교님"(There are none, sir)이라고 대답하자,

---

46) 여기서 Dick은 아이들이 Granny의 치마 속에 숨어있다는 사실을 모른 척 하는데, 이와 같은 '모른 척 하기'는 남부 사회의 예절의 본질에 해당하는 특징으로서 『정복되지 않는 사람들』에서 자주 등장하는 모티프이다. 「후퇴」에 가면 John 대령과 Bayard가 포로로 사로잡은 북군들이 도망치는 것을 '모른 척 하기'를 통해 그들을 풀어주는 장면이 나온다.(60) 또 Uncle Buck과 Uncle Buddy의 이력을 소개하는 가운데 그들과 그들 집안의 노예들 사이에 벌어진 탈출과 이를 '모른 척 하기'가 다시 한번 소개된다. 『도둑들』에 가면 Lucius 집안의 흑인 마부인 Powell의 총과 관련해서 '모른 척 하기' 모티프가 다시 한번 소개되면서, '모른 척 하기'가 남부의 신사도의 핵심 사항임이 강조된다.

Dick은 부하들에게 아마 다른 곳에서 총을 쏜 것 같다고 말하면서 퇴각 명령을 내린다.

　Dick을 통해서 Bayard는 북군이라고 해서 결코 예절이라고는 전혀 모르는 야만인이라거나 무자비하게 생명을 앗아가는 무신론자들이 아니라 그들도 자기들과 똑같이 예절과 윤리를 갖춘 사람들임을 새삼 깨닫게 된다. 이 사실은 Bayard에게 여태껏 자신이 지녀온 인식의 틀로는 설명할 길 없는 복잡한 문제를 제기한다. 만약 북부 사람들이 무신론자요 야만인이 아니라면 도대체 그들과 남부인들이 싸움을 벌이는 것은 무슨 이유에서이고, 이 싸움에서 누가 이기는 것이 정의인가라는 복잡한 질문 앞에 서게 됨을 의미한다.

　Dick 대령 일행이 물러난 후 Bayard와 Ringo는 다시 한번 안도의 한숨을 내쉬게 된다. "우리는 결코 그를 죽인 게 아니야"(We never killed him!)라는 Bayard의 속삭임이나 "우리는 아무도 죽이지 않았어!"(We haven't killed anybody at all! 34)라는 Ringo의 말을 앞 장면의 "저 새끼를 쏴 버려"(Shoot the bastud! 29)라는 Ringo의 말과 비교해 보면 이 사건으로 인한 변화의 일단이 드러난다. 사람이나 동물에 상관없이 적대적인 대상을 향해 붙이는 호칭인 '새끼'가 어느 틈에 '그'라든가 '아무도'라는 호칭으로 바뀌어 있다. 이런 호칭의 변화는 북군에 대한 Bayard의 인식의 변화를 보여주는 한 가지 지표일 수 있다. 즉 수단 방법을 가리지 않고 무조건 죽여 없애야 하는 대상에서, 비록 적이 되어 싸우고 있지만 그들 또한 자신과 똑같은 인간이고 자기와 같은 아이를 둔 아버지들이라는 변화된 인식의 반영으로 읽을 여지가 있다는 말이다.

　한편 Granny는 사태가 다행스럽게 마무리된 후 Bayard에게

"아까 네가 사용한 말이 뭐였지?"(what was that word you used? 35)라고 묻는다. Bayard가 급한 마음에 'bastud'라는 욕을 한 것을 기억하고 이를 책망하는 것이다. 그녀는 왜 지극히 피상적인 것을 이유로 Bayard를 벌하려 하는가? Granny로서는 Bayard와 Ringo를 따끔하게 혼내서 다시는 이런 경솔한 행동을 하지 못하게 해야 하는데, 그렇다고 사람을 죽이는 것은 나쁜 일이고 그렇게 해서는 안 된다고 가르칠 수는 없기 때문이다. 왜냐하면 지금 이 시간에도 자신의 사위이자 Bayard의 아버지인 John 대령은 북군을 죽이기 위해서 싸우고 있으며, Granny를 위시한 여타의 식구들은 그의 승리를 신게 기원하고 있기 때문이다. 그렇다고 아이들을 살리기 위해서 Granny 자신이 거짓말을 하고 아이들이 이를 생생하게 지켜본 마당에 거짓말 하는 것은 나쁘다고 가르칠 수도 없는 노릇이다. 순수의 세계에서는 아무런 조건 없이 인정되던 진리가 경험의 세계에서는 더 이상 여과 없이 받아들여질 수 없게 된 것이다. 이런 궁지에서 Granny에게 남겨진 유일한 선택은 순수의 세계와 경험의 세계에서 공히 나쁘다고 인정될 수 있는 항목인 욕설을 빌어서 Bayard를 벌하는 것이다. 앞으로 Bayard가 경험하고 알아야 할 성인의 세계는 선악의 경계가 불분명하고 옳고 그름의 판단이 쉽지 않은 세상이지만, 그 세계 속에서도 변함없이 지켜져야 하는 가치들이 존재한다는 점을 각인시키는 것이 지금으로는 자신이 해줄 수 있는 교육의 전부라는 사실을 그녀가 간파한 것이다.

이런 할머니의 책망에 대해서 Bayard가 보이는 반응은 두 가지인데, 그 첫째는 "링고도 그랬어요."(Ringo did too. 35)라는 고자질이고, 둘째는 할머니를 향해서 "할머니도 거짓말을 하셨어요. 할머니는 우리가 여기 없다고 말하셨어요."(And you told a lie. You said we were not here. 35)라는 항의이다. Ringo도 욕설을 했다는 Bayard의 고자질은 똑같이 욕을 했는데 자기만 벌을 받는 불공평함에 대한 소년다운 억울함의 발로라고 볼 수 있다. 그러나 "할머니는 아무 대답도 없으셨지만, 나를 바라보고 있는 그녀의 시선을 느낄 수 있었다"(She didn't answer, but I could feel her looking at me; 35)는 Bayard의 고백에는 궁지에서 벗어나기 위해 다른 사람을 물고 늘어지는 자신의 비겁함에 대한 자의식이 엿보인다. 이러한 자의식이 "할머니도 거짓말을 했지 않느냐"는 공격적인 질문으로 표출된 것이다. 할머니의 거짓말이 자신들을 살리기 위해 어쩔 수 없이 한 것임을 분명히 알고 있는 상태에서, 자신의 옹색한 상황을 면해 보고자 하거나, 그것도 아니면 자신에게 벌을 주려는 할머니의 마음을 아프게 만들려는 영악함이 다분히 배어있는 도발적인 질문이다. 이에 대해 Granny는 "나도 그 사실을 알고 있다"(I know it, 35)고 순순히 인정한다. Granny 자신도 자기 잘못을 알고 있으니 함께 벌을 받도록 하자는 것이다. Bayard가 의연하게 이 상황을 대처했다면 "왜 아버지가 북군을 죽이는 것은 괜찮고, 링고와 내가 죽이면 안 되는가?"를 물었을 것이다. 그러나 Bayard는 이와 같은 근본적인 질문을 제기하기보다는 눈앞에 다가온 벌을 모면하기에 급급한 것이다. 이런 점은 아직 어린 Bayard로서는 어느 정도 자연스러운 모습이면서도 이후의 성장 과정에서 극복해야 할 점이라고 할 수 있다. 또한 자신의 행동이 불러올 결과들을 따져 보지도 않은 상태에서, 자신이 취할 행동에 대한 자기 나름의 확신과 신념을 갖추지 못한 상태에서 Bayard가 벌인 행동 역시 용기가 아니라 만용에 불과하다. 이 또한 앞으로의 성장과정에서 Bayard가 극복해야 할 과제임과 동시에 Bayard의 성장을 가늠해 볼 수 있는 중요한 지표가 될 것임을 암시한다.

「매복」의 말미에서 John 대령이 싸우고 있을 테네시 주를 바라
보면서 그곳은 정말 멀어 보인다고 말하는 Ringo의 말을 받아서
"양키와 싸우러 가기에는 너무 먼 곳이지." 나도 침을 뱉으며 말
했다. 하지만 그 모든 것－비누 거품, 무지개 빛으로 가볍게 반짝
이는 비눗방울, 심지어 그 맛조차도 이제는 다 가버렸다."("Too
far to go just to fight Yankees", I said, spitting too. But it was
gone now-the suds, the glassy weightless iridescent bubbles;
even the taste of it" 36면)고 Bayard가 말할 때, 이는 자신들의
어린 시절이 끝났음을 선언하는 말이라고 볼 수 있다. 이런 측면
에서 「매복」에서의 '매복'은 일차적으로 숨은 채로 북군을 공격하
는 Bayard와 Ringo의 행위를 지칭한다고 볼 수 있지만, 다른 한
편으로는 Bayard와 Ringo가 전혀 의식하지 못하는 상태에서 가
까이 다가와 있다가 어느 순간 미처 준비되지 않은 그들의 의식세
계를 침범해 들어오는 경험의 세계야말로 매복의 진짜 주체라고
볼 수 있다. 이런 맥락에서 Towner가 포크너 소설세계에서 소년
이 성인으로 성장하는 범주를 세 가지로 분류하면서, 성인 세계의
지식이나 경험이 이를 생각지도 않은 소년에게 '갑자기 닥쳐오는'
경우의 예로 『어둠 속의 침입자』의 Chick, 『도둑들』의 Lucius와
더불어 『정복되지 않는 사람들』의 Bayard를 드는 것은 설득력 있
는 분석이라 할 만하다.47)

---

47) Towner가 제시하는 세 가지 부류는 첫째, '성인세계로의 이행이
　　지연되거나 멈춘 경우'로 『고함과 분노』의 콤슨 가 형제들과 『성
　　소』의 Popeye가 그 좋은 예이다. 둘째로는 '고의적으로 어린 시절
　　을 거부하고 성인세계에 대한 권리주장을 하는 경우'로 『내 누워
　　죽어갈 때』의 Jewel과 「헛간 방화」의 Sarty가 있다. 세 번째 부류
　　에는 위에서 언급한 인물들 외에도 『팔월의 빛』의 Joe, 『모세야 내
　　려가라』의 Ike와 Roth Edmonds 등이 포함된다. Theresa Mary
　　Towner, *"A World Unsuspected" : Story as Structure, Telling*

2. 자유 對 책임감:
「후퇴」, 「습격」, 「피한 후 되찌르기」

　「후퇴」는 1863년 여름에 벌어진 열흘간의 에피소드를 다룬다. 미시시피 주까지 전선은 확대되고, 이제 전쟁터가 되어버린 미시시피의 무질서를 잠시 떠나서 멤피스에 살고 있는 친척 동생 Louisa를 방문하기로 결심한 Granny는 사토리스 집안의 가보 격인 은제 물품들을 담은 트렁크를 마차에 싣고,[48] Joby와 Ringo 및 Bayard를 데리고 길을 나선다. 그러나 미시시피 주를 채 못 벗어나서 갑자기 출현한 북군 일행에게 나귀를 빼앗기게 되자, Bayard와 Ringo는 Granny와 Joby를 뒤에 남겨둔 채 근처의 외양간에 매어있던 임자 없는 말을 '빌려' 타고 북군 일행을 추적하

---

as Theme in Faulkner's Later Novels. (Ph. D. diss. U of Virginia, 1990) 217-18면.

48) Granny가 1년 전에 땅에 파묻어 놓은 은이 담긴 트렁크를 굳이 멤피스로 가지고 가려는 이유는 어떤 흑인 하나가 트렁크를 파묻어 놓은 장소를 손으로 가리키는 꿈 때문이다.(38) 실제 Granny가 이런 꿈을 꾸었을 수도 있고, Loosh가 이를 훔치거나 북군에게 고자질할 것을 두려워한 Granny가 핑계 삼아 꾸며낸 이유일 수도 있다. 한편 이 대목에는 Granny의 명령에 대해 사사건건 반발하는 Joby의 모습을 통해서 Granny의 권위와 지도력이 도전받는 모습이 묘사된다. Joby는 크게 보아 Ringo와 같이 자신을 남부인으로 규정하는 부류이지만 그렇다고 Ringo처럼 맹목적인 백인 지배 이데올로기로의 동화는 아니며, 자신이 이해할 수 없는 명령을 내리는 Granny에게 수동적 저항의 태도를 보인다. 하지만 과연 Granny가 아니라 John 대령이었다면 Joby가 이렇게 반발을 할 수 있었을까를 질문해 볼 때, 이는 백인이지만 여성인 Granny의 권위에 대한 도전으로 읽을 수 있는 대목이다. 즉 Granny와 Joby의 관계는 흑백의 문제와 성차별주의가 복합적으로 얽혀있는 관계이다.

러 나선다. 우여곡절 끝에 극적으로 John 대령 일행과 합류하게 되지만 이번에는 Granny의 흔적을 잃어버린다. 이미 멤피스로 가 있을 수도 있고 아니면 집으로 다시 돌아갔을 수도 있는 Granny 일행을 막연하게 찾아나서는 대신 John 대령은 일단 Bayard와 Ringo를 집으로 데려다 주기로 한다.

집으로 돌아오는 도중에 총을 땅에 세워놓은 채 보초도 없이 휴식을 취하고 있던 일단의 북군과 엉겁결에 조우하게 되지만, John 대령은 예의 그 용맹함과 기지를 발휘해서 50여명이 넘는 북군을 생포한다. 포로들에게서 군수품을 빼앗은 John 대령은 일부러 감시를 소홀히 해서 포로들이 도망치게 놔둔다. John 대령 일행이 집에 도착한 지 얼마 안 되어 '빌린'(사실상 훔친) 말 두 마리가 끄는 마차를 탄 Granny와 Joby가 집에 도착한다.

다음날 저녁 6시경 셔츠와 양말 차림으로 현관에 앉아 쉬고 있는 John 대령 앞에 갑자기 북군 기병대가 몰려와서 John Sartoris 대령의 행방을 묻는다. 약간 모자란 사람 행세를 하면서 그들의 주의를 누그러뜨린 John 대령은 그들을 John Sartoris에게 데려다줄 채비를 하겠다고 집안으로 들어가서는 뒷문으로 나가서 Bayard가 대기시켜 놓은 말을 타고 달아나 버린다. 자신들이 John Sartoris 대령을 코앞에서 놓쳐버린 사실을 뒤늦게 깨달은 북군 기병대는 홧김에 사토리스 저택에 불을 지르고 Loosh가 고자질한 은 트렁크를 밭에서 파내어서 돌아간다.

길 떠나는 행색을 한 Loosh와 Philadelphy가 치솟는 연기를 뒤로한 채 나타난다. Loosh에게 건네는 Granny의 말은 원망이나 비난이 아니라 "너도 갈 테냐, 루시?"(Loosh, are you going too?)이다. 이에 대해 Loosh는 "난 갈 겁니다. 난 해방되었어요. 하나님의 천사가 내가 자유롭다고 선언했으며 나를 요단강으로 인도해줄 겁니다. 이제 난 존 사토리스의 소유가 아닙니다. 나는 나에게 속해있고 하나님께 속해 있습니다."(Yes, I going. I done been freed; God's own angel proclamated me free and gonter general me to Jordan. I don't belong to John Sartoris now; I belongs to me and God., 64)라고 대답한다. Granny는 "하지만 은은 존 사토리스의 것이야"(But the silver belongs to John Sartoris)라고 응수하면서, "가지 마, 필라델피. 그가 널 비참과 기아로 안내할 거란 사실을 모르느냐?"(Don't go, Philadelphy, Don't you know he's leading you into misery and starvation?, 64)라고 만류해 보지만, 결국 Loosh와 Philadelphy는 약속의 땅을 찾아서 길을 나선다.

『정복되지 않는 사람들』에 그려진 Bayard의 경험들은 모두 생명의 소중함에 대한 인식에로 향해있다는 통일성을 지닌다. 「매복」에서 자신들이 무심코 당긴 방아쇠로 인해서 자기와 똑같은 사람의 생명을 앗아갈 수도 있다는 교훈을 얻은 Bayard는 「후퇴」에 와서는 포로로 사로잡은 적군을 풀어주는 John 대령의 모습을 통해서 죽이지 않고 이기는 것이 더 훌륭한 승리일 수 있다는 점을 배운다. 사로잡은 북군을 어떻게 처리할 것인가라는 John 대령의 질문에 Ringo는 예의 그 특유의 단순 과격함으로 '쏴 버려요'(Shoot 'em, 60)라고 대답한다. 이를 액면 그대로 Ringo의 진심이라고 보기는 어렵지만, 그렇다 하더라도 Ringo의 이런 즉흥적인 태도는 그가 「매복」의 사건에서 별 교훈을 얻지 못했거나 자기 것으로 소화하지 못했음을 보여준다. 이런 Ringo의 대답에 대해서 John 대령은 즉각적으로 '아니'라고 말하면서, 이들을 죽이는 것보다 '더 나은 계책'(a better plan)이 있으며 이에 따라 북군의 물품을 다 빼앗고 그들을 살려서 돌려보낸다.49) 이를 통해 Bayard는 비록 전쟁터에서라 할지라도 인명은 함부로 죽여서는 안 되는 것이라는 교훈을 다시금 확인하게 된다. 이런 교육이 나중에 그가 할 선택에 결정적 영향을 끼치게 됨은 물론이다.

이 외에도 「후퇴」에는 한 가지 중요한 주제적 단초가 제기되는데 그것은 바로 『모세야 내려가라』의 첫 이야기인 "Was"의 주인공 Uncle Buck의 등장이다. Granny 일행이 멤피스를 향해 가는 길에 제퍼슨 읍내를 지나게 되는데, 이때 일행을 먼저 발견한 Uncle Buck이 반가움에 고래고래 소리 지르며 다가온다. 이야기의 흐름상으로는 사실 Uncle Buck과의 조우 장면이 생략되어도 별 하자가 없다. 그럼에도 불구하고 포크너는 굳이 6페이지에 걸쳐서 Buck 아저씨의 이력을 장황하게 설명한다.

---

49) John 대령이 물품만 빼앗고 적군을 풀어준 것은 그가 착하고 너그러운 심성의 소유자이기 때문은 아니다. John 대령은 나중에 자신의 견해와 어긋나는 북부의 정치 모리배들을 눈 하나 깜짝하지 않고 쏘아 죽일 정도로 냉혹한 인물이다. John 대령이 이런 결정을 내리는 것은 그야말로 이것이 자신들에게 더 이익이 되기 때문이라는 지극히 실용적인 이유에서이다. 그렇다면 왜 이것이 '더 나은 계책'인가? 첫째, 우선 John 대령이 전투를 벌이는 상황이 정규군을 지휘하면서 사생결단의 한판 승부-예를 들어 게티스버그 전투 같은-를 북군과 벌이고 있는 것이 아니라, 일단의 소규모 비정규군을 이끌고 있다는 특수한 상황이라는 점과, 따라서 John 대령의 가장 큰 역할은 북군에게 기습을 가해 그들을 괴롭히고 그들의 전투력을 소모시키는데 목적이 있는 만큼 군수품만 빼앗아도 이미 소기의 목적이 달성된 상태라는 점, 셋째로 보초도 두지 않고 사총을 시킬 정도의 무능한 지휘관이라면 사살하는 것보다 고이 돌려보내서 다시 적군을 지휘하게 만드는 것이 아군을 위해 훨씬 유익한 선택이기 때문이다.

60

(44-49)

아버지는 그들이 시대를 앞서간 인물이라고 하셨다. 그들은 자기
들이 죽고 나서 50년이 지나서야 비로소 그 명칭이 생겨나게 될,
사회적 관계에 관한 사상을 지녔을 뿐만 아니라, 이를 실천한 사
람들이라고 하셨다. 이 사상은 땅에 관한 것이다. 그들은 땅은 사
람의 소유가 아니라 사람들이 땅에 속한 것이며, 땅은 사람들이
올바르게 행동하는 한에서만 그들로 하여금 그 땅에 의지하여 살
도록 허용할 것이며, 제대로 행동하지 않으면 마치 개가 개벼룩
을 떨쳐버릴 때와 꼭 마찬가지로 땅도 사람들을 떨쳐버릴 것이라
고 믿었다. 그들은 서로에게 건 판돈 점수보다 필시 훨씬 더 복
잡했을 기장(記帳)법을 가지고 있었으며, 이에 따라 그들 소유의
모든 검둥이들이 해방될 예정이었지만, 그냥 자유를 얻는 것이
아니라 자유를 벌어서 사야 했으며 벅이나 버디가 주는 돈으로가
아니라 농장 일로 자유를 사야만 했다.

Father said they were ahead of their time; he said they not
only possessed, but put into practice, ideas about social
relationship that maybe fifty years after they were both dead
people would have a name for. These ideas were about land.
They believed that land did not belong to people but that
people belonged to land and that the earth would permit them
to live on and out of it and use it only so long as they
behaved and that if they did not behave right, it would shake
them off just like a dog getting rid of fleas. They had some
kind of a system of bookkeeping which must have been even
more involved than their betting score against one another, by
which all their niggers were to be freed, not given freedom,
but earning it, buying it not in money from Uncle Buck and
Buddy, but in work from the plantation. (45)

여기서 Bayard를 통해서 전해지는 Uncle Buck과 Buddy의 사
상은 소위 토지 공개념이라 불리는 개혁 사상을 말한다. 이 운동

을 대표하는 Henry George는 자본주의의 고질적 병폐라고 할 수 있는 빈익빈 부익부 현상을 조장하는 가장 큰 원인으로 토지 소유 제도의 모순을 지적하면서, 지주의 '불로 소득'을 정부가 세금으로 흡수해야 한다고 역설함으로써 대중들의 열렬한 호응을 얻은 바 있다.50) 위의 인용대목의 끝부분에 나타난 Buck과 Buddy의 노예 해방 방법 즉, 하루아침에 외부환경의 변화에 의해서 무상으로 주어진 자유가 아니라 노예들 스스로의 노력과 땀의 대가로 획득하는 자유야말로 포크너가 남부 문제의 해결에 있어서 시종일관 제시하는 점진적 개선론에 다름 아니다.51) 이런 맥락에서 David Rogers는 『정복되지 않는 사람들』을 '낭만주의자인 베이어드' 對 '현실주의자 포크너'의 대결구도로 읽으면서, 『정복되지 않는 사람들』은 John 대령의 분리주의나 Burdens의 급진적 통합운

---

50) 이주영, 『미국사』(1987; 서울: 대한 교과서 주식회사, 1990). 206-7면. 사실 『모세야 내려가라』에서 McCaslin 농장 상속을 포기하면서 Ike가 가장 우선적으로 내세우는 이유가 바로 위에 나타난 Buck의 토지공개념 사상이라고 본다면, 어떤 면에서 Ike는 Buck과 Buddy에 의해서 진행되어온 개혁운동을 가장 정확하게 계승하고 있는 셈이다. 또한 토지라는 생산 수단을 농민에게 되돌려 준다는 의미에서 이는 미국 남부 나아가 전 세계로 확장되는 근대 자본주의 메커니즘에 대한 대안을 포크너가 집요하게 모색해온 증거로 볼 수 있다.

51) 포크너는 남부의 흑백통합에 대한 질문에 답하면서 진정한 통합은 흑인 편에서의 노력여부로 달성되는 것이며 흑인의 권리뿐만 아니라 책임에 대해서도 강조되어야 함을 주장한 적이 있으며, 남부인들은 오히려 개별적으로 흑인을 사랑할 수는 있는 반면 북부인들에게는 애초에 이게 불가능한데 이는 그들에게 흑인은 공포의 대상일 뿐이라고 주장하면서 따라서 자유의 사회적 책임을 흑인에게 가르치는 것은 남부인들의 임무이자 특권임을 강조한 바 있다. 흑인들의 자발적으로 자기 통제, 정직, 신뢰가능성, 순수함을 익혀가고 가장 훌륭한 백인들처럼 행동하는 법을 배워가야지만 진정한 흑인해방을 이룰 수 있다는 포크너의 주장은 너무 자주 반복되어서 오히려 식상할 정도이다. FIU 88, 211면.

62

동을 다같이 비판하는 가운데 Buck의 점진적 개혁을 대안으로 제시한다고 해석한다. 이러한 주장의 근거로 Rogers는 '포크너는 점진론자'라는 Joseph Blotner의 주장을 제시한다.52)

그러나 Uncle Buck의 개혁론이 『정복되지 않는 사람들』의 대안이라는 것은 도가 지나친 주장이다. 우선 Uncle Buck의 이력이 작품의 진행과는 동떨어진 상태에서 소개되다보니 아무래도 작품 전체에서 그 비중은 상대적으로 미미하다고 볼 수밖에 없다. 『정복되지 않는 사람들』은 주인공인 Bayard의 성장이라는 측면에서 통일성을 지닌 소설이라는 일반적인 평가를 받아들인다면,53) 만약 Buck의 개혁론이 이 작품의 대안이 되기 위해서는 어떤 식으로든 그것이 Bayard의 성장이라는 주제와 유기적으로 연결되어야 할 것이다. 그러나 작품 내에서 Uncle Buck의 역할은 Grumby에 대한 복수실행이라는 부정적 경험을 위한 안내인 역할로 제한될 뿐, Bayard의 성장에 있어서 Buck의 개혁론이 감당하는 역할은 거의 전무하다는 점에서 Uncle Buck의 개인적 신념을 『정복되지 않는 사람들』의 대안으로 읽기에는 아무래도 무리가 있다.

그렇다면 Buck의 이력에 대한 장황한 서술은 어떻게 설명할 수 있을까? 잡지에 연재된 원래의 「후퇴」에는 이 부분이 없었

---

52) David Rogers, "Shaking Hands: Gestures Toward Race in William Faulkner's The Unvanquished", Mississippi Quarterly 43.3 (1990) 341, 345-47면.
53) 『정복되지 않는 사람들』의 통일성에 관해서는 "『정복되지 않는 사람들』은 Bayard Sartoris의 성숙과 진정한 용기에로의 성장에 의해 통합된 구조를 지닌 소설이"라는 Carvel Collins의 주장이나(『UV』, 서문 viii), Millgate가 정리해 놓은 비평가들의 논의를 참조할 만하다. Michael Millgate, *The Achievement of William Faulkner.* (Athens and London: U of Georgia P, 1989) 167면.

는데 『정복되지 않는 사람들』로 개작하는 과정에서 뒤늦게 첨가되었다는 점54)은 이 대목이 『정복되지 않는 사람들』의 전체의 통일성에 필요불가결한 부분이라는 방증일 수 있다. Uncle Buck의 노예 해방 노력을 Bayard의 성장이라는 주제와 관련지어 설명해야 할 이유가 여기에 있다. 이렇게 보면 『정복되지 않는 사람들』에서 그려지는 Bayard의 입문담을 Uncle Buck과 Buddy 및 Ike로 이어지는 남부의 저주에 대한 일련의 해결노력의 일환으로 읽어줄 것을 작가가 요구한다는 해석이 가능해진다. 이를 통해 작가는 Bayard의 성장은 노예제에 관련한 인종차별주의에 대해서 정직하게 대면함으로써만 가능하다는 사실을 강조함과 동시에, Buck과 Buddy의 개혁이 제퍼슨 사회의 동의나 공감을 얻지 못한 상태에서 그들만의 개혁으로 끝나버림으로써 결과적으로 보다 인간다운 사회로의 진전에 별로 기여하지 못했다는 사실을 지적한다고 볼 수 있다. 자기가 목도하게 될 근대사회가 구 남부라는 전근대사회보다 좀더 인간적인 사회가 되는 것은 더디더라도 함께 가는 개혁을 통해서 가능하다는 사실을 깨닫는 것이 Bayard의 성장의 중요한 일면이 될 것임을 암시하는 대목이다.

『정복되지 않는 사람들』의 세 번째 이야기인 「습격」은 「후퇴」로부터 한두 달 뒤 정확히 말하자면 1863년 8월 7일부터 8월 21일(혹은 22일)까지 벌어진 사건을 다룬다. 북군이 지른 불로 사토리스 저택이 전소되자 Granny와 Bayard는 일단 Joby의 오두막으로 옮겨서 함께 기거하게 된다. 얼마 후 Granny는 Bayard와 Ringo를 대동하고 빼앗긴 트렁크를 되찾으러 길을 떠난다. 현재

---

54) Hinkle, 70면.

멤피스에 주둔 중인 북군 대령 Dick을 찾아가서 빼앗긴 물건을 되돌려 달라고 요구할 심산이다. 「습격」이라는 제목은 이제 수세에서 공세로 전환해서 북군 병영으로 쳐들어가는 Granny 일행의 활약을 가리킨다. 그런데 정작 「습격」의 가장 중요한 사건은 멤피스로 가는 도상에서 벌어지는데 그것은 마치 집단 최면이라도 걸린 듯한 흑인들의 대이동이다.

우리는 그들을 볼 수 없었고 그들은 우리를 보지 않았다. 어쩌면 그들은 쳐다보지도 않고 단지 헐떡거림과 허둥지둥하는 중얼거림과 더불어 어둠 속을 빠르게 걸어갔을 수도 있다. 그런 다음 해가 떠올랐고 우리도 불타버린 집들과 조면기와 울타리 사이로 난 텅 빈 대로를 따라 나아갔다. 전에는 아무도 산 적이 없는 시골 지역을 통과하는 것 같았다면 지금은 모든 사람이 일시에 죽어버린 지역을 통과하는 것 같았다. 그날 밤 우리는 세 번이나 깨어나 어둠 속에서 마차에 앉은 채로 검둥이들이 길을 지나가는 소리를 들었다. 세 번째는 새벽이 지난 때였으며 우리는 이미 말들을 먹여둔 후였다. 이 번은 큰 무리였으며, 마치 동이 트는 것보다 계속 앞서서 달려야 하는 것처럼 맹렬히 달려가는 소리가 들렸다. 그리고는 사라져 버렸다. 링고와 내가 막 마구를 다시 집어들었을 때 할머니가 "잠깐만, 쉿",이라고 말하셨다. 단지 하나의 소리가 나는데 한 여자가 숨을 헐떡이면서 흐느끼는 소리를 들을 수 있었으며, 그러고는 또 다른 소리를 들을 수 있었다. 할머니는 마차에서 내리기 시작했다. "여자가 쓰러졌어." 할머니가 말씀하셨다. "네 둘은 말을 마차에 메어서 따라 오너라"고 말씀하셨다. 우리가 길에 들어섰을 때 그 여자는 뭔가를 품에 안고서 길옆에 주저앉아 있었고 할머니는 그녀 옆에 서 있었다. 그녀가 안고 있는 것은 태어난 지 몇 달된 아기였다.

We couldn't see them and they did not see us; maybe they didn't even look, just walking fast in the dark with that panting, hurrying murmuring, going on. And then the sun rose and we

went on, too, along that big broad empty rode between the
burned houses and gins and fences. Before, it had been like
passing through a country where nobody ever lived; now it was
like passing through one where everybody had died at the same
moment. That night we waked up three times and sat up in the
wagon in the dark and heard niggers pass in the road. The last
time it was after dawn and we had already fed the horses. It
was a big crowd of them this time, and they sounded like they
were running, like they had to run to keep ahead of daylight.
Then they were gone. Ringo and I had taken up the harness
again when Granny said, "Wait. Hush." It was just one, we
could hear her panting and sobbing, and then we heard another
sound. Granny began to get down from the wagon. "She fell",
she said. "You all hitch up and come on."
When we turned into the road, the woman was kind of
crouched beside it, holding something in her arms, and Granny
standing beside her. It was a baby, a few months old (69-70)

신이 자신들에게 허락하신 가나안을 향해 그리고 그 약속의
땅 가나안을 이 세상으로부터 가로막고 있는 Jordan을 향해 대
이동을 하고 있는 니그로 집단에 대한 묘사는 히브리 노예들의
출애굽 장면을 연상시킨다. 그러나 니그로들의 집단 탈출에 대
한 묘사에는 장엄함 이상의 어떤 시각이 감춰져 있다. 이는 '희
망과 숙명 이외에는 모든 것에 눈이 먼'(blind to everything
but a hope and a doom, 68) 그들의 집단 대이동에서 노인과
여자, 아이로 대표되는 약자들이 낙오되고 소외되어 결국 목숨
을 잃게 될지도 모를 가능성을 작가가 지속적으로 환기시킨다
는 점에서 드러난다. 이런 점을 들어서 작가의 인종주의를 비판
할 여지가 있다.55) 여기서 화자가 비판하는 것은 흑인노예들이

---

55) 앞서 Loosh의 인물묘사에서도 잠깐 살펴보았듯이 『정복되지 않는

사람들』에서 포크너가 독립적인 흑인주체들을 바라보는 시각은 그다지 호의적이지 않은 게 사실이다. 포크너는 비평가들로부터 인종차별주의자라는 비난을 간혹 들어왔는데, 그 가장 결정적인 증거로 자주 인용되는 대목이 바로 포크너가 Russel Howe와의 인터뷰 중에 했던 다음의 발언이다.

만약 내가 미합중국 정부와 미시시피 가운데서 선택을 해야 한다면 난 미시시피를 택할 것입니다. 내가 지금 하고자 하는 바는 그러한 결정을 할 필요가 없게 만드는 일입니다. 중간 길이 있는 한 물론 난 그 길을 갈 것입니다. 그러나 만약 싸움에 이르게 된다면 난 미합중국 정부에 대항해서 미시시피를 위해서 싸울 것입니다. 설사 그것이 거리로 나가서 검둥이에게 총을 쏘아대는 것을 의미할지라도 말입니다. 결국 난 미시시피 사람들에게 총을 쏘지는 않을 것입니다.

If I have to choose between the United States government and Mississippi, then I'll choose Mississippi. What I'm trying to do now is not have to make that decision. As long as there's a middle road, all right, I'll be on it. But if it came to fighting I'd fight for Mississippi against the United States even if it meant going out into the street and shooting Negroes. After all, I'm not going out to shoot Mississippians.

이에 대해 포크너는 얼마 후 공개편지를 통해 이 말이 "제 정신인 사람이라면 결코 하지 않을 발언이고, 또 제 정신을 지닌 사람이라면 결코 믿지 않을 말"로서 취중에 한 실언이었으며, "어리석으면서도 위험한" 말들이라고 해명한 바 있다. James Meriwether and Michael Millgate, eds. *Lion in the Garden: interviews with William Faulkner*. (New York: Random House, 1968) 260-61, 265면 참조.
　　Noel Polk는 포크너가 위의 말을 한 것은 사실이지만, 이를 근거로 그를 인종주의자로 몰아붙이기보다는 포크너가 이런 주장을 하게 된 문맥과 배경을 잘 이해할 필요가 있다고 지적한다. 즉 문제의 발언은 개인성을 말살하는 현대문명의 폐해에 대한 포크너의 일관된 비판과 반대의 연장선상에서 나온 말이라는 것이다. Noel Polk, "Man in the Middle: Faulkner and the Southern White Moderate", *Faulkner and Race: Faulkner and Yoknapatawpha 1986*. Eds. Doreen Fowler and

자유를 찾아가는 행위 자체라기보다는 그런 행동이 냉철한 현실 인식에 근거하지 않을 때에 엄청난 비극으로 치달을 수 있다는 점이다. 자유를 찾아가는 그들의 행동이 근본적으로 옳을 수 있어도 그런 행동이 미래에 대한 막연한 기대에 근거해 있을 때, 그리고 그런 이유로 현실에서 자신들이 감당해야 할 작은 의무들에 대해 눈이 멀어있을 때 그런 행동들은 파국으로 이어질 수도 있다는 우려이다. 한 마디로 막연한 희망에 근거해서 집단행동에 나서는 대책 없는 낙관주의에 대한 비판이다.

이런 이유에서 이 집단 광기의 와중에 희생당하는 약자를 돌보려는 Granny의 책임감이 부각되면서 『정복되지 않는 사람들』의 대안으로 그려지는 듯이 보인다. 그녀는 가던 길을 멈춰 서서 길에서 낙오한 흑인 여인을 돌보아 줄 뿐 아니라 자기들에게도 별로 넉넉하지 않은 양식의 일부를 나눠주는 자선을 베푼다. 그러나 그녀는 자선을 할 수 있을지언정 흑인들이 왜 그런 탈주를 감행할 수밖에 없는가에 대한 인식에는 이르지 못하는 한계를 지닌다. 이는 Granny가 흑인여자에게 건네는 첫마디가 "당신의 주인이 누구요?"(Who do you belong to, 70)라는 점에서 잘 드러난다. 흑인들의 대이동이 그들을 소유하고 지배해온 남부 백인들로부터의 독립을 가시적으로 확인하고 향유하기 위한 것이라는 사실을 그녀는 이해하지 못하거나 애써 외면하고

Ann J. Abadie. (Jackson: UP of Mississippi, 1987) 138면.
   사실 개인적으로 포크너가 흑인에 대한 차별적인 태도를 지니고 있었을 소지는 있지만, Polk의 주장처럼 이는 남부가 당면한 문제들을 공동체적으로 풀어가야 한다는 포크너의 신념과 맞물려 있는 문제이다. 인종이나 젠더의 문제에 대해서 포크너가 취하는 태도가 부분적으로는 문제의 소지가 있음에도 불구하고, 이 문제들을 공동체적인 관점에서 풀어가야 한다는 작가의 비전은 충분히 사 줄만 하다는 것이 본 논문의 평가이다.

68

있다. 물론 남부 연방의 귀부인인 Granny가 북부의 대통령령으로 선언된 노예 해방56)을 합법적인 것으로 받아들일 리가 없으며, 따라서 그녀에게 흑인들은 여전히 노예일 뿐 아니라 그런 상태가 흑인들 자신의 안전과 행복을 위해서도 더 낫다고 간주하는 것이 무리는 아니다. 그러나 현재의 상황에서 Granny는 자신에겐 너무나 당연한 사실이 흑인들에게는 전혀 당연하지 않을 수 있다는 가능성을 한번쯤 진지하게 고려해 보아야 하는 것이다.

멤피스에 도착한 Granny 일행은 Aunt Louisa의 집을 찾아가고 여기서 Bayard는 그의 일생에서 가장 중요한 여성인 사촌 Drusilla를 만나게 된다. 그녀는 약혼자가 전사함으로써 미망인 아닌 미망인이 된 채 약혼자가 선물한 말을 타고 여기저기를 돌아다니는 독립심 강한 여성이다. 흑인들의 대이동을 목격한 Drusilla의 말을 통해 다시 한번 책임감이라는 주제가 다루어진다. 그녀는 북군 기병대가 다리를 폭파해서 흑인들을 저지할 것이라고 말하면서 만약 그리되면 무슨 일이 벌어질지 모른다고 걱정한다. 이에 대해 Aunt Louisa는 "하지만 우리가 책임질 수는 없는 문제이지", "양키 놈들이 그것을 자초한 거라면 그 놈

---

56) 에이브러험 링컨에 의한 노예 해방령은 남북전쟁이 발발한지 1년 5개월이 지난 1862년 7월에서야 발표되는데 내용인즉슨 이듬 해 1월부터 반란군 소속의 모든 노예는 해방된다는 것이었다. 그러나 뉴올리언즈와 같이 북군이 미리 점령하고 있던 지역의 노예나 남북 경계 주의 노예에 대해서는 아무런 언급이 없었으며, 반란을 일으킨 주라 할지라도 90일 이내에 다시 연방으로 돌아오면 노예제의 존속은 그대로 인정될 것이라는 내용이었다. 이런 점을 들어서 남북 전쟁의 주된 원인은 북군이 표면에 내세운 노예제 폐지가 아니라 서로 반대되는 두 개의 경제 집단, 즉 남부의 지주 세력과 북부의 상공업 세력 사이의 충돌이었다는 주장이 종종 제기된다. 이주영, 169-70면.

들이 대가를 치르도록 놔둬"("But we cannot be responsible", "The Yankees brought it on themselves; let them pay the price.")라고 잘라 말한다. 이에 대해 다시 Drusilla는 "엄마, 그 검둥이들은 양키가 아니에요." "최소한 양키가 아닌 사람 한 명은 거기에 있을 거예요."("Those Negroes are not Yankees, Mother", "At least there will be one person there who is not a Yankee either"., 76)라고 반박한다.

이 장면에서는 Aunt Louisa의 이성적인 고립주의와 Drusilla의 온정주의가 대비된다. 후자는 남부의 전통적 가부장제의 한 줄기이다. 흑인들더러 집을 떠나라고 명령한 것도 아니고 다리를 폭파해서 그들을 막은 것도 아니므로 자신들은 책임이 없으며 북군이 대가를 치르게 하라는 Aunt Louisa의 말은 논리적으로는 타당하다. 그러나 북군이 아무런 대책을 내어놓지 못하는 상황에서 북군의 잘못으로 인한 재앙을 흑인들더러 책임지라고 요구할 수는 없다는 Drusilla의 연민의 논리는 훨씬 더 큰 설득력을 지닌다. Drusilla의 말에는 흑인들로 하여금 앞 뒤 재지 않고 무모한 대탈출 러시를 감행하도록 만든 것은 어찌 됐건 그들을 오랜 기간 노예로 소유하고 착취해온 남부 백인들의 책임이라는 인식이 내포되어 있다. 따라서 흑인들의 엄청난 희생이 예상되는 지금 누군가가 그 현장에 서서 자신이 할 수 있는 바를 감당해야 한다는 Drusilla의 주장은 독자들의 공감을 얻기에 충분하다.

한편 Drusilla의 입을 통해서 「습격」의 또 다른 주제인 기관차 경주 사건이 소개된다. 「습격」에는 세 가지 이야기가 뒤섞여 있다. 중심 이야기는 Granny 일행의 재산 되찾기 사건이지만 이 과정에 이에 못지않은, 아니 주제적인 측면에서 볼 때 이보다 더 중요한 두 가지 사건이 끼어든다. 하나는 앞서 언급한 흑인들의 대탈주행각이고 다른 하나는 Drusilla를 통해서 듣게 되는 기관차 경주사건이다. 이는 1862년 4월 12일에 벌어진 '기관차 추적 사건'(the Great Locomotive Chase)이라는 실제 사건을 각색한 것이다. 북군 점령 하에 있던 Atlanta의 기관차 보관소에 몇 명의 남군들이 몰래 침입해서 기관차를 탈취한 후 남군 깃발을 꽂은 채 도망을 치는 사건이 벌어진다. 기관차의 도난 사실을 즉시 알아차린 북군이 다른 기관차로 이를 추적하지만 노선이 끝나는 Chattanooga에 이르기까지 남군의 기관차를 따라잡지 못한 채 경주는 끝난다. 다음날 북군은 홧김에 아예 철로 자체를 망가뜨려 버린다. 현실적으로 보자면 이는 하나의 해프닝에 불과하며, 설사 여러 대의 객차를 단 일백 량의 기관차를 훔쳐 내는데 성공한다 하더라도 이것이 전세를 바꾸지는 못한다는 사실을 Bayard 자신도 잘 알고 있다. (79-80) 그러나 이는 북부와 남부가 각각 대변하는 원칙 간의 경쟁이었다고 Drusilla는 해석한다. 즉 기차는 힘과 번영과 자유를 상징하며 이런 의미에서 기관차 경주는 남부의 꿈과 북부의 꿈 간의 대결이라는 상징적 의미를 지닌 것이고, 여기서 남군의 기관차가 승리했다는 것은 남부의 영광의 재현에 대한 상징이 된다. 그런데 이런 위대한 남부의 승리를 지켜보러 모인 자들이 '흑과 백의 노인과 아이들, 자기가 과부가 된 것인지 아이를 잃은 것인지조차 아직 몇 달 동안은 알지 못할 아낙네들'(the black and the white, the old men, the children, the women who would not know for months yet if they were widows or childless or not, 79)이라는 언급은 이런 슬로건들에 내포된 허망함과 위협 등을 잘 드러내 준다. 또한 기관차 경주를 원칙을 위해 결투를 벌이는 중세의 기사들에 비유하면서, '죽음의 궁극성과 모든 노력의 허망함'(the finality of death and the vanity of all endeavor. 81)을 시험하고 입증하기 위함이라고 논평하는 데에서 남부 백인들의 꿈에 대한 화자의 비판적 태도가 엿보인다.

Robert Gibb은 흑인들의 대탈주 행렬과 기관차 경주라는 "Raid"의 두 가지 중심 모티프는 작품의 주제와 구조를 복합적으로 드러내 주는데, 이때 흑인들은 끊임없이 강, 물결 이미지와 연결되는 반면 남부 백인들(의 꿈)은 철도라는 기계적 이미지와 연결된다고 분석한다.57) 철도란 정해진 길을 간다는 측면에서 숙명성(fated quality)을 지니며 이 점에서는 흑인들의 강물(river) 역시 마찬가지이다. 흑인들이 미래에 대한 섣부른 비전으로 말미암아 현실을 보지 못했다면, 백인들은 과거에 대한 집착에 의해서 눈이 먼 상태라고 Gibb은 분석한다.58)

크게 보아 백인들의 기관차 경주 사건과 흑인들의 대 탈주행각은 자유를 향한 흑백의 꿈을 상징하면서 이런 꿈이 제대로 의미를 가지려면 Granny와 Drusilla가 보여주는 책임감이라는 가치와 어떤 식으로든 관련을 맺어야만 함을 「습격」은 역설한다. 작가는 낙오자를 버리고 행진해 가는 흑인들의 행렬과 버려진 낙오자를 돌보는 Granny의 대비를 통해 진정한 '자유인'(free man)은 자기 자신과 신뿐만 아니라 주위 사람에게도 속해 있는 사람임을 보여주며, 이런 의미에서 포크너의 자유관은 '사람은

---

57) Robert Gibb, "Moving Fast Sideways: A Look at Form and Image in the Unvanquished", *Faulkner Journal* 3.2(1988) 42-4면.
58) Gibb, 45면. 호커스트를 방문한 Bayard가 불타버린 철도의 침목과 파괴된 철도레일을 보면서 철도를 강의 이미지와 연결시켜 명상하는 장면이 나오는데, 이를 통해서 작가는 흑인과 백인의 딜레마를 등치시키면서 백인들의 구원의 길도 흑인들의 그것만큼이나 '존립 불가능함'(not viable)을 시사한다고 Gibb은 분석한다.

사회의 한계 내에서 행동할 때 자유롭다'는 식의 홉스적 자유라는 Theresa Mary Towner의 지적은 설득력이 있다.59)

한편 Drusilla는 남부 가부장제 이데올로기를 충실히 내면화시킨 인물로서 이에 따라 검둥이들을 돌봐야 하는 백인의 책임을 이행하고 강조하면서도 막상 자신의 일신에 관련된 문제에 대해서는 남부 사회의 지배 이데올로기가 강요하는 여성의 전형적인 삶에 대해서 상당히 부정적인 인식을 드러내 보인다. Bayard에게 Drusilla는 남부 여인의 삶의 실상을 다음과 같이 토로한다.

한번 깨어있어 봐! 이리도 많은 일이 벌어지고 볼 게 이렇게 많은데 누가 지금 잠자고 싶겠어? 알다시피 예전에는 삶이란 따분한 거였어. 시시했지. 아버지가 태어난 집에서 살면서 네 아버지를 돌봐줬던 흑인 노예들의 아들딸이 네 아버지의 아들딸들을 돌보고 길러줄 테지. 그리고 나면 자라서 적당한 젊은 남자와 사랑에 빠져서 시간이 지나면 네 엄마의 웨딩드레스를 입고 그와 결혼을 하고 그녀가 받았던 바로 그 은을 선물로 받게 될 테지. 그리고 나면 완전히 정착을 해서 애들이 다 자랄 때까지 그들을 먹이고 씻기고 입히면서 살다가 너와 네 남편은 조용히 숨을 거두게 될 것이고, 어느 여름날 오후 저녁 식사 직전에 함께 땅에 묻힐 테지. 알다시피, 시시했어. 하지만 지금 상황이 어떤지는 네스스로 알 수 있어. 지금은 좋은 시절인 거야.

Why not stay awake now? Who wants to sleep now, with so much happening, so much to see? Living used to be dull, you see. Stupid. You lived in the same house your father was born in, and your father's sons and daughters had the sons and daughters of the same Negro slaves to nurse and coddle; and then you grew up and you fell in love with your acceptable

---

59) Towner, *"A World Unsuspected" : Story as Structure, Telling as Theme in Faulkner's Later Novels.* 46-47면.

young man, and in time you would marry him, in your mother's wedding gown, perhaps, and with the same silver for presents she had received; and then you settled down forevermore while you got children to feed and bathe and dress until they grew and then you and your husband died quietly and were buried together maybe on a summer afternoon just before suppertime. Stupid, you see. But now you can see for yourself how it is; it's fine now; (82)

Drusilla의 말에는 안정의 대가로 무미건조한 삶을 강요당해 온 남부 여성의 불만이 실감나게 드러나면서 동시에 전통의 유지와 계승이라는 명목으로 개인의 창조적인 자아실현을 억눌러 온 남부 가부장제 사회에 대한 비판이 고스란히 녹아들어 있다. 이 대목 말미에서 '요즘은 좋아'라는 Drusilla의 말은 전쟁이라는 비상시국을 맞이하여 남부 사회를 강력하게 통제해온 지배 이데올로기의 장악력이 줄어든 지금이야말로 오히려 자신의 개성과 창조성을 발휘할 기회일 수 있다는 기대를 담고 있다.

Bayard는 Drusilla의 신세한탄을 들으면서 목숨을 바쳐서라도 지키려 애써 온 남부사회의 가치들이 실상은 여성들의 자기실현을 가로막는 질곡으로 작용했을 수 있다는 가능성에 눈뜨게 된다. 이는 「매복」에서 남북전쟁의 실상과 적군의 실체에 대한 눈뜸을 경험한 것과 더불어 남부사회의 본질이 자신의 믿음과는 달리 대단히 억압적이고 비인간적인 가치체계에 근거해 있을지도 모른다는 또 하나의 충격적인 경험이다. 이렇게 본다면 Drusilla는 책임감이라는 구 남부의 덕목을 체현하는 인물이면서 동시에 책임감을 포함한 남부 가부장제 이데올로기가 개인의 창조적인 삶을 가능케 하기에는 턱없이 모자라는 것임을 보여주는 이중의 역할을 한다. 약자에 대한 관심과 자선은 전통 가부장제 사회의 미덕 중 하나로서 분명 소중한 가치임에 틀림없지만, 그것이 부당한 사회구조에서 자기가 누리는 특권들을 인식하지 못하게 만들거나 이런 부당한 사회구조를 정당화시키는 근거로 악용될 소지는 늘 상존하는 법이다. Bayard로서는 Granny와 Drusilla가 보여주는 책임감이라는 덕목을 배우면서도 동시에 이런 덕목을 통해서 교묘히 위장되고 은폐되어온 남부 가부장제 이데올로기의 억압적 면모를 넘어서야 하는 힘든 과업을 요구받고 있는 셈이다.

천신만고 끝에 Granny 일행은 원래 북군에게 빼앗겼던 은 가방 1개와 노새 두 마리 및 두 명의 노예를 훨씬 상회하는, 10상자의 은과 122마리의 말과 노새 그리고 100여명의 흑인 노예들을 돌려받은 채 귀향하는 과정이 허풍담 형식으로 그려진다.60)

---

60) Hinkle에 따르면 허풍담의 특성은 그 내용이 과장되긴 했지만 아예 불가능하거나 불합리한 것은 아니라는 점에 있으며, 허풍담의 모든 디테일은 설명 가능해야 한다. Hinkle은 Granny 일행이 북군으로부터 이런 어마어마한 양의 전리품을 되돌려 받은 것이 터무니없는 설정은 아님을 조목조목 설명한다. 우선 미시시피와 앨라배마에 진주한 북군에게는 몰수당한 재산을 되돌려달라는 남부인들을 다루는 통일된 규칙이 없었기 때문에 대개 지휘관의 재량에 따라 이 문제를 처리했다는 점이다. 둘째 북군으로서는 걷잡을 수 없이 불어나는 도망노예들의 처리로 골머리를 앓고 있는 상황에서 두 명의 노예를 돌려달라는 Granny의 요청이 너무나 반가울 수밖에 없었다는 점이다. 셋째, 노새 문제와 관해서는 당시 남부에서 흔한 이름이었던 'One Hundred and Tinny'라는 이름의 노새를 Dick 대령의 부관이 받아 적는 상황에서 이를 one hundred and ten mules로 잘못 들었을 가능성이 있다. 또한 미시시피와 앨라배마는 노새가 많기로 유명한 주들이기 때문에 100여 마리의 노새를 Granny 일행에게 주어도 이를 보충하는데 별 문제가 없는 상황이었다. 마지막으로 10개의 은상자를 돌려받은 것은 'the tin chest of silver'라는 Granny의 말을 'ten chest of silver'라고 잘못 들었을 가능성이 있다. 한편 은이 가치가 있긴 하지만 실전에 참여한 전투부대에게는 사실 무용지물일 뿐더러 이미 보관하기도 힘들 정도로

이 경험으로 자신감을 얻은 Granny 일행은 본격적으로 북군 군수품 탈취 전투에 뛰어들게 된다.

「피한 후 되찌르기」는 「습격」으로부터 1년 반 후인 1864년 10월부터 그 해 크리스마스 직전까지의 기간에 벌어진 사건을 묘사한다.61) 「되찌르기」의 중심인물은 Granny와 Ringo 및 그들이 빼앗아온 노새와 말들을 북군에게 되파는 역할을 맡은 Ab Snopes, 그리고 Granny가 돌보는 산간 주민들의 목회자인 Brother Fortinbride이다. 이 중에서도 단연 발군의 활약을 보이는 인물은 이들 중 유일한 흑인인 Ringo이다. Ringo는 탈취 대상 부대에 대한 정보를 구한 후, 자기가 직접 위조한 북군 장군의 편지를 가지고 Granny와 함께 북군 부대를 찾아가서 물건들을 받았다가, 근처에서 잠복하고 있는 Ab Snopes 일당에게 넘겨주는 역할을 담당한다. 이 장 내내 뒤에 물러나 있는 Bayard로서는 Ringo가 도저히 따라잡을 수 없을 만큼 훌쩍 커버린 것으로 느낀다. 사실 이 모든 일은 Ringo가 없었다면 불가능했을 것이기에 이제 Ringo가 사토리스 집안에서 가지는 무게는 전과는 다르다. John 대령이 전장에 나가고 없는 지금, 형식적으로는 Granny가 사토리스 집안을 이끌어 가고 있지만 실제로 사토리스 집안뿐만 아니라

　　많은 양의 은을 몰수한 북군의 지휘관으로서 이를 되찾으러 온 가난한 남부의 노부인에게 10궤짝의 은을 돌려주라는 명령을 내리는 것이 얼토당토않은 결정은 아니다. Hinkle, 110-16면 참조.

61) 이 스토리가 잡지에 발표되던 당시의 제목은 "The Unvanquished"였으나 소설로 묶여지면서 현재의 제목이 붙게 되었다. 'Riposte in Tertio'라는 제목은 펜싱 용어에서 따온 말로서 '상대의 공격을 피한 후 되찌르기'라는 뜻인데, 이는 위조한 문서로 북군의 노새를 빼앗은 후 그들에게 되파는 식으로 북군을 공략하는 Granny 일행의 활약상을 지칭한다. Hinkle, 119면.

Granny가 돌보는 수십 명의 산간 지방 주민들의 생계를 책임진 사람이 바로 Ringo임은 누구도 부인할 수 없는 사실이다. Ringo의 변화된 위상은 그가 Granny 앞에서 스스럼없이 Bayard에게 명령을 내리고 Bayard가 군말 없이 이에 따르는 것으로 입증된다(101). 그러나 Ringo에게 있어서 이런 모험은 멍청한 북군을 골탕 먹인다는 것 이상의 의미를 지니지 못한다.

이런 Ringo의 한계는 Granny와 강한 대조를 이룬다. 1년 반 전 북군으로부터 돌려받은 노새들을 이끌고 집으로 돌아온 Granny는 노예보다 더 궁핍하게 살아가는 산간 지방의 가난한 백인들과 대책 없이 떠돌아다니던 십여 명의 흑인들을 불러 모아 노새와 돈을 빌려주어서 농사를 짓게 만든다. Granny 일행이 북군에게서 빼앗은 말과 노새를 북군에게 되파는 방식으로 지난 1년 반 동안 벌어들인 돈은 무려 6000불을 넘어서는 거금이다. 이 돈을 개인적으로 치부했더라면 사토리스 집안은 오히려 전쟁 전보다 더 번성할 수도 있었을 거금이다. 그러나 Granny는 이를 주변의 가난한 이웃들과 나누는 것을 자신의 소명으로 인식한다. 한편 Granny는 자신의 목적은 순수하고 떳떳하지만 이를 이루는 과정에서 거짓과 속임수라는 방법을 사용할 수밖에 없는 데서 오는 갈등으로 고민한다. 이를 Granny는 공개적인 회개를 통해서 극복하려한다. 도둑질도 자주 하면 꼬리를 밟히는 법이어서 결국 Granny의 행각은 들통이 나게 되고 그나마 남은 노새와 말들도 Ab Snopes의 고자질 덕분에 북군 기병대에게 몰수당한 후, Bayard와 Ringo를 데리고 교회를 찾은 Granny는 다음과 같이 회개기도를 드린다.

"저는 죄를 지었습니다. 저는 도둑질을 했고, 비록 우리 고장의 원수이긴 하지만 내 이웃에 대한 거짓 증언을 했습니다. 게다가

저는 이 아이들이 죄를 짓게 만들었습니다. 따라서 제가 이 아이
들의 죄를 내 양심에 떠맡겠나이다.” …… “하지만 저는 이익이
나 탐욕을 위해서 죄를 짓지는 않았습니다. 나는 복수를 위해서
죄를 지은 것도 아닙니다. 당신이나 어느 누구라도 내가 그런 짓
을 했다고 하면 가만히 있지 않겠나이다. 저는 정의보다 더한 것
을 위해 그렇게 했습니다. 저는 스스로 돕지 못하는 당신의 피조
물들, 거룩한 명분─비록 당신께서는 그것을 패배한 명분으로 만
드는 것이 적절하다고 보셨지만─을 위해 아비를 드린 아이들과
남편을 드린 아내들과 자식을 바친 노인들에게 줄 음식과 의복을
위해서 죄를 지었나이다. 제가 얻은 것은 그들과 함께 나누었습
니다. 내가 그 중 일부를 돌려받은 것은 사실이지만 그에 대해서
는 제가 최선의 판관입니다. 왜냐하면 제게도 또한 바로 이 순간
에 고아가 될지도 모르는 의지가지들이 딸려있기 때문입니다. 당
신이 보시기에 이것이 죄라면 저는 이것 또한 제 양심으로 떠맡
겠나이다. 아멘.”

“I have sinned. I have stolen, and I have borne false witness
against my neighbor, though that neighbor was an enemy of
my country. And more than that I have caused these children
to sin. I hereby take their sins upon my conscience.” ……
“But I did not sin for gain or for greed”, Granny said. “I did
not sin for revenge. I defy You or anyone to say I did. I for
more than justice; I sinned for the sake of food and clothes
for Your own creatures who could not help themselves-for
children who had given their fathers, for wives who had given
their husbands, for old people who had given their sons to a
holy cause, even though You have seen fit to make it a lost
cause. What I gained, I shared with them. It is true that I
kept some of it back, but I am the best judge of that because
I, too, have dependents who may be orphans, too, at this
moment, for all I know. And if this be sin in Your sight, I
take this on my conscience too. Amen.” (115)

사실 Granny의 기도는 회개라기보다는 해명 내지는 성명서에 가까운 기도이다. 이것은 자신이 잘못했으니 신께 용서를 빈다는 식의 전통적인 회개기도가 아니라 죄를 짓긴 했으되 그 이유가 또한 신의 뜻을 따른 것이었기 때문에 사실상 이는 죄가 아니라는 식으로 신께 따지고 있는 것이다. "자신은 처음에는 정의를 위해 죄를 지었고 이후에는 정의보다 더 중요한 것을 위해 죄를 지었는데 그것은 바로 스스로를 돌보지 못하는 신의 피조물들에게 음식과 의복을 공급하기 위해서 죄를 지었던 것"이라는 Granny의 기도는 때로는 자신이 내면화해온 신념이나 사상의 틀을 뛰어넘어 행동할 수 있어야 함을 Bayard에게 가르쳐준다. 이를 통해 Bayard는 개인의 신념이나 지역사회의 전통보다 상위에 있는 지고의 가치란 바로 신의 형상으로 창조된 인간의 생명을 지키고 이 생명의 유지에 필요한 자원을 공급해 주는 것임을 배운다. 이런 깨달음이 나중에 "Odor"에서의 Bayard의 선택에 기여했을 것임은 불문가지이다.

결국 Granny는 남군 사령관의 편지를 위조하는 똑같은 수법으로 이번에는 Grumby라는 남군 패잔병 무리의 말들을 빼앗아오자는 Ab Snopes의 제안을 받아들여서, Bayard의 만류에도 불구하고 단신으로 Grumby 일당을 찾아갔다가, 낯선 인물의 갑작스런 출현에 깜짝 놀란 Grumby의 총에 맞아 죽게 된다. LeLand H. Cox는 이에 대해 Grumby 사건에 뛰어드는 Granny의 동기가 '천박한' 것은 아니지만, 여태까지 '사심 없고 이타적으로' 행동해온 스스로의 원칙을 깨뜨리는 개인적인 동기였고 이로 인해 죽임당한 것이라고 해석한다.62) 그러나 자신의 행동이 가족 전체

---

62) LeLand H. Cox, *William Faulkner: Biographical and Reference Guide,* vol 1. (Detroit: Gale Research Company, 1982) 194면.

를 위한 것임을 천명하면서 이제 곧 빈손으로 돌아올 사위에게 무언가 내놓을 것을 마련하기 위해서라는 Granny의 의도가 지금껏 그녀가 보여주었던 이타적 행위의 연장선상에서 읽혀질지언정 이에서 일탈한 것으로 느껴지지는 않는다(119).

Granny의 잘못을 굳이 들자면 그것은 그녀가 막판에 욕심을 부렸다거나 북군에 대한 사기행각 와중에 그녀의 본성이 타락했기 때문이 아니라, 자기가 여태껏 적군인 북군들과 안전하게 거래를 해왔다면 더욱이 남군 출신인 Grumby와는 더 안심하고 거래할 수 있다는 안이한 믿음이 문제였다. 그들을 자극해서 불필요한 위험을 초래할지 모른다는 이유로 Bayard와 Ringo를 바깥에 세워둔 채 단신으로 Grumby 일당을 찾아간 Granny는 "남군은 결코 여자를 해치지 않을 것이"(They won't hurt a woman. 119)라는 자신의 신념의 대가로 목숨을 잃게 된다. 결국 Granny는 남부의 지배 이데올로기를 충실히 내면화시킨 상태에서 이를 근거로 연약한 이웃을 돌아보는 가부장의 책임을 충실히 이행하는 긍정적 면모를 지녔지만, 자신이 내면화시킨 그 이데올로기 자체의 한계나 맹점에 대해서는 끝내 직시하기를 거부한 대가로 희생당하는 비극적 인물이다.

「피한 후 되찌르기」에서 작가는 기차와 강물이라는 두 가지 상징과 Granny와 Drusilla라는 두 인물을 통해서 자유와 책임 간의 변증법적인 관계를 탐색한다. 책임 없는 자유는 그 자체로 파괴적일 뿐 아니라 통제 불능의 무질서를 야기 시킬 위험이 크다. 자유 없는 책임은 개인의 창의성과 가능성을 억압함으로써 역사의 흐름에 대한 반동적 위치에 서게 만들 위험이 크다.63) 단순히 창조

---

63) 전자에 속하는 인물로 『압살롬, 압살롬!』의 Sutpen이나 『마을』의 *Flem,* 『야생 종려』의 Charlotte와 『정복되지 않는 사람들』의 John

적 발전이 억압당하는 차원을 넘어서 Granny처럼 아예 목숨까지
희생당하는 엄청난 대가를 치르게 될 수도 있다는 교훈을 준다.

대령을 들 수 있다면, 후자의 예로는 『고함과 분노』의 Dilsey나 『성
소』의 Horace 그리고 『정복되지 않는 사람들』의 Granny 등을 들 수
있다.

3. 첫 번째 입문 — 복수 실행: 「복수」

"Vendee"는 Granny 살해 시점 즉 1864년 크리스마스 며칠 전부터 이듬해인 1865년 2월 23일까지 벌어진 Grumby 추적사건과 복수에 대한 기록이다. 주요 등장인물은 Bayard와 Ringo 그리고 Uncle Buck이다. Bayard와 Ringo는 명 사냥꾼인 Buck 아저씨와 함께 Grumby 일당을 2개월 여간 추적해서, 결국 이듬해 2월 말경에 Grumby 일당과 조우하게 된다. 그 이전에 Grumby 일당에 의해 팔에 총상을 입은 Buck 아저씨는 먼저 제퍼슨으로 돌아가고 현재는 Bayard와 Ringo 둘이서 일당들을 계속 추적해온 참이다. 여기서 15살짜리 소년 두 명이 강도로 전락해 버린 세 명의 남군 패잔병들을 추적해서 복수를 한다는 설정이 과연 어느 정도 신빙성이 있는가라는 의문이 제기될 법 하다. 작품 자체도 계속 되풀이해서 Grumby 일당이 Bayard와 Ringo의 추적 사실을 알고 있으며, 두 번 이상 그들을 숨어서 지켜보면서도 그들을 공격하지 않았다는 점을 분명히 한다. 왜 Grumby 일당은 Bayard를 먼저 제거하지 않는가? Bayard가 아직 힘없는 소년에 불과해서 차마 그를 죽이지 못하는 것인가? 만약 그렇다면 똑같이 힘없는 노파에 불과한 Granny를 죽인 것은 무엇으로 설명할 것인가? 이에 대한 가장 합당한 답은 Hinkle이 지적하듯이, Bayard가 바로 John Sartoris의 아들이었기 때문이다. John 대령의 장모를 죽이는 실수를 범함으로써 이미 궁지에 몰린 Grumby는 그의 외아들 Bayard마저 죽임으로써 John 대령의 복수심을 자극하는 최악의 상황만은 피하기를 원했으며, 자신이 Bayard를 죽이지 않은 것을 근거로 해서 John 대령과의 화해를 모색하겠다는 속셈이었다는

것이다.[64]

  그러나 Bayard의 복수의지는 너무나 확고해 보였으며, 결국 Grumby는 언제까지나 Bayard를 피해 다닐 수만은 없다는 결론을 내린 동료들에 의해 결박된 상태로 Bayard에게 넘겨진다. Bayard 역시 자신의 힘으로 일당들을 전부 상대할 수는 없음을 잘 알고 있고 실제로 할머니를 죽인 자는 Grumby였기에 Grumby를 넘겨받는 것으로 그들과의 문제는 해결된 것으로 간주한다. 이제 남은 것은 Grumby와 Bayard가 해결해야 할 일, 즉 할머니의 죽음에 대한 복수이다. 그리고 이것은 남부의 전통이 요구하는 결투 규범에 따라서 정정당당히 이루어져야 할 일이다. 그러나 Bayard를 죽이는 것은 자신의 죽음을 재촉하는 것에 불과함을 잘 알고 있는 Grumby는 자기 총이 빈총이라고 속여서 Bayard와의 결투를 피하려 애써 보지만 Bayard가 이에 속지 않자, 결국 Bayard쪽으로 총을 두 번 쏜 다음—일부러 맞추지 않은 것이다—Bayard에게 달려들어 총을 뺏으려 한다. Ringo가 합세해서 Grumby를 등 뒤에서 공격해 보지만, 이를 떨쳐 버린 Grumby는 등을 보이며 도망가다가 Bayard가 쏜 총에 맞아 죽는다. 남부의 결투 방식에 의하면 먼저 총을 발사한 Grumby가 상대방인 Bayard가 총을 쏘기를 기다려야 함에도 불구하고 이를 어긴 점이나, 등을 보이고 도망을 친 것은 결투의 원칙을 저버린 비겁한 행동이다. 따라서 도망가는 Grumby의 등에다 총을 쏜 Bayard의 행동은 어디까지나 정당한 대응이다.

  Bayard와 Ringo는 Grumby의 시체를 싣고 와서 할머니가 죽임당한 목화창고의 문에 못 박아 놓고, Grumby의 오른 팔은 잘라서 할머니의 무덤에 걸어놓음으로써 복수를 완성한다. 이 첫

---

64) Hinkle, 141-42면.

번째 입문[65]은 Bayard에게 있어서 자신이 존중해온 남부의 가치와 전통에 대한 회의를 품게 되는 계기가 된다. 이런 회의는 "An Odor of Verbena"의 초반부에서 Bayard가 아버지의 죽음에 대한 복수 이행을 포기하겠다는 결심을 하게 되는 요인으로 작용한다.

4. 여성의 세계 對 남성의 세계:
「사토리스 농장의 접전」

「사토리스 농장의 접전」은 전쟁이 끝난 1865년의 늦은 8월에 벌어진 한 에피소드를 다룬다. 여기서 제목에 나타난 '접전'은

---

65) 포크너의 후기 성장소설의 특징 중 하나는 주인공이 대개 이중의 입문 경험(double initiation)을 하게 된다는 점이다. 즉 주인공은 작품의 특정 시점에 아주 중대한 선택의 딜레마에 처하게 되는데, 이때 그가 어떤 선택을 하게 될 것인지를 암시하는 유사 사건을 이전에 경험한 것으로 묘사된다는 것이다. 예를 들어 『모세야 내려가라』의 Ike에게 있어 맥캐즐린 농장을 상속할 것인가 포기할 것인가의 문제는 7, 8년 전에 Old Ben을 만나기 위해 문명의 이기인 총, 나침반, 시계를 내려놓고(포기하고) 황야로 들어섰던 경험의 반복이라고 할 수 있다.

　double initiation은 다른 말로 입문의 시작과 완성이라고 부를 수도 있다. 이 경우 주인공에 따라 두 번에 걸친 선택에서 동일한 선택을 하는 경우도 있고 반대의 선택을 하는 경우도 있다. 그런데 후자의 경우처럼 다른 선택을 하기 위해선 앞서 겪은 입문의 경험이 부정적인 의미로 다가왔어야 한다는 전제가 성립한다. 『정복되지 않는 사람들』의 Bayard가 바로 이 경우이다. 반면 『모세야 내려가라』에서 Ike가 총, 나침반, 시계를 다 버려두고 Old Ben을 만난 첫 입문이 긍정적 경험이었다면, 맥캐즐린 농장 상속을 포기하는 두 번째 입문 역시 너무나 자연스런 결정이라고 보아야 한다.

Cassius Benbow라는 흑인의 읍 보안관(town marshal) 당선을 저지하기 위해서 투표함 탈취까지 감행한 남자들과, John 대령과 Drusilla의 혼인을 성사시키려는 마을 여성들 간의 대립을 가리킨다.

말을 탄 아버지의 옛 부하들이 집을 마주보고 정렬해 있고 아버지와 드루질라는 그 정치 모리배의 투표함을 앞에 두고 땅 위에 서 있고, 맞은 편 현관에는 여자들—루이자 아줌마와 해버샴 부인 및 다른 여인들—이 마주보고 서 있어, 남자와 여자 두 패가 마치 공격을 알리는 나팔 소리가 울리기를 기다리고 있는 듯한 그날을 생각해 보면, 그 이유를 알 것 같다. …… 남자들은 굴복했고 자기들이 미합중국에 속해 있다는 것을 인정한 반면, 여인들은 한 번도 항복해본 적이 없다는 이유로 이제 아버지의 부대를 비롯한 제퍼슨의 모든 남자들과 루이자 아줌마와 해버샴 부인 및 제퍼슨의 모든 여인들은 사실상 적이 되었다.

When I think of that day, of Father's old troop on their horses drawn up facing the house, and Father and Drusilla on the ground with that Carpet Bagger voting box in front of them, and opposite them the women-Aunt Louisa, Mrs. Habersham and all the others-on the porch and the two sets of them, the men and the women, facing one another like they were both waiting for a bugle to sound the charge, I think I know the reason. …… And so now Father's troop and all the other men in Jefferson, and Aunt Louisa and Mrs. Habersham and all the women in Jefferson were actually enemies for the reason that the men had given in and admitted that they belonged to the United States but the women had never surrendered. (144)

이 장면에 묘사된 남자들과 여자들의 대립은 그들의 우선적인 관심사의 차이에서 기인한다. Drusill가 남장을 하고 전투에 참가한 사실과 이 과정에서 John 대령의 막사에서 함께 기거했다는 사실로 인해서 노심초사하던 Aunt Louisa는 전쟁이 끝나자마자 John 대령과 Drusilla의 혼사를 서두른다. '체통'(respectibility)을 중시하는 Aunt Louisa와 마을 여인들의 성화에 못 이겨 마침내 John 대령과 Drusilla는 간단한 혼례식을 치르기로 하는데 공교롭게도 그날은 전후 처음 맞이하는 선거일이다. 만약 연방법대로 흑인들이 투표권을 행사할 수 있게 되면 Benbow의 당선은 불을 보듯 뻔한 상황이기에 과연 누가 어떤 방법으로 이를 제지할 것인가에 대해 온 지역 사람이 팽팽한 긴장 가운데 지켜보는 상황에서 치러지는 선거이다. Aunt Louisa와 Miss Habersham이 왜 하필 선거일을 결혼식 날짜로 잡았는지에 대해서 Bayard는 그녀들은 그날이 선거일이라는 것도 모르는 상태에서 그냥 쇠뿔도 단김에 빼라는 심정으로 잡았을 뿐이라고 설명한다. John 대령의 말대로 무언가를 휘갈겨 쓴 종이 몇 장을 상자에 집어넣는 행위를 통해서 결정되는 사항이 중요한 일일 수 있다는 사실을 믿을 수 없기 때문에(156), 설사 선거일인줄 알았더라도 그녀들이 그런 이유로 결혼식 날짜를 조정하지는 않았을 것이라고 Bayard는 설명한다.

혼인식을 치르기 위해 읍내로 간 John 대령은 흑인들을 선동하여 투표를 하게 만들려는 두 명의 북부인 모리배를 쏘아 죽인 후, 웨딩드레스 차림으로 투표함을 통째로 들고 나온 Drusilla와 함께 사토리스 농장으로 돌아와 버린다. 위에서 인용한 「접전」의 첫 대목이 위치한 상황이 바로 이 지점이다. 투표함을 사이에 두고 결혼이 먼저라고 철썩 같이 믿는 여인들과, 지역의 명운이 달린 중대사인 투표는 개인적 관심사를 우선한다고 주장하는 남성들이 대치하고 있는 형국이다.

「접전」은 얼핏 보기에 Bayard의 성장이라는 『정복되지 않는 사람들』 전체의 주제와 가장 관련이 적은 이야기라 할 수 있다. 이는 『정복되지 않는 사람들』의 일곱 이야기들 중에서 Bayard가 작중에서 아무런 실제적인 역할을 감당하지 않고 철저하게 화자의 역할만을 수행하는 유일한 이야기라는 점으로도 입증된다. 그럼에도 불구하고 「접전」이 『정복되지 않는 사람들』에 굳이 포함된다는 것은 「접전」에서 다루는 에피소드가 Bayard의 성장에 있어서 결코 빼놓을 수 없는 어떤 부분을 드러내 주기 때문일 수 있다. 그렇다면 「접전」에서 중요하게 다루어지는 주제는 무엇인가?

그것은 결혼과 선거라는 두 가지 상징으로 드러나는 양성 간의 차이라는 주제이다. 그리고 이 차이는 근대라는 새로운 시대의 주인공으로 성장해 가는 Bayard가 반드시 한번은 짚고 넘어가야할 문제이다. 이를 통해 포크너는 각각 다른 방식으로 현실의 격랑을 대처해 가면서 그들 나름의 가치 체계를 형성하고 또 이를 지켜가려는 남성적 원리와 여성적 원리의 차이를 탐색한다. 물론 여성이라고 해서 꼭 정치에 무관심하거나 무관심해야 한다고 말할 수 없으며 반대로 남성이라고 해서 결혼이라는 중대사를 무시할 수는 없을 것이다. 여성은 응당 정치영역보다는 가정의 영역에 더 충실해야 한다는 구 남부의 가부장적 이데올로기가 변화하는 삶의 현실을 제대로 담아내지 못함을 보여주려 애쓰는 마당에, 포크너 자신이 이런 도식적 이분법으로 남성과 여성의 차이를 설명할 리는 없다. 그렇다고 해서 남성과 여성 전반이 보이는 관심의 차이라든가 문제에 접근하고 대처하는 방식의 차이가 전혀 없다고 주장하는 것 또한 지나친 환원주의일 수 있다. 중요한 점은 무엇이 다르고 왜 다른가이다.

남부 여인들은 결코 항복한 적이 없기 때문에 남자들보다 더 잘 패배를 견뎌낸다는 칭송은 포크너가 상투적으로 되풀이해온 주장 가운데 하나이다. 즉 이들이야말로 진정 '정복되지 않는 자들'(the Unvanquished)이라는 것이다.66) 여성들이 보여주는 이러한 불굴의 능력은 "어떤 시대도 여성들에게는 결코 낯설지 않으며 모든 시대는 반복되는 남정네들의 어리석음으로 가득 찬 연속적이고 단조로운 어떤 것일 뿐이"(maybe times are never strange to women: that it is just one continuous monotonous thing full of the repeated follies of their menfolks. 149)라는 믿음에서 연유한다. 얼핏 이런 시각은 무모할 정도로 단순해 보이고 복잡한 현실의 다양성을 무차별적으로 환원시키는 듯이 보이지만, 어떤 면에서는 시시각각으로 변하는 현실에 대해 일희일비하지 않고 지금껏 살아온 방식으로 아이들을 키우고 집안 살림을 꾸려 나가는 그녀들의 희생이야말로 남부 사회뿐 아니라 인간 사회를 지탱해온 힘이었음은 부인할 수 없다. 이렇게 볼 때 일견 외부적인 상황들에 대해서 무뎌 보이는 그녀들의 고집스런 삶의 형태는 크게 보아서 생명을 유지하고 그 생명을 확대시켜 가는 모성 본능에서 연유하는 가장 고귀한 가치가 될 수 있다는 것이 작가의 메시지인 듯하다.67)

물론 인간의 타고난 보수성 때문에 지금껏 유지해 왔던 삶의

---

66) *FIU*, 254, 249면.

67) 사실 이런 시각은 표면적으로는 여성을 추켜세우면서도 이면적으로는 그녀들의 삶을 억압하는 가부장제 이데올로기의 전형적인 논리라고 할 수 있으며, 이런 맥락에서 포크너는 남성 우월주의자라는 비난을 줄기차게 받아왔다. 이런 비판에도 일리가 있지만 포크너의 장점은 자신의 가부장적 이데올로기의 틀을 넘어서는 개성 있는 여성인물들을 끊임없이 창조해 낸다는 점에 있음을 기억할 필요가 있다. 『정복되지 않는 사람들』에서는 Drusilla와 관련해서 이런 측면이 잘 드러난다. Gwin, 4-5면 참조.

행태를 지속하는 것에 우선적인 관심을 두는 여성들의 태도는 자칫하면 보수적이고 반동적인 이데올로기로 전락하거나, Aunt Louisa와 Miss Habersham으로 대표되는 남부 귀부인들에게서 공통적으로 드러나는 체통에 대한 집착으로 나타날 위험도 다분하다. 그리고 작품은 군데군데에서 이런 위험성을 은근슬쩍 꼬집는다.68) 그러나 이러한 지적은 그녀들이 지닌 근원적인 생명력의 가치를 상쇄하지는 않는 범위 내에서 제기되며, 결과적으로 그녀들의 지나친 외면 중시에 대한 신랄할 풍자보다는 애정 어린 충고의 형태로 주어진다고 볼 수 있다.

그러나 비록 패배를 인정할 줄 모르는 여인들의 태도를 포크너가 개인적으로 높이 평가하는 것은 분명하지만, 과연 남부 여인들의 강인함이라는 것이 남부의 패배라는 엄연한 사실을 외면하는 데서 오는 것이라면 과연 그것이 얼마나 건강하고 지속가능한 힘인지를 따져볼 필요가 있다. 이런 맥락에서 「접전」은 몰락해 버린 남부의 영광이라는 허상에 사로잡혀 결국 파멸해 가는 John 대령과 Drusill를 그리고 있는 「버베나 향기」와 유기적으로 연결된다. 「접전」은 기능적으로는 남성의 세계에 발을 들여놓은 Drusilla를 다시 남부의 전통적 여인의 영역으로 되돌리는 기능―이는 삼 년 만에 다시 Drusilla가 드레스를 입는 것으로 나타난다―을 담당한

---

68) 예를 들어 자신은 남자를 찾기 위해서가 아니라 양키를 해치기 위해서 Cousin John의 부대에 들어간 것이라고 말하는 Drusilla의 말을 듣고서 Aunt Louisa는 "최소한 남이 듣는 데서는 그를 사촌이라고 부르지 말라"(At least don't call him Cousin John where strangers can hear you. 147)고 애원한다거나, 이미 사실혼 관계로 비쳐지는 John과 Drusilla의 뒤늦은 결혼식은 가급적 은밀하고―Aunt Louisa는 읍내로 출발하는 Drusill에게 승마용 코트를 입혀 웨딩드레스를 감추게 만든다―소박하게 치르는 대신, 피로연은 성대하게 치르기로 ―피로연은 사정에 따라 십년 후에 치를 수도 있는 것이므로―하는 데서 체통에 대한 남부 여인들의 집착이 잘 드러난다.

다. 기법 상으로는 Aunt Louisa의 세 번에 걸친 편지와 이에 대한 John과 Drusilla의 답장을 시간적 순서와 상관없이 병치시키는 방식으로 남자와 여자의 차이라는 주제를 다룸으로써, "An Odor"에서 Bayard와 Drusilla 간의 시간을 넘나드는 세 번에 걸친 산책 중 대화를 자연스럽게 준비해주는 역할을 한다.

5. 입문의 완성 – 복수 포기를 통한 근대의 주인공으로 거듭나기: 「버베나 향기」

『정복되지 않는 사람들』의 마지막 스토리인 「버베나 향기」는 「사토리스 농장의 접전」으로부터 8년 후인 1873년 10월, 24살의 나이로 법대 4학년 공부를 막 시작한 Bayard에게 아버지의 죽음이라는 비보가 전해지면서 시작된다. 이 소식을 들은 즉시 Bayard는 사토리스 농장으로 향한다. 집으로 오는 길에 아버지의 예전 부하였던 George Wyatt에게서 아버지가 Redmond와의 정당한 결투 끝에 죽었음을 전해들은 Bayard는, 버베나 가지를 머리에 꽂은 채 두 자루의 결투용 권총을 들고서 자기를 기다리는 Drusilla를 보고 강렬한 인상을 받는다. 아버지의 동생인 Aunt Jenny로부터 복수 행위를 단념하라는 충고를 들은 Bayard는 밤새 고민 끝에 다음날 비무장으로 Redmond를 찾아가고, Bayard를 향해 두 발의 총알을 발사한 Redmond는 그 길로 곧장 제퍼슨을 떠나 다시는 돌아오지 않는다는 줄거리이다.

Cleanth Brooks는 Bayard가 아버지의 죽음에 대해서 복수를 하지 않기로 선택하게 된 요인으로 첫째 Grumby에 대한 복수를

이미 실행해 본 경험이 있다는 점과, 둘째 동업자인 Redmond를
지나치게 몰아 부치는 잘못을 범한 아버지에 대한 비판적 평가를
Bayard가 내리고 있다는 점과 마지막으로 비무장으로 Redmond
를 찾아갔다가 살해당한 아버지를 본받아 행동한 것이라는 점을
꼽는다.69) 여기서 첫째와 둘째의 이유는 전적으로 타당하며 작품
내용 자체가 이를 뒷받침한다. John 대령이 살해되기 불과 몇 개
월 전, 여름방학이 거의 끝나고 이제 곧 다시 옥스퍼드로 돌아가
기에 앞서 Bayard는 Redmond를 너무 심하게 몰아 부치지 말라
는 George Wyatt의 건의를 아버지에게 전해주기로 결심하고 이
를 먼저 Drusilla에게 털어놓는다. 이를 들은 Drusilla는 다음과
같이 반문한다.

> "이 말을 네게서 듣게 되다니? 넌 그럼비를 벌써 잊어버렸니?"
> "아니" 난 말했다. "난 결코 그를 잊지 않을 거야."
> "넌 결코 잊지 못할 거야. 내가 그렇게 놔두지 않을 거야. 사람을
> 죽이는 것보다 더 나쁜 일도 있고, 죽임 당하는 것보다 더 나쁜
> 일도 있는 법이야, 베이어드."

> "This from you? You? Have you forgotten Grumby?"
> "No", I said. "I never will forget him."
> "You never will. I wouldn't let you. here are worse things
> than killing men, Bayard. There are worse things than being
> killed." (172)

여기서 Drusilla는 John Sartoris의 아들답지 않은 Bayard의 나
약한 태도를 힐난하고 있다. 위대한 남부의 재건이라는 John 대령
의 꿈을 철저히 자기 것으로 내면화시켜온 Drusilla로서는 John

---

69) Cleanth Brooks, *William Faulkner: The Yoknapatawpha Country.*
(New Haven and London: Yale UP, 1963) 87-8면.

대령의 아들인 Bayard에게서 이에 대한 비판을 듣게 되는 상황을 납득할 수 없는 것이다. 다짐삼아 Drusilla는 8년 전의 Grumby 복수 사건을 상기시키면서 벌써 그 일을 잊어버렸느냐고 질책한다. 이에 대해 Bayard는 자신은 그 일을 잊어버리지 않았으며 평생 그럴 것이라고 대답한다. 물론 Grumby 사건을 잊어서는 안 된다는 Drusilla의 다짐과 이를 결코 잊어버리지 않겠다는 Bayard의 약속은 정반대의 의도를 담고 있다. Bayard의 진의는 자신이 행한 복수 행위는 결코 자랑스럽지 못한 야만적인 행동이었으며 자신은 아마 평생 이 부끄러운 기억을 잊지 못할 것이라는 뜻이다. 이는 문맥을 보면 알 수 있다. Grumby 살해를 평생 잊지 않고 살아가려는 Bayard가 현재 하는 일이 아버지에게 폭력적인 방법에서 벗어나도록 충고하는 일임을 감안할 때, Grumby 복수 사건이 Bayard의 의식세계에 상당히 부정적인 의미로 각인되었음을 알 수 있다. 이런 의미에서 Bayard가 Redmond에게 복수를 하지 않기로 결심한 이유 중 하나는 Grumby에게 행했던 복수에 대한 회의에서 비롯되었다는 Brooks의 해석은 타당하다.

둘째 이유 즉 아버지가 Redmond를 너무 부당하게 몰아붙였다는 인식에서 복수를 포기한다는 해석 역시 작품 곳곳에서 그 근거를 찾을 수 있다. John 대령의 죽음의 원인은 그가 철도 사업을 확장하는 단계에서 부당하게 파트너인 Redmond를 몰아붙였기 때문이고, 더 직접적으로는 그의 독재적인 일처리와 군림하려는 의지 때문이라는 점이 Bayard에 의해 명시적으로 지적된다.

제삼의 동업자가 있었지만 지금 그 이름을 기억하는 사람은 아무도 없다. 철도를 놓기 시작하기도 전에 아버지와 레드몬드 간에 생겨난 맹렬한 갈등 속에서 그 동업자와 그의 이름은 함께 사라져버린 것이다. 그것은 아버지의 폭력적이고 무자비한 독재성과 지배 의지(철도 사업은 아버지의 아이디어였으니, 그가 먼저 철도를 생각해냈고 다음에 레드몬드를 끌어 들였다)와 레드몬드로 하여금 아버지를 참을 만큼 참게 하다가, 참다가 참다가 마침내 무언가가(의지나 용기가 아닌) 그의 내면에서 부러지게 만든(조지 와이엇의 말처럼 레드몬드는 겁쟁이가 아니었으며, 만약 그랬다면 결코 아버지는 그와 한 팀이 되지 않았을 것이다) 레드몬드의 그 특성 간의 갈등이었다.

There had been a third partner but nobody hardly remembered his nave now; he and his name both had vanished in the fury of the conflict which set up between Father and Redmond almost before they began to lay the rails, between Father's violent and ruthless dictatorialness and will to dominate (the idea was his; he did think of the railroad first and then took Redmond in) and that quality in Redmond (as George Wyatt said, he was not a coward or Father would never have teamed with him) which permitted him to stand as much as he did from Father, to bear and bear and bear until something (not his will nor his courage) broke in him. (170)

아버지와 Redmond 사이에 싹튼 불화의 주된 책임은 아버지 쪽에 있으며 가급적이면 John의 횡포를 참으려고 애쓴 Redmond의 노력이 오히려 사태를 더 악화시켰다는 Bayard의 설명이 옳은 것이라면, 결국 아버지의 죽음은 스스로 자초한 것이 되고 따라서 Redmond에 대한 추가적인 복수나 응징 자체가 무의미해지게 된다. 그렇기에 복수를 포기한다는 Brooks의 주장은 설득력이 있다.

그러나 세 번째 이유 즉 비무장으로 Redmond를 찾아갔다가 죽임을 당한 아버지의 전례를 Bayard가 그대로 따른다는 해석은 문제가 있다. 우선 John 대령은 비무장으로 Redmond를 찾아간 것이 아니기 때문이다. 이는 아버지의 죽음에 대한 소식을 전해들은

Bayard가 사토리스 농장으로 돌아와서 만난 첫 번째 인물인 Wyatt에게서 간접적으로 확인된다. Wyatt에게 건네는 Bayard의 첫마디는 "그것이－였나요?" "그는－당했나요?"(Was it-Was he-)이고, 이에 대한 Wyatt의 대답은 "정당한 거였어. 앞쪽에서 맞았어. 레드몬드도 겁쟁이는 아니야. 존은 여느 때처럼 소매 속에 단총을 지니고 있었지만 그것을 잡지 않았고 그 총을 잡으려는 아무런 움직임도 보여주지 않았어."(It was all right. It was in front. Redmond ain't no coward. John had the derringer inside his cuff like always, but he never touched it, never made a move toward it. 176)이다. Wyatt의 대답으로 미루어봐서 John 대령은 정당한 결투 끝에 죽었으며 Redmond는 무장한 John에게 정면으로 맞서서 총을 발사한 것임을 알 수 있다. 다만 Wyatt가 이해할 수 없었던 점은 어찌된 영문인지 John 대령은 소매 속에 지닌 단총을 쏘려는 제스처를 전혀 취하지 않았다는 사실이었다. 사실 이 당시 John 대령은 전쟁 중에 보여준 여러 무용담과 남부 사회에 대한 헌신으로 인해 이미 제퍼슨 백인 사회의 유지였으며, 더욱이 철도를 통해 제퍼슨이라는 시골 마을을 교통의 요지로 바꿈으로서 번영과 이익을 가져온 영웅으로 욱일승천하는 기세와 인기를 과시하던 상태였다. 더군다나 주 의회 선거에서 자신의 전 동업자이자 정적인 Redmond에게 압승을 거둔 John 대령은 지역 사회의 가장 두드러진 영웅이었음이 틀림없다. 따라서 이런 영웅에게 뒤에서 총격을 가하거나 비무장 상태의 그를 쏘아 죽였다면 그 세세한 이유를 떠나 주위 사람들이 이를 보고 가만히 있었을 리가 없다. George Wyatt를 위시한 John 대령의 이전 부하들이 아무런 행동을 취하지 않고 있었을 리가 없다는 말이다. 그들이 Bayard가 도착하기만을 기다리고 있었다는 것 자체가 그 결투가 절차상 아무런 하자가 없는 정당한 결투였음을 반증한다.

그렇다면 Brooks를 비롯한 적지 않은 수의 비평가들이 John 대령이 비무장으로 Redmond를 찾아갔다고 오해하는 이유는 무엇인가? 그것은 이 사건이 있기 불과 두 달 전, Bayard가 마지막 학기를 채우기 위해 옥스퍼드로 떠나기 직전에 있었던 John 대령의 선언 때문이다.

"지금까지는 내 일에 네 도움은 필요 없었지만 이제부터는 필요할 것이다. 난 이제 내 목표의 실질적인 부분을 다 이루었으며 거기서 네가 날 도울 수 있는 것은 없었다. 난 이 땅과 시대가 요구하는 바대로 행동했고 넌 이를 감당하기에는 너무 어렸고 난 너의 방패가 되고 싶었다. 하지만 이제는 땅도 변하고 시대도 변하고 있다. 앞으로 벌이지게 될 일은 합병의 문제, 협잡과 필시 속임수의 문제일 것이고 이 방면에서 난 아마 무장한 갓난 아이 꼴이지만 너는 법률 훈련을 받았으니 네 입장을—우리 입장을 지켜낼 수 있을 거야. 그래, 난 내 목표를 달성했으니 이제 윤리적으로 약간의 집안 청소를 해야겠다. 그 필요성이나 목적이 어떤 것이든 이제 사람을 죽이는 일에 난 질렸다. 내일 내가 읍내로 벤 레드몬드를 만나러 갈 때, 난 비무장으로 가겠다."

"I have not needed you in my affairs so far, but from now on I shall. I have now accomplished the active portion of my aims in which you could not have helped me; I acted as the land and the time demanded and you were too young for that I wished to shield you. But now the land and the time too are changing; what will follow will be a matter of consolidation, of pettifogging and doubtless chicanery in which I would be a babe in arms but in which you, trained in the law, can hold your own-our own. Yes, I have accomplished my aim, and now I shall do a little moral house-cleaning. I am tired of killing men, no matter what the necessity nor the end.

Tomorrow, when I go to town and meet Ben Redmond, I shall
be unarmed." (175)

「버베나 향기」에는 크게 세 가지 시제가 등장한다. 첫째는 현
재 시점으로 1873년 10월에 Ringo로부터 아버지의 사망소식을
전해들은 Bayard가 사토리스 농장으로 돌아와서 행하는 (혹은
행치 않는) 일련의 행동들을 묘사한다. 둘째는 현재로부터 2개월
전인 1873년 8월에 사토리스 농장의 정원을 거닐면서 Drusilla와
Bayard가 대화를 나누는 장면이다. 셋째는 이보다 3년 전인
1870년 여름, Bayard의 대학입학을 눈앞에 둔 상태에서 역시 정
원을 거닐면서 Drusilla가 John 대령의 비전을 언급하고 이에 대
해 Bayard가 반론을 펼치는 장면이다. 그러나 이 세 시제가 교
묘히 얽히면서 과거에 나누었던 대화의 숨겨진 의미가 현재 일
어나는 사건 속으로 녹아들어오고 이는 다시 이어질 사건에 대
한 암시로 연결되는 포크너 특유의 서술기법이 유감없이 발휘된
다. 그 결과 여러 평자들이 총을 맞을 당시 소매 속에 단총을 지
니고 있었다는 Wyatt의 명시적 언급에도 불구하고 John 대령이
비무장으로 Redmond를 찾아갔다고 착각하게 된다. 어쩌면 이런
오해는 작가의 의도를 잘못 파악한 것이라기보다는 오히려 정확
하게 작가가 의도한 대로 넘어간 것이라고 볼 수 있다. 좀더 자
세히 설명하자면 John 대령이 비무장으로 Redmond를 만나러 가
겠다고 선언한 것은 죽기 전날이 아니라 이보다 2개월 전인
1873년 8월의 어느 날이다. 작품에는 나와 있지 않지만 아마도
John 대령은 자신의 공언대로 그 다음날 비무장으로 Redmond를
찾아갔을 가능성이 크다. 그러나 무슨 이유에서인지 그 후 John
대령은 다시 총을 지니고 다니기 시작했으며, 죽을 당시에도 총
을 소지하고 있었으나 이를 사용할 생각은 없었던 것으로 보인

다. 그렇다면 John 대령은 왜 이런 선언을 했으며 왜 단총을 뽑지 않았을까?

Nancy Dew Taylor는 비무장으로 Redmond를 만나겠다는 John 대령의 선언은 그의 성품이 변화된 증거라기보다는 오히려 '좋은 평판'(good name)이라는 마지막 목표를 쟁취함으로써 자신의 꿈을 완성하려는 실용주의적 행태라고 분석한다. 즉 Redmond에게 행한 자신의 비열함을 속죄함으로써 좋은 평판을 얻으려 했다는 것이다.[70] 또 만약 자신에게 총을 쏘는 상대방이 Redmond가 아니었다면 John 대령은 서슴없이 단총을 뽑아서 상대방을 쏘아 죽였을 것이라고 Taylor는 주장한다. John 대령의 죽음은 치밀하게 계산된 행동이었으며, '윤리적인 의미의 집안청소'라는 마지막 과제를 남겨둔 John 대령이 자신의 실추된 이미지를 개선할 방안으로 선택한 것이 바로 Redmond에 의한 죽음이었다는 것이다.[71]

이 해석은 작품의 디테일을 잘 따라가면서 일견 모순 되어 보이는 John대령의 행동에 대한 일관성 있는 설명을 가능케 한다는 장점이 있다. 그러나 이 해석의 가장 큰 문제점은 John 대령의 발언을 너무 액면 그대로 받아들이는 반면, 작품의 주인공인 Bayard의 선택과 판단을 간과함으로써 그를 지나치게 수동적인 인물로 전락시킨다는 점이다. 우선 '윤리적인 집안청소' 운운하면서 비무장으로 Redmond를 찾아가겠노라고 John 대령이 말하는 대목 바로 전에 Bayard는 아버지를 이미 폭력에 너무 중독 되어서 인간성을 상실한 괴물 같은 존재로 묘사한다.

---

70) "Nancy Dew Taylor, 'Moral housecleaning' and Colonel Sartoris's Dream", *Mississippi Quarterly* 37.3 (1984) 361면.
71) Taylor, 362면.

그러고 나서 난 병사처럼 일어서서 탁자에서 반쯤 몸을 돌린 채 앉아있는 아버지의 머리를 눈높이에서 응시했다. 아버지는 심하지는 않지만 이제 약간 배가 나오고, 수염은 여전히 성성했지만 머리카락은 약간 희끗희끗하고, 변호사들의 겉만 번드레한 법정의 분위기와 참을성 없는 두 눈을 갖고 있었는데, 그 눈은 지난 2년 동안 육식 동물의 눈에 있는 투명한 막을 얻게 되었다. 육식 동물들은 그 막 뒤에서 반추동물이 보지 못하는, 감히 볼 수 없는 세상을 보는데, 난 예전에 사람을 너무 많이 죽인, 너무 많이 죽여서 살아있는 한 결코 혼자 있을 수 없는 사람의 눈에서 이 막을 본 적이 있다.

Then I stood again like soldiers stand, gazing at eye level above his head while he sat half-turned from the table, a little paunchy now though not much, a little grizzled too in the hair though his beard was as strong as ever, with that spurious forensic air of lawyers and the intolerant eyes which in the last two years had acquired that transparent film which the eyes of carnivorous animals have and from behind which they look at a world which no ruminant ever sees, perhaps dares to see, which I have seen before on the eyes of men who have killed too much, who have killed so much that never again as long as they live will they ever be alone. (175)

여기서 Bayard는 John 대령을 마치 육식 동물의 순막(nictitating membrane) 같은 것을 지닌 잔인하고 편협한 인물로 묘사한다. John 대령이 실제로 순막을 가졌을 리야 없겠지만, 이런 묘사는 그가 자신이 보고 싶은 것만을 자신이 원하는 방식대로만 보고 해석하는 인물임을 증언해 준다. 이런 묘사는 John 대령을 순막을 지닌 동물인 악어 등의 잔인한 육식동물의 이미지와 연결시키면서 이어지는 John 대령의 고백 혹은 선언의 진정성에 대해서 독자들이 섣불리 동의하지 못하게 만든다.

　이런 맥락에서 Redmond를 너무 몰아붙이지 말라는 Wyatt의 충고를 아버지에게 전하고 나서 Bayard가 "그 충고를 안 하느니만 못했다"(this time I knew it was worse with him than not hearing: 175)는 인상을 받았다는 사실은 이후의 John 대령의 일련의 행동에 숨겨진 의도를 파악하는 데에 있어서 대단히 중요하다. 이 말은 John 대령이 Bayard의 말을 듣고 오히려 자신의 방식과 행동을 더 강하게 고집하게 됐다는 의미이다. 그렇다면 John 대령이 여기서 다음날 비무장으로 Redmond를 만나겠다고 선언하는 것은 그것이 화해나 관계개선이 아니라 오히려 Redmond를 더 강하게 몰아붙이겠다는 의지의 천명이라고 봐야 한다. 이 시점에서 John 대령에겐 자신의 목숨은 이미 관심 밖이고 자신의 꿈을 이루는데 방해가 되는 모든 것을 없애버리겠다는 결심을 천명하고 있다. 다만 장애물을 제거하는 방식에 있어서 이제껏 해오던 폭력적인 방법은 이제는 지양하고, 변화하는 시대에 걸맞은 보다 합법적이고 세련된 방법을 사용하겠다는 결심에 다름 아님을 Bayard가 잘 알고 있었다는 말이다. 위에서 John 대령은 시대 자체가 변하고 있기 때문에 자신도 달라질 것이며 그 증거로 다음날 비무장으로 Redmond를 만나겠다고 선언하지만, Bayard가 보기에 정작 John 대령이 변한 것은 아무 것도 없으며 과연 John 대령은 언제부터인가 다시 소매 속에 단총을 차고 다니게 된다.

　이런 점을 종합적으로 검토해 볼 때 Bayard가 Redmond에게 비무장으로 맞서는 것을 아버지의 가르침을 충실히 따른 결과라고 해석하는 Taylor의 주장은 무리가 있다. 그렇다면 Bayard의 복수포기는 어떻게 이루어졌을까? Bayard가 아버지의 죽음소식을 접하고 나서 맨 먼저 보이는 반응은 그 죽음의 필연성 혹은 정당성에 대한 거의 강박관념에 가까운 고백이다.

난 알았어야만 했다. 준비하고 있었어야 했다. 아니 어쩌면 난 준
비를 하고 있었던 것인지도 모른다. 왜냐하면 내가 일어서기 전
에 읽던 부분에 표시까지 하고서 조심스럽게 책을 덮었던 걸 기
억하기 때문이다.

I should have known; I should have been prepared. Or maybe
I was prepared because I remember how I closed the book
carefully, even marking the place, before I rose. (161)

사실 Redmond를 너무 몰아붙이지 말라는 충고가 오히려 역효
과를 낳았음을 확인한 Bayard로서는 아버지의 죽음이라는 조만
간 닥치고야말 사건에 대해 어느 정도는 예측하고 있었다고 볼
수 있다. 따라서 이어지는 대목에서 중점적으로 드러나는 Bayard
의 고뇌는 아버지의 죽음에서 오는 감정적 동요나 사태를 어떻게
수습할 것인가라는 방법과 관련된 고민은 아니다. 여기서 Bayard
를 사로잡고 있는 문제는 자신이 물려받은 유산과 자신의 새로운
정체성 사이의 괴리를 어떻게 조화시킬 것인가의 문제이다. 자신
이 새로 가지게 된 신념 및 정체성이 과연 수십 년에 걸쳐 자신과
주변 사람들의 삶을 틀 짓고 형성해온 가치체계들에 맞서서 제대
로 그 목소리를 낼 수 있을지에 대한 불안이 Bayard를 초조하게
만들고 있다. 이런 Bayard의 고민은 사실 아버지의 죽음이라는
비보를 접하기 이미 오래 전부터 지속되어온 문제임이 드러난다.
Drusilla와 Jenny 고모에게 안부를 전해달라는 말과 더불어 돌아
올 수 있을 때 돌아오라는 Wilkins 부인의 작별인사에 대해서,
"단 저로서는 그때가 언제일지는 모르겠어요", "얼마나 많은 일들
을 챙겨야 하는지 모르거든요"("Only I don't know when that

will be." I said. "I don't know how many things I will have to attend to.")라고 대답한 Bayard는 곧 이어서 다음과 같은 독백을 읊조린다.

그렇다. 난 그녀에게조차 거짓말을 한 것이다. 그[월킨스 교수]가 그 문을 열어젖히고 멈춤턱으로 튀어 들어온 지 채 일분도 되지 않아 난 벌써 그 점을 깨닫고 인식하기 시작했다. 나 자신도 모르게, 나 자신의 출신과 배경에도 불구하고 (혹은 그것 때문에) 내가 이렇게 변해가고 있음을 알고 이런 변화를 시험해 보기를 두려워한지도 한참이었지만, 변화된 나 자신의 모습에 근거한 잣대를 제외하고는 나에겐 그 점을 평가할 아무런 잣대도 없었다. 그녀의 두 손이 여전히 내 어깨에 놓여 있을 동안 내가 무슨 생각을 했는지 기억난다. *최소한 이 일은 내가 현재 생각하고 있는 나인지 아니면 단지 그런 사람이기를 바라고 있을 뿐인지를 알아 볼 기회가 될 것이다. 내가 스스로에게 옳다고 가르쳐왔던 바를 행하게 될지, 아니면 내가 옳기를 단지 소망하게 될 뿐인지를 말이다.*

Yes, I lied even to her; it had not been but a minute yet since he had flung that door bouncing into the stop yet already I was beginning to realise, to become aware of that which I still had no yardstick to measure save that one consisting of what, despite myself, despite my raising and background (or maybe because of them) I had for some time known I was becoming and had feared the test of it; I remember how I thought while her hands still rested on my shoulders: *At least this will be my chance of find out if I am what I think I am or if I just hope; if I am going to do what I have taught myself is right or if I am just going to wish I were.* (164)

여기서 Wilkins 부인에게 한 대답이 거짓말이었다는 Bayard의 고백은 결국 자기가 다시 이 곳으로 돌아오지 못할 것이라고 믿고 있었다는 뜻이다. 이 말은 얼핏 들으면 Bayard가 Redmond에게 복수하다가 자신이 죽게 될지도 모를 것을 염두에 두고 한 말로 들릴 수도 있다. 그러나 그럴 경우엔 상황에 따라 자기가 돌아올 수 있을지, 돌아온다면 언제가 될지 모르겠다는 Bayard의 대답은 정직한 대답이지 거짓말일 수는 없다. 언제 돌아올지 모르겠다는 자신의 대답이 거짓말이라는 고백은 결국 자기가 다시는 이 곳으로 돌아오지 않거나 돌아오지 못할 것이라는 Bayard의 속내를 드러내 준다. 그렇다면 Bayard는 왜 이 곳으로 돌아오지 못하게 될 것인가? 그것은 앞으로 자기가 할 행동이 이 곳 사람들에게 용인되지 못할 행동이기 때문이다. 이는 복수이행의 의무를 아예 무시해버리겠다는 결심을 이미 Bayard가 굳힌 상태임을 의미한다. 이렇게 해석을 해야지만 다음에 이어지는 Bayard의 고민 즉, 자신이 옳다고 믿어온 바를 주위 사람들의 기대와 예상을 뒤엎으면서까지 행할 수 있는 용기가 있는지 아니면 단순히 그런 사람이라고 생각해온 것뿐인지를 알아볼 수 있는 기회가 될 것이라는 주장이 설명 가능해 진다. 여기서 눈여겨보아야 할 대목은 '나의 출신과 배경에도 불구하고 (혹은 아마도 바로 그런 것들 때문에)'라는 표현이다. Bayard는 남부의 명문가의 적자로서 소위 '잃어버린 대의'(lost cause)와 위대한 남부의 재건을 위해 헌신해야 할 위치에 있으면서도, 오히려 자신의 신분을 통해서 남부사회가 안고 있는 근본적인 모순을 더 깊이 꿰뚫어 보게 되었으며, 이제는 자기 나름의 새로운 가치체계와 정체성을 가지게 되었다는 의미이다. 여기서 Bayard가 깨달은 남부의 모순에는 Drusilla를 통해서 알게 된 남부 여성의 질곡, 철저하게 남부의 전통에 입각해서 실행한 Grumby 처단사건에서 느낀 허무함, Ringo를 위시한 일군의 흑인들의 삶의 질곡에 대한 인식 등이 포함된다. 이런

Bayard의 생각은 Wilkins 교수와 작별을 하면서 좀더 구체적으로 드러난다.

우리는 악수를 했다. 난 그가 내일 밤이면 살아있지 않을 수도 있는 살을 만지고 있다고 믿고 있음을 알았고 난 잠시 만약 내가 하고자 하는 바를 그에게 말하면 어찌될까를 생각해보았다. 왜냐하면 우리는 그 점에 대해서 논의한 적이 있기 때문이다. 다른 모든 피조물가운데서 신께서 영원불멸성을 부여하기로 선택한 당신의 맹목적이고 어리둥절한 자식들에게 주는 희망과 평화가 성경에 만약 있다면, *살인하지 말라*는 계명이 바로 그것임에 틀림없다는 점을 이미 논의한 적이 있기 때문이다. 다만 그는 아마도 자신이 나에게 이를 가르쳤다고 믿었겠지만, 이는 단지 배워서 아는 것을 넘어서는 것이기에, 그뿐 아니라 그 누구도, 심지어 나조차도 이를 가르친 적은 없을 뿐이었다. 하지만 난 그에게 말하지 않았다. 그는 그렇게 강요당하기에는, 심지어 원칙상으로라도 그런 결정을 용인하기에는 너무 늙었다. 자기 속에 흐르는 피와 교육과 배경의 면전에서 원칙을 고수하도록 강요당하기에는 그는 너무 늙었다. 아무런 사전 경고도 없이 어둠 속에서 나타난 강도를 만난 것처럼 갑작스럽게 분만하도록 강요당하기에는 너무 늙었다. 오직 젊은이만이 그렇게 할 수 있다. 자신의 젊음이 비겁에 대한 이유(변명이 아니라)를 면제해 줄 정도로 충분히 젊은 자만이.

We shook hands; I knew he believed he was touching flesh which might not be alive tomorrow night and I thought for a second how if I told him what I was going to do, since we had talked about it, about how if there was anything at all in the Book, anything of hope and peace for His blind and bewildered spawn which He had chosen above all others to offer immortality, *Thou shalt not kill* must be it, since maybe he even believed that he had taught it to me except that he had not, nobody had, not even myself since it went further than just having been learned. But I did not tell him. He was too old to be forced so, to condone even in principle such a decision; he was too old to have to stick to principle in the face of blood and raising and background, to be faced without warning and made to deliver like by a highwayman out of the dark: only the young could do that-one still young enough to have his youth supplied him gratis as a reason (not an excuse) for cowardice. (165)

여기서 이미 Bayard는 Wilkins 교수처럼 나이든 사람은 절대로 용인하지 못할 결심을 이미 한 상태임을 밝힌다. 자신의 행동이 다른 사람들에게는 비겁함으로 비춰질 것이라는 말을 통해서 자신에게 요구되는 복수이행의 의무를 거부해버릴 것이라는 Bayard의 결심이 확연하게 드러난다. 하지만 Bayard의 결심이 가장 강력하고 뚜렷하게 드러나는 것은 제퍼슨을 향하여 출발한 직후 도상에서 들려주는 생각을 통해서이다. 아버지가 살아계셨을 때 그와 함께 혹은 혼자서 여러 번 달려본 적이 있는 길을 바라보면서, 그때는 그것이 평화인 줄도 모르고 그냥 달렸는데 "이번에는 그리고 아마도 마지막으로, 죽지는 않겠지만 다시는 고개를 들고 다니지 못하게 될 사람으로서"[and now this time and maybe last time who would not die (I knew that) but who maybe forever after could never again hold up his head. 165] 이 길을 달려간다는 Bayard의 독백은 그의 결심의 내용이 무엇인지를 너무도 분명히 말해 준다.

그렇다면 Bayard는 어떤 계기와 과정을 거치면서 Redmond에 대한 복수의 의무를 깨끗이 무시해 버리겠다는 애초의 결심을 번복하고, 결국 비무장 상태로 Redmond와 맞서게 되는가? 그 변화는 두 여인과의 대면을 통해서 일어나는데 그들은 바로 그의 사촌이자 계모인 Drusilla와 고모인 Jenny이다. Drusilla는 「버베나 향기」에 와서는 거의 광인과 정상인의 경계에 위치해 있는 것으로 묘사되는데 이는 앞의 이야기들에서 보여주는 그녀의 긍정적인 여러 면모들로 인해서 더욱 비극적으로 다가온다. 우선 Bayard와의 두 번에 걸친 대화를 통해서 Drusilla는 John 대령의 위대한 남부 재건의 꿈을 자신의 것으로 동화시킨 상태이며, 이를 위해서 소수의 희생은 감수할 수 있고 해야만 한다는 공격적인 철학을 내면화시킨 상태임이 묘사된 바 있다. 그래서 사토리스 농장 도착 직전에 Bayard는 검은 상복 차림이 아니라 마치 축제에 참가한 듯한 노란 무도복 차림의 Drusilla를 예상한다.

우리는 (장검까지 찬) 연대장 복장의 아버지가 응접실에 누워있고, 번쩍이는 축제용 샹들리에 아래에서 노란 연무복 차림의 드루질라가 버베나 가지를 머리에 꽂은 채, 장전된 권총 두 자루를 들고서 (난 이것 또한 볼 수 있었다. …… 두 팔은 팔꿈치께서 구부리고 양손을 어깨 높이로 쳐들어서 똑같이 생긴 결투용 권총 두 자루를 당겨서 잡지 않고 서로 포개 어 잡은 것이, 그리스 항아리의 간명하고 공식적인 폭력의 여사제 같았다) 나를 기다리고 있을 저택을 향하여 계속 말을 달렸다.

We rode on, toward the house where he would be lying in the parlor now, in his regimentals (sabre too) and where Drusilla would be waiting for me beneath all the festive glitter of the chandeliers, in the yellow ball gown and the sprig of verbena in her hair, holding the two loaded pistols (I could see that too, …… the two arms bent at the elbows, the two hands shoulder high, the two identical duelling pistols lying upon, not clutched in, one to each: the Greek amphora priestess of a succinct and formal violence). (166)

여기서 장례식이 아니라 마치 축제에 참가한 듯한 Drusilla의 옷차림은 그녀의 관심이 어제 있은 John 대령의 죽음이 아니라 내일

있을 Bayard의 영광스러운 승리에 맞춰져 있음을 보여준다.72)

이어서 Bayard는 '폭력의 여사제'라는 자신의 표현과 관련해서 이제 와서야 비로소 의미를 이해할 수 있게 된, 두 번에 걸친 Drusilla와의 대화를 회상한다. 여기서 Bayard의 기억을 강하게 사로잡고 있는 것은 불과 두 달 전에 있었던 그녀와의 대화 막바지에 그녀가 보여준 이해하기 어려운 태도이다. Wyatt의 충고를 John 대령에게 전하는 문제를 둘러싸고 Bayard와 가벼운 설전을 벌인 끝에 Drusilla는 자신에게 키스할 것을 Bayard에게 명령한다.

그녀는 예전에 한 번도 그래 본 적이 없는 식으로 날 쳐다보고 있었다. 난 그때는 그것이 무얼 의미하는지 알지 못했으며 그 후로도 (오늘 밤이 되기 전까지는) 알 수 없었다. 왜냐하면 두 달 후에 아버지가 죽게 되리라는 사실을 우리 둘 다 몰랐기 때문이다. …… 그때 그녀는 "내게 키스해, 베이어드"라고 말했다.
"안돼, 넌 아버지의 아내야."
"그리고 너보다 8살 연상이고 네 10촌 누나이기도 하지. 그리고 내 머리카락은 검어. 내게 키스해, 베이어드."
"안돼"
"내게 키스해, 베이어드." 그래서 나는 내 얼굴을 그녀에게로 숙였다. 하지만 그녀는 움직이지 않았으며 그냥 서서 허리 윗부분을 살짝 뒤로 뺀 상태로 날 보고 있었다. 이제 "안돼"라고 말한 것은 그녀였다. 그래서 난 팔을 그녀에게 둘렀다. 그러자 그녀는 내게로 왔으며 여인들이 그러하듯이 녹아내렸다. 말을 부릴 수 있는 힘을 지닌 손목과 팔꿈치를 지닌 두 팔을 내 어깨에 두른 채, 양 손목을 사용해서 더 이상 이를 사용할 필요가 없을 때까지 내 얼굴을 자기 얼굴 쪽으로 당겼다. 나는 그때 고래(古來)의 영원한 뱀의 상징인 30세의 여성과 그녀에 대해서 글을 써온 남자들 생각을 했으며, 모든 생명체와 활자 간의 채울 수 없는 간

---

72) Hinkle은 Drusilla가 Bayard의 복수를 통해서 명예롭게 되살아날 John 대령의 부활을 기다리고 있는 심정이라고 해석한다. Hinkle, 178면.

극을 깨달았으며, 할 수 있는 사람은 행하는 반면 할 수 없어서 고통 받는 사람은 이에 대해서 글을 쓴다는 사실을 깨달았다. 그리고 나서 난 풀려났으며 다시 그녀를 볼 수 있었다. 그녀가 그 어둡고 불가해한 표정으로, 아래로 비스듬히 숙인 얼굴로 날 올려다보면서 여전히 날 지켜보고 있는 모습을 보았다.

Now she was looking at me in a way she never had before. I did not know what it meant then and was not to know until tonight since neither of us knew then that two months later Father would be dead. ⋯⋯ Then she spoke. "Kiss me, Bayard." "No. You are Father's wife."
"And eight years older than you are. And your fourth cousin too. And I have black hair. Kiss me, Bayard."
"No."
"Kiss me, Bayard." So I leaned my face down to her. But she didn't move, standing so, bent lightly back from me from the waist, looking at me; now it was she who said, "No." So I put my arms around her. Then she came to me, melted as women will and can, the arms with the wrist-and elbow-power to control horses about my shoulders, using the wrists to hold my face to hers until there was no longer need for the wrists; I thought then of the woman of thirty, the symbol of the ancient and eternal Snake and of the men who have written of her, and I realised then the immitigable chasm between all life and all print-that those who can, do, those who cannot and suffer enough because they can't, write about it. Then I was free, I could see her again, I saw her still watching me with that dark inscrutable look, looking up at me now across her down-slanted face: (172-73)

이를 Drusilla가 자신의 아들 격인 8년 연하의 Bayard를 유혹하는 장면이라고 볼 수는 없다. 왜냐하면 여기서 Bayard가 Drusilla의 의도를 아버지의 죽음과 관련시키고 있기 때문이다. Drusilla의 행동은 위대한 남부 재건이라는 John 대령의 비전에 장애가 되는 모든 것을 폭력으로 없애겠다는 충성서약을 촉구하는 의례였음을 Bayard는 지금에 와서야 깨닫는다. 이어지는 장면에서 Redmond 에 대한 복수 이행을 요구하는 Drusilla가 두 달 전과 꼭 마찬가지로 자신의 머리에 꽂고 있던 verbena 가지를 Bayard의 옷깃에 꽂아주는 모습에서 다시 한번 입증된다.

두 달 전 당시에는 Bayard는 Drusilla의 의도를 정확하게 파악하지 못했으며, 자신에 대한 유혹이라고 해석한 듯하다. 그랬기 때문에 처음에는 Drusilla가 아버지의 아내라는 이유로 그녀와의 키스를 거부한 것이다. 그런데 Drusilla의 집요한 요구에 굴복한 Bayard가 막상 그녀에게 키스하려고 하자 이번에는 Drusilla쪽에서 이를 거부한다. 아마도 자신의 의도가 제대로 전달되지 못하는 상황에서 이를 Bayard가 엉뚱한 의미로 해석하게 될 것을 걱정했기 때문인 듯하다. 이런 상황에서 Bayard는 드디어 적극성을 발휘해서 Drusilla를 끌어안고 키스를 한다. 어디까지나 Bayard에게 있어서 이 키스의 의미는 관능적이고 육체적인 의미일 뿐이다. 그렇기에 Bayard는 키스 후에 Drusilla에게서 곧 바로 에덴동산의 뱀의 이미지를 떠올리는 것이다. 자신을 유혹해서 아버지의 여자에게 키스를 하게 만듦으로써 자신이 가진 윤리적 기준과 이에 대한 통제 능력을 무력화시킨 Drusilla에게서, 이브를 유혹해 신이 금한 열매를 따먹게 만듦으로써 결국 인간의 타락과 저주를 가져오게 만든 뱀의 이미지를 떠 올리는 것은 어찌 보면 너무도 자연스런 현상이다. 이런 연유에서 Hinkle은 Bayard가 자신에게 키스를 하게 만드는 Drusilla의 행위를 고도로 현실적인 계산에서 나온 행동으로 해석한다.73) 그러나 Drusilla가 그런 복잡한 계산을 통해서 행동하는 성격이 아니라는 점과 Drusilla에게 키스를 하고 난 Bayard가 결국 John 대령에게 충고를 한다는 점을 감안해 볼 때 별로 설득력이 없다.

그런데 Bayard가 Drusilla를 유혹자로 인식한다는 것이 꼭 그녀에 대한 부정적 평가를 반영한다고 볼 필요는 없다. 곧 이어서 기록과 현실 간의 괴리, 모든 생명과 모든 활자 간의 메울 수 없는 간극에 대해서 Bayard가 덧붙이고 있기 때문이다. '할 수 있는 사람은 하고 할 수 없어서 충분히 고통 받은 사람은 그것에 대해서 쓴다'는 Bayard의 인식은 일차적으로 경험과 재현 사이의 결코 메울 수 없는 간극에 대한 통찰이며, 그만큼 Drusilla와의 키스가 주는 황홀감은 강렬했다는 뜻이다. 매력의 절정에 위치한 30세의 여성이 20대 초반의 한 젊은이 - 그것도 자신의 먼 친척이면서 동시에 자신의 의붓아들 - 에게 행사하는 마력에 대해서 여태껏 여러 사람이 글로 쓴 적이 있긴 하지만, 하나같이 그 묘사는 실제의 경험에는 턱없이 모자라는 흉내일 뿐이라는 진단이다. 형식상 어머니와 아들사이라는 금기를 뛰어넘어 자신에게 다가오는 Drusilla에게서 Bayard는 틀 속에 가둘 수 없는 생명력을 발견하고 이를 찬미한다.

Drusilla와의 키스 후 "그리고 나서 난 풀려났다"고 Bayard가

---

73) 아버지에게 Redmond를 너무 몰아 부치지 말라는 충고를 하러가는 Bayard를 유혹해서 자신에게 키스를 하게 만듦으로써, 결국 다른 사람의 도덕률에 대해 왈가왈부할 자격이 없는 자라는 자의식을 Bayard에게 심어주고 그 결과 충고를 하지 못하게 만들려는 계산된 행동이라는 것이다. Hinkle, 186-87면 참조.

말할 때 이는 일차적으로 그들이 포옹을 풀었다는 뜻이지만, 아울러 여태껏 Bayard를 틀 짓고 있던 여러 의무와 금기와 전통의 무게에서 해방되었다는 상징적 의미를 동시에 지닌다. 이는 앞으로 아버지의 죽음에 대해서 Bayard가 취할 행동에 대한 하나의 복선이 된다. Bayard가 남부의 전통과 규범에 따라 행동할 것을 강요하는 아버지 세대의 비전과 짐으로부터 자유를 획득한 채 내면의 확신에 따라 행동하게 될 것을 암시하는 것이다.

나아가서 화자는 Drusilla 개인이 아니라 여성 전반이 지닌 끊임없는 생명력과 독창성을 찬미하며 이를 남성 전반의 유형화되고 표준화되기 쉬운 특성과 대비시킨다. 이것은 여성이 대변하는 생명과 자유라는 가치를 자신의 것으로 수용하겠다는 화자의 의지로 해석할 수 있으며, 이런 맥락에서 June Dwyer는 Bayard가 여성적 정체성을 자기의 것으로 수용했다고 주장한다.74) 여성들이 지닌 이런 개성과 생명력은 전쟁을 통해서도 반감되기는커녕 오히려 극한 환경 속에서 더 강렬하게 표출되면서 그들을 진정 '패배하지 않는 자'로 만들고 있음을 Bayard는 인식하게 된다.

---

74) June Dwyer, "Feminization, Masculinization, and the Role of the Woman Patriot in *The Unvanquished*", *Faulkner Journal* 6.2 (1991) 55, 61면. 『정복되지 않는 사람들』의 초점은 Bayard의 성인 남성으로의 성장에 맞추어지며, Bayard는 자기의 남성성에다 평화적이고 수동적인 여성적 세계관을 통합해 간다고 Dwyer는 주장한다. Dwyer의 중심 논지는 Bayard는 새로운 남부 남성이 될 수 있는 반면 Drusilla는 새로운 남부 여성이 될 수 없는데 이는 Drusilla에게는 Bayard가 지닌 남성성과 여성성의 균형이 허용되지 않기 때문이라는 것이다. John T. Irwin 또한 Bayard가 자신이 '여성화되는'(feminized) 위험을 감수함으로써, 자아 속의 여성적 요소를 받아들임으로써 '남성성'을 확립하는 남성 주인공이 된다고 주장한다. John T. Irwin, *Doubling and Incest/Repetition and Revenge.* (Baltimore and London: The Johns Hopkins UP, 1975) 58면.

그리고 난 전쟁이 드루질라의 세대와 계급의 남부 여성들 모두에게 도장을 찍어서 하나의 유형으로 만들기 위해 얼마나 노력했으며 또한 얼마나 실패했는가를 생각했다. 똑같은 고통과 경험이 (제니 고모는 남편이 탄약운반용 마차에 실려 집으로 되돌려 보내지기 전에 그와 몇 날 밤을 함께 보낸 반면 개빈 브렉브리지는 단지 드루질라의 약혼자였을 뿐이라는 점을 제외하고는 드루질라의 경험이나 제니 고모의 경험은 거의 똑같은 것이었다) 그들의 눈에 서려 있었지만 그 너머에는 어쩔 도리 없이 개별적인 여성이 자리하고 있었다. 전쟁에서 돌아와서 거세되고 멍청한 불깐 수소들처럼 정부의 보호구역에서 살아가는 그 많은 남자들과는 딴판이었다. 남자들은 그것마저 잊어먹으면 그 순간 더 이상 살아갈 수 없기에 결코 잊을 수 없고 감히 잊으려 할 수도 없는 한 가지 똑같은 경험을 제외하고는, 자기 이름을 부르는 소리에 대답하는 오랜 습관을 제외하고는 거의 서로 맞바꿀 수 있는 상태였다.

and I thought how the War had tried to stamp all the women of her generation and class in the South into a type and how it had failed-the suffering, the identical experience (hers and Aunt Jenny's had been almost the same except that Aunt Jenny had spent a few nights with her husband before they brought him back home in an ammunition wagon while Gavin Breckbridge was just Drusilla's fiance) was there in the eyes, yet beyond that was the incorrigibly individual woman: not like so many men who return from wars to live on Government reservations like so many steers, emasculate and empty of all save an identical experience which they cannot forget and dare not else they would cease to live at that moment, almost interchangeable save for the old habit of answering to a given name. (173-74)

여기서 결코 하나로 유형화시킬 수 없는 여성들의 개성과 이에 대비되는 남성들의 몰개성의 비교는 『정복되지 않는 사람들』 전체에서 대단히 중요한 주제적 무게를 지닌다. 이는 곧 미국 역사에서 남북전쟁 이후로 본격적으로 전개되는 근대75)라는 무대에서 가장 핵심 되는 과제가 무엇인지를 보여준다. John 대령의 죽음을 몰고 온 직접적인 계기가 철도 산업의 확장 과정 중에 빚어진 동업자와의 불화라는 점, Bayard가 변화하는 시대를 내어다 본 아버지의 결정에 따라 현재 법학 공부를 거의 다 마쳐가고 있는 시점이라는 점, Drusilla와의 키스를 통해서 느낀 강렬한 생명력과 유형화시킬 수 없는 창조적 개성을 Bayard가 경험하는 점을 종합적

---

75) 사실 근대라는 역사의 한 시기를 정의내리기는 대단히 어렵다. 윤지관은 근대(화)를 다음과 같이 정의한다. "근대화는 사회의 전 부문에 걸쳐 이루어지는 복합적인 변화인 까닭에 한마디로 정리하기가 쉽지 않다. 우선 지적할 수 있는 것은 경제적인 면에서 자본주의의 형성과 산업화, 정치적으로는 민주주의의 추구, 그리고 사회적으로는 탈봉건의 지향과 계몽의식의 확산 등이다. 그러나 이러한 변화에는 동시에 과거와의 끊임없는 단절이 따르고, 그 결과 기존 공동체의 와해와 이에 따른 개인의 정체성 위기가 야기되기 마련이다. 따라서 근대화되어가는 사회에서 인간의 삶의 양식을 재구성하려는 노력 자체도 근대화의 한 중요한 요소가 된다." 윤지관, 『근대사회의 교양과 비평』(서울: 창작과 비평사, 1995) 40면.
　　일단 근대에 대한 이러한 개략적인 정의를 그대로 수용한다손 치더라도, 과연 미국 역사상 이런 변화가 집중적으로 일어난 시기를 어디로 잡을 것인가는 여전히 이론의 여지가 있는 문제이며, 상대적으로 미국 내의 다른 지역보다 늦게 근대화에 동참한 남부의 경우 언제를 근대의 시발로 잡을 것인가에 대해서는 여러 가지 이론이 가능할 것이다. 그러나 크게 보아 1850년부터 19세기 말까지를 근대로 잡는 것이 가장 무난한 구분일 듯하고, 이 경우 그 내용은 경제적인 측면에서는 지역적이고 자급자족적인 경제 체제로부터 전국적이고 통일된 시장 경제 체제로 즉 수공업 체제로부터 산업 체제로 바뀌어 가는 과정이고, 사회적으로 보면 농촌 사회로부터 도시 산업 사회로의 이행시기로, 그리고 정치적으로는 지방 분권으로부터 중앙 집권으로 옮겨 가는 변화라고 할 수 있다. 그리고 여기서 가장 중요한 변화를 꼽는다면 생산 수단의 기계화와 그리고 철도산업 발달을 통한 교통의 획기적인 발전을 들 수 있다. 이주영, 139-40, 182면 참조.

으로 살펴보면, 인간 개인을 몰개성화시키고 물화시키는 시대 속에서 개인의 고유한 개성을 실현하고 지켜 나가는 것이야말로 근대의 핵심과제임을 Bayard가 날카롭게 인식하고 있음이 드러난다. 만약 Bayard가 이에 대한 자각 없이 변호사가 된다면, 그것은 외형만 달라졌을 뿐 그 본질에 있어서는 전혀 변화가 없는 기득권 세력의 변신에 불과할 것이다. 바로 이 지점에서 John 대령과 Bayard가 갈라지는 것이다. Bayard가 복수의무의 이행을 포기하는 이유가 복수 대신 처벌이라는 변화된 수단의 채택에 불과하다면, 이야말로 John 대령의 처신을 충실히 따르는 행동이 될 것이다. 사실 John 대령 역시 Bayard가 이런 태도를 보여줄 것을 기대하고 예측했을 것이라고 충분히 짐작할 만하다. 그러나 Bayard의 선택이 복수로 대변되는 남부의 전통과 지배 이데올로기에 대한 저항에서 연유한 것이라면 이는 상당히 의미 있는 성장의 일면으로 볼 수 있을 것이다.

이 지점에 오면 Bayard가 원래의 결심을 왜 번복했는가에 대한 실마리를 찾을 수 있다. 그 일차적인 대답은 폭력에 대한 거의 광기에 가까운 숭배를 보이고 있는 현재의 Drusilla를 보면서 Bayard는 무언가 해야 할 필요를 느꼈다는 것이다. Bayard는 무도복 차림으로 흥분상태에서 자신을 기다리고 있던 Drusilla가 자신의 손에 키스를 하면서 여성 특유의 직관으로 복수의무를 이행하지 않겠다는 자신의 결심을 알아차린 후, 광기에 가까운 웃음을 터뜨리면서 거의 실신상태에 빠져드는 것을 목격하게 된다. Louvenia에 의해서 거의 끌려가다시피 침실로 옮겨지는 Drusilla를 보면서 이 시점에서 Bayard는 참을 수 없는 구토욕구를 느낀다.

제니 고모와 나는 거기에 서 있었으며 난 곧 다시 헐떡이기 시작할 것임을 알았다. 난 구토가 시작되는 걸 느끼듯이 그것이 시작되는 것을 느낄 수 있었다. 마치 방 안이나 집안의 공기가 충분하지 않고, 분점(分點)이라도 아무것도 이룰 수 없을 듯한 무겁고 낮은 뜨거운 하늘 아래 어느 곳에도 충분한 공기가 없으며, 대기 속에는 호흡할 만하고 폐를 위한 것이 아무것도 없는 듯했다.

Aunt Jenny and I stood there and I knew soon that I would begin to pant. I could feel it beginning like you feel regurgitation beginning, as though there were not enough air in the room, the house, not enough air anywhere under the heavy hot low sky where the equinox couldn't seem to accomplish, nothing in the air for breathing, for the lungs. (181)

아버지의 시신을 보게 될 때까지 참고 있던 심장의 헐떡거림을 이 순간 Bayard가 느낀다는 것은 그만큼 Drusilla의 모습에 대한 안타까움과 연민의 감정이 강렬했음을 입증한다. '그녀의 손가락 사이로 구토처럼 새 나오는 웃음'(the laughter spilling between her fingers like vomit, 181)이라는 표현을 통해서 Drusilla의 광기에 가까운 웃음과 Bayard의 헐떡거림이 연결된다. 여기서 Bayard가 느끼는 구토 욕구의 실체는 무엇이며 또 Drusilla가 느끼는 (혹은 느끼는 듯이 보이는) 구토 욕구의 실체는 무엇인가? 일단 Drusilla의 웃음을 구토에 비유하는 것은 어디까지나 Bayard 쪽에서의 해석임을 기억할 필요가 있다. 물론 복수 이행의 의무를 포기할 결심을 굳힌 Bayard의 손에 자신이 키스를 했다는 사실에서 거의 광기에 가까운 반응을 보이며 실신한 Drusilla가 Bayard의 나약함과 비겁함에 대해서 역겨움을 느꼈을 가능성은 충분하다. 그러나 일단 여기서 집중적으로 묘사되는 부분은 Bayard의 결심에 대한 Drusilla의 반응이 아니라, Drusilla의 행동에 대해서 Bayard가 보여주는 반응이다. 이 장면에 나타난 Bayard의 감정은

114

역겨움보다는 갑갑함이다. 즉 자신의 결정에 대해서 히스테리에 가까운 반응을 보이는 Drusilla에 대한 역겨움이나 혹은 그런 반응을 불러일으킨 자신의 결정에 대해서 새삼 역겨워 하는 것이 아니라, 도저히 숨을 쉬지도 못할 것만 같은 존재의 답답함을 느끼는 것이다. 불과 몇 개월 전만 하더라도 자신에게 결코 가둘 수 없는 생명력의 발현이자 유형화시킬 수 없는 창조적 개성의 상징으로 다가왔던 Drusilla가 현재 보이는 광기에 가까운 반응을 보면서, 구 남부의 전통이나 지배 이데올로기의 영향력이 얼마나 뿌리 깊고 강력한 것인가를 새삼 체감하는 데에서 오는 갑갑함이다. 그리고 비록 자신은 이런 이데올로기적 질곡에서 벗어난 상태라고 하더라도, 아직도 이에 대해서 광적으로 맹종하는 이웃들이 있다는 엄연한 현실을 외면해 버릴 수 없다는 인식에서 오는 갑갑함이다. Bayard는 자신에게 떳떳하면 된다는 식의 자기 신념을 반성적으로 되돌아보면서, 어떤 식으로든 자기가 주위 사람들의 기대에 대해 반응해야 할 필요성을 이 순간 새삼 느낀 것이다. 이어지는 Aunt Jenny와의 대화에서 이런 생각은 보다 분명한 형태로 정리되어 표출된다.

Jenny는 Bayard에게 "너 레드몬드를 죽이러 가지 않을 거지. 잘 생각 했어"(You are not going to try to kill him. All right. 181)라고 말한다. 그러면서 "히스테리에 사로잡힌 가련한 젊은 여성"이나, 이미 죽은 John 대령이나 혹은 내일 아침 Bayard를 기다릴 George Wyatt 같은 사람들에게 휘둘리지 말라고 충고하면서, "난 네가 두려워하는 게 아니라는 걸 안다"(I know you are not afraid. 181)고 격려한다. 이에 대해서 Bayard는 "하지만 그게 무슨 소용이에요?"(But what good will that do? 181)라고 반문하면서 "자존심을 버려선 안 된다는 걸 고모도 아시잖아요?"(I must live with myself, you see. 182)라고 대답한다. Bayard의 결심이 다른 사람들 때문이 아니라 바로 자기 자신에게 떳떳하기 위해서임을 알게 된 Jenny는 이를 인정하고, 다만 다음날 아침 읍내로 가기에 앞서 자신을 다시 한번 만나줄 것을 요구한다.

Bayard는 광기에 사로잡힌 Drusilla의 모습을 보면서, 또 공동체의 평가나 판단 따위는 무시해버릴 수 있다는 Aunt Jenny의 간단명료한 잣대를 보면서, 이들을 넘어서 자신과 공동체 모두에게 떳떳할 수 있는 제 삼의 방안을 강구해야 할 필요성을 느끼게 된다. 자신이 옳다고 여기는 바에 따라 행동할 뿐 아니라, 그 옳음이 나와 타인으로 얽혀진 공동체와의 관계 속에서 이루어지는 복합적인 기준에 부합되는 것이어야 함을 깨달은 것이다. 이런 태도는 Aunt Jenny의 합리적 개인주의를 넘어서는 의미 있는 성취임에 틀림없다. 뜬 눈으로 밤을 샌 Bayard는 다음날 아침 Aunt Jenny에게 "남들에게 좋게 생각되길 원한다."(I want to be thought well of, 184)는 이유를 대면서 읍내로 가겠다고 말한다. 이런 Bayard의 태도는 얼핏 보면 타인의 평가에 의해 좌지우지되는 허위의식으로 비춰질 소지가 있지만, Bayard의 일련의 생각의 변화들을 편견 없이 따라온 독자라면 다른 사람들의 생각과 평가를 무시할 수는 없다는 Bayard의 말에 동의하게 될 것이다.

결국 비무장으로 레드몬드와 맞선 후 말을 타고 집으로 돌아가는 Bayard를 향해 주변에 모여 있던 일단의 사람들은 모자를 벗어서 인사를 한다. 자기가 옳다고 믿는 바에 따라 행동하되, 자신에 대한 타인과 공동체의 관심 또한 그 나름의 이유와 가치가 있음을 인정하고, 이를 자신의 신념과 상치되지 않는 한계 내에서 최대한으로 수용하려는 Bayard의 선택에 대한 제퍼슨 사회의 동의와 존경의 제스처인 것이다. 이런 맥락에서 Bayard의 복수포기는 복수를 요구하는 공동체의 잘못된 행동규범을 거절한 것이 아니라, 그보다 상위의 원칙(인명살해 금지)을 지키는 한편 공동체의 요구를 존중하면서 동시에 이를 초월하는 복합적 행위라는 Brooks의 지적은 설득력이 있다.76) Brooks는 이런 맥락에서 「버베나 향기」는 Bayard가 성인에게 따르는 도덕적 책임감을 획득해 가는 오랜 입문과정의 종결이라고 정의한다.77)

여기서 Drusilla에 대한 평가의 문제를 짚고 넘어가지 않을 수 없다. 「습격」에서 보여준 남부 여인들의 일상적인 삶의 무미건조함에 대한 통찰이라든가, 흑인들의 탈주행렬에 대해서 보여주는 책임감을 지닌 매력적이고 독립적인 여성상에서, 현재의 부정적이고 거의 광기에 사로잡힌 여성상으로 전락해 버린 그녀의 삶의 궤적을 어떻게 설명할 것인가의 문제이다. 물론 앞서도 지적했다시피 그녀가 보여주는 책임감은 자신의 삶을 옥죄고 있는 남부의 지배 이데올로기의 일부로서 한편으로는 이를 답답하고 불편하게 느끼면서 다른 한편 철저하게 이에 입각해서 행동하는 그녀의 존재적 모순이 결국 그녀의 광기의 원인이 된다고 말할 수 있다. 차라리 Aunt Louisa처럼 남부의 구질서를 철저하게 내면화시킨 상태에서 시종일관 이에 따라서 행동하든가 아니면 아예 Aunt Jenny처럼 이를 무시해 버리면 간단하겠지만, Drusilla에게는 이 양자의 가능성은 전혀 없었다고 볼 수 있다. Aunt Louisa가 되기에는 너무 예리한 직관의 소유자이고 그렇다고 Aunt Jenny가 되기에는 지나치게 풍부한 감성의 소유자이기 때문이다. 그렇다면

---

76) Brooks, *William Faulkner: The Yoknapatawpha Country*. 89면.
77) 같은 책, 92면.

불과 몇 달 전에 Bayard에게 보여준 틀에 가둘 수 없는 생명력과 개성의 발현은 어떻게 설명할 것인가? 그것은 자신의 대담한 유혹이 Bayard로 하여금 남부의 재건이라는 John 대령의－그리고 Drusilla 자신의－꿈의 완성이라는 목표에 맞춰져 있는 데에서 오는 대담함이요 자유로움이었다고 볼 수 있다. 결국 Drusilla의 파멸을 불러온 것은 그녀가 끝내 떨쳐버릴 수 없었던 위대한 남부 재건에의 꿈이었다고 해도 과언이 아니다.

　한편 그녀가 이루어질 수 없는 꿈을 꾸었기 때문이 아니라, 이 꿈을 이루려는 과정에서 자기 정체성을 제대로 부여잡지 못한 데에서 오는 실패라고 볼 수 있다. 전쟁을 통해서 남성적 정체성을 받아들인 Drusilla가 전쟁이 끝난 후까지도 이를 넘어서는 진정한 자기 정체성을 발견하지 못한 데에서 오는 필연적인 혼란이고 퇴행이다. Drusilla가 단순히 남장을 한 차원을 넘어서 아예 자신을 남성으로 동일시하고 있었다는 증거는 작품 내에서 두 번 정도 나타나는데, 첫째는 자기가 남장을 하고 John 대령과 함께 다녔다는 이유로 자신을 강제로 John과 혼인시키려하는 어머니와 마을 여인들의 태도에 반발하던 Drusilla가 자신의 임신여부를 확인하려고 자신의 배를 만지려하는 Louvenia에게 "그와 나는－우리는 양키 놈들을 해치우러 간 거지 여자 사냥을 나간 게 아니야"("that he and I-We went to the war to hurt Yankees, not hunting women!" 151)라고 부르짖는 장면이다. 이런 말투에는 남군 병사들과 완전히 심정적으로 일체가 되어서 자신을 여자가 아니라 오히려 남자로 인식하는 Drusilla의 성 정체성이 나타나 있다. 이것이 순간적인 실언이 아니라 Drusilla의 의식 깊은 곳에 존재하는 정체성의 발로임은 이와 유사한 발언들이 Drusilla에 의해서 재삼재사 반복된다는 점에서 알 수 있다. 이의 두드러진 예로

118

는 Bayard에게 두 자루의 결투용 권총을 내밀면서 하는 다음의
말을 들 수 있다.

느껴져? 정의처럼 진실한 그 길고 진실한 총신하며(넌 이를 쏴본
적이 있지), 복수처럼 재빠른 방아쇠며, 사랑의 물리적 형체만큼
이나 가녀리지만 무적이고 치명적인 이 총들을 말이야.

Do you feel them? the long true barrels true as justice, the
triggers (you have fired them) quick as retribution, the two of
them slender and invincible and fatal as the physical shape of
love? (180)[78]

이런 예들을 살펴 볼 때 우리는 Drusilla가 감옥과 같은 남부
여인의 질곡을 부정하고 이를 거부하는 데는 성공했지만, 나름대
로의 독립적이고 긍정적인 여성적 정체성을 확립하는 데까지는
이르지 못했음을 알 수 있다.[79] 그 결과 전시라는 특수상황에서
는 그나마 일정정도의 긍정적 기능을 담당하던 Drusilla의 성 정
체성은 전쟁이 끝난 후 그녀를 일상으로 돌아가지 못하도록 가
로막는 부정적 효과를 빚으면서, 그녀를 시대착오적인 부정적 인
물로 전락시키는 것이다. 그러나 『정복되지 않는 사람들』은 이를
Drusilla 개인의 한계나 결함으로 보기보다는 남부사회의 폐쇄성
에서 연유하는 구조적 요인으로 보아줄 것을 요구한다.[80] 사실

---

78) Hinkle은 총이라는 남근적 상징을 강조하면서 이를 물리적인 사랑
　　의 형태와 결부시키는 Drusilla의 어법은 전형적인 남성적 언어용
　　법임을 지적하면서, 이는 Drusilla가 이 시점에서 명백하게 남성적
　　태도를 내면화시켰음을 보여준다고 해석한다. Hinkle, 195면.
79) 이런 의미에서 Drusilla야말로 Sequeira가 말한 미완의 입문의 전
　　형이라고 볼 수 있다.
80) Dwyer, 63면.

남부사회가 강요하는 상투적인 여성상을 거부한 Drusilla가 선택할 수 있는 대안은 Aunt Jenny 정도 밖에 없다는 것이 Drusilla의 고민이다.

끝으로 한 가지 짚고 넘어갈 점은 Ringo와 Bayard의 관계에 대한 평가의 문제이다. 많은 비평가들은 앞 스토리들에서 Bayard보다 더 영리하고 유능하게 수완을 발휘해온 Ringo가 「버베나 향기」에 와서는 단순히 Bayard의 boy로 전락해 버린 것을 두고 포크너의 보수적 인종관의 증거로 해석하거나, 이를 Bayard의 한계로 연결짓기도 한다.81)

그러나 Ringo를 Bayard의 boy로 보는 것이 Bayard의 시각이 아니라 주변 사람 구체적으로는 Wilkins의 교수의 인식이라는 점을 기억할 필요가 있다. 오히려 Bayard는 Ringo의 변함없는 영리함과 깔끔한 일처리 능력에 새삼 감탄하고 있다. 자신은 Ringo에게 있어서 영원한 친구인 Bayard일 뿐 그의 주인인 Sartoris가 될 수는 없음을 Bayard는 분명히 하고 있다.

그 당시 어떤 연유로 우리 둘 중 하나에게 무슨 일이 벌어지더라도 난 결코 그의 주인이 될 수 없을 것이라고 생각하게 되었는지 기억이 난다. 그도 24살이었지만 어느 면에서 그는 우리가 그럼비의 시체를 목화창고 문에다 박아 놓던 날로부터 나보다 훨씬 덜 변했다. 아마 그것은 그 해 여름 할머니와 함께 양키 놈들과 노새를 교역하는 동안 그가 나보다 더 많이 자랐고 너무나 많이

---

81) 예컨대 Patricia Yaeger는 Ringo가 어린 시절의 기지나 언어를 잃고 사라져가는 것과 Drusilla가 주변화되는 것은 같은 맥락이라고 해석한다. Patricia Yaeger, "Faulkner's 'Greek Amphora Prietess' : Verbena & Violence in *the Unvanquished*", *Faulkner & Gender: Faulkner & Yoknapatawpha 1994*. Eds. Donald M. Kartiganer & Ann J. Abadie(Jackson: UP of Mississippi, 1996). 219면 참조.

변해서, 그때 이후로는 단지 그를 따라잡기 위해서 나 혼자서 그 변화의 대부분을 감당해야했기 때문일지도 모른다.

I remember how I thought then that no matter what might happen to either of us, I would never be The Sartoris to him. He was twenty-four too, but in a way he had changed even less than I had since that day when we had nailed Grumby's body to the door of the old compress. Maybe it was because he had outgrown me, had changed so much that summer while he and Granny traded mules with the Yankees that since then I had had to do most of the changing just to catch up with him. (164)

8년 전의 Grumby 처단사건 이후로 Ringo가 거의 변한 게 없다는 Bayard의 말은 양면적 의미를 지닌다. 표면적으로 이 말은 여전히 변함없는 Ringo의 수완과 영리함을 강조하고 있다. 그러나 Bayard의 의도와는 무관하게 Ringo가 8년 전의 사건 이후 거의 자라지 못했고 성장하지 못했다는 비판적인 의미로 읽히는 것 또한 사실이다. 이러한 Ringo의 성장 중지의 원인으로는 일차적으로 사회경제적인 요인을 들 수 있다. 즉 Deep South의 흑인 소년인 Ringo에게는 그 타고난 영리함과 여러 가지 현실적 능력에도 불구하고 진정한 자기발견이나 자기실현으로 자라갈 수 있는 가능성이 애초에 차단되어 있으며, 포크너 역시 남부 체제가 Ringo의 성장에 있어서 가하는 이러한 근본적인 제약을 보여주려 했다는 설명이다.[82]

---

82) 예컨대 Hinkle은 14세까지는 흑백의 소년들이 대략 같은 속도로 성장하지만, 흑인소년의 경우 14세부터는 신체적인 성장 이외의 모든 부분 즉 정신적, 도덕적인 부분에서 성장을 멈추는 반면, 백인 소년들은 신체적인 성장을 포함한 다른 모든 부분에서 성장을 계속해 나간다는 것이 당시 남부 백인들의 일반적인 통념이었다고 지적한다. Hinkle, 173-74면.

그러나 Lee Jenkins는 이런 일반적인 설명과 더불어 Ringo가 스스로를 동료 흑인들이 아니라 남부 백인과 동일시하는 데서 보다 근본적인 이유를 찾는다. Ringo는 흑인과의 연대성을 느끼기보다는 자신의 종족을 억압하고 착취하는 구 남부의 여러 가치를 자신의 것으로 내면화시킨 인물로서 Bayard보다 더 순수한 구질서의 대변자라고 Jenkins는 본다.[83] 작중에서 Ringo의 이런 측면이 가장 잘 드러나는 장면은 "Raid"에서 흑인들의 대 탈주행렬에 대해서 "난 일생 동안 검둥이들에 관한 얘기를 들어야 했어", "난 그 철도 이야기를 들어야겠어."("I been haveing to hear about niggers all my life", "I got to hear about that railroad" 75)라는 불만을 토로하는 장면이다. 물론 Ringo가 동족에 대해 보이는 이런 냉정한 태도가 그가 구 남부의 백인들의 가치를 자기 것으로 내면화했기 때문이고 이것은 또한 흑백을 넘어서 자기들은 모두 동일한 남부인임을 강조한 당대의 지배 이데올로기의 영향력의 증거이지만, 그렇다고 해서 당시의 모든 남부 흑인들이 Ringo처럼 이 이데올로기를 내면화하지는 않았다는 점에서 이를 단순히 외부적인 환경의 탓으로만 돌릴 수는 없는 노릇이다. 가깝게는 아

Lee Jenkins 역시 『정복되지 않는 사람들』 내내 Ringo의 재치와 지능이 자주 강조되지만 결국 Bayard에게만 진정한 도덕적 의미를 지닌 행동을 할 기회가 주어진다는 점에 주목한다. Bayard와는 달리 Ringo에게는 책임감 있는 성인의 지위에 이르기 위해 필연적으로 요구되는 '점진적인 성숙'의 기회가 주어지지 않는다고 Jenkins는 비판한다. 이런 측면에서 Jenkins는 앞의 Hinkle의 문제의식을 공유하고 있으며, Ringo의 성장 중지의 중대한 요인은 분명 그의 흑인으로서의 사회 환경적 제약에서 기인하는 것임을 인정하고 있다. Lee *Jenkins, Faulkner and Black-White Relationship: A Psychoanalytical Approach.* (New York: Columbia UP, 1981). 124면.

83) Jenkins, 131면.

122

예 남부 백인 사회에 대해 적대적 태도를 취하는 Loosh가 있고, 북부인들의 급진적 평등론에 입각한 흑인 해방에 동조해서 무작정 길을 떠난 엄청난 수의 흑인들의 존재를 고려해 볼 때 Ringo의 개인적인 한계는 더 두드러져 보인다. 결국 Ringo는 자신이 겪는 여러 번의 경험을 통해서 자기가 누구인가를 배워가는 데 있어서 실패하는 반면, Bayard는 자신의 경험에서 얻게 되는 교훈을 종합해서 자신이 누구이며 자신을 둘러싼 남부 사회는 어떤 곳이며 그 속에서 무엇이 진정한 자기실현인가를 배우게 되는 차이를 보여준다.

하지만 정작 작품이 더 비중을 두고 묘사하는 것은 Ringo의 한계보다는 이런 Ringo와 맺어가는 Bayard의 관계의 성격과 이에서 드러나는 Bayard의 가능성이라고 할 수 있다. 우리가 살펴 본 것처럼 24살이 된 Bayard는 여전히 Ringo를 자신의 친구로 여기고 있음이 분명하다. 그리고 이런 평등한 관계는 앞으로도 여전히 지속될 것이라고 Bayard는 믿으며 독자들 역시 이러한 믿음을 공유하게 된다. 어린 시절 친형제처럼 자란 흑백의 소년들이 성년기로 접어들면서 한 사람은 주인으로 한 사람은 그의 몸종으로서의 정체성을 받아들이게 되고 이에 따라 행동하게 되는 것은 남부에서는 너무도 흔한 경험이다. 하지만 「버베나 향기」의 Bayard와 Ringo에게는 이런 주인과 몸종의 관계를 암시해주는 여하한 행동이나 표현이 나타나지 않는다는 점을 주목할 필요가 있다. 물론 Wilkins 교수가 Ringo를 Bayard의 몸종이라고 표현하고 Bayard 역시 "내 몸종을 위해서 새 말을 준비해 달라"(A fresh horse for my boy. 162)고 부탁하긴 하지만, 이는 어디까지나 Wilkins 교수와의 의사소통을 위해 사용하는 지시적인 명칭에 불과할 뿐 실제 Bayard가 Ringo를 이렇게 생각하거나 취급한다는 증거는 없다. 어디까지나 자신들 둘 다에게 소중한 사람을 여읜 동일한 경험을 공유하는 친구의 관계로 Bayard와 Ringo는 사토리스 농장으로 돌아오고 있는 것이다.

Ringo가 Bayard에 대해서 주인-몸종의 관계가 아니라 어린 시절의 친구 관계로 여전히 행동하고 있다고 볼 수 있는 증거 중 하나는 복수를 하지 않겠다는 Bayard의 결심에 대한불만을 행동으로 표현한다는 점이다. 구체적으로 이는 두 번씩이나 의도적으로 Bayard의 얼굴을 외면하는 형식－"또 다시 그는 날 쳐다보지 않았다"(Again he did not look at me, 185)－으로 표출된다. 결국 Ringo는 Bayard를 따라 Redmond의 사무실에 동행하겠다고 말하지만, Bayard는 이를 거부하고 결국 혼자서 Redmond의 사무실을 찾아 간다. 이때에도 Ringo가 Bayard의 명령을 듣는 것은 그가 자신의 주인이기 때문이 아니라, 그가 John 대령의 아들로서 복수의 권리를 지닌 자이기 때문이다. Bayard가 Ringo와 맺는 이런 평등한 관계는 그가 지닌 다른 성취 즉 공동체의 잘못된 전통과 가치에 대해 맞서면서도 결코 공동체 자체를 무시하거나 부정하지는 않으며 이 와중에 진일보한 공동체 건설에 대한 가능성을 제기해 주는 성취와 더불어 성장소설의 주인공으로서 보여주는 중요한 성취의 일면이라고 할 수 있을 것이다.

그러나 뒤집어서 보면 Bayard와 Ringo의 관계는 어디까지나 서로에 대한 특수한 관계에 근거한 것일 뿐 이것을 흑인 계급 전체에 대한 Bayard의 태도 내지는 관점으로 볼 수는 없다는 점에서 여전히 유보적이다. 즉 자신과 마치 형제처럼 자라난 Ringo라는 특수한 흑인과의 사이에 존재하는 평등이지 이것을 백인과 흑인 계급 전반의 평등이라는 문제에서 접근하는 것은 아니라는 것이다. 내용상으로는 『정복되지 않는 사람들』의 후속편이라 할 수 있는 Sartoris에 등장하는 노년의 Bayard가 『정복되지 않는 사람들』의 Loosh를 꼭

닮은 흑인인 Caspey를 대하는 모습은 대단히 공격적이고 권위적임을 감안해 보면,[84] 사실 Bayard가 흑인 전반에 대한 진일보한 생각을 지니게 된다는 주장은 별 설득력이 없어 보인다. 그럼에도 불구하고 적어도 「버베나 향기」에서 묘사되는 Bayard와 Ringo의 나름대로 평등한 관계가 성인세계에서도 그대로 지속된다는 점만은 꽤 높이 사줄 만하다.

---

84) William Faulkner, *Sartoris*. (New York: Vintage Books, 1974)

Ⅲ. 『어둠 속의 침입자』:
이야기하기 습득을 통한 거듭나기

　　『어둠 속의 침입자』는 1940년경의 북부 미시시피의 한 시골 마을을 배경으로 Charles Mallison이라는(작품 내에서는 주로 Chick이라는 애칭으로 불림) 16세의 백인 소년이 4년 전에 자신에게 도움을 주었던 Lucas Beauchamp라는 흑인 노인을 살인 누명과 린치의 위협에서 구출하는 이야기이다. 작품의 전반부인 1장에서 3장은 Chick과 Lucas가 처음으로 만나게 되는 정황과 이 만남에서 입은 은혜에 대한 채무의식에서 벗어나려는 Chick의 끈질긴 노력과 집요할 정도로 이를 거절하고 무화시키는 Lucas의 반응을 그린다. 4장에서 11장까지는 Lucas의 부탁을 받은 Chick이 살인 사건을 해결하는 과정이 그려진다. Vinson Gowrie라는 백인을 살해한 혐의로 감옥에 갇혀서 당장에라도 린치를 당할지 모르는 일촉즉발의 상황에 몰린 Lucas는, 피해자를 죽인 무기가 자신의 콜트 41구경 권총이 아니라는 사실만 달랑 알려 준 채, Chick에게 무덤을 찾아가서 이를 확인하고 자신을 구해 달라고 부탁한다. Chick은 동갑내기 흑인 친구인 Aleck Sander와 70세의 백인 독신 여성 Miss Habersham과 함께 무덤을 찾아가서 Lucas의 말이 사실임을 확인한 후, 자신의 삼촌이자 군 변호사인 Gavin Stevens와 보안관 Hope Hampton의 도움 하에 진범을 밝혀내고 결국 사건을 해결하게 된다. 양식상으로 보면 『어둠 속의 침입자』는 전반부의 성장소설과 후반부의 탐정소설이 하나로 결합된 이야기이다.

『어둠 속의 침입자』가 던지는 메시지는 비교적 분명하다. 남부 사회 혹은 현대사회의 희망은 자신이 속한 공동체의 그릇된 전통과 관행에 대해 저항할 용기와 의지를 지닌 인물들의 성장에 있다는 것이 『어둠 속의 침입자』의 주제이다. 그런데 이와 같은 다소 진부할 수도 있는 메시지를 살인사건의 해결이라는 독특한 구조 속에 버무림으로써, 진범을 찾아가는 흥미진진한 과정과 자신의 정체성을 찾아가는 Chick의 정신적 성장을 유기적으로 결합시킨 점이 『어둠 속의 침입자』의 진정한 매력이다. 본 논문은 Chick의 성장의 내용이 무엇인가를 중심으로 꼼꼼하게 작품을 살펴보면서 Lucas 사건을 겪기 전의 Chick과 사건을 겪은 후의 Chick 사이에 어떤 변화가 있었는지 그리고 그 변화라는 것이 어떤 과정을 거쳐서 이루어지는지를 따져볼 것이다.

1. 남부 백인 소년의 자의식: Lucas와의 첫 대면

작품상의 현재로부터 4년 전의 어느 겨울날, 12세 소년인 Chick은 삼촌의 친구인 Carothers Edmonds의 집에 놀러 갔다가 두 명의 흑인 소년과 함께 토끼 사냥을 나가게 된다. 사냥 중에 시내에 가로놓인 외나무다리를 건너던 Chick은 실수로 시냇물에 빠지게 된다. 두 흑인 소년이 허둥지둥하면서 찾아낸 긴 장대를 내밀어서 Chick을 구해내려는 순간, "그가 나올 수 있도록 방해되지 않게 장대를 치워라"(Get the pole out of his way so he can get out. 7)는 명령이 들려온다. 『어둠 속의 침입자』의 두 주인공인 Chick과 Lucas가 처음으로 만나는 순간이다. Chick은 '고집스럽고 침착한'(intractable and composed, 8) Lucas의 모습에서 처음부터 거부할 수 없는 권위를 느낀다. 이미 자신의 집을 향해 발걸음을 옮기기 시작한 Lucas는 "우리 집으로 와"(Come on to my house. 9)라고 명령하고, 이에 대해 Chick은 Lucas의 명령에 따르는 것은 지금처럼 몽땅 젖은 모습으로 Edmonds의 집에 돌아갔다가는 다시는 바깥출입을 하지 못할 것이기 때문이라고 스스로에게 변명해 보지만 사실은 Lucas에게서 느껴지는 마치 할아버지와 유사한 권위를 거스를 수 없기 때문임을 인정한다. Lucas와의 만남의 첫 순간부터 Chick이 가지고 있던 백인 남성 중심의 가부장제 이데올로기의 균열 내지는 혼란이 일어나는 것이다. 이 이데올로기의 근간을 이루고 있는 명제가 바로 백인은 흑인보다 우월하다는 것이고, 따라서 어떤 경우에서도 흑인이 백인에게 명령할 수 없고 또 백인이 이 명령을 따라서는 안 된다는 점이다.[85] 따라서 Chick은 자신이 은연중에 내면화해온 이데올로기로는 설명할 길이 없는 새로운 상황에서 오는 정신적 충격에 직면한 것이다.

집에 도착한 Chick에게 Lucas는 옷을 벗어서 말리라고 명령한다. Chick은 처음에는 거절하지만 결국 이 명령에 순종해서 옷을 벗고 Lucas가 준 담요를 몸에 두른 채 벽난로 앞에 앉아서 흑인의 냄새에 관한 명상에 잠긴다.

지금으로부터 수 분 내에 그에게 일어날 어떤 일이 없었다면, 그 냄새가 실은 한 인종의 냄새라거나 심지어는 실제적인 가난의 냄

---

85) 다만 백인에 의해서 권위가 이양된 경우에는 제한된 의미에서 이 권위의 행사가 가능할 수 있는데 예컨대 흑인 유모가 백인 소년에게 명령을 내리는 경우이다. 그러나 이 경우는 성이 다른 예외적 상황이며, 이 경우에조차 흑인 유모가 명령할 수 있는 범위와 내용은 지극히 제한적일 수밖에 없다.

새가 아니라 아마도 하나의 조건, 관념, 신념의 냄새가 아닐까에
대해 단 한번도 곰곰이 숙고해 본적 없이 무덤에 가게 되었을 그
착각할 수 없는 흑인 냄새에 폭 감싸인 채 [의자에 앉아 있었다].
흑인이기 때문에 제대로 자주 씻을 수 있는 시설을 갖지 못했을
것이라거나 씻는 시설도 없이 자주 씻거나 멱을 감을 것으로 생
각하지 않으리라는 관념, 사실상 자기들이 그렇게 하지 않기를
사람들이 더 바란다는 관념을 그들 스스로가 수동적으로 받아들
인 행위에서 나는 냄새. 그러나 지금은 혹은 아직까지는 그 냄새
에는 아무 의미도 없었다. 한 시간이나 지나서야 그 일은 일어나
게 되며, 그 일의 모든 결과와 그 일이 자기에게 무슨 영향을 끼
쳤는가를 깨닫게 되는 것은, 자기가 이를 받아들였다는 사실을
미처 깨닫고 인정하기도 전에 자신이 성인이 될 것임을 깨닫게
되는 것은 4년이 더 지나서였다.

enclosed completely now in that unmistakable odour of
Negroes-that smell which if it were not for something that
was going to happen to him within a space of time
measurable now in minutes he would have gone to his grave
never once pondering speculating if perhaps that smell were
really not the odour of a race nor even actually of poverty but
perhaps of a condition: and idea: a belief: an acceptance, a
passive acceptance by them themselves of the idea that being
Negroes they were not supposed to have facilities to wash
properly or often or even to wash bathe often even without
the facilities to do it with; that in fact it was a little to be
preferred that they did not. But the smell meant nothing now
or yet; it was still an hour yet before the thing would happen
and it would be four years more before he would realize the
extent of its ramifications and what it had done to him and
he would be a man grown before he would realize, admit that
he had accepted it. (13)

여기서 1시간쯤 뒤에 일어날 사건이란 Chick이 Lucas의 환대에

대한 보답으로 돈을 주려한 사건을 가리키고, 4년 뒤라는 말은 작품의 시제 상으로 현재 즉 살인범의 누명을 쓰고 사형(私刑)을 당할 위험에 처한 Lucas를 Chick이 구명하게 되는 시점을 가리킨다. 위의 명상에서 Chick은 여태껏 당연시해온 흑인들의 냄새가 실제로는 흑인이기에 그들은 제대로 씻지 않아서 냄새가 날 것이라고 생각하는 백인들의 믿음을 흑인들 스스로가 수동적으로 받아들인 결과에서 기인한 허상임을 깨닫게 된다. 이것은 사회가 당연한 진리로 강요해온 사실들이 전혀 과학적 근거를 지니지 못한 집단적 허의위식의 산물일 수 있음을 Chick이 어렴풋이나마 감지하게 되었음을 의미한다. 그러나 Chick이 이 냄새의 본질과 의미를 이해하는 것은 4년 뒤인 현재 Lucas와 관련해서 겪게 되는 일련의 사건을 통해서이며, 이는 다시 Chick이 어른이 되는 것과 뗄레야 뗄 수 없이 얽혀 있는 과제이다. 흑인의 냄새에 대한 Chick의 명상은 사회에 대한 보다 깊은 통찰로 나아가지 못한 채 그런 현실의 모순을 자신의 유산으로 인정하고 받아들이는 것으로 일단락된다.

> 그는 오랜 시간동안 그 냄새를 맡아왔으며, 앞으로도 항상 그 냄새를 맡게 될 것이다. 그것은 피할 수 없는 과거의 일부였으며, 남부인으로서의 그의 풍부한 유산의 일부였다. 그는 그 냄새를 떨쳐버리려 애쓸 필요조차 없었다. 파이프 담배 애호가가 단추나 단추 구멍처럼 이미 자기 옷의 일부가 되어버린 차가운 파이프 연기의 냄새를 더 이상 맡지 못하듯이, 그는 더 이상 그 냄새를 맡지 못하게 되었다.

> He had smelled it for ever, he would smell it always; it was a part of his inescapable past, it was a rich part of his heritage as a Southerner; he didn't even have to dismiss it, he just no

longer smelled it at all as the pipe smoker long since never did smell at all the cold pipereek which is as much a part of his clothing as their buttons and buttonholes. (13)

　이러한 Chick의 인식의 후퇴는 Lucas용으로 차려놓은 음식을 먹으면서 원래 흑인들은 이런 형편없는 음식을 좋아한다고 생각하는 데서 여실히 드러난다. 이에 대해 화자는 오랜 착취와 억압의 역사 가운데에서 흑인들이 접할 수 있는 유일한 음식들이 바로 이런 형편없는 음식들밖에 없었음을 지적하면서, 이런 사실을 깨닫기에 아직 12살의 Chick은 너무 어리다는 사실을 넌지시 암시한다.

　식사를 마친 Chick은 가지고 있던 동전들을 탈탈 털어서 Lucas에게 내민다. 비정상을 정상으로 바로 잡으려는 노력인 셈이다. 그러나 동전을 쥔 손을 내밀면서 붉어지는 Chick의 얼굴은 자신의 행동이 떳떳하거나 올바른 행동이 아니라는 점을 Chick 자신도 감지하고 있음을 보여준다. Lucas는 Chick이 내민 손을 끝내 외면하고, 이에 수치심을 넘어 분노를 느낀 Chick은 동전들을 바닥에 내던진다. 이후에 자신이 진 빚을 갚으려는 Chick의 노력과 다른 선물로 이를 상쇄하려는 Lucas의 집요한 대처가 2장과 3장에 걸쳐 이어진다.86)

---

86) Kenneth Greenberg는 선물주기가 남부의 명예개념에 있어서 중심적인 개념이며, 이는 우위성을 주장하려는 경쟁의 양상을 띠는 일종의 지배－복종 게임이라고 분석한다. '주인들은 주고 노예들은 받는다.'(Masters gave; slaves received)는 확고부동한 원칙은 남부의 계급 질서를 공고화시키는 핵심 기제 중 하나이다. 선물의 언어는 종종 지배의 언어가 되며, 노예에게 선물을 주는 것은 그가 스스로의 주인이 아님을 재확인하는 행위가 된다.
　이런 원칙에 의하면 흑인의 환대라는 선물을 받은 Chick은 사회적으로 흑인보다 열등한 위치에 처한 셈이다. 따라서 이를 만회하기 위해 Chick이 집요한 선물 공세를 펼치는 것은 너무도 당연한 반응이다. 한편 Lucas로서는 다시 검둥이로 전락하지 않기 위해서

2장 서두에 가면 Lucas의 행동에서 Chick이 느끼는 당혹감이 사실은 Chick 개인의 주관적인 반응이 아니라 수년 동안 지역 내의 모든 백인들이 공통적으로 느껴왔던 정서임이 밝혀지면서 Chick과 Lucas의 문제가 Lucas 對 제퍼슨 혹은 흑인 對 남부 백인의 문제로 확대된다.

이듬해에 그[칙]는 지역 내의 모든 백인들이 4년 동안이나 그[루카스]에 대해서 다음과 같이 생각해 왔음을 알게 된다. 우리는 그놈을 먼저 검둥이로 만들어야 해. 그 놈은 자기가 검둥이라는 사실을 인정해야만 해. 그리고 나면 그놈이 받아들여지고 싶어 하는 대로 그 놈을 받아들이게 될 거야.

within the next year he was to learn every white man in that whole section of the country had been thinking about him for years: *We got to make him be a nigger first. He's got to admit he's a nigger. Then maybe we will accept him as he seems to intend to be accepted.* (18-9)

크리스마스 시즌이 되어서 Chick은 Lucas에게 줄 여송연 4개비와 Molly용으로 코 담배통을 마련해서 Edmonds 편으로 보낸다. 하지만 아직도 자기에게 남아있는 분노와 무력감을 해소하기에는 턱없이 미미하다고 Chick은 느낀다. "그가 단 일초 동안만이라도, 한 순간만이라도 먼저 검둥이가 되어주기만 한다면"(*If he would just be a nigger first, just for one second, one little infinitesimal second:*, 23) 좋겠다는 Chick의 의식은

Chick이 보내온 선물에 대한 대가를 계속 지불하려는 것이다. Erik Dussere, "The Debts of History: Southern Honor, Affirmative Action, and Faulkner's *Intruder in the Dust." Faulkner Journal.* 17.1 (2001). 45-46면 참조.

위에서 인용한 제퍼슨 주민의 집단적 의식과 정확히 일치한다. 자신들은 Lucas에게 별로 많은 것을 기대하지 않는다는 것이다. 그저 Lucas 쪽에서 먼저 자신이 검둥이라는 점을 인정하고 이에 걸맞은 행동을 하면 된다는 것이다. 그리고 이런 최소한의 요구조차 거부하는 Lucas에 대해서 Chick은 제퍼슨 주민의 한 사람으로서 분노와 무력감을 동시에 느끼는 것이다.

여송연과 코 담배통으로는 자신이 진 빚을 제대로 청산하지 못했다는 강박관념에서 Chick은 매주 받는 용돈과 삼촌의 사무실에서 받는 일당을 모으기 시작하고, 마침내 이듬해 오월에 꽃무늬가 수놓인 인조비단 드레스를 우편으로 Molly에게 보낸 후에야 비로소 일종의 홀가분함을 맛본다. 그러나 마음 속 깊은 곳의 '슬픔과 수치심'(the grief and the shame, 23)까지 떨쳐 버릴 수는 없었다는 화자의 설명은 Lucas에게 진 빚을 기를 쓰고 갚으려는 자신의 일련의 행동에 떳떳하지 못한 구석이 있음을 Chick이 감지하고 있음을 드러내준다. 제퍼슨 사회의 일원으로 자라가면서 자신도 모르는 사이에 남부의 지배 이데올로기를 체득해온 Chick이지만, 자신이 준거틀로 삼고 있는 남부의 규범이라는 것이 사실은 불건전하고 비인간적인 전제들에 근거해 있을지도 모른다는 점을 어렴풋이나마 감지하는 건강성을 보여준다. 이와 같은 Chick의 직관적 자기 반성능력은 성장 소설의 주인공으로서 그가 지닌 가장 큰 장점이자 가능성임을 작가는 암시한다.

Chick이 잠시나마 홀가분한 느낌을 가졌던 때로부터 4개월 뒤인 9월, 이제 막 새 학기가 시작될 참에 백인소년 편에 Lucas가 보내온 1갤런들이 당밀 통은 모처럼만에 느껴본 마음의 평정을 산산조각 내버린다. 다시금 Chick은 선물주고받기 게임에서 선물을 받는, 따라서 사회적으로 열등한 위치에 떨어지고만 것이다. 이 사건 이후로 Chick은 당분간 빚을 갚으려는 노력을 포기하는 대신 후일의 기회를 기다리기로 마음먹는다. Chick이 Lucas 문제를 떨쳐버린 것은 아니고, 다만 체념과 기다림이라는 장기적인 전략으로 수정한 것뿐이다. 당밀을 전해 받은 지 얼마 후에 길에서 마주친 Lucas가 자신을 알아보지 못하고 지나쳐 가자, Chick은 '그는 날 잊어버렸어. 그는 이제 날 기억조차 못하는 거야.'(*He has forgotten me. He doesn't even remember me anymore.* 25)라는 해방감을 느낀다. 자신을 괴롭혀 온 해묵은 과제가 깨끗이 해결되었다고 자위하면서, 이제 Chick은 Lucas를 유령의 이미지로 치환해 버림으로써 기억에서 지우려 한다.

> *'이번에는 아예 그가 날 기억하지 못한 것도 아니야. 그는 날 알아보지도 못했어. 그는 날 잊기 위해 애쓴 것도 아니었어.'* 심지어 일종의 마음의 평안을 느끼며 칙은 *'끝났어. 이게 다야.'*라고 생각했다. 왜냐하면 그는 자유로워졌기 때문이다. 삼년 동안이나 자나 깨나 그의 삶에 붙어 다니던 사람이 그의 삶에서 벗어나 나가버렸다. …… 한 사람은[루카스는] 더 이상 그 사람 자신이 아니라, 두 명의 흑인 소년에게 돈을 주워서 자기에게 되돌려 주라고 명령했던 사람의 유령일 뿐이다. 나머지 한 사람[칙 자신] 또한 그 돈을 내밀었다가 그 다음에는 그것을 바닥에 내팽겨 쳤던, 예전의 그 미칠 듯한 수치감과 번민의 끝자락을, 복수나 보복이 아니라 단지 평등한 지위의 회복과 자신의 남성성과 백인 혈통에 대한 재확인 욕구의 빛바랜 끝 토막을 성인기로 이고 가는 아이의 기억에 불과했다.

> *He didn't even fail to remember me this time. He didn't even know me. He hasn't even bothered to forget me:* thinking in a sort of peace even: *It's over. That was all* because he was free, the man who for three years had obsessed his life waking and sleeping too had walked out of it. …… the one no longer the

man but only the ghost of him who had ordered the two Negro boys to pick up his money and give it back to him; the other only the memory of the child who had offered it and then flung it down, carrying into manhood only the fading tagend of that old once frantic shame and anguish and need not for revenge, vengeance but simply for re-equalization, reaffirmation of his masculinity and his white blood. (26)

유령이라는 이미지의 핵심은 현실에 존재하지 않는다는 점이다. 유령을 두려워하는 인간의 의식 속에 존재하는 것이 유령이다. 따라서 Lucas를 유령으로 치환해 버리고 나면 Lucas는 현실 세계를 살아가는 Chick에게 더 이상 영향을 미칠 수 없는 존재가 된다. Chick은 이제야 비로소 자유와 해방감을 느낀다. 따지고 보면 이는 Chick 개인의 문제 해결책을 넘어서 남부의 백인들이 흑인을 대하는 가장 전형적인 대응방식이라고 볼 수 있다.

Chick과 Lucas 사이에 펼쳐지는 선물주기 경쟁은 Lucas의 환대를 환대 그 자체로 받아들이지 못하는 Chick의 의식세계가 이미 남부의 인종차별주의 이데올로기에 상당 부분 물든 상태임을 보여주는 동시에, 이후에 벌어지는 살인사건에 Chick이 뛰어들 수밖에 없는 이유를 제공해 준다. Lucas와의 만남을 통해 남부의 지배 이데올로기의 허구성을 어렴풋이 감지한 Chick이, 그 지배 이데올로기의 일종인 인종주의에 의해 희생당할 위기에 처한 Lucas의 구명을 위해 달려가는 이유 중 적지 않은 부분이 바로 그 이데올로기─선물이란 백인이 흑인에게 주는 것이라는─에 대한 추종에서 기인한다는 것은 아이러니이다. 이런 아이러니를 통해서 전반부의 성장소설과 후반부의 탐정소설이 긴밀하게 연결된다. 이런 맥락에서 이어지는 살인 사건의 해결과정에서도 Lucas와 Chick의 관계에, 그리고 보다 정확히는 Chick의 인식의 변화와 성장에 주목할 필요가 있다.

2. 성장을 위한 준비

ⅰ) Gavin의 한계

Chick이 Lucas의 곤경을 처음 전해 들었을 때 애초에 Chick에게 든 생각은 자신은 자유로운 존재라는 주장과 Lucas는 더 이상 자신의 책임이 아니라는 항변이다. 하지만 Chick이 '난 자유롭다'(I'm free. 42)라는 구절을 계속해서 되뇐다는 사실 자체가 그가 Lucas에게 진 빚에서 자유롭지 못한 상태임을 입증한다. 빚에서 벗어나려는 Chick의 동기가 일정 부분 남부의 인종주의에 침윤된 결과라고 해서 그가 Lucas의 곤경에 대해서 느끼는 일말의 책임의식까지 부정적인 것으로 볼 필요는 없다. 백인이 흑인보다 우월하기에 흑인을 도와주어야 한다는 논리와 위기에 처한 인간에 대한 동정심에서 나오는 책임의 논리는 구분해서 평가해야 할 문제이다.

Lucas 쪽에서 이미 자신과의 관계를 청산했기 때문에 더 이상 Lucas는 자신의 책임이 아니고 따라서 자신은 자유롭다는 Chick의 자기 최면은, "삼촌에게 내가 만나고 싶어 한다고 전해라"(Tell your uncle I wants to see him. 44)는 Lucas의 요청 앞에서 무기력하게 허물어진다. 이를 보면 애초에 Lucas는 Gavin을 통해서 사태를 해결하려했음이 분명하다. 그러나 막상 감옥에 찾아온 Gavin이 자신의 말을 듣기보다는 제 나름의 전략을 Lucas에게 설득시키는데 급급해하자, 이에 실망한 Lucas

는 말문을 닫아 버린다. 이는 다음의 대목에 잘 드러난다.

그[루카스]는 말했다. '제재소에 두 명의 사람, 동업자들이 있었
소. 아무튼 그들은 제재소에서 목재를 자르고 나면 그것을 사들
이고 있었는데',
'그들이 누구였습니까?' 그의 삼촌이 말했다.
'빈슨 가우리가 둘 중 하나였소.'
삼촌은 한참 동안 루카스를 응시했다. 하지만 이제 그의 목소리
는 꽤 잔잔해졌다. "루카스, 당신이 만약 백인들에게 단지 'OO씨'
라고만 했다면, 그리고 그 말을 진심인 것처럼 했다면 지금 여기
앉아있지 않을지도 모른다는 생각을 한번이라도 해본 적 없소?"
라고 그는 말했다.

He said: 'They was two folks, partners in a sawmill. Leastways
they was buying the lumber as the sawmill cut it-'
'Who were they?' his uncle said.
'Vinson Gowrie was one of um.'
His uncle stared at Lucas for a long moment. But his voice
was quite calm now. 'Lucas', he said, 'has it ever occurred to
you that if you just said mister to white people and said it
like you meant it, you might not be sitting here now?' (60-61)

Gavin의 말을 들은 Lucas는 자기를 끌고 나가 불태워 죽이려
는 사람들에게 자신이 왜 'mister'라는 호칭을 붙여야 되는지 반
문한다. 이에 대해 Gavin은 린치 따위는 절대로 없을 것이며, 판
사 앞에서 유죄를 시인한 연후에 교도소에서 안전하게 여생을 보
내게 될 것이라고 장담한다. 그때까지는 보안관인 Mr Hampton
이 린치의 위협으로부터 Lucas를 지켜줄 것이라고 약속한다. 처
음부터 Lucas의 유죄를 기정사실화하는 Gavin의 태도는 변호인
으로서 불성실한 직무수행으로 비쳐질 여지가 있다. 그러나 얼마
전에도 Lucas가 Fraser's store에서 특유의 뻣뻣하고 당당한 행동

거지로 인해 인근의 백인 주민들과 시비가 붙어서 큰 싸움이 벌어질 뻔한 사실이 있음을 감안한다면, 이런 Gavin의 반응을 근거 없는 편견의 발로라고만 볼 수는 없다.

이쯤에서 Gavin이 Lucas의 신뢰를 잃게 되는 이유가 무엇인가를 정리해볼 필요가 있다. 사실 Lucas가 Gavin을 결정적으로 불신하게 되는 것은 결코 린치는 없을 것이라는 Gavin의 상황판단에 대해 동의하지 못하는 데에서 기인한다. 이는 이어지는 대화의 진행 과정에서 잘 드러난다. 보안관이 린치의 위협으로부터 Lucas를 지켜줄 것이라는 Gavin의 말에 대해 Lucas는 보안관은 지금 자기 집에서 자고 있다고 반박한다. 보안관 대신 지금 감옥 문 앞을 지키고 있는 Will Legate는 달려가는 토끼도 쏘아 맞추는 최고의 사슴사냥꾼이라고 Gavin이 응수하자, 이번에는 Gowrie가 사람들은 표범이라면 몰라도 사슴은 아니라고 Lucas가 대꾸한다. Lucas는 Legate 정도로 린치를 막을 수 있다는 Gavin의 판단을 영 신뢰하지 못하는 것이다. 이런 입씨름이 있은 직후에 그 두 명의 동업자 중에 나머지 한 사람이 누구냐고 묻는 Gavin에게 Lucas가 더 이상 대답하지 않는다는 점을 볼 때, 린치에 관련한 상황판단의 차이가 Lucas의 불신을 초래한 결정적 계기임을 알 수 있다.

그렇다면 과연 자신이 린치를 당하게 될 것이라는 Lucas의 판단이 옳은가, 아니면 결코 그런 일은 일어나지 않을 것이라는 Gavin의 상황인식이 옳은가를 따져볼 필요가 있다.[87] 적어도 Gavin이 자신의 이익을 위해서 한 입으로 두 말하는 성격의 인물

---

[87] 만약 Lucas가 Gavin의 약속을 신뢰하고 사건의 전모를 털어놓았다면, 그리고 이를 근거로 Gavin이 보안관과 합세해서 군중으로부터 Lucas를 지켜내는 용기를 보였다면, 『어둠 속의 침입자』는 영락없이 포크너 판 『앵무새 죽이기』가 되었을 뻔 했다.

이 아님을 고려해 볼 때, 절대로 린치는 없을 것이라는 Gavin의 약속에는 진정성이 깃들어 있으며, Gavin은 이를 충실히 이행할 (혹은 이행하려고 노력할) 것이라고 믿을 수 있다. 문제는 사태가 악화되어서 Gavin 자신의 예상과는 달리 실제로 린치가 벌어질 경우에 어떻게 대처할 것인가이다. Gavin에게서 이런 최악의 상황에 대비하려는 고민은 별로 보이지 않는다는 점에서 다소 안이한 상황인식이라는 혐의를 지닌 것은 사실이다. 이와 같은 Gavin의 안이한 상황인식은 시체를 파내서 확인해 보자는 Chick의 주장을 반박하는 다음의 대사에 잘 드러난다.

"들어 봐. 루카스는 총알도 못 뚫는 강철 문 뒤에 갇혀 있어. 그는 햄튼이나 이 지역 내의 누군가가 제공해 줄 수 있는 최상의 보호를 받고 있어. 윌 리게이트의 말처럼, 이 지역에는 자기와 텁스의 저지를 뚫고 갈 수 있는, 그리고 정말로 원한다면 심지어 그 문조차 통과할 수 있는 충분한 사람들이 있기는 해. 하지만 난 이 지역에 정말로 루카스를 전주에 매달고 휘발유로 불 지르고 싶어 하는 사람들이 많이 있다고는 믿지 않아."

"Try to listen. Lucas is locked behind a proof steel door. He's got the best protection Hampton or anybody else in this county can possibly give him. As Will Legate said, there are enough people in this country to pass him and Tubbs and even that door if they really want to. But I dont believe there are that many people in this county who really want to hang Lucas to a telephone pole and set fire to him with gasoline." (78-79)

물론 Gavin은 Lucas가 린치를 당하지 않고 재판을 받게 될 것이라고 확신하기에, 이 상황에서 Chick이나 다른 누군가가 군중을 자극할 행동을 하지 않도록 경계하는 의미에서 Lucas의 안전을 과장하는 측면이 있다. 그럼에도 Lucas가 린치를 당하지 않을 것이라는 판단의 근거로 자신의 믿음을 내세우는 것은, Lucas에게 생사가 달린 문제에 대해서 Gavin이 너무 가볍게 접근하는 게 아닌가라는 느낌을 준다. 물론 겉으로 드러나는 낭만적 낙관주의의 이면에, 무슨 희생을 치르더라도 이런 일이 일어나지 않도록 하겠다는 Gavin의 확고한 신념이 자리하고 있는 증거로 볼 수 있지만, 문제는 사태가 Gavin의 예측을 넘어서 실제로 심각한 수준으로 악화될 경우 아무런 대책이 없다는 데에 있다. 이렇게 본다면 Gavin이 Lucas에 대해서 보여주는 태도와 문제점은 '낭만적 이상주의자'로서 Gavin이 지니는 한계에서 기인한다고 보는 것이 가장 정확한 평가인 듯하다.

결국 Lucas는 동업자 중 나머지 한 사람의 이름은 밝히지 않은 채 사건의 개요를 설명한다. 이에 따르면, 이 두 명의 백인 동업자들은 제재소에서 잘라놓은 나무를 적재해 두었다가 나무 자르기가 끝난 후에 팔기로 되어 있었다. 그런데 그 중 한 사람이 밤마다 몰래 쌓아둔 목재 중 일부를 빼돌려서 다른 곳에 팔아먹는 것을 우연히 Lucas가 목격한 것이다. 여기까지 들은 Gavin이 "좋다. 그래서 어찌되었는가?"(All right. Then what?)라고 질문하게 되고, 이에 대해 Lucas는 "그게 다요. 매일 밤 그 사람은 한 바리의 목재를 훔치고 있었던 것뿐이요."(That's all. He was just stealing a load of lumber every night or so. 62)라고 말문을 닫는다. 만약 Gavin이 Lucas의 신뢰를 잃지 않았더라면 이 장면에서 Lucas가 Gavin에게 더 해 줄 말이 있었을까?라는 질문을 던져볼 필요가 있다. 이에 대해 '그렇다.'는 답이 나온다면 Gavin에 대한 부정적 평가[88]가 정당한 비판이 되겠지만, 만약 이에 대해서 '아니오.'라

---

88) 예를 들어 Howe는 Chick이 Lucas 문제를 백인 리버럴인 자기 삼촌 Gavin과 상의하지 않은 이유는 Gavin이 요크나파토파 사회에

는 대답이 나온다면 Gavin에 대해 제기되는 비판과 폄하는 상당 부분 그 근거를 잃게 될 것이기 때문이다. 일단 Lucas 자신이 실제로 알고 있는 부분은 여기까지라고 볼 수 있다. 물론 목재 도둑질을 나머지 동업자가 바로 죽은 Vinson의 형 Crawford라는 사실을 알고 있는 Lucas로서는 Vinson의 죽음에 Crawford가 어떻게든 관계되어 있을 것이라고 짐작할 수 있겠지만, 이를 입증할 증거나 목격자도 없는 상황에서 피해자의 친형을 범인으로 지목할 순 없는 노릇이다. 더욱이 Crawford가 누구인가? 그는 이미 두 번씩이나 교도소에 수감된 전력을 가진, 그 지방에서 가장 난폭하고 무섭기로 소문이 자자한 무뢰배가 아닌가! 따라서 이 시점에서 이야기를 더 이상 진전시키지 않고 '그게 다요'라고 마무리하는 것은 Gavin의 신뢰성에 대한 의구심에도 그 이유가 있겠지만, 기본적으로는 여기까지가 Lucas 자신이 (확실하게) 알고 있는 전부이기 때문이다.

물론 엄밀히 말하자면 이게 현재 Lucas가 알고 있는 전부는 아니다. Lucas의 증언과 Gavin의 추리를 통해서 재구성되는 사건의 전모에 따르면, 도둑질 현장을 들킨 Crawford는 나중에 Lucas를 찾아오게 되며, Lucas는 자신이 입을 다무는 대신 Crawford가 도둑질해서 팔아먹은 목재 값을 주인에게 되돌려 주었다는 증거를 보여줄 것을 요구한다. 다음날인 토요일 저녁에 Crawford로부터 훔친 목재 값을 이미 되돌려 주었고 그 영수증을 보여주겠다는 전갈을 받은 Lucas는 토요일 오후이면 늘 입는 정장 차림에 자신의 독립성의 상징인 권총을 차고 약속 장소인 Fraser's store로 가던 중, 숲에

너무 깊이 결합된 나머지 Lucas의 이야기를 편견 없이 듣지 못할 상황이라고 판단했기 때문이라고 해석한다. Irving Howe, *William Faulkner: A Critical Study.* 3rd ed. (Chicago: U of Chicago P, 1975) 101면.

서 Crawford를 만나게 된다. 자기가 총을 제대로 쏘지 못할 것이라는 Crawford의 충동질에 넘어간 Lucas는 반 달러를 걸고 내기를 해서 15피트 떨어진 깡통을 쏘아 맞춘다. 영수증을 가져오겠다고 가게로 간 Crawford를 기다리던 Lucas는, 화가 잔뜩 나서 자기에게 다가오던—Crawford로부터 목재를 훔친 범인이 Lucas라는 말을 들은 것이다—Vinson이 갑자기 쓰러지는 것을 보게 된다. 무슨 일인지 알아보러 달려간 Lucas가 Vinson의 등에 난 총알 자국을 발견하자마자 총소리를 듣고 들이닥친 Beat Four 주민들에게 사로잡히게 된다. 다행히 마침 가게에 와있던 순경 Skipworth와 가게 주인 Doyle Fraser의 용기 덕분에 즉각적인 린치는 모면하고 일단 보안관에게 넘겨져서 현재 감옥에 갇혀 있는 것이다.

이런 자세한 내막을 이 시점에서 Lucas가 Gavin에게 말하지 않은 것은 사실이다. 그러나 이는 Gavin의 신뢰성 부족 때문이라기보다는 자신이 지닌 패 중에서 마지막 한 장의 카드를 남겨두려는 Lucas의 전략적 사고에서 기인한 것이다. Crawford가 목재를 훔쳤다는 사실과 그가 Vinson을 죽였을 가능성이 높다는 주장 간의 논리적 인과관계를 제대로 설명하거나 입증할 수 있는 가능성이 그다지 많지 않은 상황에서 Crawford의 존재를 언급하는 것은 별로 득이 될 것이 없다고 계산한 것이다. 일단 Carwford를 언급하고 나면 남는 것은 자기와 Crawford 둘 중 누구의 말을 믿을 것인가? 인데, 그가 진범이라는 정황증거는 가졌지만 이를 입증할 구체적 물증이 없는 상태에서 백인인 Crawford와 흑인인 자신 중 누구의 말을 믿을 것인지를 다른 백인들에게 질문하는 것 자체가 승산 없는 싸움임을 Lucas가 간파한 것이다. 설사 이 모든 사실을 Gavin에게 털어놓고 Gavin이 이를 믿어준다고 하더라도 Gavin에게 기대할 수 있는 도움의 내용에 있어서는 별 차이가 없다는 점도 Lucas의 말문을 닫게 만든 요인 중 하나이다. 이제 Lucas에게 남겨진 마지막 카드는 Vinson을 살해한 무기가 자신의 권총이 아니라는 사실을 입증하는 것이다. Lucas가 이를 Gavin이 아니라 Chick에게 부탁한 것은 쉽게 납득이 가는 문제이다. 어떻게 해서든지 Beat Four 주민들을 자극하지 않으면서 법정에서의 변론을 통해서 문제를 해결하려는 Gavin이, 무덤을 파헤쳐서 시체에 난 탄흔을 확인해 달라는 자신의 부탁을 들어줄 리가 만무하다고 판단한 것이다.[89]

　Gavin의 가능성과 한계를 정확히 짚어보아야 할 이유는 Chick의 성장이 상당 부분 Gavin의 영향력 하에서 이루어지면서 결국에는 Gavin의 한계를 뛰어넘는 형태로 나타나기 때문이다. 따라서 만약 Gavin이라는 인물이 몇몇 평자들의 평가대로 애초부터 문제가 많은 인물이라면, 이는 곧 Chick의 성장과 성취라는 『어둠 속의 침입자』의 주제의 무게를 상당 부분 반감시키는 요인이 될 것이다. Gavin에게 문제가 있다면 과연 그 내용은 무엇인가를 정확하게 따져보는 일은 앞으로 묘사될 Chick의 성장을 가늠해 볼 잣대를 설정하는 작업이 된다. 일단 『어둠 속의 침입자』의 초반부에 드러난 Gavin의 문제점은 그의 낭만적 이상주의에서 기인하는 한계라고 보는 것이 가장 무난할 듯하다.

---

89) Lucas가 Crawford의 신원을 Gavin에게 밝히지 않은 이유는 위에서 설명한 대로라고 하더라도 Chick에게까지 밝히지 않은 이유는 무엇인가? 가장 큰 이유는 Crawford라는 인물의 이름을 듣고 Chick이 지레 겁을 집어먹고 아예 무덤에 가지 않으려 할까봐 이를 숨겼다고 볼 수 있고, 둘째, 형제 살해라는 너무도 어마어마한 범죄가 일어났다는 사실을 사람들이 쉽게 받아들이지 않을 것이라고 판단했기 때문이다. 결과적으로 이런 Lucas의 판단은 옳은 결정이었다고 볼 수 있다.

ii) 되돌아 온 유령: Lucas의 '사업상의 빚'(debt of business) 논리와의 대면

Lucas와 Gavin의 만남은 Gavin이 일방적으로 자신의 전략과 계획—재판에서의 유죄인정 후 교도소행—을 통보하고, 이에 대해 Lucas가 가부간의 아무런 의사표시를 하지 않은 상태로 끝난다. 그날 밤 같이 있어주기를 원하느냐는 Gavin의 마지막 질문에 대해, "당신이 여기 머무르면 당신은 아마 아침까지 계속 지껄일 거요"(If you stay here you'll talk till morning. 64)라고 퉁명스럽게 거절하는 Lucas의 태도에는 Gavin에 대한 불편한 심기가 드러난다. 삼촌과 함께 감옥을 나와서 집으로 향하던 Chick은 쇠창살을 사이에 두고 '그 무언의 끈기 있는 긴박함'(that mute patient urgency, 64)의 눈빛으로 자기를 마주보던 Lucas의 모습을 못내 떨쳐버릴 수가 없어서, 담배를 구해달라는 Lucas의 부탁을 핑계삼아 혼자서 다시 감옥을 찾아간다.

이 장면에서 삼촌을 불러 준 것으로 자기소임을 다했으니 애마를 타고 어디 먼 곳으로 떠나고 싶다는 바램과, 삼촌에게서마저도 원하는 도움을 얻지 못하게 된 상황에서 자신을 바라보던 Lucas를 위해 무언가를 해야 한다는 생각 사이에서 번민하는 Chick의 갈등이 생생하게 묘사된다. 모든 것을 잊고 훌쩍 떠나고 싶은 마음을 참고 감옥에 도착한 Chick은 Lucas가 갇혀있는 감방을 향해 가면서 '아마도 그는 나에게 그 빌어먹을 케일 곁들인 베이컨 접시를 상기시킬지 몰라. 아니면 심지어 내가 자기에게 남은 전부이고 그것으로 충분하다고 말할지도 모른다.'(*Maybe he will remind me of that goddam plate of collards and sidemeat or maybe he'll even tell me I'm all he's got, all that's left and that will be enough,* 66)고 생각한다. 이런 생각은 아직도 Chick이

Lucas에게 진 빚으로부터 자유롭지 못하며, 이번 기회를 통해 백인 남자로서의 우월적 지위를 회복하고픈 욕망을 떨쳐버리지 못한 상태임을 보여준다.90) 그러나 막상 다시 찾아간 Lucas에게 듣는 말은 '거기 가서 그를 봐',(Go out there and look at him, 67)라는 뜬금없는 명령뿐이다.

Lucas는 어린 Chick에게 시체를 조사해보라는 부탁을 해야 할 궁색한 처지이면서도, "대가는 지불할 거야"(I'll pay you, 67)라는 말을 반복함으로써 동정과 연민의 대상으로 전락할 가능성을 미리 차단하려 애쓴다.91) 앞서 Gavin과의 말다툼 중에 Lucas는 자신에겐 친구가 없으며, 자신은 "빚지지 않고 살아왔다."(I pays my own way, 63)는 자부심을 피력한 적이 있다. 작게 보면 Lucas는 자부심의 근거를 경제적 독립에 두고 있다고 볼 수 있고, 이를 확대해서 보면 남부의 인종차별주의를 자본주의적 평등

---

90) 이 대목에서는 자유 對 책임감이라는 『정복되지 않는 사람들』의 핵심 주제가 Chick의 내면에서 생생하게 재연된다. Chick이 Lucas를 도와줄 책임을 감당하게 되는 요인 중 하나가 남부 이데올로기에 대한 추종이란 사실은, 『정복되지 않는 사람들』에서 남부의 지배 이데올로기를 추종하는 Miss Rosa Millard가 자신에게 맡겨진 식솔들을 끝까지 책임지고 건사했던 것을 연상시킨다. 그러나 이런 책임감은 어디까지나 시혜자와 수혜자 간의 불평등성을 당연시하는 기반 위에서 이루어지는 것이기 때문에, 그 긍정적 효과에도 불구하고 근본적으로는 불평등을 영속화시키는데 일조하는 반동적 성격을 갖는다. 그나마 이런 최소한의 책임이행도 필요에 따라 얼마든지 더 가혹한 탄압과 착취로 변질될 위험성이 상존한다. 마찬가지로 Chick이 현재 Lucas를 찾아가는 동기가 자유와 책임의 변증법적 관계에 대한 올바른 인식에서 연유한다고 볼 수는 없다.

91) 남부의 전통 사회에서는 사업상의 빚과 명예의 빚을 엄격히 구분하는데, 노예제를 남부 백인의 빚이자 짐으로 보는 Gavin의 명예의 빚 논리가 매사를 사업적인 빚과 상환 논리로 파악하는 Lucas의 논리와 대립된다는 Dussere의 분석은 설득력이 있다. Dussere, 38면, 53면.

이라는 방법으로 우회하려는 태도를 견지해 왔다고 볼 수 있다. 전근대적 잔재인 인종차별주의를 대처하는 방식으로 근대 자본주의적 가치를 Lucas가 받아들였다는 점에는 수긍이 가지만, 과연 이것이 올바른 대처방법인가는 별도로 따져볼 문제이다. Lucas의 이런 태도를 4년 전의 Chick의 행동과 관련지어 해석해 볼 여지도 있다. 자신의 호의를 돈으로 보상하려던 Chick의 행태를 기억한 Lucas가 Chick에게 익숙한 방식으로 보상을 하려는 것일 뿐, Lucas 자신이 매사를 금전적으로 처리하는 태도의 증거로 볼 수는 없다는 해석이다. 그러나 이 장면에서 Lucas가 대가를 지불하겠다는 말을 무려 네 번에 걸쳐서 반복하는 걸로 미루어 보건대, Lucas의 태도를 단순히 Chick의 행동에 대한 반응으로 보기엔 지나친 감이 없지 않다. 오히려 Lucas 자신이 보여주는 이런 자본주의적 평등의식의 결과가 '나에겐 친구가 없다'(69)는 현실과 어떤 식으로든 연계되어 있음에 틀림없다.92)

---

92) 이렇게 보면 『어둠 속의 침입자』에서 Lucas는 주체로서보다는 객체로 그려지며, 고립되었을 뿐만 아니라 말하지도 않고 느끼지도 못하며 주체로서의 발견도 하지 못하는 모습으로 그려진다는 Weinstein의 비판은 과녁을 빗나간 듯하다. 그보다는 『어둠 속의 침입자』의 Lucas는 '동등하지만 고립되어 있는 흑인'(equal but separate black)의 전형이라는 Jehlen의 해석이 더 설득력이 있다. Weinstein, 76-77면 및 Myra Jehlen, 125면 참조. 사실 『어둠 속의 침입자』에 등장하는 흑인들의 공통점은 그들이 다 개개인으로 고립되어 있다는 점이다. 이 점은 Lucas가 처한 곤경에 대해서 Aleck Sander가 보이는 반응에서 가장 뚜렷하게 드러난다. Aleck Sander는 Chick에게 Lucas가 아직 린치를 당하지 않았는지를 물어보면서 "루카스 같은 인간들이 세상을 시끄럽게 만든단 말야."(It's the ones like Lucas makes trouble for everybody. 84)라고 불평한다. 물론 나중에 Aleck Sander가 Chick과 함께 무덤에 가서 결과적으로 Lucas의 목숨을 구해 주는데 있어서 중요한 역할을 감당하지만, 어디까지나 그것은 Chick의 강요에 의한 것이며 이 모든 경험을 통해서 Lucas라는 동족에 대한 어떤 일체감을 전혀

부탁을 하는 쪽이나 부탁을 받는 쪽 둘 다 순수하지 못한 동기가 작용하는 가운데 Lucas와 Chick의 대면이 이루어지긴 하지만, Chick이 Lucas의 부탁(혹은 명령)을 들어주기로 결심한 궁극적 이유는 "지금 이 순간과 밧줄에 묶인 채 감방을 나서 계단 아래로 끌려 나갈 그 순간 사이에 루카스가 말을 걸 기회를 가질 그 모든 백인들 중에서, 체념한 듯 절박한 루카스의 말없는 두 눈의 소리를 들어주려는 사람이 단지 자기밖에 없었기 때문"(because he alone of all the white people Lucas would have a chance to speak to between now and the moment when he might be dragged out of the cell and down the steps at the end of a rope, would hear the mute unhoping urgency of the eyes. 67)이다. Chick이 Lucas의 부탁을 들어주는 진짜 이유가 간절하게 자기를 바라보는 Lucas의 눈빛을 잊을 수 없고 Lucas를 도와줄 인물이 자기 밖에 없다는 상황인식에서 기인한 것이라면, 이 단계에서 이미 Chick은 자신의 이데올로기적 편향성을 어느 정도 극복했다고 볼 수 있다. 자신만이 홀로 수행할 수 있는 책임을 인정하고 감당하기로 결심하는 Chick의 행위는 그 자체로 어느 정도의 권위를 획득하게 된다. 이의 증거로 작품에서 처음으로 Chick 편에서 Lucas에게 '이리로 와요'(Come here, 67)라고 명령하고, Lucas는 군말 없이 이를 따른다. 결국 Chick과 Lucas는 창살을 잡고 마주 선다.

  루카스는 그렇게 했다. 다가와서 울타리 안에 서 있는 어린애처럼 창살 두 개를 거머쥐었다. 언제 그랬는지 기억도 나지 않지만, 내려다보니 자신의 두 손도 두 개의 창살을 쥐고 있었다. 창살을

____

느끼지 못한다는 점에서, 크게 보아 『정복되지 않는 사람들』의 Ringo와 그다지 다를 바 없는 인물이라고 할 수 있다.

쥐고 있는 두 쌍의 검고 흰 손 위로 그들은 서로 마주보았다.

Lucas did so, approaching, taking hold of two of the bars as a child stands inside a fence. Nor did he remember doing so but looking down he saw his own hands holding to two of the bars, the two pairs of hands, the black ones and the white ones, grasping the bars while they faced one another above them. (67)

이 시점에서 Chick은 남부인을 옥죄어 온 인종주의의 굴레를 상당 부분 벗어버린 것이 분명하며, 따라서 이후에 겪게 되는 일련의 사건들을 통한 Chick의 성장은 이와는 다른 측면에서 해석될 필요가 있다. 물론 좀 전까지만 해도 인종주의의 굴레를 벗어나지 못한 Chick이 Lucas의 궁핍한 처지를 보고 순간적으로 이에서 벗어난다고 했을 때, 과연 그런 변화가 얼마나 지속적이고 긍정적인 힘으로 작용할 것인가라는 비판이 제기될 법하다. 그러나 앞서도 살펴보았듯이 Lucas와의 첫 대면부터 Chick을 사로잡고 있던 강고한 남부의 지배 이데올로기에 어느 정도 균열이 가기 시작했다는 점을 상기해 본다면, 이 장면에서 나타나는 Chick의 변화에는 진정성과 더불어 무시할 수 없는 무게가 실려 있음이 분명하다. Lucas와 Chick이 창살을 마주잡고 서 있는 이 장면은 이 작품의 핵심적인 메시지를 담고 있다. 즉 흑백의 문제는 이처럼 흑과 백이 두 손을 마주 잡을 때 해결될 수 있으며, 또 기필코 해결될 것이라는 메시지이다. 그러나 동시에 Lucas의 손을 맞잡은 것이 아직은 어린 Chick의 두 손이라는 점은 이러한 화해와 진보의 가능성이 아직은 충분히 견고하지 못하며, 더 많은 시간을 필요로 하는 과제임을 암시한다.

ⅲ) Miss Habersham과의 만남에서 드러나는 Chick의 성차별주의

자신이 수행하기에 버거운 임무를 Lucas에게서 부여받은 Chick은 무거운 발걸음으로 집으로 돌아와서 Gavin의 방으로 향한다. 마침 그 방에서는 제퍼슨에서 가장 오래된 가문 출신인 70세의 독신여성 Miss Habersham이 Gavin과 이야기를 나누고 있다. Chick은 그녀를 다음과 같이 소개한다.

그녀의 아버지가 죽은 이래로 뒤뜰에 있는 오두막에 사는 두 명의 흑인 하인들과 함께 (여기서 다시 뭔가가 일순간 그의 마음을 어지럽혔지만 그 상념은 나타남과 동시에 사라져버렸으며, 칙 편에서 떨쳐버렸다고 할 것조차 없었다. 그냥 떠올랐다가 사라져버렸다) 한번도 페인트칠을 한 적이 없고 물도 전기도 들어오지 않는 마을 가장 자리의 식민지 풍의 저택에 살고 있는, 친척이라곤 하나도 없는 70세의 독신여성이다. 흑인 아내는 요리를 하고 미스 해버샴과 그 흑인 남자는 닭을 키우고 채소를 재배해서 소형 트럭으로 읍내 쪽에 내다 팔았다.

a kinless spinster of seventy living in the columned colonial house on the edge of town which had not been painted since her father died and had neither water nor electricity in it, with two Negro servants (and here again something nagged for an instant at his mind his attention but already in the same second gone, not even dismissed: just gone) in a cabin in the back yard, who (the wife) did the cooking while Miss Habersham and the man raised chickens and vegetables and peddled them about town from the pickup truck. (75)

여기서 일순간 Chick의 마음을 어지럽힌 상념이란 Miss Habersham과 함께 사는 흑인 부부에게서 예전에 Miss Habersham과 함

150

께 친자매처럼 자란 Molly를 떠올린 Chick은, 혹시 Miss Habersham
이 Molly의 남편인 Lucas를 위해서 무언가를 해줄 수 있지 않을까라
는 생각이다. 그런데 이런 생각이 들자마자 떨쳐버릴 필요도 없이 그
냥 사라져 버렸다는 대목에서 여성에 대한 Chick의 고정관념의 일면
이 드러난다. 여성은 어디까지나 남성의 보호를 받아야 하는 대상이
지, 곤경에 처한 남성—그가 흑인이든 백인이든—을 구하는 주체가
될 수는 없다는 신념이다. 이는 가부장제 이데올로기에 Chick이 그
만큼 강하게 물들어 있음을 보여준다.93) 더구나 Miss Habersham

---

93) 이는 작품 서두에서 개울을 건너다 물에 빠진 자신의 어처구니없
    는 실수를 곧장 계집아이에게 연결시키던 Chick의 모습을 연상시
    킨다.

> 그는 그 일이 어떻게 일어났는지 몰랐다. *계집애라면 그럴 수 있
> 으려니 할 수도 있고 심지어 너그럽게 보아 넘길 수도 있는 일이
> 겠지만*, 그 외에는 다른 어느 누구도 용서될 수 없는 일이었다. 통
> 나무 다리의 절반쯤에 이르렀을 때, 그보다 두 배나 되는 울타리
> 가로대를 여러 번 걸어 다녔던 그가 그럴 가능성에 대해 생각조차
> 해보지 않은 상태에서, 갑자기 눈에 익은 햇살 내비치는 겨울 땅
> 이 뒤집어 지면서 꼴사납게 넘어져서는 여전히 총을 쥔 채로 땅으
> 로부터가 아니라 찬란한 하늘로부터 급하게 멀어져갔다. 그는 얼
> 음판이 부서지면서 나는 가녀리고 맑은 소리를 여전히 기억할 수
> 있을 뿐 아니라, 자신이 심지어 강물로 인한 고통을 전혀 느끼지
> 못했으며 다만 물 밖으로 나왔을 때의 살을 에는 공기를 느낄 수
> 있었을 뿐임을 여전히 기억할 수 있었다.

> he didn't know how it happened, *something a girl might have
> been expected and even excused for doing* but nobody else,
> half way over the footlog and not even thinking about it who
> had walked the top rail of a fence many a time twice that far
> when all of a sudden the known familiar sunny winter earth
> was upside down and flat on his face and still holding the gun
> he was rushing not away from the earth but away from the
> bright sky and he could remember still the thin bright tinkle of
> the breaking ice and how he didn't even feel the shock of the

은 결혼이라는 의례를 통해서 남성의 보호막 아래로 들어가는 여성 본연의 역할도 수행하지 못한 남부 사회에서의 주변인이라고 본다면, 그녀에게서 어떤 도움을 기대한다는 것 자체가 난센스라는 판단을 Chick이 재빠르게 내리는 것도 무리가 아니다.

Miss Habersham의 존재를 철저히 무시하면서, 삼촌에게 Lucas에게서 들은 얘기를 전하려는 Chick의 태도는 이런 분석을 뒷받침해 준다. Chick은 Miss Habersham이 삼촌과 대화 중이라는 점을 알고 있음에도 불구하고 "안녕하세요, 미스 해버샴. 실례지만 개빈 삼촌께 할 말이 있어요."("Good evening, Miss Habersham. Excuse me. I've got to speak to Uncle Gavin." 76)라고 말하는 무례를 범한다. 물론 Lucas가 자신에게 부탁한 내용이 너무도 시급한 것이라 급한 마음에 Chick이 이런 무례를 범했다고 해석할 수도 있다. 그러나 만약 Gavin과 대화하고 있는 사람이 Miss Habersham이 아니라 마을의 다른 백인 남자였다면 Chick이 이렇게 행동할 수 있었을까?를 질문해 본다면, 그 대답은 분명 아니오

---

water but only of the air when he came up again. (7, 이탤릭은 인용자)

여기서 Chick은 자신이 물에 빠졌다는 사실에서 오는 부끄러움을 곧장 여자아이와 연결시킴으로써, 원래부터 여자아이는 남자아이에 비해서 수치와 부끄러움에 대해 더 가까운 존재라는 잠재의식을 무의식적으로 드러내 보인다. 도저히 납득할 수 없는 어처구니없는 실수를 저지른 자신에 대한 분노와, 그것을 혼자도 아닌 또래의 다른 흑인 소년들에게 그대로 보여주었다는 데서 오는 당황스러움이 결합된 감정을 곧장 여자 아이에게 연결시키는 데에서, 여성을 열등한 존재로 규정해온 Chick의 잠재의식의 일면이 드러난다.

이 사건으로부터 4년이 흐른 지금에도 Chick은 여전히 이런 왜곡된 성 정체성을 지니고 있음이 Miss Habersham과의 만남에서 분명하게 드러나며, 이를 극복하는 것이 Chick의 성장의 한 중요한 과제임을 증언해주는 대목이다.

이다. 더군다나 Vinson을 죽인 범인이 Lucas가 아니라 다른 인물이며, 이를 확인하기 위해 Vinson의 무덤을 파서 시체를 확인해보아야 한다는 주장은 Gavin이 아닌 제 3자에게 함부로 털어놓을 수 있는 내용이 아니다. 그렇다면 Chick의 행동을 설명할 남은 가능성은 오직 하나 그녀가 권력을 가지지 못한 주변인이라는 이유이다. 한 마디로 무시할만한 인물이라는 것이다. 같은 이유에서 그녀가 Gavin과 논의하는 내용도 자신의 용무에 비해서 훨씬 덜 중요한 이야기임에 틀림없다고 단정한 것이다. 실제로 Gavin과 이야기를 마친 Chick은 Miss Habersham의 존재를 깡그리 잊어버린다. 이를 화자는 "그에게는 더 이상 그녀가 존재하지 않게 된 지가 벌써 오래 되었다는 사실조차 기억하지 못했다"(he did not even remember that she had already long since ceased to exist, 79)고 지적한다.

무슨 근거로 Vinson의 무덤을 파헤칠 것인가라고 반문하는 Gavin을 설득하는데 실패한 Chick은 Aleck Sander에게 도움을 청한다. 내켜하지 않는 Aleck Sander를 반 강제로 끌어들인 Chick이 막 출발하려고 하는 찰나, 어둠 속에서 누군가가 급하게 다가오는 모습을 보게 되지만, 막상 그 인물이 Miss Habersham이라는 사실을 알게 된 Chick에게 처음 든 충동은 '차고 모퉁이를 재빨리 조용하게 돌아나가서, 아직도 어두워서 안 보이는 목장의 울타리를 타넘고 마구간으로 가서, 손전등이 있건 없건 다시 집을 지나칠 필요 없이 목장 문으로 빠져나가는 것'(85)이었다. Lucas가 무슨 말을 했는지를 묻는 Miss Habersham에게 Chick은 Vinson을 죽인 총이 자기 총이 아니라는 Lucas의 말을 전해주고, "그렇다면 그가 그렇게 한 게 아니구나."(So he didn't do it, 86)라는 그녀의 말에 "전 모르겠어요."(I dont know, 86)라고 Chick은 대답한다. 사실 이 부분에서 Chick이 모르겠다고 대답한 것은 실제로 Chick 자신이 Lucas가 범인인지 아닌지 몰라서 일수도 있지만, 한편으로는 Lucas의 말을 듣고 Lucas가 범인이 아니라고 단정하는 Miss Habersham의 논리에 대한 반발이라는 측면도 담겨 있다. Chick은 Miss Habersham이 자신의 말을 제대로 이해하지 못할 거라고 생각하지만, 오히려 그녀는 Chick의 의중을 정확하게 파악할 뿐 아니라 질문을 통해서 Chick이 혼란스러워 하는 부분을 명쾌하게 정리해 준다.

우리는 아직 그 총이 그의 것이 아니라는 것을 모르며, 다만 그가 자기 것이 아니라고 말했을 뿐이라는 거지?
예.
그는 그 총이 누구 총인지 자기가 그 총을 쏘았는지 아닌지도 말하지 않았고, 심지어 자기가 그 총을 쏘지 않았다는 말을 네게 한 것도 아니며, 단지 그 총이 자기 총이 아니라고 말했을 뿐인 거지?
예.
그리고 네 삼촌은 서재에서 자기라도 꼭 그렇게 말했겠으며, 그게 자기가 할 수 있는 말의 전부일 거라고 말했다는 거지?

"We dont even know it wasn't his pistol. He just said it wasn't."
"Yes."
"He didn't say whose it was nor whether or not he fired it. He didn't even tell you he didn't fire it. He just said it wasn't his pistol."
"Yes."
"And your uncle told you there in his study that that's just exactly what he would say, all he could say." (87)

154

　Miss Habersham은 Chick을 통해서 전해들은 Lucas의 얘기에서 Lucas가 말한 바는 무엇이고 말하지 않은 바는 무엇인지를 정확하게 구분하면서, 자신들이 해야 할 일이 무엇인지를 분명하게 정리해 주는 탁월한 인지 능력을 보여준다. 그리고 Lucas가 Gavin이나 Mr Hampton 대신 Chick같은 어린 아이에게 이를 부탁한 것은 '확률이나 증거 등에 관심을 갖지 않는 사람들'(someone not concerned with probability, with evidence. 88)이야말로 이 일의 적임자라는 점을 간파했기 때문이라고 설명한다. 여기에 머물지 않고 Miss Habersham은 만약 '빈슨의 시체를 읍내로 운반해 와서 탄흔을 잘 아는 누군가에게 의뢰한 결과, 살해 무기가 루카스의 총이라고 밝혀지면 어떡할 거냐?'(Bring him in to town where someone who know can look at the bullet hole. And suppose they look at it and find out it was Lucas' Pistol?) 라는 핵심적인 질문을 던짐으로써, 사건이 Lucas의 계획과는 달리 전개될 최악의 가능성까지 대비하는 치밀함을 보여준다. Chick은 이런 Miss Habersham의 사태 파악 능력에 압도당하면서 이후부터는 그녀의 지도력에 대해서 순순히 따라가는 모습을 보인다.

　결국 무덤을 파헤칠 연장을 Miss Habersham의 차에 싣고서 그녀와 Aleck Sander는 트럭을 타고, 그리고 Chick은 애마인 Highboy를 타고서 집에서 9마일쯤 떨어진 Caledonia Church로 향하게 된다.94) '16살짜리 백인 소년과 동갑내기 흑인 소년 및 70세의 늙은 백인 독신녀'(a white youth of sixteen and a Negro one of the same and an old white spinster of seventy, 92)의 구성은 『정복

---

94) Highboy를 타고 간 이유는 물론 트럭에서 내린 후에 무덤을 팔 연장들을 무덤까지 운반하고 또 무덤에서 파낸 Vinson의 시체를 트럭까지 실어오기 위함이다.

되지 않는 사람들』의 Bayard, Granny, Ringo 일행과 정확히 일치하며, 둘 다 남부 사회의 주류에서 벗어난 변방인들로 구성된 그룹이라는 공통점을 지닌다. 이는 포크너의 후기 성장소설들에 거의 예외 없이 등장하는 요소로서, 남부사회의 중심에서 상대적으로 비껴있기에 그만큼 중심의 이데올로기로부터 상대적으로 자유로울 수 있는 이들의 연대를 통해서 남부 사회의 모순이 점차 해결되어 가기를 바라는 포크너의 비전이 녹아있는 부분이다.

3. 성장의 내용과 의미: 이야기하기 습득

ⅰ) 분리의례: 남부 백인사회로부터 분리되는 Chick

목적지에 거의 다다른 Chick은 이 맘 때면 흑인들이 줄지어 걸어가던 대로상에 지금은 단 한명의 흑인도 찾아볼 수 없다는 사실에서, 이것이 바로 정확하게 흑인들에게 요구되는 행동 패턴임을 깨닫는다. 이와 관련해서 Chick은 가까이 있되 보이지 않는, 그림자 같은 존재로서의 흑인의 정체성에 대한 명상에 빠져든다.

하지만 칙은 이런 때에 흑인들이 하리라고 백인과 흑인들 자신이 공히 예상해온 바대로 그들이 행동하고 있을 것이라고 예상했다. 그들은 여전히 그 곳에 있었으며 도망간 게 아니었다. 단지 당신들이 그들을 보지 못할 뿐이다. …… 그들의 무기는 백인들이 당해낼 수 없는—설사 이를 알았다 하더라도—심지어 상대할 수조차 없는 것, 즉 인내였기에, 마냥 기다리면서 항상 가까이 있다는 의식, 느낌.

but he had expected that, they were acting exactly as Negroes and white both would have expected Negroes to act at such a time; they were still there, they had not fled, you just didn't see them-a sense a feeling of their constant presence and nearness: …… just waiting, biding since theirs was an armament which the white man could not match nor-if he but knew it-even cope with: patience; (94)

이 대목에서 흑인들이 난국을 대처해 나가는 방식이 기다림과 인내라는 Chick의 평가를 칭송으로 볼 것인지, 아니면 조롱으로 볼 것인지, 혹은 가치중립적인 명제로 볼 것인지에 대해서는 이론의 여지가 있다. 그런데 흑인들이 자신에게 기대되는 대로 행동한다는 Chick의 표현은, 앞서 Mr Lilley라는 평범한 백인 식료품상과 관련해서 Gavin이 했던 말을 상기시킨다. Gavin의 발언의 요지는 흑인들이 Lucas처럼 꼭지가 돌아서 백인을 쏘아 죽이고, 이에 대해 백인의 한 사람으로서 Mr Lilley가 개인적인 원한도 없이 Lucas의 린치에 가담하는 것은 개인적인 호불호의 감정과는 별개의 문제이며 백인은 백인답게 또 흑인이면 흑인답게 행동하면 된다는 식의, 인종적 정체성과 관련된 인식론적 문제라는 것이다. 그리고 Gavin은 바로 이 점에서 "조상들의 악습을 맹목적으로 고수하는 사람보다 더 큰 슬픔을 야기 시키는 자는 없다는 사실을 입증해 준다."(Which proves again how no man can cause more grief than that one clinging blindly to the vices of his ancestors. 48)고 결론지은 바 있다. 이렇게 본다면 아무래도 Chick의 평가는 흑인들의 (무)반응에 대한 조롱까지는 아니라도 무언가 불편함이 묻어나는 평가임에 틀림없다. Chick의 이런 인식은 인내를 흑인들의 최고의 미덕으로 평가하고 이에 찬사를 보내는 포크너의 공적인 목소리95)와는 상충하며, Gavin의 점진적 개선론과도 어느 정도의 거리를 둔 것이다.

 이어지는 대목에서 Chick은 자신을 흑인과 동일시하는 듯한 모습을 보여준다. 스스로는 의식하지 못할지라도 바로 이 순간이 Chick이 자신의 옛 자아와 결별하는 순간이라고 화자는 선언한다.

 이 땅은 광야요 증인이었으며, 이 텅 빈 길은 마치 자신들의 등으로 이 땅의 경제를 떠받치고 있는 흑인 종족 전체와 함께, 격노나 분노 심지어 유감에서가 아니라, 돌이킬 수 없고 저항할 수 없는 불굴의 거부감에서, 인종적 무도함보다는 인간적 수치심 쪽으로 의도적으로 돌아선다는 공표였다. (미시시피 토박이이자, 오늘 해가 질 때만 하더라도 고향 땅의 오랜 전통 속에서 여전히 강보에 싸인 의식 없는 영아로, 아니 그 문제에 관해서는 차라리 의식 없이 버둥거리는 태아로 보였던 어린 아이였으며, 격통이 있었다는 걸 알고 있었다 하더라도, 보지 못하고 느끼지 못하고 심지어 태어남의 그 고통 없고 단순한 경련에서 아직 깨어나지도 않은 영아였던 자기가 얼마나 멀리 왔는가를 그가 깨닫게 되는 것은 좀더 시간이 지나서일 것이다. 이 문제에 대해서 설혹 그가 생각해 보았다면 그 자신도 그렇게 믿었을 것이다)

this land was a desert and a witness, this empty road its postulate (it would be some time yet before he would realize how far he had come: a provincial Mississippian, a child who when the sun set this same day had appeared to be-and even himself believed, provided he had thought about it at all-still a swaddled unwitting infant in the long tradition of his native

---

95) 포크너는 인간본성은 선보다는 악을 생각하고 상상하고 그려내는 일에 더 재능을 보인다고 주장하면서도, 그럼에도 불구하고 인류는 연민, 명예, 자부심, 인내 등으로 승리할 것이라고 말한 바가 있다. *FIU*, 5면. 인내(patience, endurance)가 포크너가 중시하는 미덕 중 최우선적인 가치라는 사실은 그의 노벨상 수상 연설에서도 드러나며 인내를 특별히 흑인의 미덕으로 돌리는 것도 포크너의 상투적 수사법 중 하나라는 것은 여러 곳에서 입증된다.

land-or for that matter a witless foetus itself struggling-if he was aware that there had been any throes-blind and insentient and not even yet awaked in the simple painless convulsion of emergence) of the deliberate turning as with one back of the whole dark people on which the very economy of the land itself was founded, not in heat or anger nor even regret but in one irremediable invincible inflexible repudiation, upon not a racial outrage but a human shame. (94-95)

위의 대목은 서론에서 언급한 바 있는 통과의례 중 분리의례에 해당되는 전형적인 장면이다.96) 화자는 몇 시간 전만 하더라도 남부 사회의 전통이라는 강보에 싸인 의식 없는 영아였던 Chick이, 이 순간 그 강보를 벗어던짐으로써 인종적 무도함에 근거한 남부 백인사회의 실체를 대면하고 그로부터 분리되는 길을 가고 있음을 명시한다. Chick이 자신을 규정해온 과거의 정체성으로부터 이 순간 결별하고 있음은 명백하지만, 이 결별의 의미를 온전히 깨닫고 새로운 자기 정체성을 찾는 데에는 아직 좀더 시간이 필요하다는 화자의 논평은 앞으로 펼쳐질 Chick의 성장의 핵심적 측면을 짚어준다. 즉 자신이 이미 행동으로 실천에 옮긴 인종평등주의를 자신의 의식세계에 온전히 내면화하는 것이 앞으로의 성장에서 가장 중요한 과제가 될 것임을 암시한다. Chick이 인종적 무도함 대신 인간적 수치를 택했다는 화자의 말은 자신의 행동에 대해 쏟아질 제퍼슨 사회의 비난과 따돌림에 대해서 Chick이 느낄 법한 감정적 반응을 가리킨다. Chick이 어떤 방식으로 이러한 수치심을 극복해 가는가를 살펴보는 것이 앞으로 그려질 Chick의

---

96) Lalonde는 통과의례를 분리의례, 전환의례, 통합의례의 세 단계로 구분한 후, 분리의례란 개인이 공동체로부터 분리되는 단계를 말하는데, 이 분리는 종종 물리적 분리로 나타나기도 하지만 그 본질은 항상 심리적 분리라고 지적한 바 있다. 본 논문, 12-13면 참조.

성장을 이해하는 중요한 관건이 될 것임을 암시한다.

한편 현재 Chick은 「버베나 향기」의 초두에서 아버지의 죽음에 대한 복수의 의무를 아예 무시해버리겠다고 결심한 Bayard의 처지와 유사한 상황에 처했다고 볼 수 있다. 다만 Bayard의 경우는 복수 이행을 요구하는 공동체의 전통과 폭력의 거부라는 자신의 신념 간의 타협의 여지가 적게나마 존재했다는 점에서 Chick보다는 훨씬 유리한 입장이었다고 할 수 있다. 애초에 공동체의 요구가 복수 자체보다는 복수를 통해서 용기를 입증하는 것이었다면, 복수라는 행위를 우회하면서 공동체의 인정을 받을 수 있는 가능성이 적게나마 존재한다고 볼 수 있기 때문이다. 그러나 Chick의 경우는 흑인 살인자의 목숨을 구하기 위해 백인의 무덤을 파헤치는 행동에 대해 쏟아질 백인사회의 적대적 반응을 우회할 수 있는 방안이 없다는 차이가 있다. 그 결과 Bayard는 비무장으로 Redmond와 맞섬으로써 자신의 용기를 입증한 것으로 문제가 끝나는 반면, Chick의 경우는 위험을 무릅쓰고 무덤을 찾아가는 용기를 보이는 것은 오히려 문제의 시작에 불과하다. Chick의 과제는 단순히 자신을 지배해온 남부사회의 이데올로기를 벗어나서 스스로의 신념에 따른 행동을 하는 것으로 끝나는 것이 아니라, 이 행동이 보다 상위의 인간적 원칙에 근거한 올바른 행위임을 공동체에게 설득시켜야 하는 훨씬 어려운 과제인 것이다. 이런 의미에서 Bayard의 성장이 완성된 지점에서 Chick의 성장이 시작된다고 해도 과언이 아닐 것이다.

이러저러한 명상을 하는 중에 Chick은 드디어 목적지에 도달한다. 트럭을 타고 먼저 와서 기다리고 있던 Miss Habersham 및 Aleck Sander와 합류한 Chick이 Highboy와 함께 무덤을 향해 막 발걸음을 옮기려는 찰나, 무슨 소리를 들은 Aleck Sander는 그 소리가

산에서 내려오는 노새소리라고 추측한다.97) 과연 얼마 뒤에 어둠 속
에서 노새 혹은 말에 무언가를 실은 정체불명의 사람이 지나가고
Chick 일행은 이를 숨어서 지켜본다. (이는 Vinson의 시체를 다른
곳에 유기하러 가는 Crawford였음이 나중에야 밝혀진다.) 결국 무덤
을 파헤치고 관속의 시체를 본 Chick은 그가 Vinson Gowrie가 아니
라 인근 지역 출신인 목재상 Jake Montgomery임을 발견하게 된다.

ii) 전환의례: Gavin의 남부 자치론

집으로 돌아온 Chick은 삼촌에게 자신이 발견한 바를 알려주고,
Gavin은 Chick과 Miss Habersham을 데리고 보안관인 Hope
Hampton을 찾아가서 이 사실을 전한다. Gavin의 부탁으로 Miss
Habersham은 Will Legate와 교대해서 감옥 문 앞을 지키고,
Chick은 Gavin 및 Mr Hampton과 함께 다시 Caledonia Church로
향한다. 비평가들의 주된 논란의 대상이 되는 소위 남부 자치론을
Gavin이 언급하는 대목이 바로 이 지점이다. 논쟁의 초점은
Gavin을 포크너의 대변자로 볼 수 있느냐 없느냐에 맞춰져 왔
다.98) Noel Polk는 이 논쟁을 종합적으로 정리하면서, 연설이나

---

97) 이 장면에서는 Aleck Sander가 지닌 예민한 감각이 계속 강조되는
데, 그는 다른 두 사람이 보거나 듣지 못하는 것을 미리 보고 듣는
뛰어난 감각으로 중요한 역할을 수행하게 된다. 이는 마치 『정복되
지 않는 사람들』에서 Ringo가 보여주던 물리적 감각을 연상시키는
것으로 포크너가 흑인들 특유의 발달된 감각을 당연시하고 있음을
드러낸다.

98) Edmund Wilson과 Charles Peavy는 Gavin을 포크너의 대변자로 보
는 대표적인 비평가들이다. Peavy는 『어둠 속의 침입자』를 소설이자
'하나의 소논문'으로 간주하며, 공민권에 대한 포크너의 가장 중요한
소설적 대응이 바로 『어둠 속의 침입자』라고 주장한다. 이런 맥락에
서 Peavy는 Gavin의 여러 생각들이 포크너의 공적 발언과 일치함을
증명하고자 애쓴다.
한편 Gavin이 포크너의 대변자가 아니라고 보는 비평가들은 대개

공개적인 언급들에서는 Gavin이 표방하는 남부 리버럴리즘의 온
건정책―즉 남부의 자치 및 흑백의 상호인내와 부조를 강조하되
인위적 통합에는 반대하는 주장―을 옹호해온 포크너이지만, 자
신의 작품에서는 오히려 이를 비판하고 있다고 해석한다.99) 이러
한 Polk의 해석은 크게 보아서 Gavin이 포크너의 대변자가 아니
라는 비평가들의 주장과 궤를 같이 하지만, 그의 해석이 특별히
설득력을 지니는 이유는 포크너가 공적으로 취하고 있는 입장이
바로 Gavin이 대변하는 남부 중도파의 입장과 동일함을 인정한다
는 점에 있다. 다만 정의를 너무 추상화시킴으로 구체성을 보지
못하는 것이 Gavin의 문제라면, 포크너의 관심은 줄곧 개인에게
―『어둠 속의 침입자』에서는 Lucas라는 구체적인 흑인에게―주
어진다는 점이 양자의 차이라고 Polk는 덧붙인다.100) 또 작품 내

　　작중 인물인 Gavin이 보여주는 보수(혹은 중도)적인 입장에 비해
　서 상대적으로 진보적인 포크너의 면모를 부각시키는데 초점을 둔
　다. 이런 입장에서는 작가가 의도적으로 Gavin의 신뢰성을 떨어뜨
　리면서 그의 말을 액면 그대로 믿지 못하게 만드는 장치를 작품
　내에 심어두었다는 점을 강조한다. 이런 입장을 견지하는 비평가들
　로는 Olga Vickery, Michael Millgate, Cleanth Brooks 등을 들 수
　있다. Patrick H. Samway, S. J, *Faulkner's Intruder in the Dust:*
　A Critical Study of the Typescripts. (Troy, New York: The
　Whitston Publishing Company, 1980) 252면.
　99) Noel Polk, "Faulkner and the Southern White Moderate", *Children*
　　of the Dark House: Text and Context in Faulkner. (Jackson: UP
　　of Mississippi, 1996) 229면.
100) 다음의 구절을 참고해 보라.

　　우리는 소설 속에 나타난 스티븐즈의 수사와 포크너의 공적 수
　사 사이에 많은 유사점들을 보게 된다. 하지만 스티븐즈의 추상
　어법이나, 그가 행동 대신 말을 선호하는 점, Lucas보다는 샘보
　라는 흑인계급 전체에 대한 그의 과도한 관심은, 그와 공적 존재
　인 포크너 간의 차이를 직접적으로 가리키고 있다. 50년대에 포
　크너의 관심은 줄곧 개인에게 맞춰져 있었다.

에서 Gavin은 끊임없이 '말을 하는' 모습으로 묘사되는데 이는 Chick이 행동하는 것과 뚜렷한 대조를 이루며, Gavin은 자신의 말과 행동의 괴리를 메우려는 의도로 흑인의 구원 운운하는 것일 뿐이라고 Polk는 비판한다. Lucas라는 구체적 흑인을 제대로 변호하지 못했다는 죄의식을 숨기기 위해 Sambo라는 추상(적 흑인상) 뒤에 숨어서 말로 때우려는 것이 Gavin이 남부 자치론 운운하는 의도의 본질이라는 것이다.101)

Polk의 해석은 Gavin이 포크너의 대변자이냐 아니냐는 평면적인 비평을 넘어선 진일보한 해석이지만 이 역시 『어둠 속의 침입자』를 너무 Gavin 중심으로 읽는다는 비판에서 자유로울 수 없다. 또한 Polk의 비판은 Gavin의 말이 위치하고 있는 전후 맥락을 무시하거나 간과한데서 오는 지나치게 일방적인 해석이다. 달리 말하면 Polk는 Gavin의 논지는 대체로 정확하게 파악하고 있는 반면, Gavin의 의도에 대해서는 너무 자의적인 해석을 가한다고 볼 수 있다. 한마디로 말해서 현재의 Gavin은 자신의 직무유기를 말로 때우려는 것이 아니다. 오히려 Lucas의 변호사로서 자신의 주어진 임무에 충실하기 위해서 무덤으로 달려가는 중이다. Gavin은 무덤에 거의 다다른 지점에서―차에 타자마자 잠에 빠진 Chick이 그때서야 깨어났으므로―흑인 문제는 남부의 문제이고 남부의 백인들이 풀어야 할 숙제라는 자신의 소신을 펼친다. 이

We may indeed see many similarities between Stevens's fictional and Faulkner's public rhetoric; but Stevens's abstractions, his preference for talking instead of doing, his overriding interest in Sambo rather than in Lucas, point directly to the differences between Stevens and the public Faulkner. Faulkner's concern during the fifties was consistently with the individual. (Polk, 230)

101) Polk, 222-23면.

시점에서 Gavin은, 본의 아니게 남부의 저주이자 고질병인 인종 문제의 한가운데 뛰어 들어온 조카의 심리적 동요를 달래주면서, 이 문제를 Chick이 잘 소화하도록 도와주는 멘토의 역할을 감당하고 있다. 바로 전 장면에서 Chick이 감옥 앞에 모여 있던 군중들의 익명성과 기계성에 대해서 심한 반감과 두려움을 내보였다는 점은 이와 같은 Gavin의 노력에 상황적 정당성을 부여해 준다. 또한 7장 초반부에서 화자는 현재의 Chick의 의식세계를 설명하면서 'their'라는 3인칭 복수 대명사의 반복적 설명을 통해서 Chick이 심정적으로 남부 사회와 완전히 단절 상태에 있음을 보여준 바 있다.102) Chick이 심한 반감과 경멸감을 느끼는 대상인 군중들이 바로 Chick이 살아가는 남부사회의 이웃들임을 고려해 볼 때, Gavin으로서는 Chick이 느끼는 부정적인 남부인상에 대해서, 남부인으로서의 자신의 정체성에 대한 Chick의 회의와 혼란

---

102) 예컨대 다음 구절을 보자.

> 군의 모든 백인들이 좋은 날씨와 좋은 사철 도로를 이용해서 재빨리 마을로 들어갔다. 그 마을은 그네들의 감옥과 그네들의 법정을 보유하기 위한 그네들의 묵인과 지원 덕택에 존재했기에 또한 그네들의 것이었으며, 도로 또한 그네들과 그네들의 친지들의 세금과 투표 및 기금을 분배하는 국회의원에게 압력을 가할 수 있는 그네들의 친지들의 투표로 만들어진 도로였기 때문에 그네들의 도로였다.

> the whole white part of the county taking advantage of the good weather and the good all weather roads which were their roads because their taxes and votes and the votes of their connexions who could bring pressure on the congressmen who had the giving away of the funds had built them, to get quickly into the town which was theirs too since it existed only by their sufferance and support to contain their jail and their courthouse. (141. 이탤릭은 인용자)

에 대해서, 어떤 식으로든 해명해야 할 필요성과 책임을 느낀 것이다. 그래서 Gavin은 남부인들이 반발해온 것은 노예제라는 반인륜적인 제도의 폐지 자체에 대해서가 아니라 폭력적인 방법을 통해서 남부인들의 동질성을 해치면서까지 변화를 강요하려는 외부(북부)의 간섭에 대한 저항임을 Chick에게 납득시키려 애쓰는 것이다. 이는 전체주의적 횡포에 맞서서 개인의 자유와 프라이버시를 지키려는 의미 있는 투쟁의 일환임을 강조하고픈 것이다.

그것은 미합중국 내에서 우리만이 ─곧 언급하긴 하겠지만 지금 난 흑인을 말하는 게 아니야─동질적인 사람들이기 때문이야. 내 말은 어느 정도의 규모가 되는 유일한 집단이란 뜻이야. …… 우리는 사실 우리 자신의 정치적 신념이나 신조 혹은 심지어 우리의 생활방식을 지키려는 것이 아니라, 단지 무지한 절망 가운데 이 나라의 나머지 모든 지역이 미합중국을 유지하기 위해 자발적으로 자기의 개인적 사적 자유를 점점 더 많이 갖다 바치고 있는 연방정부로부터 우리의 동질성을 지키려는 거야. 물론 우리는 앞으로도 계속 이를 지켜갈 거야. …… 한 민족 고유의 것 혹은 한 민족에게 영속적인 가치가 있는 어떤 것, 즉 문학, 예술, 과학, 개인적 자유와 공민적 자유의 진정한 의미인 최소한의 정부와 경찰, 무엇보다 소중하게는 위기 때에 가장 가치를 발하는 민족성이 오직 동질성에서만 생겨난다는 것을 아는 사람은 불과 몇 명 되지 않아.

It's because we alone in the United States (I'm not speaking of Sambo right now; I'll get to him in a minute) are a homogeneous people. I mean the only one of any size. …… We are defending not actually our politics or beliefs or even our way of life, but simply our homogeneity from a federal government to which in simple desperation the rest of this country has had to surrender voluntarily more and more of its personal and private liberty in order to continue to afford the United States. And of course we will continue to defend it. …… Only a few of us know that only from homogeneity comes anything of a people or for a people of durable and lasting value-the literature, the art, the science, that minimum of government and police which is the meaning of freedom and liberty, and perhaps most valuable of all a national character worth anything in a crisis- (148-49)

남북전쟁과 재건기에 걸쳐서 이어져온 남부인의 저항이 과연 Gavin의 말처럼 스스로의 동질성을 유지하려는 순수한 동기에서 추동된 것인가에는 이론의 여지가 있을 수 있다. 그러나 북부가 노예를 해방시키기 위한 휴머니즘적인 동기에서 남북전쟁에 임했다는 것이 지나치게 순진한 해석인 것과 마찬가지로, 남부인들이 노예제를 유지하기 위해서 전쟁을 일으킨 것이라는 논리도 너무 단순하고 일방적인 설명이라고 본다면, Gavin의 주장은 간단히 물리칠 성질의 논리는 아니다. 남부의 자율성과 동질성을 유지한 상태에서 노예를 해방하는 것이야말로 남부인들의 역사적 임무이자 권리이기 때문에, 흑과 백은 인내심을 가지고 서로 협력해야 한다는 Gavin의 주장 또한 상당한 설득력을 지닌다.

언젠가 루카스 뷰챔프가 백인과 똑같이 밧줄이나 휘발유로 린치 당할 위협 없이 백인의 등을 쏠 수 있는 날이 오겠지. 시간이 지나면 루카스도 백인과 똑같이 아무 때고 아무데서나 투표할 수 있고, 백인 아이들이 다니는 학교에 자기 아이들을 보낼 수 있고, 백인들과 똑같이 그들이 여행 다니는 곳으로 여행갈 수 있게 될 거야. 하지만 그게 다음 주 화요일은 아닐 거야.

Someday Lucas Beauchamp can shoot a white man in the back with the same impunity to lynch-rope or gasoline as white man; in time he will vote anywhen and anywhere a white man can and send his children to the same school anywhere the white man's children go and travel anywhere the white man travels as the white man does it. But it wont be next Tuesday. (150)

우리—그와 우리—는 연합해야 해. 그에게 자신의 권리인 경제적, 정치적, 문화적 특권들을 돌려주는 대신, 기다리고 인내하고 생존할 줄 아는 그의 능력을 받아와야 돼. 그렇게 되면 우리는 승리하게 될 거야. 함께 미합중국을 지배하게 될 거야.

We-he and us-should confederate: swap him the rest of the economic and political and cultural privileges which are his right, for the reversion of his capacity to wait and endure and survive. Then we would prevail; together we would dominate the United States; (151)

Gavin이 여기서 펼치는 논의는 남부 중도파의 주장을 대변함과 동시에, 포크너가 1940년대 이후에 공개적으로 피력해온 주장들과 거의 일치한다고 볼 수 있다. 다만 논란의 소지가 되는 것은 이 '언젠가'라는 게 도대체 언제 오느냐의 문제이며, 그 '언젠가'가 도래하기 전까지 부당하게 두들겨 맞고 죽어나갈 수많은 Lucas들은 어떡할 것이냐의 문제이다. 이에 대해 진지하고 심각하게 고민하지 않는다면, Gavin의 'someday'론은 언제든지 부당한 현실을 지속시키는 반동적 논리로 전락할 수 있다. 그러나 따지고 보면 현 시점에서 Gavin과 Chick이 하고 있는 일이 바로, 흑인들의 권리가 제도로 정착되고 그들이 스스로를 방어하고 지킬 수 있을 때까지 그들을 지켜주고 보호해 주려는 노력임을 감안해 볼 때 Gavin의 주장은 쉽사리 무시할 수 없는 무게를 지니고 있음이 분명하다. 이런 맥락에서 『어둠 속의 침입자』의 작품의 내적 구조 자체가 Gavin의 남부 자치론을 지지한다는 Olga Vickery의 지적103)은 꽤 설득력이 있다. Gavin의 논리가 당시의 남부의 현실을 얼마나 적실하게 반영하는가와는 별개로, 이 시점

에서 적어도 Chick이 Gavin의 논리에 상당 부분 수긍하는 것만
은 분명하다.

　이런 이야기를 나누는 사이에 어느덧 Gavin 일행은 무덤에 도
착하게 되고, 두 명의 흑인 죄수를 데리고 무덤에 먼저 도착해
있던 보안관은 무덤 옆에 치워놓은 꽃을 가리키면서, 왜 꽃을 제
자리에 돌려놓지 않았느냐고 묻는다. 이를 통해 Chick은 자신들
다음으로 누군가 무덤에 왔다갔음을 직감한다. 막 Vinson의 무
덤을 파헤치려는 찰나 갑자기 Vinson의 아버지인 Nub Gowrie
가 나타나서 이를 가로막는다. 잠시 승강이가 벌어지지만,104) 관
에 묻힌 시신이 Vinson이 아니라 Jake Montgomery라는 보안관
의 말을 들은 Nub은 옆에서 대기하고 있던 쌍둥이 아들들을 시
켜서 무덤을 파헤친다. 그러나 막상 그들이 발견한 것이라곤 텅
비어있는 관뿐이다.

　왜 Crawford는 시체를 바꿔치기 했으며, 어렵사리 바꿔놓은
Jake의 시체를 다시 파내어 간 이유는 무엇인가? 이에 대한 대답
은 10장에 가서 감옥에서 풀려난 Lucas에게서 사건의 자초지종을
들은 Gavin이 이를 토대로 Crawford의 행적을 재구성하는 방식

---

103) Olga Vickery, *The Novels of William Faulkner.* (Baton Rouge:
　　Louisiana State UP, 1964) 143면. Vickery는 Chick 일행이 개별
　　적인 Lucas들을 구함으로써 사회구조 속에 도덕을 불어넣고, 이
　　로써 더 이상의 Lucas들이 구출될 필요가 없는 사회를 준비하는
　　것은 어디까지나 남부 사회 안에서 이루어져야할 일이라는 것이
　　작품 자체의 논리라고 본다.
104) 여기서 독립과 폭력을 상징하는 Beat Four 구역의 Gowrie가 사
　　람들이 Vinson의 무덤 개봉문제를 놓고 공권력을 상징하는 외부
　　인인 Gavin 일행과 대치하는 상황은 어찌 보면 흑백문제를 둘러
　　싼 남부와 북부의 대립구도를 그대로 옮겨 놓은 정국이라고 볼
　　수 있다.

으로 주어진다. Crawford에게서 훔친 목재를 사오던 Jake는 Vinson의 죽음 소식을 듣고 범인이 Crawford라는 것과, 아마 시체에 난 구멍이 Crawford가 소유한 독일제 루거 권총의 탄흔일 것임을 쉽게 짐작한다. Jake는 Crawford에게 비밀을 지키는 조건으로 돈을 요구했으며(221), 이 돈의 전부 혹은 일부를 받고서도 무슨 연유에서인지―아마 더 많은 돈을 긁어내기 위해서―Jake는 장례식 다음날 밤에 Vinson의 시체를 다른 곳으로 옮겨가기 위해서 무덤에서 파낸다. 그 순간 Montgomery의 꿍꿍이를 눈치 채고 숨어서 이를 지켜보던 Crawford가 뒤에서 달려들어 둔기로 내려쳐서 Jake를 죽인 다음 그의 시체를 Vinson의 관에 넣은 채로 무덤을 복구시킨 다음,[105] Vinson의 시체를 노새에 싣고 산을 내려간다. 이때가 일요일 밤 10시 경이었다. 여기까지는 모든 것이 Crawford의 계획에 완벽하게 들어맞았으며, 아마 Crawford는 자신의 범죄를 완전히 은폐했다고 확신했을 법하다. 그런데 여기서 전혀 예상치 못한 돌발 변수가 출현하는데 그것이 바로 Chick 일행의 등장이다.

자기 아닌 다른 사람들이 묘지에 있다는 사실을 눈치 챈 Crawford는[106] Vinson의 시체를 모래수렁에 급히 묻어놓고는, 다시 Vinson

---

105) Crawford가 Jake의 시체를 Vinson의 관에 대신 파묻은 것은, Jake의 행동에서 Vinson의 시체에 난 탄흔이 자기의 권총자국이라는 점이 발각될 가능성을 뒤늦게야 깨달았기 때문이라고 Gavin은 설명한다. (222) 하지만 이보다는 이미 일단락된 사건의 증거인 Vinson의 시체보다는 앞으로 수사될 사건의 증거인 Jake의 시체를 은닉하는 것이 더 시급했기 때문에, 그 누구도 생각하지 못할 Vinson의 무덤에 Jake를 파묻은 것으로 보는 것이 더 설득력이 있을 듯하다.

106) Crawford가 Chick 일행의 존재를 어떻게 알게 되었는지는 작품에 분명하게 드러나지는 않는다. Gavin은 이에 대해 Jake를 묻고 난 Crawford가 어떤 소리를 들었거나 아니면, Aleck Sander가 관목 숲 사이에 숨겨 둔 트럭을 보았던 것으로 추리한다. 혹은 노새를

의 무덤으로 되돌아와서 어둠 속에 숨어서 Chick 일행의 행동을 지켜보다가, 그들이 떠나자마자 다시 Montgomery의 시체를 관에서 꺼내서 근처에 있는 Nine mile branch 옆에 급히 파묻는다. 이 때쯤 이미 동이 틀 무렵이었기 때문에 Crawford로서는 별다른 도리가 없었다. 나중에 들이닥친 보안관 일행과 Nub Gowrie 일행이 Jake의 시체를 쉽게 찾아낸 것도 이런 이유에서이다.

이렇게 보면 『어둠 속의 침입자』는 약간 복잡하기는 하지만 한편의 살인 미스테리로서도 훌륭한 스토리 구성을 가지고 있다고 할 수 있다. 그러나 역시 『어둠 속의 침입자』는 어디까지나 Chick의 성장이라는 중심 주제에서 한시도 벗어나지 않는 성장소설이며, 살인사건의 전개와 해결이라는 후반부의 플롯 또한 Chick의 성장이라는 큰 틀 속에서 바라보아야 한다. 이는 4장부터 11장에 이르는 탐정 소설적 구성에서 스토리의 전개에 직접적으로 관계되지 않는, Chick의 개인적 느낌이나 명상들이 계속 끼어든다는 점으로 입증된다. 이는 『어둠 속의 침입자』가 성장소설의 형식을 우선적으로 차용하고 있으되, 그 성장이 살인 사건의 해결과정에서 집중적으로 일어난다는 의미이다. 그렇다면 주인공 Chick의 성장의 내용은 무엇이고 그 과정은 어떻게 이루어지는가?

iii) 통합의례: 개인과 사회의 이분법을 넘어

Chick은 여러 모로 『모세야 내려가라』의 Ike과 비교되는 인물이다. 이때 비교의 잣대는 남부의 저주를 풀기위한 행동의 유무이다. 간단히 말해서 Ike는 유산 상속을 거절을 통해 사회를 거부한 반면,

---

타고 내려가던 Crawford가 Chick 일행이 어둠 속에서 자신을 지켜보는 것을 감지했을 수도 있다. 163, 222면 참조.

170

Chick은 Lucas의 무죄를 입증하는 사회적 책임을 다한다는 차이를 보인다고 평가된다. 그리고 이처럼 Chick이 Ike와 다른 선택을 하게 된 중요한 원인이 바로, Chick을 도와서 사회와 화해하고 복귀하게 만드는 Gavin의 영향력이라고 분석된다. Sequeira의 "The Initiation of Chick Mallison"107)이라는 글과 Walter Brylowski의 "The Theme of Maturation in Intruder *in the Dust*"108)라는 글이 그 대표적 예이다.

그러나 Ike의 선택을 간단하게 사회에 대한 거부로 해석할 수 있는가라는 문제는 논외로 친다 하더라도, Chick이 Gavin 덕분에 사회로 복귀하게 된다는 해석은 좀더 신중하게 따져볼 필요가 있다. 『어둠 속의 침입자』의 구도가 이런 식의 해석을 가능케 하는 측면이 있는 것은 사실이다. Chick이 사회에 대한 환멸감에 빠진 것은 분명 사실이고, Gavin과의 대화 이후에 사회와의 화해를 의미하는 태도의 변화를 보여주는 것도 사실이다. 그러나 그렇기 때문에 Gavin 덕택에 Chick이 사회와 화해를 한다는 해석은 논리의 비약일 수 있다. 왜냐하면 정작 Chick은 Gavin의 주장과 해석을 수용하기보다는 주로 이를 반박하고 있기 때문이다. 이는 Chick이 보여주는 성장의 가장 중요한 측면이다. 정확히 말해서 Chick은 Gavin 덕분에 사회로 복귀하는 게 아니라, Gavin의 논리에 저항하고 이를 극복하는 과정에서 사회에 대한 그 나름의 창조적 시각을 갖게 된다고 할 수 있다. 이를 단적으로 보여주는 장면이 바로

---

107) 이 글에서 Sequeira는 Chick에게는 Lucas와 Gavin이라는 두 명의 스승이 있으며, 전자는 Chick으로 하여금 (제퍼슨) 사회로부터 멀어지게 만드는 반면, 후자는 Chick이 다시 사회로 복귀하도록 도와주는 안내자의 역할을 한다고 주장한다. 236면, 241면

108) Walter Brylowski, "The Theme of Maturation in *Intruder in the Dust*", *Readings on William Faulkner*. Ed. Clarice Swisher. (San Diego, CA: Greenhaven Press, 1998) 173, 175면 참조.

군중을 둘러싼 해석을 놓고 Gavin과 논쟁을 벌이는 대목이다. 보
안관 일행과 함께 묘지에서 돌아온 Chick은 장의사의 집 뒷문 주
변에 둘러서서 트럭에서 Jake의 시체를 내리는 광경을 지켜보는
군중들의 모습을 보면서 다음과 같이 소리치고 싶은 충동을 느낀
다.

'이 바보들아, 이번엔 너무 늦었다는 걸, 새로운 이유를 찾아서 처
음부터 다시 시작해야 한다는 걸 모르겠니?' 그리고는 자리에서 몸
을 돌려, 일 이초동안 뒤 창문으로 실제로 그것을 보았다. 여러 개
의 얼굴들이 아니라 단 하나의 얼굴을, 여러 개의 얼굴들이 뒤엉켜
있다든가 모자이크된 게 아니라 그냥 하나의 얼굴을 보았다. 탐욕
스럽다거나 만족할 줄 모르는 게 아니라 그냥 비정하고 아무 생각
없이 심지어 아무런 감정도 없이 움직이고 있을 뿐인 얼굴을 말이
다. 몇 초간 혹은 심지어 몇 분간 비누 광고용 퍼즐 그림 속에 악의
없이 병치시켜놓은 나무와 구름과 풍경들을 고통스럽게 필사적으
로 응시한 후에 갑자기 나타나는, 혹은 발칸제국이나 중국의 잔학
행위를 찍은 새로운 사진 속의, 존엄함이라곤 찾아볼 수 없고 심지
어 공포조차 불러일으키지 않는 잘려진 머리를 노려본 후에 갑자
기 나타나는 표정과 같은 그 의미 없고 과거도 없는 표정.

'You fools, don't you see you are too late, that you'll have to
start all over agin now to find a new reason?' then turning in
the seat and looking back through the rear window for a
second or maybe two he actually saw it-not faces but a face,
not a mass nor even a mosaic of them but a Face: not even
ravening nor uninsatiate but just in motion, insensate, vacant
of thought or even passion: an Expression significantless and
without past like the one which materializes suddenly after
seconds or even minutes of painful even frantic staring from
the innocent juxtaposition of trees and clouds and landscape in
the soap-advertisement puzzle-picture or on the severed head
in the new photo of the Balkan or Chinese atrocity: without

dignity and not even evocative of horror: (175-176)

　여기서 Chick이 보는 것은 개인의 개성과 독립성이 다 사상된 채 기계처럼 움직이는 하나의 얼굴이다. 이는 결국 개인의 개성과 창의성을 말살함으로써 결국 그에게서 인간성을 앗아가 버리는 전체주의적 메커니즘에 대한 공포에 가까운 반감이다. 만약 여기 모인 군중들이 개인적인 분노나 앙심 등에 사로잡혀 있는 것으로 비쳐졌다면 오히려 Chick에게 덜 위협적으로 느껴졌을 것이다. 왜냐하면 그런 경우에는 그 분노가 지나갈 가능성이 남아있고, 자신의 격한 감정들을 제어할 수 있는 일말의 가능성을 그들에게 기대해 볼 수 있기 때문이다. 그러나 지금 Chick의 눈에 비친 군중의 모습이 극도로 공포스럽게 다가오는 이유는 이들이 개인적인 분노나 슬픔 등의 인간적인 감정과는 무관한 상태에서 남부 백인의 한 사람으로서 자신에게 요구되는 행동을 무의식적으로 행하려 한다는 점에 있다. 얼마 전까지만 해도 이들과 함께 하는 것이야말로 '그의 기쁨이자 자랑이며 희망'(his joy and pride and hope, 187)이었다는 점에서 현재 Chick이 느끼는 충격의 강도는 배가된다.

　결국 Jake의 시체를 눈으로 확인한 군중들은 결백한 사람에게 린치를 가하려고 모인 자신들의 모습에 대한 수치심에 누가 먼저랄 것도 없이 도망치듯 읍내를 빠져나간다. 집에 돌아와서 Chick은 이런 군중들의 모습을 떠올리면서 "그들은 도망쳤어요. 자기들이 틀렸다는 것을 인정하는 것 외에는 아무 것도 남은 게 없는 지점에 도달한 거지요. 그래서 그들은 집으로 도망간 거예요."(They ran. They reached the point where there was nothing left for them to do but admit that they were wrong. So they ran home. 190)라고 비난한다. 이에 대해서 Gavin은 예의 그 특유의 달변과

장광설을 동원해서 Chick의 견해를 반박하면서 군중에 대한 자기 나름의 해석을 제시한다. 무덤을 방문하기 직전에 Gavin과 나누었던 대화에서는 대체로 Gavin의 남부 자치론을 수긍하던 Chick이지만, 이 장면에 와서는 Gavin의 논리를 하나하나 꼼꼼히 따져가면서 반박한다.

'아니야', 그의 삼촌은 말했다. '그들은 루카스로부터 도망친 게 아니야, 그들은 루카스 생각일랑 이미 잊은 지 오래고ー'
'내 말이 바로 그거에요', 그는 말한다. '그들은 루카스에게 담배 한 통 주면서, 이봐, 괜찮아, 누구나 실수를 저지르는 법이고 우린 이 일로 당신에 대한 악감정을 담아 두진 않을 거야라고 말할 시간조차 기다리지 못했어요.'

'No', his uncle said. 'They were not running from Lucas. They had forgotten about him-'
'That's exactly what I'm saying', he said. 'They didn't even wait to send him a can of tobacco and say It's all right, old man, everybody makes mistakes and we wont hold this one against you.' (191)

그들은 루카스에게서 도망친 게 아니라, 크로포드 가우리로부터 도망친 거야. 공포에 질려서가 아니라 완벽한 만장일치로, '하지 말찌니라'와 '절대 해서는 안 된다'가 아무런 사전 경고도 없이 '하지 마라'로 바뀌어버린 상황을 간단히 거부해 버린 거지.

They were not running from him, they were running from Crawford Gowrie; they simply repudiated not even in horror but in absolute unanimity a shall-not and should-not which without any warning whatever turned into a must-not. (192)

위의 인용대목에서는 상대방의 말허리 자르기라는 Gavin 특유

의 어법이 거꾸로 Chick에 의해 구사되면서, Gavin의 담론의 영향
력을 점차 벗어나는 Chick의 모습이 부각된다. Gavin은 군중들이
그렇게 황급히 도망간 이유가 Lucas를 부당하게 린치하기 위해서
모인 자신들이 부끄러워서가 아니라, 형제 살인이라는 도저히 있
을 수 없는 일이 현실적으로 벌어졌다는 것을 인정할 자신이 없었
기 때문이라고 해석한다. 이어지는 이야기에서 Gavin은 예의 그
현학적이고 장황한 논리로 자신의 해석을 정당화하려 애쓰지만
사실 이 대목에서 Gavin이 말하려는 바가 무엇인지 명확하지 않
으며 오히려 Chick의 질문을 통해서 Gavin의 논지가 분명해진다.

'그래서 여러 명의 가우리 집안사람들과 워킷 집안사람들이 루카
스 뷰챔프를 그가 하지도 않은 일 때문에 휘발유로 불태워 죽이
는 것과, 가우리 집안사람이 자기 형제를 죽이는 일은 전혀 별개
의 문제란 말인가요?'
'그렇지', 그의 삼촌이 말했다.
'그렇게 말할 수는 없지요', 그는 말했다.
'할 수 있다'라고 삼촌이 말했다. '살인하지 말지니라는 교훈은 네
가 살인을 하는 경우에조차도 여전히 흠 없이 손상되지 않은 채
로 남아 있다. 여전히 살인하지 말지니라로 말이야. 그리고 혹시
누가 아니? 다음번에는 아마 살인을 하지 않게 될지도 모르지.
그렇지만 가우리가 사람은 가우리가 형제를 절대로 죽여서는 안
된다. 여기에는 아마도란 있을 수 없어. 가우리가 사람이 같은 가
우리가 사람을 죽이는 문제에 있어서는 첫 번째가 있어서는 안
되기 때문에 다음번도 있을 수가 없어. …… 우리들 가우리나 인
그럼이나 스티븐즈나 몰리슨이 다른 가우리나 인그럼이나 스티븐
즈나 몰리슨의 피를 흘리게 되는 그런 상황은 단순히 오지 않을
뿐 아니라 절대 와서는 안 되고 올수도 없다는 신념을 고수하지
못한다면 어찌 도무지 살인하지 말지니라는 상황에, 루카스 뷰챔
프의 생명이 자기가 루카스 뷰챔프라는 사실에도 불구하고가 아
니라 바로 자기가 루카스 뷰챔프이기 때문에 안전할 수 있는 상
황에 도달하기를 희망할 수 있겠니?

'So for a lot of Gowries and Workitts to burn Lucas Beauchamp to death with gasoline for something he didn't even do is one thing but for a Gowrie to murder his brother is another.'
'Yes', his uncle said.
'You cant say that', he said.
'Yes', his uncle said. 'Thou shalt not kill in precept and even when you do, precept still remains unblemished and scarless: Thou shalt not kill and who knows, perhaps next time maybe you wont. But Gowrie must not kill Gowrie's brother: no maybe about ti, no next time to maybe not Gowrie kill Gowrie because there must be no first time. …… if we are not to hold to the belief that that point not just shall not but must not and cannot come at which Gowrie or Ingrum or Stevens or Mallison may shed Gowrie or Ingrum or Stevens or Mallison blood, how hope ever to reach that one where Thou shalt not kill at all where Lucas Beauchamp's life will be secure not despite the fact that he is Lucas Beauchamp but because he is?' (193)

결국 Gavin의 논리는 Gowrie 등에 의한 Lucas 린치와 Crawford의 형제 살해는 전혀 차원이 다른 행위이며, 우리는 형제살해 금지라는 특별 원칙을 우선적으로 견지한 상태에서 타인 살해 금지라는 보편 원칙까지 나아가야 한다는 점진론에 다름 아니다. 이는 우리가 가까운 형제부터 사랑하지 않는다면 어찌 이웃이나 타인을 사랑할 수 있는가라는 논리이며 일견 타당성이 있는 주장이다.

그러나 Chick은 이런 Gavin의 논리에 대해 분명하게 반대의사를 표명한다. 앞서 Chick은 남부의 문제는 남부인 스스로의 손에 의해서 해결되어야 한다는 비슷한 취지의 말을 Gavin에게서 들은 적이 있다. 그에 대해 Chick은 별다른 반대나 반박을 하지 않았다. 그렇다면 왜 Chick은 내용상 남부 자치론의 연장선상에 있는 Gavin의 점진적 개선론을 지금에 와서 반대하는가? 그것은 Gavin의 남부 자치론 및 점진적 개선론이 어느 정도의 정당성을 지니고 있음에도 불구하고, 그것이 현실을 살아가는 구체적인 개인들의 고민과 아픔을 담아내지 못할 경우 오히려 현실을 호도하는 논리로 오용될 수 있음을 깨달았기 때문이며, 바로 지금 Gavin이 그런 함정에 빠지고 있음을 간파했기 때문이다.

Gavin은 계속해서 자신의 장황한 이론을 내세우면서 Chick을 설득하려 애쓴다. '그렇다면 그들은 크로포드 가우리를 린치해야만 하는 상황을 피하기 위해 도망친 것이라는 말인가요?'(So they ran to keep from having to lynch Crawford Gowrie, 194)라는 Chick의 날카로운 질문에 대해서, Gavin은 애초에 그들이 감옥 앞에 모여 있었던 이유 자체가 누구를 린치하기 위해서는 아니었으며, 그런 이유라면 그렇게 많은 사람이 모일 이유가 없었다고 주장한다. 이에 대해 Chick은 다시 그들은 Beat Four 주민들이 도착해서 린치를 하게 되기를 기다리고 있었던 것일 뿐이라고 반박한다. 그러자 Gavin은 '내 말이 바로 그 말이야'(Which is exactly what I am saying. 194)라고 옹색하게 변명하면서, 군중의 규모가 일정수준에 도달하면 자연적으로 스스로를 해체하고 다시 개인으로 돌아간다는 논리를 펼친다.

'하지만 그들 모두를 다 합하면 그렇지 않아[더 이상 군중들 이룰 정도로 충분히 작지 않게 돼]. 왜냐하면 군중이 아마 어둠 속에 거하기에는 마침내 너무 커져 버렸다는 이유로 스스로를 취소하고 없애버리게 되는 숫자상의 지점이 있기 때문이야. 군중이 태어난 동굴이 더 이상 그것을 빛으로부터 숨겨줄 수 있을 정도로 충분히 크지 않아서 마침내 원하던 원치 않던 스스로를 바라보아야만 하기 때문이거나, 아니면 땅콩 한 알이 코끼리 한 마리는 감질나게 할 수 있을지언정 두 마리나 열 마리를 감질나게 할 순 없는 것처럼 한 인간의 신체 속의 피의 양으로는 더 이상 충분치가 않기 때문일지도 모르지. 혹은 사람이 군중이 되었다가 그 후에는 흡수활동과 신진대사활동을 통해 군중을 폐기한 대중으로 변했다가 대중을 이루기에도 지나치게 커져 버리면, 설사 이런 속성들이나 하나의 고요하고 보편적인 빛을 지닌 그 무언가를 향한 고통스럽고 오랜 열망에 대한 회상에서나마 다시 연민과 정의와 양심을 감지할 수 있는 사람으로 바뀌게 되기 때문일지도 몰라.'
'그러니 인간은 늘 옳다는 말이군요.'라고 그는 말했다.
'아니, 스스로의 권력과 치부를 위해서 그를 이용해먹는 사람들이 내버려 두기만 한다면 인간은 올바르기 위해서 노력한다는 말이야. 연민과 정의와 양심 또한 가지려 노력할 테지. 이는 개인의 신성에 대한 믿음―미국에 사는 우리는 이 믿음마저 내장 숭배라는 국민 종교로 전락시켜 버렸는데, 이 종교에서는 의무 이행의 대상인 영혼을 면제받았기 때문에 자신의 영혼에 대한 의무를 지지 않는 대신, 출생 시부터 마누라와 자동차와 라디오와 노인 연금에 대한 양도할 수 없는 권리증서의 변함없는 상속자가 된다― 이라기보다는 인류로서의 연속성이 지닌 신성에 대한 믿음이라고 할 수 있어.'라고 삼촌은 말했다.

'But not all of them together because there is a simple numerical point at which a mob cancels and abolishes itself, maybe because it has finally got too big for darkness, the cave it was spawned in is no longer big enough to conceal it from light and so at last whether it will or no it has to look at itself, or maybe because the amount of blood in one human body is no longer enough, as one peanut might titillate one elephant but not two or ten. Or maybe it's because man having passed ito mob passes then into mass which abolishes mob by absorption, metabolism, then having got too large even for mass becomes man again conceptible of pity and justice and conscience even if only in the recollection of his long painful aspiration towards them, towards that something anyway of one serene universal light.'

'So man is always right', he said.

'No', his uncle said. 'He tries to be if they who use him for their own power and aggrandizement let him alone. Pity and justice and conscience too-that belief in more than the divinity of individual man (which we in America have debased into a national religion of the entrails in which man owes no duty to his soul because he has been absolved of soul to owe duty to and instead is static heir at birth to an inevictable quit-claim on a wife a car a radio and an old-age pension) but in the divinity of his continuity as Man'; (194-195)

여기서 Gavin이 말하려는 바는 인간 개인의 본원적 선(善) 의지와 집단으로서의 인간이 지닌 자정능력이다. 이는 사실 노벨상 수상연설에서 포크너가 피력한 인류의 운명에 대한 낙관론과 거의 동일한 신념이다.109) 위 대목에서는 세 가지 가치체계가 Gavin에

---

109) "나는 인간이 존속할 뿐만 아니라 승리하리라고 믿습니다. 인간은 불멸의 존재인데, 그것은 만물 중에서 그만이 지칠 줄 모르는 목소리를 소유하고 있기 때문이 아니라, 그가 영혼 즉 연민하고 희생하고 인내할 수 있는 정신을 소유하고 있기 때문입니다. 시인의 임무는, 그리고 소설가의 임무는 바로 이런 것들에 대해서 글을 쓰는 것입니다. 인간의 마음을 고양시킴으로써, 과거 자신의 영광으로 삼았던 용기와 명예와 희망과 자존심과 연민과 동정과 희생을 인간에게 상기시킴으로써 그가 존속할 수 있도록 도와주는 것이 작가의 특권입니다. 시인의 목소리는 단순히 인간을 기록하는 목소리일 필요는 없습니다. 그것은 인간으로 하여금 존속할 수 있고 승리할 수 있도록 도와주는 버팀목이나 기둥과 같은 목소리이어야 합니다."

"I believe that man will not merely endure: he will prevail. He is immortal, not because he alone among creatures has an inexhaustible voice, but because he has a soul, a spirit capable of compassion and sacrifice and endurance. The poet's, the writer's duty is to write about these things. it is his privilege to help man endure by lifting his heart, by reminding him of the courage and honor and hope and pride and compassion and

의해서 비교되고 있다. 첫째는 물질주의에 완전히 매몰된 채 정신적 가치를 상실한 당대 미국인들의 삶에 대한 비판의 층위이다. 둘째는 이보다는 그나마 나은 체계로서 개인의 영혼이 지닌 연민과 정의와 양심의 능력을 중시하는 가치체계이다. 스스로의 권력이나 자기 확대를 위해서 인간을 이용하려는 국가나 단체의 간섭과 영향력을 차단할 수 있다면 인간 개인은 근본적으로 올바르게 행동하려 한다는 신념에 바탕을 둔다는 점에서 개인주의(individualism)라고 부를 수 있으며, 이는 당대의 물질문명에 찌든 미국인들에게 하나의 출구가 될 수도 있다.110) 그러나 여기서 문제가 되는 것은 자신의 권력 유지를 위해 인간을 통제하고 이용하려는 세력은 역사상 늘 있어 왔다는 점이다. 따라서 비록 이상적으로 인간 개인의 순수성을 칭송한다 하더라도 현실적으로 이것이 보다 인간다운 사회 건설을 위한 동력으로 작용할 가능성은 극히 미미한 게 사실이다. 그렇기 때문에 개인의 영혼이 지닌 신성이 아니라 집단으로서의 인류가 지닌 신성에 대한 강조가 필요한 것이다. 이를 통해 Gavin이 강조하고픈 바는 개개의 인간들은 비록 오류투성이고 권력에 의해서

---

pity and sacrifice which have been the glory of his past. The poet's voice need not merely be the record of man, it can be one of the props, the pillars to help him endure and prevail."
Malcolm Cowley, *The Portable Faulkner*. (Harmondsworth: Penguin, 1967) 724면.

110) 포크너가 개인주의를 바라보는 시각은 대단히 변증법적이다. 포크너는 개인주의자야말로 가장 나쁜 악당이라고 비판하면서, 동시에 개인주의자만이 진정한 예술가가 될 수 있는데 이는 둘 다 어떤 집단에 소속될 수 없다는 공통점을 지니고 있기 때문이라고 주장한 바 있다. 포크너는 개인의 자유로운 영혼을 중시하면서도 그것이 자신만을 위한 무한 자유를 추구할 때에는 언제나 악당으로 전락할 위험을 내포하기 때문에, 개인의 자유란 늘 집단으로서의 인류 전체의 진보와 개선이라는 방향을 향하여 열려있어야 한다는 원칙을 견지한다. *FIU*, 33면.

쉽게 이용당하고 변질되는 존재라 하더라도, 그럼에도 불구하고 그런 인간들이 모여서 만들어 가는 역사는 결국 조금씩 진보하기 마련이며, 인간은 집단적 신성 속에서 개인적 약점을 점차 극복해 갈 것이라는 점이다. 이는 포크너의 공적 발언들과 정확히 일치하는 신념이다.111) 최종적으로 Gavin은 군중이 보인 도피행각의 동기를 다음과 같이 정리한다.

그들은 크로포드 가우리를 해치우고 싶지 않았다. 그들은 그를 부인해 버렸다. 만약 그들이 크로포드에게 린치를 가했다면 그들은 단지 그의 목숨을 앗아갔을 뿐일 터이다. 그들이 실제로 행한 것은 더 심한 것이었다. 그들은 그에게서 인간사회의 한 시민으로서의 자리를 철저하게 박탈해 버린 것이다.

They didn't want to destroy Crawford Gowrie. They repudiated him. If they had lynched him they would have taken only his life. What they really did was worse: they deprived him to the full extent of their capacity of his citizenship in man. (195)

이에 대해 Chick은 "삼촌은 역시 변호사시군요"(You're a lawyer. 195)라는 말로 이를 간접적으로 비판하면서, "그들은 크로포드 가우리나 루카스 뷰챔프에게서 도망한 게 아니라 자기 자신으로부터 도망친 거예요. 그들은 자신들의 수치를 피해서 침대보에 머리를 감추기 위해 집으로 도망친 거예요"(They were not running from Crawford

---

111) 자신의 인생관은 기본적으로 낙관적임을 인정하면서도 단 종(種)으로서의 인간의 운명에 대해서 긍정한다고 주장하는 데에서나 (*FIU*, 286면), 인간은 점진적으로 천천히 개선되어 갈 것이며 개개의 인간은 멸망하고 사라질 수 있어도 인류는 결코 자멸하지 않고 스스로를 개선시켜갈 것임을 확신한다는 언급들에서 이런 신념이 잘 드러난다. Joseph L. Fant ed, *Faulkner at Westpoint.* (Random House: New York, 1964) 80, 120면.

Gowrie or Lucas Beauchamp either. They were running from themselves. They ran home to hide their heads under the bedclothes from their own shame. 195)라고 결론짓는다. 이에 대해 Gavin은 "바로 그거야. 내가 내내 해온 말이 바로 그거 아니냐?"(Exactly correct, Haven't I been saying that all the time? 195)라고 동의한다. 애초에 Chick은 군중들이 Lucas를 피해서 달아난 것이라고 해석한 반면 Gavin은 Crawford를 피해서 달아난 것이라고 해석했다는 것을 기억해 본다면, 군중들이 자기 자신의 수치감으로부터 달아난 것이라는 결론은 사실상 Chick의 해석에 Gavin이 동의했음을 의미한다. 이는 Gavin과의 논쟁에서 한번 승리했다는 단순한 차원을 넘어서 Chick의 성장의 본질이 무엇인가를 보여주는 지표이다. 즉 Gavin과의 논쟁을 통해서 습득한 인식 능력과 표현능력의 성장, 즉 orality의 습득이야말로 Chick의 성장의 핵심적 측면이다. 자신의 생각을 정리해서 표명하는 한편 상대방의 논리를 반박할 수 있는 이야기 능력은 공동체를 가능케 하는 의사소통능력의 핵심 요소이다. 특히 Gavin이라는 인물이 해박한 지식과 비범한 통찰력을 지닌 달변의 변호사라는 점, 그리고 나름대로 공평무사하게 남부의 문제에 접근하려는 자세를 갖춘 인물이라는 점이 오히려 Chick에게 더 큰 부담이 되는 측면이 있는 것이 사실이다. Chick으로서는 Gavin의 장황한 논리 속에 혼재되어 있는 통찰과 편견들을 가려서, 받아들일 것은 받아들이고 반박할 것은 반박해야 하는 힘든 과제를 안고 있는 셈이다. 앞서도 지적한 것처럼 대부분의 『어둠 속의 침입자』 비평은 Gavin의 주장을 다 옳다거나 혹은 다 그르다는 식으로 너무 성급하게 규정하는 데서 오는 오류라고 할 수 있는데, 이런 접근 방식으로는 『어둠 속의 침입자』에서 그려지는 Chick의 성장을 제대로 이해할 수 없다. 만약 Gavin이 다 옳다면 그 덕분에 Chick

은 제퍼슨 사회에 대한 환멸을 극복하고 사회로 복귀한다는 주장이 쉽게 도출될 것이고, 반대로 Gavin이 틀렸다면 이를 통해 포크너는 Gavin의 점진론을 비판한다는 뻔한 결론이 나올 것이기 때문이다. 어느 쪽이든 Chick의 성취를 제대로 설명하지 못한다는 비판으로부터 자유로울 수 없을 것이다.

이런 이유에서 군중들의 심리를 둘러싼 Gavin과 Chick의 논쟁을 담고 있는 9장은 『어둠 속의 침입자』에서 가장 중요한 장이다. 이런 논쟁을 통해서 Chick은 매사에 삼촌의 견해와 판단을 신뢰하고 따르던 입장에서, 이제는 대등하게 삼촌과 논쟁을 벌이면서 때로는 삼촌의 견해의 잘못을 지적해 주기도 하는 입장으로 성큼 자라나게 된다. 즉 Chick의 성장은 Gavin에 대한 정신적인 독립이란 측면에서 가장 두드러지게 드러난다. 미국 여성들은 불감증에 걸리고 성기능이 저하되었으며, 미국남성들은 이제 여성의 몸 대신 자동차를 어루만지고 애무하게 되었다는 Gavin의 말에 대해, 거침없이 "그것은 사실이 아니에요",(231)라고 Chick이 반박하는 대목이나, 여성들 중에 사랑이나 성행위에 관심을 가진 사람은 거의 없으며 다만 결혼을 원할 뿐이라는 Gavin의 말에 대해, "난 여전히 그 말을 믿을 수 없어요."라고 공개적으로 반대하는 Chick의 모습에서 이런 측면이 잘 드러난다.

Chick의 성장은 군중에 대한 Gavin의 근거 없는 미화와 이에 근거한 막연한 낙관론을 반박하는 데에서 그치지 않고, 결국 자신이 경멸하는 군중들조차 포용하고 함께해야 할 존재로 바라보는 시각의 변화로 나아간다. 이런 변화는 10장 서두에서 저녁 식탁에 앉은 Chick이 식사 행위에 담긴 상징적인 의미를 명상하는 가운데 일어난다. Chick은 "사람은 사실상 먹는 행위를 통해서만 세상 속으로, …… 세상의 무르익는 연대 속으로 진입한다."(by the act of eating and maybe only by that did he actually enter the world…… into the world's teeming solidarity, 200)는 Gavin의 말을 곱씹으면서, 음식물을 씹고 삼키고 소화시키는 단순한 행위를 통해서 인류의 역사를 자기 자신의 일부로 자신의 기억의 일부로 만들게 되며, 이를 통해 역으로 다시 '자아와 자기 자신됨'(his self and his I-Am, 200)을 '광활하게 무르익는 세상의 무명의 연대'(vast teeming anonymous solidarity of the world, 200) 속으로 내어놓게 됨을 깨닫는다. 이 과정에서 Chick은 이번 사건 내내 자기가 무시하고 경멸해 왔던 군중들이 바로 자신됨의 일부라는 사실을 깨닫게 된다.

갑자기 그는 이것도 그것112)의 일부라는 사실을 깨달았다. 그들은

---

112) 7장에서 제퍼슨 사회에 대한 Chick의 거부감과 분리의식이 'their'라는 대명사의 반복으로 묘사된 것과 유사하게, 10장에 오면 제퍼슨 사회에 대한 Chick의 동지의식의 회복이 'it'이라는 대명사의 반복으로 강조된다. 여기서 'it'이 정확하게 무엇을 의미하는가는 명확하게 답하기 어려운 문제이지만 대충 남부 사회와의 연대를 의미하는 것으로 볼 수 있다. 다음 구절을 참고해 보라.

마침내 집 밖으로 나왔다. 집 밖으로 걸어 나와 그것(사회와의 연대) 속으로 들어간 것은 아니었다. 왜냐하면 그것을 집에서 바깥으로 가지고 나왔기 때문이다. 그의 방과 정문 사이의 어느 지점에서였다. 그가 그것을 얻은 것도 아니고 단지 그것 속으로 들어온 것도 아니며 사실상 그것을 회복한 것도 아니었다. 차라리 그것으로부터의 일탈을 속죄한 것이며, 다시 한번 그것 속에 받아들여질 만큼 가치 있는 자가 되었다. 그것이 자신의 것이었으며 아니면 차라리 자기가 그것의 소유였기에…….

and so out of he house at last, not walking out of the house into it because he had brought it out of the house with him, having at some point between his room and the front door not acquired it nor even simply entered it nor even actually

184

자기 것이고 자기는 또한 그들 것이기 때문에 그들이 완벽해야 한다는 그 맹렬한 욕구, 절대적인 완벽에 일점일획이라도 어긋나는 것에 대한 그 격렬한 불관용, 그들은 자신과 같은 남부인이고 자기는 그들과 함께 변함없이 확고부동하게 서 있는 것 이외에 더 바라지 않기에, 다른 누구나 지역으로부터 그들을 지키기 위해 자신이 직접 사정없이 그들을 통렬히 비난하는 그 격렬하고 거의 본능적인 몸짓 말이다. 수치심을 느끼더라도 하나의 수치심이어야 하고, 무엇보다 속죄는 하나의 불변의 지속적이고 확고부동한 속죄여야 하기에 단 하나의 속죄여야 한다. 하나의 민족 하나의 마음 하나의 땅이어야 한다.

when suddenly he realized that that was a part of it too-that fierce desire that they should be perfect because they were his and he was theirs, that furious intolerance of any one single jot or tittle less than absolute perfection-that furious almost instinctive leap and spring to defend them from anyone anywhere so that he might excoriate them himself without mercy since they were his own and he wanted no more save to stand with them unalterable and impregnable: one shame if shame must be, one expiation since expiation must surely be but above all one unalterable durable impregnable one: one people one heart one land: (202)

여기서 그려지는 Chick의 태도변화는 Lalonde가 통합의례라고 부르는 것에 정확하게 일치한다.113) 이렇게 본다면 Chick이 군중들에 대해서 보이는 일련의 반응들의 변화는 전형적인 성장소설에 나오는 구도와 일치한다고 볼 수 있다. 즉 자신이 소속된 집단으로부터의 분리에서 화해로, 떠남에서 복귀로 이어지는 구도이다. "그들이 옳았다는 게 아니라 네가 틀렸다는 거지?"(Ah, I see.

regained it but rather expiated his aberration from it, become once more worthy to be received into it since it was his own or rather he was its and······ (201-202)

113) Lalonde, 6면.

It's not that they were right but that you were wrong.)라는 삼촌의 질문에 대해, Chick은 "틀린 거 이상이에요. 난 독선적이었어요."(I was worse, I was righteous. 203)라고 고백한다. 흑인에 대한 고정관념에서 일단 린치부터 가하고 보자는 식의 군중의 태도가 잘못임은 분명하지만, 이를 받아들이는 자신의 태도 역시 문제가 있음을 인정한 것이다. 이런 군중들에게서 환멸과 경멸을 느끼는 것만으로는 자신의 도덕적 우월성을 입증할 수는 있어도 사태의 해결에는 아무런 도움이 되지 않는다는 사실을 Chick이 깨달은 것이다. 사회와 역사의 발전은 아무리 더디고 지지부진할지라도 결국 이런 군중들과 함께 이루어갈 수밖에 없음을 인정하는 성숙한 자세이다. 그러나 여기서 Chick이 보여주는 일종의 자기반성은 남부인들의 비인간적인 인종차별주의나 반동적 관습들이 알고 보면 다 이유가 있고 나름대로 타당한 것이라는 Gavin 식의 현실정당화와는 다르다. 이는 인용 대목의 말미에 Chick이 수치감이나 속죄 운운하는 것으로 알 수 있다. Chick에게 있어서 인종차별주의나 백인남성 우월주의 등은 공히 전근대의 잔재로서 부끄러운 것이고 속죄해야 마땅한 전통들이다. 다만 이를 공격하는 과정에서 나만 도덕적으로 깨끗하다는 식의 태도는 옳지 않다는 반성일 뿐이다. 따라서 이 대목에서 Chick과 남부사회의 화해 혹은 사회로의 복귀가 일어난다고 볼 수 있지만, 그것이 결코 남부의 그릇된 전통까지 포용하거나 이와 타협하겠다는 선언으로 읽혀질 수는 없다. Gavin 또한 이 부분을 인정하기에 "독선적이어도 괜찮아." "아마 네가 옳았고 그들이 틀렸을 수도 있어. 다만 멈추지만 마라."(It's all right to be righteous, Maybe you were right and they were wrong. Just don't stop. 203)는 말로써 현실의 모순에 대한 Chick의 저항을 격려해 준다.

ⅳ) Chick의 공감적 상상력

Chick의 성장의 또 다른 중요한 일면은 Miss Habersham의 귀가 길과 관련해서 보여주는 공감적 상상력이다. 앞서 논한 린치 군중과의 조우 장면 뒤에 Chick은 Miss Habersham을 먼저 집에 바래다 줄 것을 요청해 보지만('We'll take Miss Habersham home first', he said. 179), Maggie는 이를 들은 척도 하지 않고 "차에 타라"고 명령한다. 할 수 없이 어머니와 함께 삼촌의 차를 타고 집으로 돌아오는 Chick의 관심은 시종일관 Miss Habersham의 쓸쓸한 귀가 길에 맞춰진다. Chick 일행은 허겁지겁 읍내를 빠져나가려는 끝없는 차량행렬과 마주치게 된다. 이 행렬에 끼어드는 문제로 Maggie와 Gavin이 옥신각신 하는 중에도 온통 Miss Habersham 걱정뿐이던 Chick은 틈을 봐서 다시 한번 Miss Habersham 이야기를 꺼냈다가 이번에는 "그녀에겐 자기 트럭이 있다"(180)는 Gavin의 핀잔을 듣는다. 이후에 Chick은 더 이상 그녀 얘기를 꺼내지 않는 대신 공감적 상상력을 발휘해서 그녀의 귀가 길을 묘사한다. 차량행렬에 끼어들 수가 없어서 반마일도 채 되지 않는 집을 지척에 두고 결국 차량행렬을 따라 집과 반대방향으로 차를 몰고 가는 Miss Habersham의 귀가 길을 그려보면서, Chick은 점점 멀어져 가는 집을 바라보며 그녀가 느꼈을 절망감과, 이제는 집 방향으로 돌이켜야 할 지점에 와서도 차량행렬을 비집고 들어갈 엄두가 나지 않아서 무용지물이 된 운전대에 손을 얹고 하염없이 기다리고 있는 '고독하고 쓸쓸한'(solitary and forlorn, 182) 그녀의 모습을 상상한다.

> 미스 해버샴은 트럭을 타고 있고 그녀의 집은 반마일도 채 안되지만, 모든 것이 그녀를 방해하는 상황에서 아마도 그녀는 그곳에 당도할 수 없었으리라. 집은 이쪽 편에 있고 그녀의 트럭은

범퍼와 범퍼가 서로 닿은 채로 돌진해 가는 자동차와 트럭들의 도저히 뚫고 들어갈 수 없는 행렬의 건너편에 있어서, 야채 행상용 중고 소형트럭을 탄 노파에겐 그 곳이 마치 몽고나 달에 위치해 있는 거나 마찬가지로 접근할 수 없는 곳이었다. 시동이 켜진 트럭에 앉아 기어를 넣은 채로 가속페달에 발을 올려놓고서, 독립적이고 외롭고 쓸쓸한 모습으로 가냘프게, 다 헤져가는 고풍의 모자를 쓰고 똑바로 앉아서, 그 차량 행렬 사이를 뚫고 가서 뜨개질 한 옷감을 치워두고 닭들에게 모이를 주고 저녁을 먹은 후 약간 쉴 수 있게 되기만을 바라면서 기다리고 있다. 일흔 살의 나이에, 열여섯 살짜리에게 있어서 일 백 시간보다 더 힘들 것임에 틀림없는 서른여섯 시간을 보낸 연후에, 약간의 휴식을 취하기를 바라면서 그녀는 옆으로 보이는 그 어질어질하고 흐릿한 형체들을 상당히 오랜 시간 동안 지켜보면서 기다리고 있다. …… 그리고 이제 차량 행렬에 틈새가 생겨도 자기에겐 (그것을 파고 들) 솜씨도 기력도 눈썰미도 없고 심지어 그럴 기운조차 없으리란 점을 그녀는 알고 있다. …… 그래서 그녀는 틈새나 빈 공간을 찾아서 분발해 보지만, 또 다시 밤이 오고 있는데 자기는 집에서 점점 멀어져 가기만 한다는 사실로 인해 어느 때보다도 더 절망적일 것이다.

Miss Habersham in the truck and her house not half a mile away and all holding her back was she couldn't possibly got to it, the house on one side and the truck on the other of that unpierceable barrier of rushing bumper-locked cars and trucks and so almost as interdict to an old maiden lady in a second-hand vegetable-peddler's pickup as if it were in Mongolia or the moon: sitting in the truck with the engine running and the gears meshed and her foot on the accelerator independent solitary and forlorn erect and slight beneath the exact archaic even moribund hat waiting and watching and wanting only but nothing but to get through it so she could put the darned clothes away and feed the chickens and eat supper and get some rest too after going on thirty-six hours which to seventy must haven been worse than a hundred to sixteen,

watching and waiting that dizzying profiled blur for a while even a
good while…… and now she would know that when the gap came
perhaps she would not have the skill or strength or speed or
quickness of eye or maybe even the simple nerve: …… so she would
be more desperate than ever now with all distance fleeing between
her and home and another night coming on, nerving herself for any
gap or crevice now. (180-81)

엄밀히 말해서 Miss Habersham의 귀가 길의 묘사가 이탤릭체
로 표기되지 않았다는 점은 이 부분이 Chick의 상상이 아니라 3
인칭 화자의 묘사임을 뜻한다. 그러나 이 부분에 앞서 Miss
Habersham의 외로운 귀가 길에 대한 Chick의 애틋한 심정이 반
복해서 강조됨으로써 이후에 이어지는 Miss Habersham의 귀가
길 묘사가 자연스럽게 Chick의 상상으로 느껴지게 만든다. 사실
포크너의 후기 성장소설에서 반복적으로 부각되는 존재가 바로
화자이다. 『어둠 속의 침입자』 역시 형식상으로는 3인칭 전지적
작가 시점을 취하고 있기 때문에 Chick이 곧 화자라는 등식이 성
립될 수 없음에도 불구하고, 여러 등장인물들을 Chick과의 관계
를 중심으로－예컨대 Gavin이라고 써야할 부분에서 his uncle이
라고 쓰는 식으로－설명하다보니, 벌어지는 사건들과 오가는 대
화를 모두 Chick 중심으로 받아들이게 만든다. 게다가 Chick을
제외한 다른 인물들의 경우는 행동이라든가 대사 등의 외적 행위
만을 통해서 성격이 묘사되는 반면, 유독 Chick과 관련해서는 아
무런 예비 장치 없이 자유롭게 과거의 회상이나 현 상황에 대한
명상 등을 보여줌으로써 마치 이 작품이 1인칭 주인공 시점인 듯
한 인상을 준다. 『어둠 속의 침입자』는 어린 소년인 Chick이 성인
으로 성장해 가는 것과 본질적으로 관련된 소설이기에 소설의 많
은 부분이 Chick의 머리 속의 생각－그의 갈등, 발견, 의심, 결심

으로 이루어진다는 Brooks의 지적114)은 이런 주장을 뒷받침해 준다. 이런 Faulkner의 서술 기법은 어찌 보면 성장소설의 주인공을 묘사하기에 가장 적합한 방법이라고 할 수 있다. 왜냐하면 주인공과 분리된 화자의 존재를 설정함으로써 주인공의 성장을 객관적으로 지켜보며 전달해 주는 효과를 거둠과 동시에, 그 화자가 주인공과 완전히 분리된 존재가 아니라 마치 성년이 된 주인공이 어린 시절의 자신을 돌아보는 것과 유사한 형식을 취함으로써 독자들의 관심을 주인공의 성장과정에 집중시키는 효과를 극대화시킨다고 볼 수 있다.115) 이렇게 볼 때, 위의 장면에서 나타나는 화자의 목소리는 Chick의 목소리로 해석되어도 무방하며—아니 그렇게 해석되기로 의도되며—이를 통해 Chick의 공감적 상상력과 이를 서정적이고 감성적인 묘사로 표현할 줄 아는 서술능력이 부각된다. 이는 Chick의 성장의 본질이 바로 이야기하기의 습득이라는 본 논문의 전제를 다시 한번 확인해주는 대목이다.

ⅴ) 여성의 능력을 인정하고 수용하는 Chick

마지막으로 살펴볼 Chick의 성장의 일면은 여성의 능력에 대한 새로운 눈뜸이다. 이는 특히 화자의 존재를, 성장한 Chick과 연관지어 해석할 때 더 두드러지면서, 플롯의 진행과 별 연관 없는 여성론이 왜 계속 이야기 중간에 끼어드는가를 설명해 준다. Miss Habersham을 의도적으로 무시하고 외면하던 Chick이 그녀가 지닌 인지능력, 결단력에 대해 새롭게 눈뜨는 장면을 간단하게나마

---

114) Brooks, *William Faulkner: The Yoknapatawpha Country*. 288면.
115) 이런 기법은 『정복되지 않는 사람들』에서 구사된 이중적 관점 기법과 거의 유사하다. 『도둑들』에 가면 아예 60대의 Lucius Priest가 자기의 손자에게 자신의 10대 때의 경험을 들려주는 구도로 나타난다.

190

살펴본 바 있다. 이뿐만 아니라, 무덤에 다녀오고 난 뒤에도 억울하게 갇혀 있는 Lucas가 풀려나기까지 자신이 할 수 있는 바를 다하기 위해서 애쓰는 Miss Habersham과, 또 이를 성원하고 동참하기 위해서 그녀와 함께 기꺼이 감옥 문 앞을 지키는 어머니 Maggie의 모습을 통해서 Chick은 여성 특유의 강인함과 책임감을 배우게 된다.

이런 맥락에서 Minrose Gwin이 『어둠 속의 침입자』를 자신의 여성적 요소를 받아들이게 되는 한 남성 정체성의 발달에 관한 이야기로서 읽으면서, 이 과정이 고통스러운 이유는 신남부조차도 남성적인 것을 지배라는 측면에서 여성성은 이것의 결여라는 측면에서 정의내리기 때문이라고 해석하는 것은 설득력이 있다. 계속해서 Gwin은 남성적 도덕률은 '권리와 규칙'의 윤리인 반면 여성적 도덕률은 '책임의 윤리'라는 Carol Gilligan의 연구결과를 원용해서 『어둠 속의 침입자』를 Chick이 후자를 배워가는 이야기라고 해석한다.116) 물론 이와 같은 Gilligan의 구분이 어떤 근거를 갖고 있는가에 대해서는 다양한 평가가 가능하겠지만, 작가가 여성과 어린 아이의 공통점을 강조하면서 이를 사실을 신봉하는 남성들의 태도와 대비시키는 다음의 대목을 보면 Gwin의 해석이 포크너의 의중을 상당 부분 짚어내고 있음이 분명하다.

젊은이들과 여자들, 그들은 머리가 번잡하지 않아. 그들은 들을 수 있어. 하지만 네 아버지나 삼촌 같은 중년 남자들은 들을 줄 몰라. 그들은 시간이 없어. 그들은 사실들로 인해서 너무 바빠. 정말로, 이 말을 네 마음속에 새겨 둬. 언젠가 이 말이 필요할 때가 있을 거야. 만약 네가 일상적인 궤도를 벗어나서 무언가를 할

---

116) Minrose Gwin, *The Feminine and Faulkner: Reading (Beyond) Sexual Difference.* (Knoxville: U of Tennessee P, 1990), 93-4면.

필요가 있을 때, 남자들에게 시간 낭비하지 마. 여자와 아이들이
그 일을 하도록 시켜.

Young folks and womens, they aint cluttered. They can listen.
But a middle-year man like your paw and your uncle, they cant
listen. They aint got time. They're too busy with facts. In fact,
you mought bear this in yo mind; someday you mought need it.
If you ever needs to get anything done outside the common run,
dont waste yo time on the menfolks; get the womens and
children to working at it. (70)

위 대목은 Old Epraim이 Chick에게 주는 충고이다. 성인 남
성들은 사실에 너무 연연해하고 집착하는 나머지 사실로 인정
되는 것을 넘어서는 현상이나 상황에 대해서 들을 시간적 여유
가 없는 반면, 여성들과 어린아이들은 일상의 궤적을 넘어서는
사건이나 상황들을 받아들일 수 있는 여유와 가능성을 지닌 존
재라는 Epraim의 주장은 양성 간의 물리적인 차이를 넘어선 보
다 근본적이고 본질적인 차이를 가리키고 있다. 이는 백인 남성
으로 대변되는 가부장제 문화가 근거한 사실 중심의 인식체계
의 한계에 대한 지적이고, 나아가서 모든 것을 옳고 그름의 두
가지 잣대로 나누어서 파악해온 서구의 이분법적 인식 경향에
대한 비판에 닿아있다. 규칙이나 상식이라는 틀을 넘어서는 현
상이나 상황에 대해서 열린 마음으로 들어줄 줄 아는 능력을
작가가 여성과 어린이에게 연결시키는 것을 볼 때, 어린 Chick
의 성장을 자신 속에 있는 여성적 정체성을 수용해 가는 것으
로 이해하는 이러한 해석은 분명 타당성이 있다.
　아울러 여성의 강인함과 상황대처능력에 대해 Chick과 Gavin
은 다음과 같은 유사한 지적을 한다. 5장 초반부에서 Chick은

192

자신이 발견한 어마어마한 사실을 듣고 조금도 흔들리지 않고 냉정하고 침착하게 상황에 대처해가는 Maggie의 모습에서 여성 전반이 지닌 특성을 다음과 같이 설명한다.

여성들이 지닌 유동성으로 인해 그들을 진짜로 이긴다는 것이 얼마나 불가능한 일인가를 그는 다시 한번 생각했다. 그녀들의 유동성이란 단지 움직일 수 있는 능력뿐 아니라 바람이나 공기가 지닌 무형의 신속함으로 위치뿐 아니라 원칙까지도 없애 버리는 의지였다. 남자들은 자신들의 군대를 모을 필요가 없다. 이미 이를 가지고 있기 때문이다. 더 우수한 포대와 중량감과 정의와 선례들과 용례들과 다른 모든 것을 가지고 공격을 하고 전장을 소탕하고 그들 앞의 모든 것을 쓸어버린 순간, 아니 그렇게 했다고 생각한 순간 그들은 적들이 후퇴한 게 아니라 이미 전쟁터를 단념해 버렸으며 전쟁터를 단념했을 뿐 아니라 그 과정에서 그들이 지른 함성마저 빼앗아가 버렸다는 것을 발견하게 된다. 남자들은 자기들이 성을 점령했다고 믿었는데, 알고 보니 지킬 수 없는 위치에 들어선 것이며 아무런 의심도 없는 무방비 상태의 후면에서 하나도 손상되지 않고 심지어 눈에 띄지도 않는 전투가 벌어진 것을 알게 된다. 그녀는 말했다. '하지만 그는 자야 돼! 갠 잠자리에 들지도 않았단 말이야!'

and he thought again how you could never really beat them because of their fluidity which was not just a capacity for mobility but a willingness to abandon with the substanceless promptitude of wind or air itself not only position but principle too; you didn't have to marshal your forces because you already had them: superior artillery, weight, right justice and precedent and usage and everything else and made your attack and cleared the field, swept all before you—or so you thought until you discovered that the enemy had not retreated at all but had already abandoned the field and had not merely abandoned the field but had usurped your very battlecry in the process; you believed you had captured a citadel and instead found you had merely entered an untenable position and then found the unimpaired and even unmarked battle set up again in your unprotected and unsuspecting rear-she said:

'But he's got to sleep! He hasn't even been to bed!' (102-103)
여기서 Chick이 여성의 특성으로 내세우는 유동성은 그야말로 물이나 공기처럼 자유자재로 자신이 처한 상황과 위치에 대처해 나갈 수 있는 여성 특유의 유연한 대처능력을 지칭한다. 다만 바람이나 공기처럼 자신의 위치뿐만 아니라 원칙까지도 기꺼이 저버릴 수 있는 능력을 지닌 존재라는 말은 듣기에 따라서는 여성을 무원칙적이고 쉽게 변절하는 존재로 폄하하는 소리로 들릴 소지도 있으며, 실제로 바로 뒤에 Gavin은 이런 여성적 능력을 부정적 뉘앙스로 표현하고 있기도 하다. 그렇다면 여기서 여성들이 기꺼이 저버리기도 하는 원칙이란 무엇을 가리키는가? 이를 Gilligan이 말하는 남성적 규칙으로 이해할 수도 있다. 그렇게 본다면 아무래도 남성들이 원칙, 상식, 규율 등에 집착하는데 반해서 여성들은 일상을 벗어난 상황이나 현상에 대해서 들을 수 있는 능력을 지닌 존재라는 Old Epraim의 대조가 Chick에 의해서 반복된다고 볼 수 있다. 그러나 원칙이라는 것이 반드시 남성적 특징이라고 볼 근거는 딱히 없으며, 그것을 거부하는 것이 여성적 특성이라는 것도 따지고 보면 별 근거가 없는 말일 수 있다.

본문으로 돌아가서 지금 어떤 상황에서 Chick이 이런 생각을 하는가를 따져볼 필요가 있다. 현재의 상황은 부모에게 알리지도 않고 집을 나간 Chick이 밤새 남의 무덤을 파헤치는 작업 끝에 Lucas의 결백 가능성을 발견하고는 집에 돌아와서 이를 삼촌과 어머니에게 전해 준 직후이다. 이제는 이 이야기를 보안관에게 전해 주고 그로 하여금 Chick 일행이 발견한 사실을 공식적으로 확인하고, 가능하면 빠른 시일 안에 Lucas를 석방하는 일만 남은 것이다. 이 상황에서 Maggie는 밤새 한 숨도 못 잔 Chick이 Gavin 및 Miss Habersham과 함께 바로—새벽 3시에—보안관을 찾아가는 것을 반대하고 있으며, 이런 Maggie를 지켜보면서 Chick에게 든 생각이 바로 위에 인용된 여성의 유동성이다. Chick으로서는 자신이 발견한 엄청난 사실을 삼촌에게 알리고 나서 이제 막 Lucas를 풀어주기 위한 실질적인 과정이 진행될 찰나에 잠자리에 들고 싶지 않은 것은 불문가지이다. 위 대목에서는 Gavin을 따라 지금 즉시 보안관을 찾아가고 싶은 Chick의 의지와, 이를 가로막고 먼저 Chick이 눈을 좀 붙여야 한다는 Maggie의 의지가 팽팽하게 대립하고 있다. 여성과의 전투를 벌이는 내용이 비유적으로 그려진 것이 바로 이런 이유에서이다. 이 전투 비유에서 중요한 점은 여성들이 전술적 능력에 있어서 월등하다는 점과, 그렇기에 남성은 아무리 많은 전투 자원과 물량을 갖추고 있더라도 절대로 여성들을 이길 수 없다는 점이다. 이의 가장 큰 이유는 여성들이 지닌 유동성(혹은 유연성) 때문이라는 것이다. 그렇다면 남은 것은 무엇인가? 그녀들의 현명한 요구에 따르는 것뿐이다. 여기서 전투 비유를 들다보니 불가피하게 여성을 적이라고 표현하고 있지만, 전체적인 뉘앙스는 자기가 도저히 이길 수 없는 적에 대한 존경의 태도가 더 강하게 드러난다.

하지만 Gavin의 경우는 이와는 좀 다르다. 이어지는 장면에서 Gavin은 여성의 특성을 다음과 같이 설명한다.

만약 이를 직면해야 하지만 않는다면, 그들은[여자들은] 어떤 것도 참아낼 수 있으며 어떤 사실도 받아들일 수 있다는 점을 기억해라. (사실들에 대해서 짖어대는 것은 남자들이다.) 그들은 정치

가들이 뇌물을 받듯이 고개를 돌린 채 한 쪽 손을 뒤로 뻗어서
이를 받아들일 수 있는 사람들이야.
Just remember that they can stand anything, accept any fact
(it's only men who burk at facts) provided they dont have to
face it; can assimilate it with their heads turned away and
one hand extended behind them as the politician accepts the
bribe. (103-104)

전체적으로 사실을 받아들이는 여성적 능력에 대해서는 Chick
과 비슷한 평가를 내리면서도, Gavin의 경우에는 이를 한층 더 부
정적인 뉘앙스로 표현하고 있다. 사실에 직면할 필요가 없을 경우
에 한해서 어떤 것도 참을 수 있고 받아들일 수 있다는 말 자체가
여성에게 현실을 직시하는 능력이 결여되어 있다는 암시를 풍기
며, 이는 여성들이 현실직시에 따라 오는 책임을 감당하지 않으려
한다는 암시로 발전될 수 있다. 더군다나 이런 모습을 정치인들이
뇌물을 받아 챙기는 모습에 비유함으로써 Gavin이 의도하는 부정
적 여성상은 한층 더 강화된다. 사실 Gavin이 평소에는 남부의 리
버럴을 대표할 만한 사려 깊고 포용력 있는 인물이지만, 여성과
남성이 대립되는 주제에서는 그답지 않은 냉소적 태도를 보이기
도 한다.117)Chick의 성장의 중요한 일면이 Gavin의 사상과 시각

---

117) 이의 대표적 예가 바로 9장의 중반부에 묘사되는 Maggie와의 언쟁
　　이다. 읍내에서의 일이 대충 정리되고 서둘러 제퍼슨을 빠져나가는
　　군중들의 차량행렬 속에 끼어드는 문제를 놓고 벌어진 사소한 언쟁
　　이다. 자기 자신에 대한 부끄러움으로부터 도망치기 위해서 앞을 다
　　투어서 제퍼슨 읍내를 빠져나가는 차들의 대열에 진입하지 못하고
　　하염없이 기다리고만 있는 Gavin에게 Maggie가 빨리 끼어들라고
　　재촉하자, 화가 난 Gavin은 "좋아, 내가 어떻게 끼어들 수 있지? 그
　　냥 두 눈 감고 가속기를 밟아버리란 말이야?"(All right, how do I
　　do it, just shut both eyes and mash the accelerator? 184)라고 비난
　　하고, 이에 대해 Maggie는 "쌍방이 다 여자인 운전자들이 충돌 사
　　고를 일으킨 걸 본 게 몇 번쯤 돼?"(How many collisions did you

으로부터 독립된 자기만의 의식과 시각을 갖추는 것임을 감안할 때, 여성의 능력에 대한 눈뜸은 그 자체로 Chick의 성장의 한 중요한 지표라고 할 수 있다.

---

ever see with women driving both of them?)라고 반박한다. 이에 대해 Gavin은 다시 "좋아, 내가 졌다! 아마 그 둘 중 한 여자의 차가 어제 남자 운전자가 들이 받았던 그 가게에 여전히 있어서 그럴지도 모르지."(All right, touché, maybe it's because one of them's car is still in the shop where a man ran into it yesterday: 184)라고 냉소적으로 응수한다. 짧은 기록이지만 이를 통해 여성은 제대로 운전할 줄도 모르는 자라는 Gavin의 고정관념이 언뜻 내비친다. 이는 남부의 백인 남성으로서 Gavin 자신에게 알게 모르게 각인되어 있는 여성에 대한 무시나 폄하가 기회가 되면 분출된다는 의미이다.

Ⅳ. 『도둑들』: 신사로 성장하기

1. 『도둑들』과 인종주의

『도둑들』은 60대 후반에 들어선 Lucius Priest가 56년 전인 1905년의 오월의 어느 한 주에 경험한 성인 세계로의 입문을 손자에게 들려주는 이야기이다. 당시 11살이던 Lucius는 외할아버지의 장례식에 참석하기 위해서 어른들이 모두 집을 비운 상황에서 집안의 허드레꾼이자 운전사인 Boon과 의기투합해서 할아버지의 자동차를 '훔쳐서' 멤피스로의 여행을 떠난다. 한 시골 소년의 호기심충족을 위한 간단한 일탈 정도로 시작된 이들의 여행은, 불청객으로 끼어든 Ned McCaslin에 의해 걷잡을 수 없을 정도로 꼬이게 된다. 사건의 발단은 숙소-Boon의 애인이 일하고 있는 멤피스의 사창가-앞에 세워둔 할아버지의 자동차를 Ned가 웬 경주마와 바꿔치면서부터이다. 어이없어하는 Boon과 Lucius에게 Ned는 이 말을 이용해서 Boss-Lucius의 집에서는 할아버지를 이렇게 부른다-의 자동차를 도로 찾아오겠다는 계획을 들려준다. 결국 여러 우여곡절 끝에 사설 경마시합이 벌어지고, Lucius는 Ned의 지도 하에 기수로서 시합에 참가해서 승리를 거둔다. 예기치 않게 시합장에 나타난 할아버지 일행을 따라서 집으로 돌아옴으로써 Lucius는 짧지만 길었던 10대의 일탈을 마감하게 된다.

이 여행은 부모대신 동생들을 돌봐야하는 책임의 방기와 남의 자동차를 허락 없이 사용한 '부덕'(Non-Virtue)으로 시작된 해프닝이지만, 이를 통해 Lucius는 성의 매매가 일상적으로 이루어지고, 부당한 권력에 의한 폭력이 난무하며, 피부색에 의해 특권과 차별이 주어지는 현실세계에 눈뜨게 된다. 이 과정에서 Lucius는 현실의 불의와 맞서는 가운데 자신의 책임을 감당할 줄 알고, 또 타인에게 숨겨진 능력과 가치를 볼 줄 아는 진정한 신사의 도를 배우게 된다. 포크너의 표현을 그대로 옮기자면, 『도둑들』은 "소년이 성장해서 남자가 되"(the boy grows up, becomes a man)는 이야기이다.118)

　『도둑들』은 표면적으로 신사의 덕목이라는 보편적인 가치의 습득에 주안점을 두는 듯하지만, 정작 이런 가치들이 대단히 당파적이고 반동적인 인종주의에 근거해 있음을 폭로하고 있다. 이 점을 놓치면 신사가 되기 위해서 Lucius가 배워야 할 덕목은 무엇이고 이를 가장 잘 구현하고 있는 예로서 누구누구를 들 수 있다는 식의 피상적인 논의에 그칠 수밖에 없게 된다. 이런 비평의 전형적인 예로 Kevin Railey의 '타고난 귀족'(natural aristocracy)119)론을 들 수 있다. 그러나 진정한 신사가 되기 위해서는 어떤 식으로든지 인종주의를 정직하게 대면해야함을 작품이 강조하는 것을

---

118) 이는 1940년 5월 초에 Random House 출판사의 편집장 Robert K. Haas에게 보낸 편지에 나오는 대목으로서, 이 편지에서 포크너는 『도둑들』의 구상을 개략적으로 밝히면서 이를 소설로 출판하는 대가로 1000불의 선불을 요구한다. Joseph Blotner, ed, *Selected Letters of William Faulkner,* (New York: Random House, 1978) 123-24면. 본 논문에서는 James Carothers의 *"The Road to The Reivers"*(98)에서 재인용함.

119) Railey는 포크너의 삶과 예술을 하나로 묶는 이상으로서 '타고난 귀족'의 개념을 제기한다. 포크너의 세계에서 가장 중요한 이데올로기는 가부장적 온정주의(paternalism)와 자유주의(liberalism)였으며, 포크너는 양자를 결합하는 '타고난 귀족'을 실제 삶과 그의 예술 세계의 대안으로 꿈꾸었다는 것이다. Kevin Railey, *Natural Aristocracy: History, Ideology, and the Production of William Faulkner* (Tuscaloosa and London: U of Alabama P, 1999) 참조.

볼 때, Railey가 신사의 예로 드는 Boss Priest나 Colonel Lindscomb 등은 애초에 신사의 자격을 결한 인물들임이 분명하다. 이는 그들이 인종주의에 근거한 신사의 개념을 무비판적으로 수용한 인물들이기 때문이다. 이처럼 『도둑들』은 처음부터 끝까지 흑백의 인종문제를 바탕에 깔고서야 제대로 이해할 수 있는 작품이다.

『도둑들』을 이끌어가는 중심모티프인 여행부터가 백인신사 계급의 인종적 편견과 협량함에서 비롯된 것이다. 물론 멤피스로의 여행이 애인과 사랑을 나누고 싶어 하는 Boon과 미지의 세상을 경험하고 싶은 Lucius의 공모에 의해서 시작된 것은 사실이지만, 정작 Lucius 일행이 쉴 새 없이 제퍼슨에서 멤피스로, 멤피스에서 다시 Parsham으로 옮겨 다니는 주된 이유는 Ned가 Boss의 자동차를 경주용 말과 바꿔 버렸기 때문이다. 얼핏 보면 이는 너무나 터무니없는 상황설정이다. 도대체 일개 흑인 말구종이 어떻게 자신의 주인의 자동차를 말 한 마리와 바꿀 수가 있는가? 그것도 제퍼슨 시내에 자동차라곤 딱 두 대밖에 없던 1905년에 말이다. 간단히 설명하자면 Ned는 백인에게 진 노름빚으로 고초를 겪고 있는 흑인 친척을 도와주기 위해 일을 벌인 것이다. 사정인즉슨 다음과 같다. Lucius 일행이 멤피스에 도착한 직후 일요일 낮의 허름한 술집에서 자신의 친척이자 예전 동료였던 Bobo McCaslin을 만난 Ned는, 128불이라는 적지 않은 도박 빚 때문에 다음날이면 자기가 한때 돌본 적이 있는 말을 훔쳐야하는 딱한 사정을 듣게 된다. 그런데 정작 Bobo의 고민은 말을 훔치는 데에 따르는 양심의 가책이나 무슨 수로 말을 훔칠 것인가가 아니라, Coppermine 이라는 이름의 그 말이 경주마이면서도 달리는 것을 싫어하는 것으로 소문난 말이라는 데에 있다. 어차피 말이 팔리기까지는 빚은 남아있는 것이므로 말을 훔쳐온다고 해서 문제가 해결되는 게 아니라는 데에 Bobo의 고민이 있는 것이다. 이를 안 Ned는 Bobo와 함께 Coppermine을 보러간다. Coppermine의 모습에서 예전에 자신이 훈련시켜 온갖 경주를 휩쓸었던 노새의 기억을 떠올린 Ned는 자신이 그 말을 달리게 만들 수 있음을 확신한다. Coppermine의 문제는 질주능력에 있는 것이 아니라 전력질주를 하기 싫어한다는 점에 있는데, 이 점에서 Coppermine은 노새를 닮았다는 점을 간파한 것이다. 그렇다면 노새를 훈련시켰던 비법으로 Coppermine 또한 훈련시킬 수 있다는 판단을 내린 것이다. 이에 Ned는 Bobo와 함께 백인 채권자를 찾아가서 여러모로 골치 아픈 Coppermine 대신 Boss의 자동차로 Bobo의 빚을 갚겠다고 제안한다. 이와 더불어 자기에게 Coppermine이 필요한 이유는 바로 며칠 후에 있을 경마시합 때문인데, 당신도 원한다면 거기 와서 돈을 따라고 꼬드긴다. Ned의 복안은 그가 경마장에 나타나면 자기와 내기를 하도록 꼬드겨서 자동차를 되찾겠다는 것이다. 내용인 즉슨 그에게 1회전은 Coppermine이 소문대로 지는 모습을 그냥 지켜보다가 2회전은 반드시 Coppermine이 이길 터이므로 그에게 돈을 걸라는 정보를 주는 한편, 덤으로 자동차와 Coppermine을 걸고 자신과 내기를 해서 Coppermine이 이기면 Ned가 자동차를 도로 가져가는 대신 만에 하나 Coppermine이 지면 채권자가 Coppermine을 도로 가져가는 것으로 설득할 심산이었다. 어차피 당시로서는 보기 드문 귀중품인 자동차를 처분할 마땅한 사람도 장소도 없던 채권자로서는 Coppermine이 이기면 자동차는 잃어버리지만 Bobo가 진 빚의 몇 배나 되는 돈을 손쉽게 벌게 되는 것이고, 만에 하나 Ned의 장담과 달리 Coppermine이 2회전에 져서 판돈을 잃어버리더라도 자신에게는 자동차와 Coppermine이 남게

됨으로 손해 볼 게 없는 제안인 셈이다. 결국 Ned 일행이 절도죄로 구치소에 갇히기도 하는 우여곡절 끝에 Coppermine의 주인인 Mr Van Tosch와 상대편 경주마의 주인인 Colonel Lindscomb, 및 Boss Priest의 개입으로 상황이 수습되긴 하지만 여하튼, 애초에 Ned가 Boss의 자동차를 Coppermine과 바꾸었던 것은 나름대로는 치밀한 계획과 저울질 끝에 이루어진 행동이었던 것이다.

모든 상황이 종료된 후 Colonel Lindscomb의 저택에서 사건의 자초지종에 대한 설명을 Ned로부터 듣고 있던 Boss는 "왜 진작 보보가 나에게 도움을 청하지 않았나?"(Then why didn't he come to me?)라고 질책하고, 이에 대해 Ned는 "뭘 하셨을 것 같아요?"(What would you a done? 288)라고 반문한다. Boss가 "내게 이유를 말할 수도 있었어."(He could have told me why), "나도 맥캐즐린 가문 사람일세."(I'm a McCaslin too. 289)라고 주장하자, Ned는 "또한 백인이지요."(You're a white man too, 289)라고 반박한다. Ned의 반박에는, 한 집안이라는 이유로 호의를 베푸는 척 할지라도 근본적으로 백인은 흑인을 이해할 수 없다는 의미가 담겨있다. Ned의 인종적 당파성은 Railey 식의 신사 이데올로기가 지닌 허구성을 여실히 드러내면서, 백인 주류 사회로의 진입을 준비하고 있는 Lucius가 성취해야 할 진정한 신사도의 습득이 결코 만만치 않은 과제임을 보여준다. Boss Priest나 Mr Van Tosch에게 Bobo의 곤경을 이해하고 도와주려는 의지와 능력이 있었다면 『도둑들』에 그려진 사건은 애초에 벌어질 필요도 없었던 해프닝이라는 점에서, 이들 백인 주류 계급에 대한 포크너의 평가는 상당히 박한 것임이 틀림없다.

2. 인종주의와 신사의 코드

ⅰ) Powell의 총

Boon과 흑인마부 Ludus 간에 벌어진 싸움을 묘사하는 『도둑들』의 첫 대목은 이 작품이 흑백의 인종적 정체성과 관련되어 있으며, 또한 이 문제가 신사의 코드[120]라는 주제와 뗄 레야 뗄 수 없는 관계임을 잘 보여준다. Boon이 '백인'인 자신을 모욕한 검둥이를 죽이려고 소란을 피우는 첫 장면은 그 자체로는 비극적인 설정이지만, 화자의 희극적 어조는 이를 지나치게 심각하게 해석할 가능성을 차단한다. Boon이 총을 못 쏜다는 것은 이미 널리 알려진 사실인 마당에, 누군가를 총으로 쏘아죽이겠다고 길길이 날뛰는 Boon의 모습은 비극적이기보다는 오히려 희극적인 모습에 가

---

120) Kevin Railey가 주장하는 타고난 귀족이라는 개념은 신사라는 좀더 일반적인 용어로 바꿀 수 있다. 이는 가부장적 온정주의라는 남부의 전통적 이데올로기에서 연유하는 개념이다. Railey에 따르면 가부장적 온정주의는 위계적이고 엘리트적인 사회 질서를 신봉하며, 확대된 가부장제 가계를 자신들의 준거로 삼는다. 특정 사람들은 본성상 다른 사람들보다 더 나은 사람들이며, 이들에겐 다른 사람을 다스리고 돌봐야하는 도덕적 의무가 주어진다는 것이 가부장적 온정주의의 핵심이다. Kevin Railey, "Paternalism and Liberalism", *Faulkner Journal* 7.1-2 (1991/1992) 117-8면 참조.

여기서 명예의 규범과 책임감이라는 의무를 부여받은 소수의 엘리트들이 바로 신사라고 불리는 계급이며, 따라서 현실상 여자와 어린이 및 유색 인종들은 신사가 될 수 있는 가능성이 애초에 차단되어 있다. 그러나 『도둑들』에서 포크너의 문제제기는 가부장적 온정주의라는 남부의 전통적 가치를 제대로 내면화시키지 못한 인물들에 대한 비판을 넘어서, 온정주의 자체가 근본적으로 안고 있는 모순에 초점을 맞추고 있다는 점에서, 온정주의를 대안으로 포크너를 분석하는 Railey의 방법론은 그 한계가 너무도 명백해 보인다.

깝다. 『도둑들』에 죽임이나 죽음의 위협이 없는 것은 아니나, 여기에 희극적 요소가 가미됨으로써 전체적으로는 희극의 분위기를 우선적으로 풍기는 것은 사실이다. 그런데 이 장면에서 정작 중요한 점은 Boon과 Ludus라는 개인 간의 불화에서 빚어진 해프닝이라는 표면적 구도 속에, 『도둑들』의 핵심 주제라 할 수 있는 두 가지 모티프인 신사의 코드와 인종주의가 긴밀하게 얽혀있다는 점이다.

사건은 Maury Priest—Lucius의 아버지—의 세마업소의 마부인 Ludus가 마을에서 6마일이나 떨어진 농장의 세입자의 딸에게 반하면서 시작된다. 어느 날 Ludus는 마구간 책임자인 Mr Ballot이 퇴근하기를 기다렸다가, 그가 퇴근하자마자 마구간으로 와서 부책임자이자 야간 책임자인 Boon에게 사장의 명령으로 마차를 몰고 나가야 한다고 말한다. 이유인즉슨 타이어가 헐거워진 마차를 연못으로 몰고 가서 밤새 물에 담가둠으로써 바퀴살을 불려서 타이어에 맞게 하라는 명령을 사장이 자신에게 내렸다는 것이다. 조금이라도 눈치가 있는 사람이라면 Maury가 이런 터무니없는 명령을 내렸을 리가 없다는 점을 간파했겠지만, 어린 아이 수준의 지능을 가진 Boon은 이를 곧이곧대로 듣고 마차를 내주면서 대신, 다음날 아침에 수리한 마차를 몰고 돌아오는 길에 Mack Winbush의 집에 들러서 Uncle Cal Bookwright가 만든 밀주를 한 병 사오라는 부탁과 함께 2달러를 Ludus에게 건넨다. 마구간의 책임마부(ostler)인 John Powell은 Ludus의 말이 거짓이며 그가 마차를 몰고 8마일이나 떨어진 농장으로 여자를 만나러 갈 것임을 대번에 알아차리고, 땀 한 방울이나 채찍자국 하나 없는 상태로 근무시간 전에 돌아올 경우에만 마차와 노새를 '빌리는 것'(12)을 눈감아 주겠다고 말한다.

Powell이 Ludus를 막지 못하는 것은 자신에게도 약점이 있기 때문인데, 그것은 바로 작업복 소매 속에 감추어 둔 권총이다. 원래 이 총은 Powell이 가외 노동을 통해서 푼푼이 번 돈으로 21살 되던 생일날 아버지로부터 산 것이다. 그에게 있어 총은 자신의 '남성성'(7)의 상징이기에, 총 없이 출근한다는 것은 남성성을 옷장이나 서랍에 넣어두고 출근할 수 없는 것과 마찬가지로 상상할 수 없는 일이다.121) 한편 세마업소와 관련된 권총은 사무실 책상의 오른쪽 맨 밑 서랍 속에 있는 사장의 권총 한 자루 뿐이어야 하며, 직원들은 회사에서 어느 누구도 총을 소지해서는 안 된다는 원칙이 지금까지 '상호간의 신사협정'(the mutual gentlemen's assumption, 6)으로 지켜져 왔다. 이런 딜레마를 해결하기 위해 Powell의 아내는 남편의 작업복 소매에 주머니를 만들어 '남의 눈에 띄지 않게'(9) 총을 소지하는 묘안을 낸다. 백인이자 사장인 Maury의 원칙이라는 가치와 흑인 직원인 Powell의 자존심이라는 상충되는 가치가 소매 속에 감춰둔 권총이라는 묘안에 의해 절묘하게 타협을 이루고 있는 상황이다. Lucius는 이를 두고 Maury와 Powell 양자가 신사의 코드에 따라서 이 문제를 해결한 것이라고 논평한다.122) Powell은 이러한 공공연한 비밀을 Ludus가 Maury에게 일러바치는 것을 두려워하는 것이다.

이런 막후의 상황 때문에 Ludus와 Powell은 서로의 비밀을 지

---

121) 이는 마치 『어둠 속의 침입자』의 Lucas가 읍내에 갈 때면 언제나 Old Carothers McCaslin으로부터 산 권총을 허리춤에 찬 차림새로 다니는 것을 연상시킨다. Lucas에게도 총은 자신의 남성성과 정체성의 상징으로 이해된다. 심지어 Lucas와 Powell이 소유한 총의 종류조차 콜트 41구경으로 동일하다. (6)

122) '그들 둘 다 그 사실을 알고 있었으며 신사의 방식대로 이를 다루었다.'(both of them knew it and handled it as mutual gentlemen must and should. 8)

켜주기로 약속한다. 그러나 약속대로 근무시간 훨씬 전에 돌아온 Ludus는 Mr Ballot으로부터 해고사실을 통보받는다. Ludus가 갖다 준 싸구려 위스키를 맛본 Boon이 Ludus의 말이 거짓임을 깨닫고 이를 Mr Ballot에게 보고한 것이다. 결국 Ludus는 해고된다. 하지만 그는 다음 주 월요일이면 아무 일없었다는 듯이 다른 마부들 틈에 섞여 출근할 것이고, 또 아무 일 없었다는 듯이 이를 묵과해 주리라는 것을 쌍방이 잘 알고 있는 상황에서 이런 결정이 가혹한 조처로 느껴지지는 않는다. 다만 Boon과 Ludus 두 사람은 이 일로 서로에게 감정이 상하게 된다. 얼마 후 Ludus가 Thomas라는 다른 흑인에게 자기를 '꺼벙한 새끼'(narrow-asted son of a bitch, 15)라고 욕한 것을 전해들은 Boon이 Ludus를 죽이겠다고 길길이 날뛰면서 Maury의 사무실에 찾아와서 권총을 빌려달라고 했다가 거절당한 후 사무실을 뛰쳐나가는 것이 『도둑들』의 첫 장면이다. 결국 Powell의 소매 속에 '공공연하게' 감춰둔 권총을 '빌려서' Ludus를 찾아간 Boon은 지척에 있는 Ludus를 향해서 다섯 발을 쏜다. 하지만 뭔가를 맞춘 것이라곤 지나가던 흑인 계집애의 엉덩이를 스친 후 Uncle Ike의 철물점 유리창을 박살낸 한 발뿐이다. Maury와 Lucius가 Boon을 찾았을 때 상황은 이미 종료된 후였고, 바닥에 누워 고래고래 소리 지르는 흑인 계집애와 부서진 창문 때문이 아니라 다섯 발이나 쏘고도 20피트밖에 안 떨어진 대상을 맞추지 못했다는 사실에 열을 받아서 으르렁거리는 Uncle Ike의 목소리만 들릴 뿐이다.

위에서 살펴본 『도둑들』의 첫 에피소드에는 작품 전체의 중요 주제와 모티프가 갈무리되어 있다. 우선 신사의 코드라는 주제가 전면에 부각되어 있다. Powell의 발언을 통해 이는 다시 인종의 문제와 연결된다.

“아무도 러더스 걱정은 하지 않는구만유.” 존은 말했다. “러더스는 거기서 가장 안전한 사람일 거구만유. 부운 호건벡이 전에 총 쏘는 걸 본 적이 있는 뎁쇼.”—그는 ‘씨’라는 칭호를 붙이지 않았으며, 이를 아버지가 알아차렸음을 그도 알았다. 이는 자기와 동등하다고 여기는 백인이 듣는 앞에서 그가 결코 범하지 않았을 실수인데, 그것은 존이 신사였기 때문이다. 하지만 아버지 또한 귀족의 자격을 갖춘 분이셨다. 용서할 수 없는 것은 바로 그 권총이었으며 아버지도 이를 알고 계셨다. “명령만 내리세요, 모리 씨.”

“Aint nobody studying Ludus”, John said. “Ludus the safest man there. I seen Boon Hogganbeck”-he didn’t say Mister and he knew Father heard him: something he would never have failed to do in the hearing of any white man he considered his equal, because John was a gentleman. But Father was competent for *noblesse* too: it was that pistol which was unforgivable, and Father knew it- “shoot before. Say the word, Mr Maury.” (10)

여기서 Powell은 백인인 Boon에게 ‘Mr’라는 호칭을 붙이지 않는 의도적인 실수를 범한다. 이런 행동은 평상시 상황이라면 절대 일어나지 않을 사건인데 그 이유는 Powell이 신사이기 때문이라는 Lucius의 해설을 통해 신사의 코드가 인종적 에티켓과 밀접하게 연결된다. 흑인은 백인을 언급할 때 반드시 Mr나 Mrs를 붙여야 하는 것이 신사의 행동규범에 들어 있다는 말이다. 일반적으로 신사라는 말은 그 유래 상 어느 정도의 땅과 재산을 소유한 유한계급(gentry 계급)의 성인 남자를 지칭하는 말로서, 이 말이 미국적 상황에서 사용될 때는 어느 정도의 재산과 예절을 갖춘 백인 중년 혹은 노년 남성을 지칭한다. 그런데 Lucius가 이를 일개 흑인 마부인 Powell에게까지 확장시켜 사용하고 있는 것을 볼 때, 그가 신사라는 말을 일반적인 의미보다 훨씬 넓은 범주로 사용하고 있음이 분명하다. Lucius는 신사라는 용어의 사회학적, 계급적 함의보다는 도덕적, 규범적 함의에 초점을 맞춘다. 그렇다면 이 '신사'라는 명칭에 아이러니가 개입되는가라는 질문을 던져볼 필요가 있다.

이 질문에 대해 Towner는 『도둑들』은 '백인성'(whiteness)의 이데올로기에 대한 철저한 비판을 가하는 작품이라고 주장한다. 그에 따르면 백인성은 신사의 코드에 대한 객관적 상관물이다.[123] 이러한 신사의 규범이 인종적 정체성과 인종관계를 '포섭'하면서 색맹의 도덕규범을 조장하는 모습을 작품이 비판적으로 그리고 있다는 것이다. 여기서 Maury와 Powell이 딜레마를 신사답게 해결하는 방법이란 것이 엄연히 존재하는 Powell의 총을 서로가 '모른 척하기'라는 점은 이 규범의 허약성을 보여준다고 Towner는 해석한다. 어쩌면 이 규범의 본질이 바로 인종적 차이를 모르는 척하기라고 할 수 있다. 그러나 Towner가 보기에 흑인인 Powell은 자신의 인종적 정체성을 늘 자각하고 있으며, 이런 의식이 백인의 이름을 그냥 부르는 식으로 나타난 것이다.[124]

이런 해석은 논리적 일관성과 설득력을 지님에도 불구하고 전체적으로는 너무 일방적이라는 느낌을 준다. 우선 Powell의 총만 하더라도 이것이 일방적으로 백인성의 이데올로기의 허약성을 드러내 주는 장치로만 읽히지는 않는다. 그런 식의 타협이 미봉책임은 분명하고, 지금처럼 예기치 않은 해프닝으로 인해 언제고 무너질 수 있는 허약한 처방일지언정, 이를 바라보는 Lucius(나 작가)의 시각이 비난이나 조롱의 시선은 아닌 듯싶다. 이는 Powell의 말에 대한 Maury의 반응과 관련한 묘사에서

---

123) Theresa M. Towner, "'How can a Black Man Ask?': Race and Self-Representation in Faulkner's Later Fiction", *Faulkner Journal* 10.2(1995) 4-5면 참조.
124) Towner, 6면.

잘 드러난다. Lucius는 Powell이 의도적으로 Boon에게 Mr라는 칭호를 붙이지 않은 것을 알고도 그냥 넘어가는 Maury의 태도를 신사로서의 소양의 표현이라고 해석한다. Boon으로 인해서 자신의 남성성의 상징인 총을 더 이상 소지하지 못하게 된 Powell이 느끼는 분노가 정당한 것임을 Maury가 인정한 것을 신사적인 행동으로 본 것이다. 피부색이 아니라 궁극적으로 상호간에 합의한 규범을 준수하느냐에 따라 신사인지의 여부가 가려진다고 Lucius가 보고 있다는 점에서, 신사라는 말에 부정적인 함의나 아이러니가 숨어있지는 않음이 분명하다. 다만 신사의 코드라는 이 문제가 어떤 식으로든 인종적 정체성이라는 문제와 관련되어 있음은 분명하며, 『도둑들』의 전체 내용은 인종적 차이를 무시하지 않으면서도 흑백을 아우를 수 있는 상위의 개념으로서의 신사의 정의 내지는 규범을 찾아가는 과정이라고 봄이 옳을 듯하다.

ii) Boon의 인종적 정체성

Boon은 왜 구태여 잘 쏘지도 못하는 총을 사용해서 Ludus를 응징하려 하는가? 우선 Boon이 실제로는 Ludus를 죽일 마음이 없었으며, 단지 백인인 자신을 모욕하는 흑인에게 자신의 우월성과 힘을 과시하기 위한 쇼를 벌인 것이라는 해석이 있을 수 있다. 그러나 문제는 『도둑들』에서 묘사되는 Boon의 캐릭터가 이런 해석에 잘 들어맞지 않는다는 점이다. 몸집은 크지만 '지능은 어린 아이 수준'(the mentality of a child, 19)밖에 되지 않는 Boon이 위와 같은 주도면밀한 계산을 했을 리가 없다는 점이다. 오히려 『도둑들』에서 Boon의 행동을 해석하는 원칙은 그냥 외부로 표출되는 행동을 액면 그대로 이해하는 것이다. Boon이 누군가에게

화가 나서 총을 쏘았다면 그것은 그를 죽이거나 해를 입히려고 한 행동으로 보아야 한다. Boon이야말로 『도둑들』을 통틀어 외관과 실재, 겉과 속이 가장 일치하는 인물이기 때문이다.

그렇다면 결국 Boon이 없는 총을 빌리면서까지 굳이 총으로 응징하려는 것은 다른 이유에서 찾아야 한다. 이때 유일하게 가능한 답은 바로 Boon의 인종적 정체성과 관련해서이다. Boon의 체구나 그가 지닌 힘으로 보아, 또 그가 『모세야 내려가라』에서 Old Ben을 칼로 찔러 죽인 것을 기억해 볼 때, Ludus를 죽이는 데에 총이 꼭 필요한 것은 아니며, 칼이나 심지어 맨손으로도 충분했을 것이다.[125) Boon이 굳이 총을 가지고 Ludus를 쏘겠다는 이유는 바로 백인으로서의 자신의 정체성 때문이다. 이와 관련해서 살펴 볼 흥미 있는 주장은 흑인과 백인이 각각 사용하는 무기와 자신의 정체성에 대한 Martha Banta의 해석이다. Banta는 『모세야 내려가라』의 한 장인 「불과 벽난로」에 관한 연구에서, 무기는 그 사용자의 신분을 드러내 주며 일반적으로 총은 '백인 토박이'(white native), 칼은 '백인 따라지'(white trash), 면도칼은 '흑인'(negro)의 무기라는 등식이 성립한다고 주장한다.[126) 이에 따르면 기를 쓰고 총을

---

125) 이는 나중에 Stevens 판사(Gavin의 아버지) 앞에서 Maury의 제안으로 둘 다 싸우지 않겠으며 이를 어길 시에는 일백 달러의 벌금을 내겠다는 증서를 쓰고 Maury가 보증금을 내는 것으로 사건이 일단락된 후, 돌아가는 길에 Boon이 자신의 전 재산인 40달러를 지금 당장 지불하는 대신 자신과 Ludus와 Thomas를 빈 축사에 가둬놓고 10분간만 문을 잠가줄 수 있느냐고 묻는 것에서 입증된다. (17)

126) Martha Banta, "Razor, Pistol & Ideology of Race Etiquette", *Faulkner and Ideology: Faulkner and Yoknapatawpha*. Eds. Donald M. Kartiganer and Ann J. Abadie. (U of Mississippi P, Jackson, 1995) 173면. Lucas와 Zack의 대결에서 Lucas는 흑인의 무기인 면도칼을 던져 버리고 맨손으로 Zack을 상대하는데, 이는 무기에 배어있는 인종적 코드를 Lucas가 거부한 것이라고 Banta

얻으려는 Boon의 심정이 충분히 설명된다. Boon에게 문제되는 것은 흑인인 Ludus가 백인인 자신을 바보라고 불렀다는 데서 오는 상처받은 자존심이었기 때문에, 이를 해결하는 유일한 방법은 백인의 무기인 총을 사용해서 흑인인 Ludus를 응징하는 것밖에 없다.

그렇다면 Boon은 『모세야 내려가라』에서는 왜 칼을 사용해서 Old Ben을 죽였는가? 이는 『모세야 내려가라』의 세계─1880년대의 미시시피─가 『도둑들』의 세계─1905년의 미시시피─보다 상대적으로 인종주의의 폐해가 덜한 사회였기 때문일 수 있다. 바꿔 말하면 『도둑들』의 세계는 백인과 인디언의 혼혈인 Boon으로 하여금 본능적으로 자신을 백인과 동일시하게 만들 정도로 인종주의가 심화된 사회라는 증거이다. 자신을 백인으로 동일시하려는 Boon의 의식적인 노력이 가장 잘 드러난 예가 바로 Stevens 판사 앞에서 증언하는 장면이다.

"물론 그건 더 나쁘지요", 부운은 말했다, 소리쳤다. "모르시겠어요? 나로서는 선택의 여지가 없었단 말입니다. 백인인 내가 여기서, 노새하고 나뒹구는 빌어먹을 검둥이 놈이 내 흉을 보거나 다섯 명이나 되는 증인 앞에서 내가 멍청이라고 지껄이도록 놔둬야 하는 겁니까?"

"Of course it's worse", Boon said, cried. "Cant you see? And I aint even got any choice. Me, a white man, have got to stand here and let a damn mule-wrestling nigger either criticise my private tail, or state before five public witnesses that I aint got any sense." (16)

는 해석한다. 203면 참조.

위 대목에는 Boon의 습관적인 어투가 나오는데 그것은 '백인인 내게'라는 표현이다. 자신이 백인임을 사사건건 강조하는 Boon의 말버릇은 그의 강한 인종적 정체성을 드러내는 행동으로서 자신이 남에게 무시를 당한다거나 부당한 대우를 받는다고 생각할 때면 어김없이 등장하는 화법이다. 그러나 이렇듯 평소에는 자신을 백인으로 규정하지만, 술에 취하면 자신의 인디언 혈통을 자랑하기도 한다.

때때로 그가 마신 술의 양에 따라, 부운은 자기가 최소한 일백분의 구십구는 치카소 인디언이자 사실상 이세티베하의 직계 왕손이라고 선언하곤 했다. 그러다가도 다음번에 누가 자기 피 속에 인디언의 피 한 방울이라도 섞여있다는 암시만 해도, 그에게 싸움을 걸곤 했다.

at times, depending on the depth of his cups, Boon would declare himself to be at least ninety-nine one-hundredths Chickasaw and in fact a lineal royal descendant of old Issetibbeha himself; the next time he would offer to fight any man who dared even intimate that he had one drop of Indian blood in his veins. (19)

평소에는 우스꽝스러울 정도로 자신의 백인성을 강조하지만, 때때로 술에 취하면 자신이 인디언 추장의 후손이라는 엄청난 자부심을 내보인다는 말은 Boon이 자신의 진정한 인종적 정체성을 의식적으로 억누르고 살아감을 보여준다. Boon처럼 계산할 줄 모르고 이것저것 따지거나 숨길 줄 모르는 위인마저도 본능적으로 자신이 백인임을 내세우는 것이 절대적으로 필요하다고 느낀다는 것은 이 인종적 질서라는 것이 얼마나 억압적이면서 폭력적인가를 간접적으로 입증해 준다.

이런 측면에서는 이 사회의 중심적인 이데올로기인 신사의 코드라는 것이 백인우월주의에 다름 아님을 폭로하는 것이 『도둑들』의 핵심적 메시지라는 Towner의 해석이 일견 타당한 것도 사실이다. 또 이 신사의 코드라는 것이 인종적 차이라는 실재를 외면하고 모르는 척함으로써 유지되는 허약한 체제이고, 예기치 않은 Boon의 난동에 의해 언제고 무너질 수 있는 소지를 내포한 것도 사실이다. 그럼에도 불구하고 포크너가 『도둑들』을 통해서 우선적으로 보여주려는 것은 Lucius 일행의 여행을 통해서 이런 현상적인 신사 이데올로기가 결하고 있는 진정한 신사의 코드란 것이 무엇인가를 찾아가는 과정이지, 이 이데올로기 자체의 허구성을 폭로하고 지적하는 것이 주된 목적은 아니라는 것이 본 논문이 Towner와 의견을 달리하는 부분이다.

3. 화자의 어조와 이중적 관점

ⅰ) 화자의 희극적 어조의 역할

『도둑들』의 주된 메시지를 신사 이데올로기의 허구성에 대한 비판이나 폭로로 볼 수는 없다는 주장에 대한 근거로 살펴볼 점이 바로 화자의 어조이다. 백인인 Boon이 흑인인 Ludus에게 총을 쏘는 것은 분명 비극적 상황설정인데 이것이 Boon의 형편없는 총 실력으로 인해서 희극적 설정으로 바뀌게 되는 점 이외에도, 이 대목에 드러나는 Uncle Ike의 존재로 인해 상황의 해학성은 한층 강화된다. 자기 가게의 유리창을 깨뜨렸다는 것 때문이아니라, 지적에 있는 목표물도 못 맞췄다는 점 때문에 Ike가 고래고래 소리를 지르며 화를 냈다는 묘사에서 『도둑들』을 읽는 방식에 대한 하나의 지침을 얻을 수 있다. Ike에 대한 이런 묘사를 어떻게 이해해야 하는가? 이 Ike가 『모세야 내려가라』에 그려진 그 Ike가 맞는가? 1867년생인 Ike는 1905년 현재 36세이다. 그렇다면 불과 15년 전에 자신의 조상이 범한 근친상간 및 흑백잡혼의 죄의 열매라는 역사적, 도덕적 이유와, 땅은 아무에게도 소유될 수 없다는 기독교적 신념에서 맥캐즐린 농장의 상속을 거부하고 예수의 본을 따라 살기로 결단했던 사람이, 이제 와서 Boon더러 옆에 있는 사람도 못 맞췄다고 화를 내는 상황을 어떻게 이해할 것인가? Edwin Moses는 이 부분의 기록을 액면 그대로 받아들여서, 여기서 Ike는 헤밍웨이 식 코드 히어로의 패러디로서『도둑들』은 Ike에 대한, 그리고 그가 보여준 강렬하게 자기중심적인 의사영웅적 행위에 대한 포크너의 최종적 견해를 보여준다고 해석한다.127)

그러나 아무리 봐도 이 부분에 나와 있는 묘사를 액면 그대로 믿기는 힘든 것 같다. 우선 Ike가 내세운 기독교적 이상과 흑백의 형제애 등에 대한 신념을 그가 이후에 포기했다는 증거가 없고, 그 신념의 일환으로 선택한 목수의 길을 아직도 걸어가고 있다는 점에서 Ike가 변했다고 보기는 힘들다.128) 그렇다면 이런 묘사를 어떻게 해석해야 하는가? 이에 대해 가능한 대답은 Ike의 반응에 대한 묘사가 그 자체로 객관적인 묘사가 아니라 Lucius의 시각에 의해 걸러진 묘사라는 해석이다. 즉 Ike가 Boon에게 화를 낸 것은 함부로 사람에게 총을 쏘았다는 사실 때문이고, 설사 가까이에 있는 사람을 못 맞췄다고 화를 낸 것이 사실이라도 이는 Ike가 화

---

127) 즉 Moses는 이 대목을 Ike의 선택에 대한 포크너의 비판적 평가의 증거로 읽는다. Edwin Moses, "Faulkner's *The Reivers*: The Art of Acceptance", *Mississippi Quarterly* 27 (1974) 312면.
128) 물론 현재에는 철물점을 운영하고 있는 상태이지만 이것은 목수라는 직업의 연장이라고 봐야할 것이다.

를 내는 이유 중 극히 적은 한 부분일 뿐인데 Lucius가 이를 거두
절미해서 전한다는 해석이다. 이런 관점에서 보면 Ike의 비인간성
보다는 오히려 제퍼슨 사회가 Ike의 선택에 대해 여전히 보여주
는 냉소와 조롱이라는 측면이 두드러진다. 한 마디로 괴짜라는 시
각이다. 그리고 그런 괴짜에게 어울리는 이미지를 Lucius의 입을
빌어서 Ike에게 덧씌우는 것이다. 이런 해석을 뒷받침하는 증거
중 하나는 사건을 전달하는 Lucius의 시각이 알게 모르게 제퍼슨
백인사회의 지배 이데올로기에 의해 틀 지워져 있음이 드러난다
는 점이다.129)

 Ike의 희화화에 대한 또 다른 해석은 이 부분을 『도둑들』 전
체의 분위기를 독자에게 환기시켜주는 장면으로 읽는 것이다.
다른 작품에서라면 비극적이거나 적어도 상당히 심각한 결과를
초래할 상황이 『도둑들』에서는 종종 희극적인 분위기로 그려지
는 맥락으로 이해할 수 있다는 뜻이다. 이를 통해서 작가는 독
자들이 개개의 사건이나 인물의 행동에 대한 단정적인 해석을
가하지 못하도록 유도한다. 이는 황야의 쇠퇴와 관련한 Lucius
의 다음과 같은 진술에서도 확인되는 원칙이다.

> 1925년쯤에는 우리는 이미 그 운명을 볼 수 있었다. 드 스페인
> 소령과 그 옛 그룹의 나머지 멤버들은 아이크 삼촌과 부운을 제
> 외하고는 이미 다 가버리고 없다. …… 하지만 1980년쯤이면 자
> 기가 찾는 황야를 자동차 자신이 쓸모없게 만들어버린 것만큼이
> 나 황야에 도달하는데 있어서 자동차는 쓸모없는 물건이 될 거
> 야. 하지만 그들이-너희들이-심지어 곰과 사슴이 뛰어다니는
> 황야를 화성이나 달의 뒤편에서 발견하게 될지도 모르지.

---

129) 이 점에 관해서는 뒤에 Ned의 주체성을 논하는 대목에서 자세히
　　논하기로 한다.

Though by 1925 we could already see the doom. Major de Spain and the rest of that old group, save your Cousin Ike and Boon, were gone now. …… though by 1980 the automobile will be as obsolete to reach wilderness with as the automobile will have made the wilderness it seeks. But perhaps they-you-will find wilderness on the back side of Mars or the moon, with maybe even bear and deer to run it. (20-21)

황야의 쇠퇴라는 주제는 「곰」에서 집중적으로 다룬 주제이다. 「곰」에서는 현대문명의 발전과 더불어 필연적으로 예정된 쇠퇴라는 점에서 비장미가 강조된 반면, 『도둑들』에서는 노년에 접어든 Lucius에 의해서 황야가 사라져 가던 과거와, 그 숲이 사라지고 없는 현재와, 새로운 황야가 발견될 지도 모르는 미래에 대한 전망이 통합된다. 이 과정에서 "The Bear"의 비극적 어조는 줄어드는 대신 이 부분을 농담조의 위트로 처리한다. 아울러 그 전망의 기대를 자신의 얘기를 듣고 있는 손자에게 둠으로써 자신이 이 이야기를 들려주는 목적의 일환을 내비친다. 『도둑들』을 관통하고 있는 특징이 바로 이것이다. 분명 암울한 상황임에도 이를 너무 심각하게 받아들이지 않도록 유도하면서, 해학을 통해서 현재의 문제를 극복하려는 새로운 의지와 여유를 이끌어 낸다. 이 점을 제대로 파악하지 못하면 Moses처럼 Ike에 대해서 과도하게 부정적인 해석을 가하거나, Towner처럼 제퍼슨 사회의 신사 이데올로기에 대한 일관성 있는 비판이라는 식의 일방적인 해석에 빠지게 된다.

ii) 이중적 관점의 효과

『도둑들』의 독특한 내러티브 구조도 이와 유사한 효과를 겨냥한 것이라고 볼 수 있다. 작품의 첫 대목은 'GRANDFATHER

SAID'(3)라는 설명과 함께 곧바로 Boon Hogganbeck에 대한 언급으로 넘어간다. 여기서 작품의 첫 부분에 설정된 극적 구조의 의도와 효과의 문제를 생각해 볼 필요가 있다. 위의 문장에서 Grandfather는 작품의 주인공인 Lucius Priest 2세를 가리킨다. 그렇다면 형식상으로 『도둑들』의 화자는 Lucius의 손자가 되는 셈이다.130) 이렇게 볼 때 『도둑들』의 서술 상황은 Robert Browning의 극적 독백의 산문버전이며, 이를 통해 화자 자신의 성격이 드러난다는 Carothers의 지적131)은 일리가 있다. 사실 『도둑들』 전체를 통틀어서 화자의 역할과 위치가 이처럼 뚜렷하게 드러나는 구절은 바로 이 대목밖에 없다고 할 수 있다. 이 부분을 제외하고

---

130) 『도둑들』에는 형식상의 화자가 남자인지 여자인지, 단수인지 복수인지에 대한 언급이 없다. 다만 Priest 가문의 가계도를 참조해 보면, 이 화자가 『도둑들』의 주인공 Lucius의 손자인 Lucius Priest 3세임을 알 수 있다. 그러나 정작 중요한 점은 작가가 화자의 존재를 모호하게 남겨둠으로써, 내용상의 화자인 Lucius와 형식상의 화자(들)인 그의 손자(들 혹은 손녀들) 간의 교감을 독자들에게까지 확대시킨다는 점이다.

131) James Carothers, "The Road to *The Reivers*", *"A Cosmos of My Own"* : *Faulkner and Yoknapatawpha, 1980.* Eds. Doreen Fowler and Ann J Abadie. (Jackson: UP of Mississippi, 1981) 114면. 원래 Browning의 대표적인 dramatic monologue인 "My Last Duchess"는 결혼 지참금을 논의하러 온 상대방 가문의 집사를 능수능란한 화술과 구변으로 어르고 협박해서 소기의 목적을 달성하는, 작가와 구별되는 화자의 모습을 그린다. 독자는 오직 화자의 말을 통해서만 청자의 존재를 알게 된다는 점과 화자의 대사를 통해서 그의 성격이 드러난다는 점, 언어행위라는 것이 담론을 통해서 상대방을 설득하고 제압하려는 투쟁의 장임을 보여주는 것이 이 형식의 주된 특징이다. 이를 통해서 진리의 상대성과 복합성─등장인물의 말을 액면 그대로 받아들여서는 안 되며, 그의 말을 통해 드러나는 그의 성격과 의중을 감안해서 새겨듣기를 독자에게 요구한다는 점에서─을 드러내 주는 장르적 특징을 지닌다. M. H. Abrams, eds. *The Norton Anthology of English Literature.* 5th ed. (Norton: New York, 1986) 1237-8면 참조.

218

는 거의 대부분 Lucius 자신이 화자인 'I'로 등장한다. 이 과정에서
실제 화자인 Lucius의 손자는 말없는 청자로 존재하면서,『도둑들
』이 특정한 청자에게 들려지는 얘기임을 독자들이 느끼도록 기능
한다. 즉 형식상으로는 화자이지만 내용상으로는 청자의 역할을
맡고 있다. 요약하자면『도둑들』에는 세 명의 화자가 등장한다.
어린 Lucius와 노년의 Lucius 그리고 Lucius의 손자가 그들이다.
이들 각자가 맡은 역할의 상관관계를 이해하는 것은 이 작품을 이
해하는 관건이 된다.

　이러한 서술 형식은 어린 Bayard와 성년의 Bayard가 공존하면
서 자신의 경험을 균형 잡힌 시각으로 전달하는『정복되지 않는
사람들』과 비슷하면서도 구별되는 형식이다. Carothers에 따르면
'일인칭 단수 화자의 목소리'(a single first person voice)는『도둑
들』과『정복되지 않는 사람들』을 여타 소설의 내러티브와 구분해
주는 특징이다. 그러나『정복되지 않는 사람들』의 Bayard에게는
『도둑들』과 같은 극적 구조가 제공되지 않으며, Bayard의 성숙은
세련된 산문과 회상적 암시를 통해 추론될 뿐이라는 차이가 있
다.132) 달리 말해서『도둑들』과『정복되지 않는 사람들』은 직접적
으로 경험을 감지하는 젊은이와 그 경험을 회상하고 상술하는 성
인의 관점이라는 '이중적 관점'(a double perspective)에 근거해있
다는 공통점을 지녔지만, Lucius에게는 자신의 비전을 편견 없이
받아들일 것으로 기대할 수 있는 청자와의 교감 가능성이라는 중
요한 지평이 확보된다는 차이가 있다는 것이다.133)『고함과 분노』
와『내 누워 죽어갈 때』의 '유동적인 일인칭 화법'(fluctuating
first-person narrative)이 여러 가지의 설명할 길 없는 판단의 문

---

132) Carothers, 112-13면.
133) Carothers, 114면.

제들을 일으킨다는 포크너의 자각이 이와 같은 서술기법의 변화를 불러온 것이라고 Carothers는 분석한다.134) 이런 설명은 서술기법의 변화를 포크너의 주제 및 세계관의 변화와 관련지어 설명해 준다는 장점을 지니지만, 정작 『도둑들』에 왜 극적 구조를 도입하는가에 대해서는 단순히 손자에게 가문과 지역의 유산을 설명해 줄 수 있게 되었다는 효과만을 언급할 뿐, 별 다른 설명을 하지 않는다.

이 문제에 관한 흥미 있는 해석은 John E. Basset의 해석이다. Basset은 포크너의 전체 작품세계에서 작가인 포크너와 '가장 근접해 있는 주인공'인 Lucius와의 거리를 유지하기 위한 노력의 일환으로 작가가 내세운 것이 바로 "Grandfather said"라는 수사적 구도라고 주장한다.135) 그렇다고 이를 통해 포크너가 Lucius와의

---

134) Carothers는 이의 근거로 Lucius는 '권위를 지닌 인물'로 받아들일 수 있는 반면, Quentin과 Ike, Gavin은 소설 속의 여러 목소리 중 하나일 뿐이라는 차이를 든다. Carothers, 115면.

135) John E. Basset, *The Reivers*: Revision and Closure in Faulkner's Career", *The Southern Literary Journal* 18.2(1986) 54면. Basset는 이의 근거로 포크너와 Lucius에게는 둘 다 세 명의 동생들이 있었고, Maury라는 이름을 가진 아버지 밑에서 20세기의 초반이라는 비슷한 시기에 성장했다는 공통점을 제시한다.

Lucius Priest 가문이 작가인 윌리엄 포크너 가문의 소설적 대응이라고 주장한 대표적 비평가들 중 또 다른 예로는 Joseph Blotner를 들 수 있다. Blotner는 "[포크너는] 사토리스가 사람들보다는 오히려 프리스트가 사람들을 통해서 다시 한번 실제의 포크너 가문을 요크나파토파 군에 접목시켰으며, 이번에는 증조할아버지가 아니라 포크너 자신이 이야기의 중심에 선다"(Through the Priests rather than the Sartorises, [Faulkner] was once again grafting the Falkner family legend onto the legend of Yoknapatawpha County, but this time it was he himself rather than his great-grandfather who stood at the center of the story)고 주장한다. Joseph Blotner, *Faulkner: A Bigraphy*(New York: Random House, 1974), 1793면. Edwin Moses, "Faulkner's

비판적 거리를 유지하고 있다고 Basset이 보는 것은 아니며, 오히려 『도둑들』은 포크너 소설 중에서 가장 덜 반어적인(ironic) 소설이라고 본다. 그나마 거리를 두려고 노력한 증거 정도로 보는 것이다.

그렇다면 왜 포크너는 딱 한 줄밖에 되지 않는 언급을 통해서 『도둑들』의 화자를 Lucius가 아니라 현재 10대인 그의 손자로 설정하는가? 이를 이해하는 한 가지 방법은 'GRANDFATHER SAID'라는 첫 줄이 빠진 상태의 『도둑들』을 가정해 보는 것이다. 사실 이 구절이 빠지더라도 『도둑들』의 사실상의 화자인 Lucius의 목소리는 거의 손상되지 않고 고스란히 살아남는다. 다만 그럴 경우 Lucius의 경험담을 듣고서 그 이야기를 독자에게 전해주는 형식상의 화자 역할을 맡은 손자의 존재가 사라지거나 약화된다. 물론 첫 줄을 생략하더라도 Lucius의 말 도중에 되풀이해서 등장하는 'you'라는 대명사를 통해서 Lucius의 말을 듣고 있는 말없는 청자의 존재를 독자들이 감지할 수는 있다. 그러나 이 청자가 누구인지, 무슨 역할을 하고 있는지는 모호해질 수밖에 없다. 그렇다면 Lucius의 손자를 형식상의 화자로 굳이 내세우면서 작가가 노리는 바는 무엇인가?

첫째는, 노인이 된 Lucius가 자신이 10대에 경험했던 사건을 현재 10대인 손자에게 들려주는 이야기라는 형식을 취함으로써 『도둑들』에 따르는 불필요한 오해와 비난을 사전에 차단하는 효과를 노린다. 예를 들어서 세상에 존재하는 악과 부조리, 고통에 대해서 작품이 너무 낭만적이거나 피상적이고 심지어는 안일한 감이 없지 않다는 비판136)을 상당부분 피해갈 수 있다. 할아버지가 손

The Reivers: The Art of Acceptance", *Mississippi Quarterl.* 27.3(1974) 307면에서 재인용.

자에게 들려주는 이야기는 성격상 내용과 방식에 있어서 상당한 제약이 가해질 수밖에 없기 때문이다. 이런 구도에서는 지나치게 폭력적이거나 선정적인 내용은 걸러서 얘기할 수밖에 없다. 그렇다면 독자나 비평가들이 문제 삼을 수 있는 부분은 화자의 묘사가 실제 세계를 얼마만큼 사실적으로 재현하는가가 아니라, 현실의 전형적인 문제를 얼마나 제대로 짚어내는가가 될 수밖에 없다.

포크너가 이런 복잡한 내러티브 구조를 굳이 취하는 것은 당대 세계에 대한 포크너의 진단이 그다지 낙관적이지 않은 이유 때문일 수도 있다. 『도둑들』의 세계에는 여타의 포크너 작품들에서 빠짐없이 등장하는 폭력과 억압, 인종 및 계급 간의 갈등과 대치 등이 현존한다. 다만 이러한 요소들이 발휘하는 파괴력과 영향력이 다른 작품들에 비해서 상대적으로 작은 것은 사실이다. 『도둑들』의 평가에 있어서 핵심 쟁점은 이런 위협들에 대처해가는 Lucius 일행의 존재가 과연 작품의 행복한 결말을 설명해 줄만큼 충분한 가능성과 전망으로 다가오느냐이다.

둘째, 소설가는 누구에게서 들은 이야기를 누구에겐가 전해 주는 존재이며, 문학이란 이 이야기들을 통해서 무언가를 사람들에

---

136) 이의 예로는 James M. Millard, "Faulkner's 'Golden Book': *The Reivers* as Romantic Comedy", *Makers of the Twentieth-Century Novel*. Ed. Harry Garvin. (London: Associated UP, 1977) 11-27면과, Elizabeth M. Kerr, "*The Reivers*: The Golden Book of Yoknapatawpha County", *Modern Fiction studies* 13.1(1967) 95-113면을 들 수 있다.

『도둑들』을 한편의 로맨틱 코미디로 보는 이런 비평들은 대개 『도둑들』이 기껏해야 청소년 독자를 위한 재미있는 여흥거리라거나, 심한 경우는 "저속한 감상에의 굴복"(a surrender to sententious banality)이라는 비난으로 이어지기 십상이다. Leslie Fiedler, *Manchester Guardian* Sep. 28 (1962) 6면 참조. 본 논문에서는 James B. Carothers, "The Road to The Reivers" 주 2번에서 재인용.

222

게 가르치는 것이라는 다분히 보수적인 포크너의 문학관의 반영
으로 설명될 수 있다. 60대에 접어든 Lucius가 자신의 어린 시절
의 경험을 손자에게 들려준다는 것과 그 손자가 Lucius의 이야기
를 듣고 이를 독자들에게 전해 준다는 것에는 상당히 의미 있는
차이가 있다. 전자의 경우는 화자로서의 Lucius의 능력에 대한 아
무런 평가가 없는 상황설정이라면, 후자의 경우는 청중을 창조하
고 자신의 이야기를 그들에게 전해서 그들로 하여금 다시 그 이
야기의 전달자가 되도록 만드는데 성공하고 있음을 의미한다. 이
는 생애의 말미에 포크너가 독자와의 의사소통에 대한 자신감을
완전히 회복했으며, 자신의 비전을 독자에게 권유하고 설득할 수
있다는 확신을 가졌다는 것을 의미한다.137) 이런 문학관은 노벨상
수상 연설뿐 아니라 포크너가 버지니아 대학교에서 행한 일련의
세미나에서도 자주 되풀이된 바 있다. 예컨대 "작가의 임무는 인
간의 마음을 고양시키는 것"이라는 발언이나, "자기 자신을 믿는
것, 지금보다 더 나은 자기를 열망하는 것이야말로 인간정신의 진
리"라는 언급이 그것이다.138) 결국 『도둑들』의 독특한 서술 구조
는 이러한 작가적인 신념의 표출이라는 측면으로 설명할 수 있다.

---

137) 예컨대 포크너는 노년에 미 육군 사관학교에서 행한 연설 가운데
    자신은 인간의 의사소통 능력을 믿는다고 말한 바 있다. Joseph
    L. Fant, *Faulkner at Westpoint*. 3rd ed. (Random House: New
    York, 1964) 119면.
138) *FIU*, 67, 78, 147면. Cowley, 724면.

4. Lucius의 눈뜸

ⅰ) 순수 對 경험

신사의 덕목을 갖추기 위해 Lucius가 극복해야 할 것은 일차적으로 인종차별주의임은 분명하지만 이를 극복한다고 해서 자동적으로 신사가 되는 것은 아니다. 그 이유는 신사의 제일 덕목인 책임감을 배우고 내재화시키는 일이 남아있기 때문이다. 작품 초반부에서 Lucius는 어른들을 대신해서 동생들을 돌봐야 하는 자신의 책임을 방기하고, Boon의 충동질에 넘어가서, 아니 자신의 욕망에 이끌려서 멤피스 행을 택한다. 물론 이런 결정이 아무 고민 없이 이루어진 것은 아니며, Lucius는 이를 인간본성에 대한 탐색의 기회로 삼는다. 이는 순수 對 경험이라는 미문학의 오랜 주제와 관련된다. 그런데 특이한 점은 Lucius의 눈에 비쳐진 인간은 아무리 나이가 어려도 이미 순수한 존재가 아니라는 점이다. Lucius는 Boon의 충동 이전에 이미 자기 마음속에 욕망이 존재하고 있었음을 밝히면서, 어린 아이의 순수라는 것에 대해 다음과 같이 정의한다.

어른들이 어린아이들의 순수에 대해서 이야기 할 때, 그들은 자기들이 실제로 무슨 말을 하고 있는지를 모른다. 집요하게 추궁당하면, 그들은 한 걸음 나아가서 "좋다, 그럼 무지라고 해두자"고 말한다. 어린 아이는 순수하지도 무지하지도 않다. 11살짜리 소년이 이미 오래 전에 상상해 보지 않은 범죄란 없다. 그가 지닌 유일한 순수함이란 그가 아직 그 범죄의 열매를 바랄만큼 나이를 먹지 않았다는 점에 있으며, 이것은 순수가 아니라 식욕의 문제이다. 어린 아이의 무지란 범죄를 어떻게 저지를지를 모른다는 뜻이며, 이는 무지가 아니라 사이즈의 문제이다.

When grown people speak of the innocence of children, they dont really know what they mean. Pressed, they will go a step further and say, Well, ignorance then. The child is neither. There is no crime which a boy of eleven had not envisaged long ago. His only innocence is, he may not yet be old enough to desire the fruits of it, which is not innocence but appetite; his ignorance is, he does not know how to commit it, which is not ignorance but size. (46)

어린 아이의 순수에 대한 이런 식의 해석은, 인간본성은 선보다는 악을 생각하고 상상하고 그려내는 일에 더 재능을 보인다는 포크너의 주장139)과 흡사하다. 이는 Lucius 자신이 Boon의 꼬드김을 받기 이전에 이미 동일한 욕망을 품고 있었음을 가리킨다. 그러나 당시에는 "부운이 단지 나를 이긴 것일 뿐이라고 믿고 싶었으며, 어쨌든 그 당시에 나는 스스로에게 그렇게 말했다."(But that's what I would have liked to believe: that Boon simply licked me. Anyway, that's what I told myself at the time. 50)고 Lucius는 고백한다. 이와 관련해서 Lucius는 그 자체로 악한 시대나 세대라는 것은 존재하지 않으며, 우리는 가능한 한 악에 덜 오염되기 위해서 노력해야 할 뿐임을 다음과 같이 역설한다.

내가 말하는 미덕의 뜻을 알겠지? 사람들이 악한 시대니 악한 세대니 하는 말을 들은 적 있을 거야—아니면 앞으로 듣게 될 거야. 그런 것은 존재하지 않아. 역사상 어떤 시대나 세대도 주어진 한 순간의 부덕을 다 담을 수 있을 정도로 컸던 적은 한번도 없었고 지금도 없고 앞으로도 없을 거야. 이는 마치 주어진 한 순간의 모든 공기를 다 담을 수 없는 것과 마찬가지지. 다만 그들이 할 수 있는 것은 그 시기를 통과하면서 가능한 한 덜 더럽혀

---

139) *FIU*, 5면.

지기를 바라는 것뿐이야. 왜냐하면 참 딱하게도 미덕의 여신이 제 식솔들을, 부덕의 여신만큼 잘 돌보지 않기 때문이야. 아마 그럴 능력이 없는 것일지도 모르지. 미덕의 여신은 자기에게 헌신한 사람에게 단지 향기도 없고 맛도 없는 차가운 미덕만을 보상으로 줄 뿐이지. 죄악과 쾌락의 찬란한 보상과 비교될 뿐 아니라, 뒤뚱거리는 유아의 발걸음을 앵초 꽃길로 꾸준히 굳건하게 인도해 주는, 늘 경계심에 차서 지칠 줄 모르고 [우리의 욕망을] 미리 알아차리는 그 선견지명의 솜씨—믿을 수 없고 필적할 수 없는 창조력 및 상상력—와 비교되게 시리 말이야.

So you see what I mean about Virtue? You have heard-or anyway you will-people talk abut evil times or an evil generation. There are no such things. No epoch of history nor generation of human beings either ever was or is or will be big enough to hold the un-virtue of any given moment, any more than they could contain all the air of any given moment; all they can do is hope to be as little soiled as possible during their passage through it. Because what pity that Virtue does not-possibly cannot-take care of its own as Non-virtue does. Probably it cannot: who to the dedicated to Virtue, offer in reward only cold and odorless and tasteless virtue: as compared not only to the bright rewards of sin and pleasure but to the ever watchful unflagging omniprescient skill-that incredible matchless capacity for invention and imagination-with which even the tottering footsteps of infancy are steadily and firmly guided into the primrose path. (52-53)

이 대목에는 'I' 역할을 하는 화자 Lucius와 더불어 'you'라는 말없는 청자가 등장한다. 이 대목에서 Lucius가 손자에게 전해주는 교훈이란 인간은 어릴 때부터 미덕보다는 부덕에 끌리는 본성을 지닌 존재라는 점이다. 따라서 시대가 악하다거나 요즘 세대가 악하다는 말들은 피상적인 관찰이요 핑계에 불과하다. 인간의 본성이 어려서부터 선보다는 악에 끌리다 보니 이런 인간들이 모여서 살아가는 세상은 순간순간 악으로 점철되기 마련이며, 매 순간을 지나면서 가급적 악에 덜 물들기를 바라는 것이 우리에게 남겨진 최상의 선택이라는 충고이다.

물론 현재 Lucius가 갈등하는 내용이 할아버지의 자동차를 허락 없이 몰고 어디론가 떠나고 싶은 욕구에 관한 것임을 감안할 때, 이를 두고 부덕이나 범죄 운운하는 것이 지나치다는 느낌이 들 법도 하다. 그럼에도 화자의 발언을 과장이라고 가볍게 넘겨버릴 수 없는 것은, 일견 사소해 보이는 욕망을 현실화시키기 위해 거짓말이라는 구체적인 부덕에 점점 빠져든다는 이유에서이다. Boon에게서 자동차 운전하는 법을 배우느라 늦게 돌아온 Lucius는, 자기에게 호통 치는 Aunt Callie에게 차가 고장 나서 Boon이 이를 고치느라고 늦었다는 거짓말을 천연덕스럽게 둘러댄다. Lucius의 거짓말은 여기서 그치지 않는다. Lucius와 Boon의 계획을 눈치 챈 Ned가 다음날 동생들과 함께 McCaslin 농장에 머물거냐고 떠보자, Lucius는 친구들과 함께 낚시가기로 약속되어있다고 둘러댄다. 자기가 Callie에게 잘 말해서 허락을 받아줄 테니 자신도 끼워달라는 Ned의 제안을 매몰차게 물리치면서, Lucius는 Cousin Ike와 함께 지낼 것이라고 거짓말한다.

Lucius는 어린아이의 본질적인 순수함이라는 것을 믿지 않기 때문에, 순수 對 경험이라는 주제 대신 미덕 對 부덕에 관해서 주로 이야기한다. Lucius는 어린아이가 지닌 본원적 순수 따위를 믿는 것은 아니지만, 그렇다고 해서 인간본성이 전적으로 타락해서 악을 선택할 수밖에 없다는 청교주의 교리를 신봉하는 것도 아니다. 만약 그랬다면 자신이 선택한 부덕에 대해서 이토록 고민하지도 않았을 것이다. 인간은 미덕을 선택할 능력도 있고 반대로 부덕을 선택할 능력도 있지만, 아무래도 전자보다는 후자

쪽에 더 쉽게 끌린다는 것이 Lucius의 판단이다. 우연 또한 인간이 부덕을 저지르는 데에 한몫을 하는 경우가 많다.140) 위 인용 대목에서 유아를 앵초 꽃길로 인도하는 창조력과 상상력 운운한 것이 바로 이와 같은 우연 혹은 부덕의 여신이 지닌 능력을 가리킨다. 평일에는 읍내에 들르지 않는 Zack Edmonds가 '우연히' 오늘 아침 읍내에 들렀다가 Cousin Ike에게서 Lucius와 함께 낚시하러 가기로 했다는 말을 듣고 와서는, Lucius를 보자마자 먼저 낚시 얘기를 꺼내서 Lucius의 일탈을 도와준 것이 좋은 예다. 어른들이 안 계신 동안 Lucius와 동생들은 Zack의 집에 머물기로 되어있기 때문에 Zack의 말은 부모의 말과 동일한 권위를 지닌다. 예기치 않았던 Zack의 도움으로 수월하게 떠날 수 있게 되었지만, Lucius는 한번의 거짓말을 무마하기 위해 더 많은 거짓말을 해야 하는 상황에 마음이 착잡해진다.

모든 준비를 마친 후 옷가지를 챙기기 위해 텅 빈 집에 돌아온 Lucius는 갑자기 자신의 주체할 수 없는 자유의지가 버거워지면서 모든 것을 중단하고 돌아가고 싶은 강렬한 충동을 느낀다.

갑자기 난 엄마가 보고 싶었다. 난 더 이상 이를 원하지 않았다. 더이상의 자유의지를 원치 않았다. 난 돌아가고 싶고, 단념하고 싶고, 자동차를 훔쳐야 하는 쌍둥이 동생이 딸린 결정과 결심들로부터 안

---

140) 자연주의 소설에서는 결정적인 선택의 순간에 우연히 개입하는 경우가 많다. 이는 인간이 스스로의 의지로 운명을 개척해 간다고 보기보다는 유전과 환경에 의해 그의 운명이 결정된다는 자연주의 소설 특유의 결정론에서 기인한다. 신이 없는 세계를 살아가는 주인공들에게 하필 특정한 환경이 주어진다는 것은 우연 말고는 설명할 길이 없다. 그렇다고 해서 우연이 자연주의 소설의 전유물은 아니고, 포크너의 소설들을 자연주의 소설로 볼 수도 없다. 『도둑들』의 경우에서도 우연이 나름의 역할을 감당하지만, 그 역할이 '결정적'이지는 않다.

전하고 자유로워지고 싶었다. 하지만 이젠 너무 늦었다. 난 이미 선택을 했고 결심을 했다. 팥죽 한 그릇을 위해 내 영혼을 사탄에게 팔았다면 최소한 팥죽 맛이나마 제대로 보고 싶었다.

suddenly I wanted my mother; I wanted no more of this, no more of free will; I wanted to return, relinquish, be secure, safe from the sort of decisions and deciding whose foster twin was this having to steal an automobile. But it was too late now; I had already chosen, elected; if I had sold my soul to Satan for a mess of pottage, at least I would damn well collect the pottage and eat it too: (66)

위 대목에서는 구약성서의 선악과 사건과 야곱과 에서의 팥죽 사건 및 Dr Faustus 이야기가 어우러져서 선택의 상황에서 고민하는 Lucius의 갈등을 실감나게 묘사한다.[141] 여기서 선택은 자유의지와 이에 따른 책임이라는 길과, 복종과 이에 따른 안전감 사이에서 둘 중 하나를 고르는 문제이다. 어찌 보면 이는 비단 Lucius뿐 아니라 인생에서 가장 근본적인 선택 중 하나임에 틀림없다. 크게는 안정이냐 개혁이냐는 사회적 차원의 선택일 수도 있고, 자신의 현재의 신앙수준을 넘어서는 어떤 경지를 추구하는 종

---

141) 사실 자유의지 對 복종이라는 주제는 포크너의 작품세계에서 반복되는 주제이자 기독교신학의 핵심사상 중 하나이다. "사람이 타락할 것을 알았다면 왜 신은 에덴동산에 선악과를 만들었을까?"라는 질문이 바로 그것이다. 죄를 지을 줄 알면서도 왜 신은 인간에게 자유의지를 허락한 것인가라는 의문이며, 신이 준 자유의지 덕분에 죄를 지은 인간을 신은 왜 심판하는가라는 항변이다. 이에 대한 기독교의 답은 신은 인간을 기계가 아니라 인간으로 창조했기 때문에 자유의지를 부여한 것이며, 이를 사용해서 자발적으로 신의 뜻을 순종하는 인간으로 재창조해 가는 과정이 인류 역사라는 것이다. 크게 보아 포크너는 Lucius의 일탈을 자유 의지에 따른 'fortunate fall'의 일환으로 보고 있음이 분명하다.

교적 차원의 선택일 수도 있으며, 작게는 현재의 Lucius처럼 어른들이 쳐 놓은 울타리를 넘어선 어떤 경험의 추구일 수도 있다. 눈여겨 볼 대목은 이 모든 상황에서 Lucius의 선택은 언제나 자유의지 쪽으로 맞춰진다는 점이다. Lucius는 '이젠 너무 늦었다'고 변명하지만, 사실 아직은 늦은 게 아니다. 지금이라도 계획을 바꾸어 Uncle Ike를 찾아가서 함께 낚시를 가던가, 아니면 아예 Edmonds의 집으로 돌아와서 마음이 바뀌었노라고 한 마디만 하면 모든 게 수습될 수 있다. 시기를 놓친 게 아니라 팥죽 맛을 보고 싶은 것이다. McCaslin 농장으로 가는 길과 멤피스로 가는 갈림길에서 비록 한 번 더 갈등의 순간이 찾아오지만, 끝내 Lucius는 아무 말 없이 '그 갈림길, 나를 구하기 위해 마지막으로 뻗쳐진 그 연약하고 무능한 손이 날아가 버리고, 지나가고, 도망가서 돌이킬 수 없이 사라져 버리'(the fork, the last frail impotent hand reached down to save me, flew up and passed and fled, was gone, irrevocable; 68)는 것을 지켜볼 뿐이다. 이제 남은 것은 Lucius의 말처럼 자신의 안전과 순수를 판 대가로 얻은 팥죽이나마 제대로 맛보는 일이다. 그 팥죽은 바로 멤피스에서 Lucius를 기다리고 있는 경험세계이다.

ⅱ) 성의 세계로의 눈뜸: Corrie를 통해 배우는 여성 주체의 가능성

4장에서 그려지는 Mrs Ballenbaugh의 집에서의 하룻밤은 마치 경험세계로 들어가는 관문 역할을 한다. 이는 위치상 그녀의 집이 제퍼슨이라는 시골마을에서 멤피스라는 도시로 가는 길의 중간에 위치하고 있기 때문이기도 하지만, Wyott's Crossing이라고 불리던 시절부터 The Iron Bridge라고 불리는 현재에 이르기까지 그녀의 집이 문명세계와 자연세계가 만나는 접점 역할을 해왔기 때문이다. 한마디로 문명과 야만이 만나는 변경의 문화를 대변하는 곳이다.142) 과연 Mrs. Ballenbaugh's house의 변천사에는 Major de Spain과 Thomas Sutpen으로 대변되는 문명세계의 중심인물들이 밀주업자, 죄수, 살인자 등의 주변적 인물들과 함께 소개되면서, 그녀의 집은 법과 무법이, 질서와 무질서가 공존하는 세계로 가는 관문 역할을 한다.

멤피스에 도착한 Lucius 일행은 Boon의 애인인 Everbe Corinthia (일명 Corrie)가 일하는 Miss Reba의 유곽에 머물게 된다. 이곳에서 Lucius는 성에 대해서 눈을 뜨게 되는데, 먼저는 Otis를 통해서 부정적인 성의 세계를 접하며, 나중에 Corrie를 통해서 자유롭게 선택한 사랑에 수반된 성의 아름다움을 배우게 된다.143) 조카인

---

142) Peter A. Froehlich, "Faulkner & the Frontier Grotesque: *The Hamlet as SouthWestern Humor." Faulkner in Cultural Context: Faulkner and Yoknapatawpha 1994.* Eds. Donald Kartigaaner and Ann J. Abadie. (Jackson: UP of Mississippi, 1997) 220-223면.
　Froelich는 『마을』을 통해 포크너와 프론티어 그로테스크 양식의 상관관계를 분석한다. 전통적으로 프론티어는 정착촌과 황야의 경계로 이해되어 왔지만, 이러한 시각은 황야 속에 엄연한 그 나름의 문화가 존재했음을 간과하는 오류에 빠진다고 지적한다. Froelich는 변경은 하나의 단일한 선이 아니라 황야 '속에' 위치한 '비정규적이고 불법적인 유럽인의 정착촌'(irregular, illicit European settlement)을 의미한다고 규정짓는다. 따라서 두 문명 간의 '혼합' 가능성이 애초부터 존재하는 곳이 바로 변방이고, 이 혼합 내지는 변종이 바로 'grotesque' 양식으로 나타난다고 설명한다. Froelich는 이를 다시 바흐찐의 카니발 개념과 연결시키면서 이를 통해 포크너의 세계를 설명한다.
　이에 따르면 그로테스크는 민중 문화 혹은 대중문화가 지배문화를 제압하는 개념으로 이해가능한데, 이는 카니발이 온갖 종류의 비행, 패러디, 고급/저급 문화의 위치 전복, 코미디를 포함하기 때문이라는 것이다. 마찬가지로 프론티어 역시 주변화 되거나 박탈당한 사람들의 매력을 끄는 장소로서, 죄수, 분리주의자, 가난한 자, 급진적 개인주의자 들이 자주 등장한다는 공통점을 지닌다는 것이다.

Otis의 설명에 따르면 Corrie는 어려서 부모를 여읜 후 Aunt Fittie라는 먼 친척뻘 되는 여인의 손에 맡겨져서 10대 초반의 어린 나이에 벌써 매춘을 시작하게 된다. Aunt Fittie가 돈을 받고 들여보내준 남자들이 Corrie와 성관계를 맺는 동안 벽에 뚫어놓은 구멍으로 이 장면을 훔쳐볼 수 있게 해주는 대가로 돈을 받아 챙겼던 경험을 의기양양하게 떠벌이는 Otis의 얘기를 듣던 Lucius는 자기도 모르는 사이에 그에게 덤벼든다.

난 말라빠진 한 열 살짜리 소년이 아니라, 오티스와 그 뚱쟁이 둘 다를 때리고, 할퀴고, 발로 찬 것이다. 그녀의 프라이버시를 유린한 악마 같은 아이와, 그녀의 순수를 타락시킨 마녀 둘 다를. 타박상을 입고 찢어질 수 있는 하나의 살덩이와 뒤틀리고 괴로워하는 하나의 신경 체계를 가진 그들을. 나아가 이 둘 뿐 아니라 그녀의 타락에 동참한 모든 사람, 그 두 마리의 표범들 뿐 아니라, 보호받지 못하고 아무도 복수해 주지 않는 무방비 상태에서 이루어진 그녀의 타락을 지켜보기 위해 푼돈을 지불한 그 무정한

---

143) 이렇게 보면 『도둑들』은 Jerome Buckley가 소개하는 영국 성장소설의 전통을 꽤 충실하게 따르는 셈이다. Buckley는 성장소설의 전형적인 구조와 내용을 주인공인 어린아이의 발달과 관련해서 다음과 같이 정의한다.
　먼저 억압적인 아버지 하에서 주인공이 경험하는 첫 번째 학습은 대개 실패로 끝난다. 이후 주인공은 시골(혹은 상대적 순수)을 떠나며, 새로운 환경(도시)에서 진정한 교육이 시작된다. 이 과정에서 두 번의 애정행각이 벌어지게 되는데, 그 중 하나는 주인공의 품성을 '떨어뜨리는' 경험인 반면 다른 하나는 '고양시키는' 경험이 된다. 이런 경험을 통해서 주인공은 자신의 가치를 재평가하게 되며, 고통스런 영혼의 탐색 이후 청소년기를 뒤로 하고 성숙에 도달함으로써 입문의 완성에 이르게 된다. 원전은 Jerome H. Buckley, *Season of Youth: The Bildungsroman from Dickens to Golding.* (Cambridge: Harvard UP, 1974)이며, 본 논문에서는 David L. Vanderwerken, *Faulkner's Literary Children: Patterns of Developments.* (New York: Peter Lang, 1997) 8면에서 재인용함.

불량소년들과 잔인하고 파렴치한 어른들을 때리고 할퀴고 발로
찬 것이다.

I was hitting, clawing, kicking not at one wizened ten-year-old
boy, but at Otis and the procuress both: the demon child who
debased her privacy and the witch who debauched her
innocence-one flesh to bruise and burst, one set of nerves to
wrench and anguish; more: not just those two, but all who had
participated in her debasement: not only the two panders, but the
insensitive blackguard children and the brutal and shameless
men who paid their pennies to watch her defenseless and
undefended and unavenged degradation: (157)

Otis의 얘기를 통해서 Lucius는 인간의 누려야할 최소한의 존엄
성까지도 박탈당한 채 성적 착취의 대상이 되어온 Corrie의 아픈
과거를 알게 된다. 이와 동시에 그녀를 이런 상태로 몰아간 채 이
를 즐겨온 세력들에 대한 억누를 길 없는 분노를 발산한다. 이런
일들이야말로 Lucius가 말하는 '이 세상에 있어서는 안 되지만, 실
제로 존재하는 물건들과 상황들과 조건들'(things, circumstances,
conditions in the world which should not be there but are, 155)
일 터이다. 이런 일들에 대해 어린 Lucius가 할 수 있는 것이라곤
분노와 울분을 토하는 것과 기껏 Otis들을 패주는 일밖에 없다. 그
러나 그런 분노 이면에 자리한 Corrie에 대한 동정심과 최소한의
인간적 존엄성은 지켜져야 한다는 초보적인 휴머니즘은 그 자체로
소중한 것이고, 세상을 바꿔나갈 수 있는 중요한 동력이 될 수 있다.
　Corrie의 매춘이 외부의 강요로 시작된 것은 분명하지만, 현재
의 Corrie는 더 이상 선택의 여지없이 Aunt Fittie의 명령에 따
라야 하는 예전의 Corrie가 아니다. 비록 가진 것이 없고 배운
것도 없는 Corrie로서는 선택의 폭이 제한되긴 하지만, 그래도

다른 직업을 선택할 수 있는 상황에서 이제 그 책임은 Corrie 자신의 몫임이 분명하다.

성에 대해 막 눈을 뜨기 시작한 Lucius에게, 만개한 성적 매력을 지닌 Corrie가 처음부터 관심의 대상이 되는 것은 너무도 당연하지만, 이상하게 Corrie 쪽에서도 자꾸 자신을 의식하고 있음을 Lucius는 알아차린다. (132) 자타가 공인하는 기둥서방인 Boon이 여느 때와 마찬가지로 남들 앞에서 애정표현을 하려하자 Corrie는 이를 거부하면서 Lucius를 쳐다보는데, 그 애원하는 눈길에 서린 일종의 수치와 슬픔을 Lucius는 다음과 같이 간파한다.

그러나 이번에도 너무 늦어서, 이미 부운의 손이 내려와 우리 모두가 보는 앞에서 그녀의 한쪽 궁둥이를 움켜쥐었으며, 그녀는 몸을 뒤로 빼면서 어둡고 애원하는 눈빛-뭔지는 모르지만 수치심이나 슬픔 같은 것-으로 나를 다시 쳐다보았다. 그러는 사이 처음 봤을 때를 제외하고는 실제로 결코 못생긴 게 아닌, 그 몸집 큰 소녀의 얼굴로 서서히 핏기가 올라왔다.

But again too late, his hand dropping and already gripping one cheek of her bottom, in sight of us all, she straining back and looking at me again with something dark and beseeching in her eyes-shame, grief, I don't know what-while the blood rushed slowly into her big girl's face that was not really plain at all except at first. (132)

여기서 Lucius와 Corrie 사이에 존재하는 미묘한 감정을 다 설명하기란 어렵다. 이제 막 성에 눈을 뜨기 시작한 Lucius 쪽에서 Corrie에게 느끼는 감정은 동경 섞인 사랑의 시선임이 분명하지만, 그를 향한 Corrie의 시선의 실체를 설명하기는 간단치 않다. 적어도 20대 초반은 되었을 Corrie가 11살짜리 소년을 이성으로 보고 사랑을 느낀다고 보기에는 무리가 있다. 아마도 Corrie에게 Lucius는 잃어버린 어릴 적 순수에 대한 향수를 불러일으키는, 때묻지 않은 어린 소년으로 다가왔을 것이다. 이럴 경우 Corrie가 왠지 모를 수치와 슬픔을 담은 눈길을 보낸다고 Lucius가 느낀 이유가 자연스럽게 설명된다. 아울러 자신을 갈보라고 부르는 Boon이나 Miss Reba에게 한사코 반발하면서, Lucius가 그 말을 듣지 못하도록 필사적으로 노력하는 Corrie의 태도가 설명된다. Lucius가 자신의 명예를 위해서 Otis와 싸움을 벌인 것을 나중에 전해들은 Corrie는 평생 처음으로 자신을 위해서 싸워준 누군가가 있다는 사실에 감격해서 매춘을 그만둘 것을 결심한다.

"넌 나 때문에 싸웠구나. 나를 놓고 싸운 사람들, 술고래들은 있었지만, 날 위해서 싸워준 것은 네가 처음이야. 너도 알다시피 난 이런 상황에 익숙지가 않아. 그래서 난 이를 어찌해야 할지 모르겠어. 단 한 가지를 제외하곤 말이야. 난 그것은 할 수 있어. 난 네게 한 가지 약속을 하고 싶어. 과거에 아칸소에 살 때 그건 다 내 잘못이었어. 하지만 이제 더 이상 그런 잘못을 하진 않을 거야." 알겠느냐? 너도 빨리 배워야 한다. 어둠 속에서 뛰어 오르면서 무언가가—그것이—혹은 그들이 널 제 위치에 세워주기를 희망해야 한다. 결국 이 세상에는 제 무리를 돌보는 빈곤과 부덕의 여신 외에 다른 것도 있을 수 있는 법이니까 말이야.
"그때도 그건 당신 잘못이 아니었어요." 난 말했다.
"아니 그건 내 잘못이었어. 선택할 수 있고, 결정할 수 있고, 아니라고 말할 수 있는 거거든. 일자리를 구해서 일할 수도 있어. 하지만 더 이상 그게 내 잘못이 되진 않을 거야. 그게 바로 네게 해주고 싶은 약속이야."

"You fought because of me. I've had people-drunks-fighting over me, but you're the first one ever fought for me. I ain't used to it, you see. That's why I dont know what to do about it. Except one thing. I can do that. I want to make you a promise. Back there in Arkansas it was my fault. But it wont be my fault any more." You see? You have to learn too fast; you have to leap in the dark and hope that Something-It-They will place your foot right. So maybe there are after all other things besides just Poverty and Non-virtue who look after their own.

"It wasn't your fault then", I said.

"Yes it was. You can choose. You can decide. You can say No. You can find a job and work. But it wont be my fault any more. That's the promise I want to make you." (159-60)

이런 결심을 통해서 Corrie는 진정한 여성 주체로 성장한다고 볼 수 있다. 왜냐하면 여성이 주체가 되는 제일 원리는 자신의 몸에 대한 통제권을 획득하는 것이기 때문이다. 자신과 동침하기 위해 주인의 자동차를 몰래 훔쳐서 수십 마일이나 달려온 Boon의 집요한 요구에도 굴하지 않고, Corrie는 더 이상 매춘을 하지 않겠다는 선언을 한다. "난 안할 거예요! 난 안할래요! 날 내버려 둬요!"(I wont! I wont! Let me alone!) 이에 대해 Boon은 "좋아, 좋다고. 하지만 오늘 밤은 오늘 밤일 뿐이야. 내일 밤 우리가 파샴에 도착하면—"(All right, all right. But tonight is just tonight; tomorrow night, when we're settled down in Possum-)이라고 한발 물러나면서 미련의 여지를 남겨두려 하지만, Corrie의 결심은 단호하다. "아니! 내일도 안 할 거야! 난 할 수 없어! 할 수 없단 말이야! 날 내버려둬! 부운 제발!"(No! Not tomorrow either! I cant! I cant! Let me alone! Please, Boon. Please! 160)

어린 Lucius가 자신을 위해서 싸워준 사실에 감격해서 매춘을 그만 두겠다고 선언하고 또 이를 실제로 이행하는 Corrie의 모습이 너무 멜로 드라마적이고 작위적이 아닌가라는 의문의 여지가 있다. 그러나 우리가 기억해야 할 사실은 Lucius와의 만남 이전에도 Corrie는 이미 자신의 직업에 대해 수치심과 자괴감을 가지고 있었다는 점이다. 애초에 Corrie 자신이 원해서 이 길에 들어선 게 아니라는 점을 감안해 보면, Corrie가 아무런 갈등 없이 이 일을 계속해 나갈 것이라고 가정하는 것이 오히려 억측일 수 있다. Corrie에게 필요한 것은 자신이 철들면서 아무 저항 없이 수행해온 매춘을 그만둘 계기였는데, 마침 Lucius가 그것을 제공한 것이다.

만약 Corrie가 어떤 독실한 기독교인의 훈계나 설득에 교화되어서 매춘을 그만두게 된다면 그것은 진정한 주체로서의 독립으로 보기 어려울 것이다. 왜냐하면 전통적으로 남부 사회는 여성을 천사/창녀로 이분화한 빅토리아조 여성관에 근거해서 '집안의 천사'들을 통해서는 체면을, '거리의 여자'들을 통해서는 성욕을 충족시켜 왔다. 따라서 Corrie가 남부의 지배 이데올로기의 근간을 이루는 기독교에 의해서 개과천선을 했을 경우, 그녀는 여성을 성적 욕망의 대상이나 체통을 유지하기 위한 장식품으로 객체화시켜온 남부의 성 이데올로기에 대한 아무런 저항 없이 여전히 대상화된 상태로, 객체로 존재할 뿐이기 때문이다. 기존의 성 이데올로기가 인위적으로 설정한 구도를 그대로 인정하면서 단지 그 속에서 주어진 역할 혹은 위치를 바꾸는 것은 진정한 저항일 수 없다. 포크너의 후기 성장소설에서 주인공의 성장은 자신의 존재와 정체성을 왜곡시켜온 지배 이데올로기에 대한 저항을 통해서 새로운 정체성을 획득하고 주체로 성장하는 것이라고 봤을 때, Corrie가 여성 주체가 되기 위해서는 그녀 편에서 어떤 식으로든 남부의 성 이데올로기에 대한 도전과 저항을 보여주어야 한다.

그렇다면 이러한 남부의 성 이데올로기를 가장 근본적으로 허물 수 있는 방법은 무엇인가? 그것은 창녀/천사라는 이분법이 전혀 근거 없는 것이며, 아무런 무리 없이 창녀가 천사가 될 수 있음을 보여주는 것이다. 작품 후반부에서 매춘을 그만둔 Corrie 가 결국 Boon의 아내가 되는 것은 이런 이유에서 상당히 의미 있는 결합이다. 더욱이 이런 변화가 어떤 외부의 이데올로기에 경도되어서가 아니라, 자신을 위한 Lucius의 순수한 사랑에 떳떳 하기 위해서라는 점은 그녀의 변화에 상당한 의미와 가치를 실 어준다.

포크너의 여성관은 그 자체로 하나의 논문의 주제가 될 만큼 많은 논의를 요하는 주제이다. Minrose Gwin은 기존의 포크너 의 여성인물 연구가 정형화된 이분법적 대립항들로 이루어져왔 다고 비판한 뒤, 포크너는 그의 위대한 작품들에서 가부장제 구 조를 붕괴시키고 파괴시키는 여성 주체를 창조한다고 주장한 다.144) Joseph Blotner는 여성을 숭배한다는 포크너의 말145)을

---

144) Minrose Gwin, *The Feminine and Faulkner: Reading (Beyond) Sexual Difference.* (Knoxville: U of Tennessee P, 1990) 22면. 157 면(주 16번). 4면 참조. 기존의 비평들은 예를 들어 creative vs destructive (women), earth mothers vs ghosts, sexual vs asexual, feminine vs defeminated라는 도식으로 포크너의 여성 인물들을 분 석해 왔는데, 이 경우 앞의 항들에 주목하는 비평가들은 포크너를 여성 숭배론자로 인식하는 반면, 뒤의 항목들을 중시하는 비평가들 은 그를 여성 혐오론자로 본다고 Gwin은 설명한다. 한편 Brooks로 대표되는 포크너 옹호론자들의 시각이 얼핏 보기에는 자연의 힘을 지닌 여성의 존재를 찬미하는 듯이 보이지만, 결국 대지처럼 자의 식은 결여된 여성들이란 점에서 보면 후자와 별반 차이가 없다고 Gwin은 지적한다.

145) 포크너는 버지니아 대학교의 문학 수업 중에 한 학생으로부터 Joanna Burden의 오두막에서 나오는 노란 연기기둥이 『팔월의 빛』의 중심 주제가 아니냐는 질문을 받고는, 『팔월의 빛』은 아무 것도 가진 것 없이 임신한 채 연인을 찾아 나선 Lena Grove의 이야기라고 강조하 면서 그 이야기는 여성에 대한 자신의 숭배, 여성이 지닌 용기와 인내

액면 그대로 받아들이면서, 포크너의 작품 세계에 등장하는 여성인물들을 여섯 가지 유형으로 구분한다.146) Irving Howe는 포크너의 세계에 남녀 간의 성숙한 관계맺음의 가능성이 결여되어 있음을 지적하면서, 단지 노부인들만이 포크너의 숭배의 대상이 되는데 그들은 질서와 지혜를 지녔지만 성적 매력은 상실한 인물들이라고 지적한다.147)

이런 점에서 『도둑들』의 Corrie는 어찌 보면 이 모든 비난들에 대한 포크너의 소설적 대응이라고 볼 수 있는 인물이며, 후기작에서 포크너가 진정한 여성 주체의 창조에 성공하는 증거라고 볼 수 있다. 그녀는 성적 매력의 절정에 달한 젊은 여성이면서도 결코 증오와 분노를 불러일으키지 않는다. Boon과의 사랑에 기반한 결

에 대한 숭배로부터 생겨났다고 대답한 바 있다. *FIU*, 73-74면.

146) 첫째는 어린 시절의 Caddie로 대변되는 찬탄할만한 어린 소녀 유형이고, 둘째는 『모기』의 Pat Robyn으로 대표되는 호리호리한 처녀 유형으로 Blotner는 이를 Diana형이라고 부른다. 셋째는 스노웁스 3부작의 Eula Varner가 대표하는 관능적인 젊은 여성으로 Blotner는 이를 Venus형이라고 부른다. 넷째는 『사토리스 가 사람들』의 Bell Mitchell이 대표하는 성숙한 유혹녀 유형이다. 다섯째는 Gavin Stevens의 쌍둥이 누이인 Maggie Mallison으로 대표되는 존경할만한 기혼여성과 『성소』의 Reba Rivers로 대표되는 평판 나쁜 기혼여성 유형이다. 마지막으로는 『정복되지 않는 사람들』의 Rosa Millard로 대표되는 공경할만한 여가장(matriarch) 유형이다.

이 중에서 전체적으로 보아서 셋째와 넷째 유형, 즉 관능적인 젊은 여성과 유혹녀 유형에 속한 여성인물들에 대한 포크너의 묘사가 상대적으로 부정적인 것이 사실이다. Joseph Blotner, "William Faulker: Life and Art", *Faulkner and Women: Faulkner and Yoknapatawpha,* 1985. Ed. Doreen Fowler and Ann J. Abadie. (Jackson: UP of Mississippi, 1986) 11면.

147) Robert P. Warren ed, *Twentieth Century Views: Faulkner.* (Englewood Cliffs: Prentice-Hall, 1966) 281-82면. 『저택』의 Linda Snopes를 제외하곤 젊은 여성들은 늘 증오와 분노만을 불러일으킨다고 Howe는 주장한다.

혼에 이름으로써 남녀 간의 성숙한 관계맺음의 가능성을 보여준
다.148) 『정복되지 않는 사람들』의 Drusilla가 남부 사회가 규정한
왜곡된 여성적 정체성에서 탈피하는 데에는 성공하지만 이를 넘
어서는 새로운 여성적 정체성 획득까지 나아가지 못함으로써 결
국 정신이상에 이르고 마는 비극적 면모를 보여준다면, Corrie는
Drusilla가 멈춘 그 곳에서 한발 더 내디딤으로써 자신의 새로운
여성적 정체성을 획득하는 성취를 보여준다고 할 수 있다.149)

---

148) 이들의 결혼이 남녀 간의 성숙한 관계맺음의 증거가 되기 위해서
는 Corrie의 상대역인 Boon의 성장이 필수적으로 요구됨은 물론
이다. 실제로 『도둑들』에서 Boon의 성장은 무시 못 할 정도로 그
려져 있다. 작중에서 Boon의 성장이 가장 두드러지는 장면은
Corrie에게 집적대는 Parsham의 보안관보 Butch에게 생전 처음
자제심을 발휘하는 대목이다. '예전에는 한번도 자신을 억제해 본
적이 없는 부운이 화가 나서 부글부글 끓어오르면서도 스스로를
자제하는'(Boon furious and seething, restraining himself who
never before had restrained himself from anything, 176) 모습에
서, Lucius는 자신의 안위를 걱정하는 '충성심'과 Corrie를 보호하
려는 '기사도'를 본다. Boon의 성장과 관련해서는 Jehlen, 12면과
Vickery, 235면 참조.

149) 포크너의 여주인공들 중 가장 복합적인 인물이 바로 『저택』의
Linda Snopes이다. Towner에 따르면, 『정복되지 않는 사람들』의
Drusilla처럼 Linda도 전쟁경험이 있지만 Drusilla와는 달리 과거의
경험에 머물지 않는다. Linda는 공격적인 성(sexuality)을 보유하며
남장을 즐긴다는 점에서 『야생 종려』의 여주인공인 Charlotte와 동
일하지만, 그녀에겐 Charlotte가 책을 통해서 습득한 사랑의 이상
따위는 없다. 엄마에게 버림받고 생부가 아닌 다른 남자에 의해 양
육된다는 점에서는 『고함과 분노』의 Miss Quentin과 유사하지만,
Linda는 Miss Quentin과는 달리 성(sex)을 애정의 대용물이나 가족
에 대항하는 무기로 사용하지 않는다. 그녀의 정치적 신념은 『팔월
의 빛』의 Joanna Burden의 그것처럼 제퍼슨 사회를 분노케 만들지
만, Joanna와는 달리 Linda는 제퍼슨 사회의 변방이 아니라 중심에
서 살아간다. Linda는 도덕적으로 옳다는 이유로 어떤 일들을 행하
지만, 그렇다고 도덕적 인물이라고 볼 수는 없다. 이런 점에서 결국
Linda는   '심오하게   비도덕적인   인물'(profoundly   immoral

ⅲ) 여성의 연대 가능성: Corrie, Miss Reba, Minnie

Corrie가 진정한 여성 주체로 성장하는 것은 일차적으로 자신의 몸에 대한 통제권의 회복으로 시작되며, 이는 지금껏 해오던 매춘을 그만두는 형태로 나타남을 살펴보았다. 이제 막 독립적인 여성 주체로 태어난 Corrie가 진정한 여성 주체로 자라가기 위해 거쳐야 하는 다음 관문은 다른 여성들과 연대하는 법을 배우는 과정이다. 이는 여성이 주체가 되지 못하는 것은 여성이 집단이 되지 못하는 것과 같은 이치라는 Bovary의 선언[150]에서 일찍이 지적된 바 있다. Alfred Kazin은 Joe Christmas가 미문학에서 가장 고독한 인물이라고 말하지만, 사실 미문학에서 가장 고독한 인물은 Lena Grove이며, 그녀는 '외로운'(lonely)게 아니라 '고독한'(solitary) 것이라고 Weinstein은 주장한다.[151] 그러나 Weinstein의 이런 통찰은 전기의 포크너 작품에는 잘 들어맞지만, 후기로 갈수록 여성들 간의 연대 가능성이 점점 확대되는 측면은 설명해주지 못한다. 예를 들어 『어둠 속의 침입자』에서 그려지는 Maggie와 Miss Habersham

---

character)이며, 냉혈한이라고 할 수 있다. Theresa Towner, *A World Unsuspected*", 188-89면.

　이렇게 보면 Linda는 포크너의 여성인물들 중 가장 독창적이고 복합적인 여성 주체의 예로 볼 수 있다. 그러나 Linda조차도 남녀 간의 진정한 관계맺음에는 이르지 못하는 반면, Corrie는 비록 Linda만큼 이념적이고 논리적인 신념은 갖추지 못했지만 Linda를 뛰어넘는 도덕적 탁월성과 주체성을 가지고 진정한 사랑을 쟁취하는 여성이다.

150) Bovary의 말은 Philip M. Weinstein, *Faulkner's Subject: A Cosmos of No One Owns.* 20면(주6)에서 재인용. Weinstein은 Bovary의 선언에 근거해서 포크너의 작품세계에서 여성은 본질적으로 고립된 존재로 그려진다고 주장한다. 그 근거로 Weinstein은 『고함과 분노』의 Mrs. Compson과 자살하기 직전에 Quentin이 만난 무명의 이탈리아 소녀를 든다. Weinstein, 14-16면 참조.

151) Weinstein, 17면.

간의 상호이해와 연대는 분량 상으로는 짧지만 의미상으로는 상당히 비중 있게 묘사된다.『정복되지 않는 사람들』에서도 Drusilla의 결혼이라는 공동 목표 하에서 일사분란하게 움직이는 마을 여인들의 모습을 통해서, 특히 Drusilla의 어머니인 Aunt Louisa와 마을 여인들의 대표 격인 Mrs. Habersham 간의 긴밀한 협력 관계를 통해 여성의 연대가능성이 모색된 바 있다. 그러나『정복되지 않는 사람들』에 나타난 여성들의 연대는 백인 남성 우월주의에 기반한 남부의 지배 이데올로기가 강요하는 남녀의 구분 및 각각의 역할론을 무비판적으로 수용한 상태에서 이루어지는 연대라는 점에서 처음부터 한계를 지닌 연대였다. 즉 전쟁이라는 특수상황에서 한시적으로나마 남부의 억압적인 성 이데올로기를 극복하고자 노력해온 Drusilla를 원래의 전통적 여성상으로 되돌리려는 목적에서 이루어진 연대이다 보니, 결과적으로 독립적인 여성 주체로 발돋움하려는 Drusilla의 성장을 가로막는 반동적 성격을 띨 수밖에 없었다. 그들 상호간의 완벽한 의견일치와 일사 분란한 협조의 모습에도 불구하고 왠지 그들의 노력이 독자들의 충분한 공감을 얻지 못하는 이유가 여기에 있다.

  이에 반해서『도둑들』의 9장에서 묘사되는 Corrie와 Miss Reba 간의 이해와 협력은 자신들을 옥 죄어온 남부의 성 이데올로기를 극복하려는 몸부림의 와중에 이루어진다는 점에서 그 의의가 자못 크다고 할 수 있다. 구체적으로는 Miss Reba가 Parsham 마을의 보안관 대리인 Butch Lovemaiden의 집요한 집적거림으로부터 Corrie를 보호하는 형태로 이 연대가 나타난다. 밤늦게 Parsham에 도착한 Miss Reba는, 보안관 대리라는 직함을 이용해서 강제로 Corrie를 데리고 나가려는 Butch에게, 한번만 더 자기 앞에 나타나면 그의 상관인 순경에게 그가 멤피스에서 온 창녀들과 놀아났다고 고해바치겠다고 엄포를 놓아서 쫓아 버린다. 이처럼 Butch의 등장은 Corrie와 Miss Reba라는 여성 간의 협력과 연대의 가능성을 보여주는 기제로 작용하는 동시에, 가부장제 사회 하에서 한 여성이 주체로 독립하는 것이 결코 만만치 않은 과제임을 다시금 상기시킨다. 이후에도 Butch는 끈덕지게 Corrie를 쫓아다니며 괴롭히다가, 결국 절도죄로 갇힌 Ned 일행을 풀어주는 대가로 Corrie와 성관계를 가진다.

여성들 간의 연대와 협력은 비단 Corrie와 Miss Reba 사이에만 존재하는 것이 아니라 Miss Reba와 그녀의 하녀인 Minnie 간에도 존재한다. 비록 외형적으로는 주인과 하녀라는 억압적 관계의 틀을 지닌 것이 사실이지만, 실제 관계는 이를 뛰어넘는 협력과 상호 이해가 양자 사이에 존재한다. 이는 특히 Otis가 훔쳐간 Minnie의 금니를 되찾는 과정에서 잘 드러난다. Miss Reba가 Minnie에 대해서 가진 특별한 감정은 기차에서 내려서 호텔로 온 그녀 일행을 맞이하는 호텔 직원을 향해서 다짜고짜 "난 빈포드 부인이에요. 내 하녀용 침대를 내 방에 갖다 두라는 전보를 받았지요?"(I'm Mrs Binford, You got my wire about a cot in my room for my maid? 199)라고 확인하는 데에서 잘 나타난다. 이는 백인 여성과 그녀의 하녀인 흑인 여성이 한 방에 잘 수 없다는 당시의 인종적 코드를 정면으로 위반하는 도발 행위이다. 이에 대해서 직원이 "예, 빈포드 부인, 우리 호텔에는 그들만의 식당이 딸린 하인 전용 구역이 있습니다만—"("Yes, Mrs binford", "We have special quarters for servants, with their own dining room-")이라고 간접적인 거부와 항의의 표시를 해보지만, Miss Reba는 "계속 그렇게 해요", "난 내 방에 침대를 갖다 놓으라고 했어요. 난 그녀가 나와 함께 있기를 원해요. 당신이 준비를 할 때까지 우린 대기실에서 기다리겠어요. 대기실은 어디죠?”(“Keep them”, “I said a cot in my room. I want her with me. We’ll wait in the parlor while you make it up. Where is it?” 199)라고 이를 간단히 무시해버린다. Miss Reba의 이런 처사를 다른 각도에서 해석할 수도 있다. 예컨대 자기 가까이에 두고 편하게 부려먹기 위한 것일 수도 있고, 심지어는 Minnie를 위한 별도의 경비를 추가로 지불하지 않으려는 속셈일 수도 있다. 그러나 멤피스라는 대도시에서 유곽을 운영하는 Miss Reba가 푼돈 몇 푼을 줄이기 위해서 흑인 하녀와 한 방에 자려 한다는 것은 아무래도 설득력이 부족하며, 평소에 돈 문제에 연연하지 않던 그녀의 모습과는 아무래도 잘 연결되지 않는 것이 사실이다. 가까이에 두고 부려먹기 위해서라는 설명 역시 별 설득력이 없는 것은, 당시에 흑인 하인을 대동하고 여행하는 것이 다반사였음을 감안해 볼 때 당연히 하인들이 머물 공간이 주인이 체류하는 공간에 인접했을 것이기 때문이다. 그렇다면 왜 Miss Reba는 굳이 타지에 와서 호텔 직원의 무언의 항의와 의심의 눈초리를 애써 무시하면서까지 Minnie와 한 방에 잘 것을 고집하는가? 그것은 삼 년간의 가외 노동의 대가로 해 넣은 금니를 잃어버리고 상심해 있는 Minnie를 진정시키기 위해서이다.

> “난 미니를 진정시키고 그녀가 잠들 때까지 그녀와 함께 있을 거예요. 그리고 나서 저녁을 먹을 거예요.”

> “I’ll get Minnie settled down and stay with her until she goes to sleep. Then I’d like some supper.” (202)

Minnie가 잠들 때까지 곁에서 머물면서 그녀를 진정시킨 후에야 식사를 하겠다는 Miss Reba의 태도를 통해서 계급과 인종을 넘어서는 상호이해와 연대의 가능성이 암시된다. 이런 연대가 남성들보다는 여성 상호간에 이루어질 가능성이 더 큰 이유는 여성들의 경우 가부장제 사회질서에 의해서 억압되고 객체화되는 공통의 경험을 보유하기 때문이다. 이처럼 Miss Reba가 Minnie와 같은 방에서 자겠다고 고집하는 것은 계급과 인종을 넘어서는 여성들의 연대 가능성을 보여주는 상징이다. 이는 나중에 Lucius가 흑인인 Uncle Parsham과 한 침대에서 잠을 자는 것과 병치된다. 이는 곧 Corrie를 위시한 여성 인물들이 진정한 여성 주체로 성장하는 모습을 지켜보는 것이 Lucius의 성장에서 중요한 역할을 담당함을 의미한다.

iv) Ned와 Uncle Parsham의 당파적 주체성을 통해 배우는 신사의 도

멤피스 여행을 통해 Lucius가 경험하는 또 다른 눈뜸은 흑인들의 능력과 그들 간의 연대가능성에 대한 것이다. 이 문제는 주로 Ned McCaslin이라는 인물의 형상화를 통해서 다루어진다. Myra Jehlen은 『어둠 속의 침입자』의 Lucas를 '(백인과) 동등하지만 고립되어 있는 흑인'(equal but separate black)이라고 규정한 바 있는데,[152] Ned는 백인과 동등하면서도 다른 흑인들과의 연대에 대해서 열려 있는 인물이라는 점에서 『어둠 속의 침입자』의 Lucas가 한 단계 더 발전한 인물이라고 볼 수 있다. Ned는 시종일관 흑인으로서의 투철한 인종적 정체성에 따라 행동하며 이를 자랑하는 인물이다. 예컨대 그는 경마 시합이 끝난 뒤 사건의 자초지종을 듣기 위해 모인 자리에서 흑인의 여러 단점들—게으름과 무책임 등—

---

152) Jehlen, 125면.

을 신랄하게 비난하는 Colonel Lindscomb에게, "당신은 알 수가 없습니다. 피부색이 틀렸어요. 만약 당신이 토요일 하루 밤만 검둥이가 되어보면, 살아있는 동안 다시는 백인이 되고 싶어 하지 않을 겁니다."(You cant know. You're the wrong color. If you could just be a nigger one Saturday night, you wouldn't never want to be a white man again as long as you live. 291)라고 응수한다. 이것은 단순히 흑인에 대한 Lindscomb의 비난에 대해 오기로 해 보는 허풍에 불과한가? 아니면 Ned가 정말로 자신의 흑인적 정체성에 대한 자부심을 갖고 있는가? Lucius가 진정한 신사로 자라가기 위해 반드시 해답을 얻어야 하는 문제가 바로 이것이다. 다시 말해서 흑인들의 무절제와 무책임에 대한 백인 신사 계급의 비난의 시각을 받아들일 것인가, 아니면 백인들은 절대로 알 수 없는 흑인 고유의 가치와 문화에 대한 Ned의 자부심을 받아들일 것인가의 문제는 Lucius의 성장을 가늠해보는 중요한 지표가 된다.

Lucius가 Ned(가 대표하는 흑인들의 세계)에 대해서 처음에 가졌던 생각은 부정적인 인상에 가까웠다. 예를 들어 『도둑들』의 첫 장면에 묘사된 총기소동의 수습 장면에서 Luster와 또 다른 흑인 남자가 '아직도 먹딴 돼지처럼 꽥꽥거리며 피를 흘리는'(still screa- ming and bleeding like a stuck pig, 15) 흑인 계집애를 병원으로 운반한다는 대목이 나오는데, 흑인 을 돼지로 등치시키는 묘사에서 제퍼슨의 인종차별 이데올로기에 침윤되어 있는 Lucius의 모습을 엿볼 수 있다. Lucius가 Ned를 보면서 "종종 사실은 거의 내도록 그의 눈은 여우 눈처럼 붉은 끼를 지녔다"(Quite often, most of the time in fact, his eyes had a reddish look, like a fox's. 54)고 묘사하는 것을 보면, 흑인의 신체적 특성을 곧잘 동물에 비유하는 것이 Lucius의 습관적 어투임을 알 수 있다. Ned의 눈이 종종 여우 눈처럼 붉은 끼를 지녔다는 Lucius의 설명은 아마도 종종 낮술에 취해 있는 Ned의 불그스레한 눈을 어린 아이 특유의 상상력을 동원해 묘사한 것으로 보인다. 그러나 만약 Ned가 백인이었다면 Lucius가 절대로 이런 비유를 하지 않았을 것이란 점을 감안할 때, 이런 표현 속에 감춰진 Lucius의 인종주의를 지적하지 않을 수 없다. 과연 『도둑들』을 통틀어 Lucius가 다른 백인을 동물에 비유한 적은 한번도 없다.

그렇다고 해서 Lucius가 Ned에게 적의를 품고 있다거나 의식적으로 그를 경멸하는 것은 아니다. 오히려 Lucius는 Ned에 대해 자신과 같은 맥캐즐린 가문의 일원이라는 막연한 가족 의식을 갖고 있다. 그러나 그 가족이 Boon과 같은 백인이 아니라 흑인일 경우에는 언제든지 가족이라는 일체감대신 흑인이라는 타자에 대한 경멸감이 전면에 부각될 가능성이 잠재되어 있다. 따라서 Lucius를 비롯한 백인 주인들에게 Ned를 위시한 흑인이 친척으로 대접받으려면 그들이 지닌 흑인성이 거세되든가 최소한 침묵되어야 한다는 전제가 성립한다.153) 그러나 Fowler도 지

---

153) 이를 잘 설명해 줄 수 있는 이론이 바로 Lacan의 주체론이다. 이에 따르면 아이가 주체로 성장하는 중요한 단계가 바로 오이디푸스 적 전환기인데, 이를 거쳐서 아이는 아버지라는 이름, 법과 규칙들의 세계인 상징계로 진입하게 된다. 이때 아버지는 아이에게 엄마로부터의 분리를 명령하며, 아이는 이 명령을 순종하기 위해서 상징적 거세를 행한다. 이 행위를 통해 주체와 객체 간의 거리가 발생하며, 이런 의미에서 유아에게 있어서 자기 정체성과 주체(성)를 가능케 하는 것이 바로 어머니의 부재라고 말할 수 있다. Doreen Fowler, *Faulkner: The Return of the Repressed.* (Charlottesville: UP of Virginia, 1997). 9면. Ned가 자신의 흑인적 정체성을 거세함으로써 맥캐즐린 가의 일원이 되는 것은, 유아가 자신의 남근을 거세함으로써 상징계로 진입하는 것과 정확하게 병치된다.

적하였듯이 억압된 것은 늘 돌아오게 마련이며, 이때의 회귀는 원래대로의 복귀에 그치지 않고 자신을 거세하고 억압했던 체제에 대한 저항내지 전복으로 이어진다.154) Ned의 경우는 이 저항이 틈만 나면 자신의 흑인성을 강조하면서 이에 근거해서 남부의 백인남성 우월주의를 공격하는 형태로 나타난다.

『도둑들』의 초반에서 Lucius가 Ned에게 보여주는 태도는, 가족의 일원에 대해서 가지는 호감은 아니면서 그렇다고 노골적인 적대감이나 반감은 아닌, Priest 집안에 빌붙어 살아가는 별 볼일 없는 흑인 일꾼에 대해서 이 집안의 후계자가 자연스럽게 가질 만한 그런 정도의 태도이다. 즉 주인의 권위를 인정하고 집안을 위해서 충성을 다하는 한도 내에서만 그를 가족의 일원으로 인정하고 이에 대한 어느 정도의 대가를 지불하는 것이 마땅하다는 태도이다. 이것은 백인 소년인 Lucius가 자기와 피부색이 다른 인종에 대해서 마땅히 지녀야 하는 시혜 의식의 전형이라고 볼 수 있다.155)

멤피스로의 여행은 위와 같은 Lucius와 Ned의 관계가 변화될 기회를 제공한다. 제퍼슨에서 멤피스로, 멤피스에서 파샵으로 이어지는 여정은 Lucius에게 물리적으로 집을 떠난다는 의미와 함

---

154) Fowler는 억압된 것은 반드시 돌아온다는 예를 『압살롬, 압살롬!』의 Henry에게서 찾는다. Fowler에 따르면, Quentin에게 있어서 Henry는 엄마와의 이형동체(dyad)를 이루고 있던 존재의 완전성을 상징한다. 그러나 아버지의 이름이 지배하는 상징계로 진입하는 과정에서 자아는 이를 부정하고 억압해서 무의식의 세계로 추방시킨다. 그러나 억압된 것은 언제고 반드시 회귀하며, 그 본질은 불활성과 죽음에의 회구이다. Fowler, 124면.

155) 이는 『어둠 속의 침입자』의 초반부에서 어린 Chick이 자신 쪽에서 베풀어야 하는 시혜를 흑인인 Lucas 쪽으로부터 받은 후 기를 쓰고 이에 대한 대가를 지불함으로써 다시금 은혜를 베풀어야 하는 백인 신사의 위치(positioning)를 회복하려고 애쓰는 것과 정확하게 동일한 입장이라고 말할 수 있다.

게 상징적으로 자신이 몸담아 온 사회로부터 분리되어서 새로운 정체성을 부여받는 통과의례로서의 의미를 지닌다. Lucius의 여행을 통과의례라고 볼 때, 그 핵심은 둘째 단계인 전환의례에 있다고 볼 수 있다. 이 단계의 핵심은 바로 미결정성에 있다. 전환의례 중에 기존의 질서는 '위반'에 의해 변형되며, 경계 허물기 후에 따라오는 미결정의 상황에서 이루어지는 새 질서의 형성이 전환의례의 핵심을 이룬다.156) 애초에 Lucius의 여행은 동생들을 잘 돌보라는 부모의 명령을 '위반'한데서 시작된 것이다. 이는 이 시점 이전에 Lucius가 가지고 있던, 해도 될 일과 해서는 안 될 일사이의 경계가 일순간 허물어진 것을 의미한다. 과거의 질서나 의무 개념으로는 더 이상 Lucius의 개인적 욕구 충족을 포용할 수 없음을 의미한다. 그러나 Lucius의 일탈이 모든 종류의 책임이나 도덕률로부터의 해방을 추구하는 것이 아니라, '새로운' 질서를 내면화함으로써 다시 사회로 복귀하게 되는 통과의례라면, 과연 그 새로운 질서나 가치가 무엇인가를 묻지 않을 수 없다. 이 점을 이해하지 못하면 『도둑들』에 대한 올바른 평가는 이루어질 수 없다. Lucius의 아버지인 Maury가 그다지 높은 평가를 받지 못하는 이유가 바로 이것이다. Maury는 Lucius의 여행에 담긴 의미를 제대로 이해하지 못하고, 단순히 부모의 말을 어겼다는 이유로 회초리를 드는 고답적인 자세를 보인다.157)

---

156) Lalonde, 7면.
157) 포크너의 후기 성장소설의 특징 중 하나는 인생의 중요한 기로에 선 주인공들을 이끌어 줄 아버지의 부재이다. 이때 아버지의 부재란 물리적인 의미에서 아버지가 존재하지 않는다는 뜻일 수도 있지만, 많은 경우 아들을 성인세계로 이끌어 줄 책임을 다하지 못하는 무능하거나 편협한 아버지의 모습을 의미한다. 『정복되지 않는 사람들』의 John 대령이 그러했고, 『어둠 속의 침입자』의 Charley가 그러했으며, 이 점에서는 『도둑들』의 Maury 또한 예외

그것[4일간의 일탈에 대해 기껏 매질이라는 벌을 주는 것]은 잘
못된 행동이었으며 아버지도 나도 이를 알고 있었다. 내 말은 내
가 한 그 모든 거짓말과 속임수와 불순종에 대해서 아버지가 할
수 있는 전부가 고작 매질이라면 그는 내게 자격 있는 아버지가
아니라는 뜻이다. 그리고 내가 한 모든 행동이 가죽 끈 정도로
상쇄될 수 있는 것이라면 우리 둘 다 수준 이하들이다.

and it was wrong, and Father and I both knew it. I mean,
after all the lying and deceiving and disobeying and conniving
I had done, all he could do about it was to whip me, then
Father was not good enough for me. And if all that I had
done was balanced by no more than that shaving strop, then
both of us were debased. (301)

여행 중에 Lucius가 새롭게 내면화시켜야할 가치는 무엇인가?
그것은 Ned나 Uncle Parsham같은 흑인들의 신사다움에 새로운
발견이다. 달리 말해서 남부의 인종차별주의에 물든 신사 개념이
아니라, 인간의 근본적 가치에 기반한 진정한 신사의 도를 배우는
것이다. 이런 의미에서 Uncle Parsham의 손자인 Lycurgus가
Ned에게 'Mr'라는 호칭을 사용하는 것을 듣고 Lucius가 놀라는
장면은 그의 눈뜸에 있어서 핵심적인 순간이다. Ned의 지시로 시
합에 출전할 상대편 말인 Acheron을 보고 나오는 길에 Lycurgus
가 "맥캐즐린 씨가 말한 것을 잘 기억해둬"(Mind what Mr
McCaslin told us)라고 말하자, Lucius는 무의식적으로 "맥캐즐린
씨라고"(Mr McCaslin?)라고 되묻다가 즉시 "오 그래"(Oh yes,
228)라고 얼버무린다. Mr나 Mrs는 응당 백인에게 붙는 호칭이라
고 믿어 온 Lucius는 이를 흑인에게 붙일 수도 있음을 새삼 깨닫
고 놀라는 것이다. Lycurgus는 Ned에게 Mr라는 호칭을 붙이는데

가 아니다.

그치지 않고, "맥캐즐린 씨가 뭔가를 하겠다고 마음먹으면 그는 하는 거야"(When Mr McCaslin make up his mind to something, he do it, 228)라는 절대적인 신뢰를 보여준다.

사실 Ned는 대단히 복합적인 흑인인물이다. 음흉한 눈동자를 껌벅이며 Lucius에게 찾아와서는 자기를 여행에 끼워주는 대가로 거래를 하려는 모습이나, 자동차 뒷좌석에 말아놓은 방수천 속에 몰래 숨은 채로 여행에 동참했다가 방귀냄새로 인해서 발각되는 Ned의 모습은 독자의 공감을 얻지 못하는 모습임에 틀림없다. 자신은 McCaslin 가문의 일원으로서 적어도 Boon보다는 더 많은 권리를 자동차에 대해서 지니고 있다고 주장하면서도(71), 막상 그 자동차가 건널 수 없는 장애물(진창)을 만나게 되자 어떻게든 이를 극복해 보려는 Boon과 Lucius와는 달리 Lucius더러 차를 밀게 하라고 생떼를 쓰는 게으르고 비겁한 인물이다. 결국 Boon의 완력에 못 이겨 차를 밀기는 하지만, 멤피스에 도달하기 전까지 보여지는 Ned의 이미지는 부정적인 쪽에 가깝다. Colonel Lindscomb이 비난하는 나태하고 무책임한 흑인 상에 딱 들어맞는 이미지이다. 이것은 또한 멤피스로의 여행 이전에 Lucius가 Ned로 대표되는 흑인 전체를 바라보던 시각이기도 하다.

사정이 그러하다보니 Lycurgus가 백인남성에게 붙이는 Mr라는 호칭을 Ned에게 붙이는 것을 듣고 Lucius가 받은 충격이 상당했으리라고 짐작할 수 있다. 더욱이 이것이 단순히 의례적인 호칭이 아니라 Ned의 능력에 대한 철저한 신뢰와 맞물려서 표현되는 상황에서 Lucius는 Ned에 대한 자신의 고정관념을 되짚어볼 수밖에 없게 된다.

Ned가 원래부터 Bobo의 곤경을 알고 있었고 이를 돕기 위해

Memphis로의 자동차 여행에 동참한 것은 아니다. 단지 Lucius와 Boon의 일탈을 이용해서 대처 구경이나 해보자는 심정으로 따라나선 것일 뿐이다. 그러나 일단 Bobo로부터 그가 처한 곤경을 들은 Ned는 그 즉시 자기 나름의 치밀한 논리와 계산에 의해 Bobo를 구할 계획을 세우고 이를 실행에 옮긴다. 그렇다면 멤피스로 오는 길에서 보여준 게으름과 무책임과 너무도 다른 반응을 보이는 Ned의 변화를 어떻게 설명할 것인가? 그 열쇠가 바로 Ned 특유의 당파적인 흑인적 정체성이다. Ned는 자신이 흑인이라는 사실을 늘 당당하게 자각하고 있는 인물이며, 매사를 흑인의 관점에서 파악하는데 익숙한 인물이다. 이런 Ned로서는 백인인 Boon과 Lucius가 처한 곤경에서 벗어나려는 노력에 동참할 필요를 못 느꼈기에 Hell Creek bottom의 진창에 빠진 차를 밀기를 거부한 것이다. 그러나 Bobo의 경우는 다르다. 그가 흑인이기 때문이다.158)

---

158) 작품에서 반복해서 소개되는 Ned의 동물 지능론 역시 흑인적 당파성과 밀접한 관련이 있다. 이에 따르면, 지능이란 '환경에 대처하는 능력이며, 이는 다시 환경을 받아들이면서도 여전히 최소한의 개인적 자유를 보유하는 능력'(ability to cope with environment: which means to accept environment yet still retain at least something of personal liberty. 121)이다. Ned에 따르면, 동물의 지능은 쥐>노새>고양이>개>말 순이다. 그 이유는 쥐는 인간에게 하등 도움을 주지 않으면서도 인간의 음식을 뺏어 먹는 반면, 말은 타고난 소심함과 두려움으로 인해서 어린 아이에 의해서도 죽어라 달려대기 때문이다. 여기서 Ned가 실제로 가장 높이 평가하는 동물은 노새로서 인간을 위한 유용한 노동력을 제공한다는 측면에서는 쥐에 뒤지지만, '스스로 정한 엄격한 규칙 하에서만'(within his own rigid self-set regulations) 그렇게 한다는 점에서 가장 지능이 높은 동물이다.
   여기서 노새를 흑인과 연결지어보면, 이는 곧 백인의 통치에 대한 흑인의 효과적 저항이라는 얘기가 된다. 노새와 흑인은 인내할 줄 알고 스스로의 원칙에 따라 행동한다는 점에서 일치한다. Ned가 『도둑들』에서 보여주는 일견 상반된 듯한 행동은 알고 보면 나름대로의 원칙에 따른 수미일관된 행동이다. 그 본질은 흑인의

사실 멤피스에 도착할 때까지 Ned의 모습이 부정적인 것이었다면 이후에 벌어지는 일련의 사건들은 Ned의 숨은 재능과 미덕들이 유감없이 발휘되는 장이 된다. 특히 돋보이는 것은 복잡한 상황을 꿰뚫어보는 Ned의 판단력이다. 이것이 가장 잘 드러나는 대목은 Corrie의 골칫덩이 조카인 Otis와 관련해서이다. Ned는 10살짜리 소년으로 행세해온 Otis-Lucius를 위시한 대부분의 주위 사람들이 이를 사실로 믿는다-의 실제 나이가 15세쯤 될 거라고 정확하게 추측한다. Otis가 나이는 열다섯 살이지만 그의 체구는 열한 살인 Lucius보다 작아서 겉보기에는 Lucius보다 더 어려 보인다는 사실을 감안하면, Ned가 사람을 겉보기로만 판단하지 않고 그 사람이 구사하는 언어 능력이나 행동거지 등을 종합적으로 고려해서 파악하는 인물임을 알 수 있다. Minnie의 금니를 훔쳐서 달아난 Otis의 행방을 알지 못해서 주변의 모든 사람이 우왕좌왕하는 장면에서 이러한 Ned의 판단능력이 다시 한번 발휘된다. Ned가 보기에 금니를 훔친 범인이 택할 수 있는 선택은 그것을 팔든가 숨기든가 아니면 남 주든가 중의 하나이겠지만, 범인이 Otis일 경우 마지막 선택은 가능성에서 제외된다. 따라서 Otis로서는 이를 팔든가 숨기든가 양단간에 선택할 수밖에 없는데, 어디엔가 숨겨놓기 위한 것이라면 굳이 금니를 훔칠 이유도 없을 터이므로, Otis에게 남은 유일한 선택은 훔친 금니를 파는 것이라고 Ned는 추론한다. 금니를 팔기 위해서 멤피스로 돌아가는 것은 너무 멀고 붙잡힐 위험이 높다고 본다면 Otis가 금니를 팔기 위해서 향할 곳은 바로 내일 벌어질 경마 시합장뿐이므로 그가 나타나기를 기다리기만 하면 된다고 일행을 안심시킨다. Ned가 지닌 이와

당파적 주체성이며, 이것이 상황에 따라 백인에 대한 저항이나 동료 흑인에 대한 연대라는 모습으로 나타난다.

같은 논리적인 사고 능력은 학습을 통해서 이루어진 게 아니라 본능적인 것이라는 데에 그 특징이 있다. 이를 통해서 Ned는 다른 소설들 예컨대 『어둠 속의 침입자』나 『기사의 첫 수』혹은 『마을』 등에서 Gavin이 맡던 아마추어 탐정 및 해결사 노릇을 수행한다.

 Ned의 능력이 최고로 드러나는 것은 역시 경마시합에서이다. Coppermine 뛰어난 경주마임을 첫 눈에 간파한 Ned는 정어리를 이용해서 그를 전력질주하게 만들 수 있음을 확신한다. 그러나 이 비법은 딱 한번만 유효한 반면, Acheron과의 시합은 삼판양승으로 치러진다는 문제가 남아 있다. 여기서 Ned의 복잡한 승리방정식이 개입된다. 비법을 사용해서 1차전이나 2차전을 승리하더라도 3차전에서 진다면 의미가 없다. 따라서 Ned는 1차전은 포기하고 2차전에서 비법을 사용하지 않은 채 승리한다는 작전을 짠다. 1차전은 포기하는 대신 여러 방법을 총동원해서 상대편 말과 기수를 흥분시킴으로써 2차전에서 흥분상태의 두 말이 근접한 상황에서 벌어질 법한 돌발 상황에 기대를 걸어보겠다는 계산이다.

 1차전이 끝난 후 Butch가 등장해서 Coppermine을 훔친 죄목으로 Ned와 Boon을 연행하는 돌발 상황이 발생하면서 2차전과 3차전은 다음날로 연기된다. 결국 일행을 풀어주는 조건으로 Corrie가 Butch에게 몸을 허락하는 우여곡절 끝에 다음날 오후 2시에 2차전이 속개된다. Ned의 예상대로 곡선 주로에서 약간 앞선 Acheron과 안쪽 레일 사이를 비집고 들어가던 Lucius는 맞닿아 있는 Coppermine과 Acheron의 볼기짝을 향해서 힘껏 회초리를 휘두르고, 불의의 일격을 당한 Acheron은 바깥쪽 울타리를 박차고 나간 후 레일 바깥에서 질주를 계속해서 Coppermine보다 먼저 결승선을 통과한다. 어쨌든 Acheron이 앞섰다는 쪽과 경기장을 벗어난 것은 반칙에 해당되므로 Coppermine이 반칙승을 거두었다는 두 가지 견해가 팽팽하게 대립하다가, 때마침 등장한 말 주인들 간의 협상으로 3차전을 이긴 사람이 2차전도 이긴 것으로 간주하기로 결론이 난다. 3차전에서 Ned는 최후의 순간까지 아껴둔 비법을 사용해서 손쉽게 승리를 거둔다.

『도둑들』의 마지막 장인 13장에서 Ned는 Colonel Lindscomb의 서재에 모인 사람들에게 사건의 자초지종을 들려준다. Ned가 정어리를 사용해서 Coppermine을 달리게 만들었다는 비법을 털어놓자 Coppermine의 주인인 Van Tosch는 이를 의심하면서 Ned의 비법을 믿는 Boss에게 Coppermine을 걸고 한 번 더 내기시합을 벌일 것을 제안한다. Coppermine이 이기면 이 말을 Boss가 갖는 대신, 만약 지면 500달러에 Coppermine을 사거나 아니면 그냥 500불을 지불하고 끝낸다는 조건이다. 간단한 흥정 끝에 말 값을 495달러로 깎은 상태에서 시합을 하기로 결정된다. 네 번째로 Lucius는 Coppermine을 타고 Acheron과 시합을 벌이지만, 처음부터 이 내기에서 철저히 소외된 Ned로서는 이 시합에 이길 생각이 없다. Ned 쪽에서의 아무런 지시나 계획 없이 이루어진 시합에서 당연히 Coppermine은 패배하고, Boss는 Ned의 의견을 무시하고 일방적으로 내기를 벌인 대가로 495달러라는 거금을 치른다. Boss는 도대체 어떻게 된 일이냐고 화를 내며 따지고, Lucius도 무언의 불만을 표한다. Ned는 다음과 같이 Lucius를 달랜다.

이 말 생각일랑 잊어버려. 우리에겐 이 말이 필요 없어. 보스는 자기 자동차를 되찾았고, 그가 잃어버린 것이라곤 496달러가 전부인데 이 말을 소유하지 않는 것은 496달러의 가치는 돼. 만약 이 냄새나는 쪼그만 생선의 생산을 중단해 버리면 도대체 우리가 이 말로 뭘 하겠냐?

"Forget this horse. We dont want him. Boss has got his automo-
bile back and all he lost was four hundred and ninety-six dollars
and it's worth four hundred and ninety-six dollars not to own
this horse. Because what in the world would we do with him,
supposing they was to quit making them stinking little fishes?"
(298)

Ned의 설명을 통해서 Lucius는 경주라면 무조건 이기고 보아
야 한다는 승리 지상주의에서 벗어나야 한다는 교훈을 얻는다.
이를 통해 역으로 Ned가 모든 수단을 다해서 시합에 이기려 한
것이 승리에 대한 무조건적인 집착에서가 아니라 Boss의 자동
차를 반드시 되찾으려는 책임감에서였음이 다시 한번 확인된다.
　Ned에게서 흑인의 당파적 정체성과 그들 간의 연대능력을
Lucius가 배운다고 한다면, Uncle Parsham에게서는 남을 먼저 배려
하고 인내하는 법을 배운다. Ned에게서 힘든 상황을 헤쳐 나가는
지혜와 용기를 배운다면, Parsham에게서는 겸손과 인내를 배운다고
할 수 있다. 이는 말과 노새의 차이를 가르쳐주는 Uncle Parsham의
대사에서 잘 드러난다.

노새는 말과는 다르지. 말이 머리 속에 그릇된 생각을 품게 되면
네가 해야 할 일은 그 생각 대신 다른 생각을 심어주는 거야. 아
무 거라도 괜찮아―채찍질 한방이나 박차를 차거나 아니면 단지
그에게 소리 질러서 그를 놀래키면 돼. 노새는 다르단다. 이 놈은
두 가지 생각을 동시에 품고 있을 수 있으며, 그 둘 중 어느 하
나를 바꿀 수 있는 방법은 그 놈이 먼저 그걸 바꿀 생각을 하고
있다고 네가 믿는 것처럼 행동하는 거란다. 노새는 지각이 있기
때문에 그 놈도 그 차이를 알거야. 하지만 노새는 또한 신사이기
때문에 네가 그 놈을 매수하거나 혹은 놀래키려고 하지 않으면서

그에게 예의바르고 정중하게 행동하면 그 놈도 네게 예의바르고
정중하게 행동할 거야. 네가 그 놈을 밟고 넘어가지 않는 한에서
말이야.

A mule aint like a horse. When a horse gets a wrong notion in
his head, all you got to do is swap him another one for it. Most
anything will do-a whip or spur or just scare him by hollering
at him. A mule is different. He can hold two notions at the same
time and the way to change one of them is to act like you
believe he thought of changing it first. He'll know different,
because mules have got sense. But a mule is a gentleman too,
and when you act courteous and respectful at him without trying
to buy him or scare him, he'll act courteous and respectful back
at you-as long as you dont overstep him. (245)

Lucius는 처음부터 Uncle Parsham에게서 Boss의 권위를 느낀
다. 이는 "할아버지가 하던 것과 똑같이 냅킨을 펼쳐서 한쪽 모퉁
이를 상의 칼라에 꽂았다"(unfolded his napkin and stuck the
corner in his collar exactly as Grandfather did, 247)는 설명이나,
식후에 '할아버지 것과 꼭 같은 금박 입힌 이쑤시개로 이를 쑤시
는'(picking his teeth with a gold toothpick just like Grandfather's
246) Uncle Parsham에 대한 Lucius의 묘사에서 잘 드러난다. 예상
치 못한 Butch의 개입으로 경마시합이 중단된 후, Ned를 위시한 일
행이 모두 구치소로 붙잡혀간 상태에서 주체할 수 없는 고독감에
휩싸인 Lucius가 Uncle Parsham에게 기대어 갑작스런 울음을 터
뜨리는 것은 이처럼 그에게서 Boss의 모습을 떠올렸기 때문이다.
그러나 Uncle Parsham은 Boss가 지닌 권위와 푸근함을 지녔으면
서도 뭔가 그에게는 없는 어떤 것을 지니고 있는데 그것은 바로
타인에 대한 우선적인 배려이다. Lucius와 함께 집에 온 Uncle

Parsham은 식사에 앞서 Lucius에게 "너도 집에서 식사기도 하지?"(You gives thanks at your house too, 247)라고 묻고, 이에 대해 Lucius가 그렇다고 대답한 연후에 기도를 시작한다. 그의 모습에서 Lucius는 예의와 권위, 총명을 함께 느낀다.

"고개를 숙여라", 그리고 우리는 그렇게 했으며, 그는 간명하고 예의바르면서도 위엄 있게, 굴욕감이나 두려움 없이 감사기도를 드렸다. 타인에 대한 예의와 지성을 갖춘 사람이었다.

"Bow your head", and we did so and he said grace, briefly, courteously but with dignity, without abasement or cringing: one man of decency and intelligence to another: (247)

그날 밤 Lucius는 Lycurgus의 침대에 잠자리를 봐 두었다는 Mary — Lycurgus의 엄마 — 의 말에 "라이커거스의 침대를 사용할 필요가 없어요. 파샴 할아버지와 같이 잘 수 있어요. 난 개의치 않아요."(I dont need to take Lycurgus's bed, I can sleep with Uncle Parsham. I wont mind. 250)라고 대답한다. Lycurgus의 옷을 입고 Uncle Parsham의 침대에 나란히 누운 Lucius의 모습은 흑인의 인내와 겸손의 미덕을 자신의 것으로 수용함을 의미한다. 외양적인 정중함과 예의바름을 중시하는 백인의 신사 개념을 넘어서 상대를 존중할 줄 알고 배려할 줄 아는 진정한 신사로 거듭나는 순간이다. 이를 통해 Lucius는 자신이 일찍이 "우리들 중의 귀족이자 우리 모두의 재판관"(the aristocrat of us all and judge of us all, 176)이라고 부른 Uncle Parsham의 상징적인 계승자가 된다.

　지금까지 살펴본 바대로 Lucius는 멤피스로의 여행을 통해서 백인 남성 우월주의에 입각한 신사개념을 넘어서는 진정한 신사의 도를 배우게 된다. 진정한 신사가 되는 데에 있어서 Ned와

Uncle Parsham이 백인남성들보다 유리한 위치라고 말할 수 있는 이유는, 그들이 타인의 입장을 먼저 고려하도록 강요당하는 과정에서 백인남성들의 독선적이고 자기중심적인 사고방식에 빠질 위험이 상대적으로 덜하기 때문이다. 또한 Boon을 통해서는 개인의 정체성이란 타고나는 것이 아니라 개인의 선택에 의해 구성되는 것임을 배운다. Corrie를 통해서는 남부의 성 이데올로기의 허구성을 깨닫게 된다. 이런 과정을 통해서 진정한 신사란 껍데기를 보고 사람을 평가하지 않고, 성, 계급, 인종을 뛰어넘어 개인이 지닌 고유의 가치와 능력을 볼 줄 알며, 최선을 다해서 이를 지켜주고 키워줄 줄 아는 사람임을 알게 된다. 이와 같은 진정한 신사들의 출현과 그들의 연대를 통해서 개인과 사회의 진보가 힘들지만 조금씩 가능해 진다는 원리를 Lucius는 체득한다. Lucius가 자신의 경험을 통해서 배웠고 또 자신의 손자에게 물려주고 싶어 하는 다음의 진리는 Boss Priest로 대변되는 백인 상류계급 남성들의 허위의식을 보여주는 동시에 많은 Lucius들이 붙잡고 살아가야 할 교훈이다.

이제 내가 할아버지의 말뜻을 알기 때문이야. 너의 외관은 단지 네가 그 속에서 살고 잠자는 것일 뿐 네가 누구인가와는 거의 상관이 없으며, 더더구나 네가 무엇을 하느냐 와는 더 상관이 없다는 사실을 말이야.

"Because now I knew what Grandfather meant: that your outside is just what you live in, sleep in, and has little connection with who you are and even less what you do." (304)

ⅴ) Lucius의 보수주의/비관주의

『도둑들』은 인종주의에 기반한 그릇된 신사의 코드를 넘어서는 진정한 신사도를 체득하고 또 이를 손자를 통해 후대에 전해주는 이야기이지만, 이의 전망이 밝게만 느껴지지는 않는 이유는 이야기를 전개하는 Lucius에게서 언뜻 언뜻 내비치는 비관주의 때문이다. 예컨대 Lucius의 비관주의는 다음과 같은 언급들에서 드러난다. 이 대목은 Lucius가 경마시합 전날까지도 다소 김이 빠질 정도로 한산했던 Parsham의 여름날과 이 이야기를 들려주는 현재의(60년대의) 분주한 일상을 대비하는 장면이다. 여기서 Lucius는 자신을 '극단적인 보수주의자'(mossbacked recidivists)로 부르면서 당대의 무분별한 번영과 확장에 대한 불만을 토로한다.

여름에는 60도, 겨울에는 90도로 인위적으로 맞춰진 실내에 더 이상 계절은 없다. 그래서 나 같은 극단적 보수주의자들은 여름이면 추위를 피해서, 겨울이면 더위를 피해서 바깥에 나가야 한다. 한때는 경제적인 생필품이었지만 지금은 사교적인 생필품이 된 자동차를 포함해서, 모든 인류가 동시에 움직임을 멈추면 지구 표면이 멈춰서고 굳어버리게 될 시점이 이미 이곳에 도래했다. 너무나 많은 사람들이 있다. 인류는 분열에 의해서가 아니라, 'f'로 시작되는, 조건부이자 동사 능동형인 또 다른 명사에 의해 파멸할 것이다. 두려움에 질려서 미쳐버린 사회적－경제적이 아니라 사회적－절망감에 의해서 강요되고 강제된 법률, 현재 한 여인에게 단 하나의 남편만 허용되듯이 한 여인에게 단 하나의 아이만 허용하는 법률의 출현을, 나는 못 보겠지만 너희들은 보게 될지도 모른다.

:there are no seasons at all any more, with interiors artificially contrived at sixty degrees in summer and ninety degrees in winter, so that mossbacked recidivists like me must go outside in summer to escape cold and in winter to escape heat; including the automobiles also which once were mere economic necessities but are now social ones, the moment already here when, if all the human race ever stops moving at the same instant, the surface of the earth will seize, solidify: there are too many of us; humanity will destroy itself not by fission but by another beginning with f which is a also verb-active as well as a conditional state; I wont see it but you may: a law compelled and enforced by dire and frantic social-not economic: social-desperation permitting a woman but one child as she is now permitted but one husband. (193)

여기서 'f로 시작되는 또 다른 명사'란 'fucking'을 가리킨다. 극단적인 보수주의자인 Lucius는 계절의 차이라는 자연의 섭리를 무화시키는 당대인들의 도를 넘은 향락과 자기과시 행태를 비난하면서, 인류는 무분별한 인구의 증가로 인해 스스로 파멸해갈 것이며, 이를 제어하기 위해 미래에는 훨씬 더 비인간적이고 더 강력한 권력의 통제가 등장할 것이라는 섬뜩한 전망을 제시한다. 이는 거침없는 이동과 무한한 팽창으로 특징되는 근대 자본주의를 상징하는 자동차가 삶의 질 향상이라는 원래의 기능에서 벗어나 이제는 단순히 신분 과시용으로 전락해버린 후기 자본주의 사회의 천박성에 대한 거부감의 표현이다. 동시에 이와 같은 비인간화의 물결을 거스를 중심세력이 부재한 현실에 대한 비관적 전망이다.

또한 고양이를 인간보다 더 영특한 존재로 설정하는 한 우화를 빌어서 인간의 근거 없는 낙관주의를 공격하는 Lucius의 태도는, *Gulliver's Travels*의 마지막 장에 묘사된 Gulliver의 냉소주의를 연상시킨다.

한 우화가 있다. 아마 중국 우화인 것 같고 물론 꾸며낸 이야기이다. 고양이들이 지구를 지배하던 시절에 관한 우화이다. 고양이들은 인간의 여러 문제들—기근, 역병, 전쟁, 불의, 어리석음, 탐욕—을 대처하기 위해 오랜 세월 노력한 끝에, 이를 어찌할 것인가를 모색하기 위해 가장 현명한 고양이 철학자들의 회의를 열게 되었다. 오랜 숙의 끝에 그들은 이 딜레마와 문제들은 해결불능의 것들이며, 유일하게 실용적인 해결책은 이를 단념하고 포기하는 대신, 보다 열등한 종족 중에서 이 세상의 곤경이 해결가능하다고 믿을 만큼 낙관적이면서 더 똑똑해질 수 없을 정도로 충분히 무지한 종족을 골라서 그들에게 떠넘기는 것이라는 데에 동의했다. 그것이 고양이가 인간과 함께 살면서 음식과 거처를 인간에게 완전히 의존하면서도 인간을 위해서 발 하나 까딱하지 않고 인간을 사랑하지도 않는 이유이다.

There is the fable, Chinese, I think, literary I am sure: of a period on earth when the dominant creatures were cats: who after ages of trying to cope with the anguishes of mortality-famine, plague, war, injustice, folly, greed-in a word, civilised government-convened a congress of the wisest cat philosophers to see if anything could be done: who after long deliberation agreed that the dilemma, the problems themselves were insoluble and the only practical solution was to give it up, relinquish, abdicate, by selection from among the lesser creatures a species, race optimistic enough to believe that the mortal predicament could be solved and ignorant enough never to learn better. Which is why the cat lives with you, is completely dependent on you for food and shelter but lifts no paw for you and loves you not; (121-22)

여기서 Lucius는 중국의 한 우화를 예로 들어서 인간사의 모든 문제들이 해결될 수 있다는 근거 없는 낙관주의를 통렬히 비난한다. 어설픈 낙관주의가 위험한 이유는 현실에 존재하는 모순을 은폐시키거나 악화시키는 데에 일조할 소지가 있기 때문이다. Lucius의 입장을 Moses 식으로 '삶의 수용'이라는 메시지로 간단하게 설명159)

---

159) Moses는 『도둑들』에 나오는 Uncle Ike를 위시한 다양한 인물들은

할 수 없는 것도 바로 이런 현실의 모순에 대한 Lucius의 날카로운 통찰 때문이다. 이런 점에서 Lucius는 현실주의자라 불릴만하다. 그러나 이런 비관적인 전망이 구체적인 통계나 주밀한 논증을 통해서 혹은 작품의 흐름에 따라오는 자연스런 결론으로서 제기되는 것이 아니라, 하나의 여담 형식으로 슬쩍 끼어듦으로써 그 비관적 전망의 무게를 낮춘다. 이는 결코 이런 비극적 결말에 이르러서는 안 된다는 작가의 의지의 표현이다.

vi) 변화의 수용 對 전통의 보존

『도둑들』에서 자동차는 현대 문명의 꽃으로 묘사되면서 변화와 속도를 상징한다. 그러나 자동차가 상징하는 변화에 대한 작가의 평가는 그리 간단치 않다. 당대의 문명을 때로는 부정적인 모습으로 그리지만 그렇다고 해서 자연으로 돌아가자는 식의 대책 없는 낭만주의는 아니다. 이는 자동차를 '움직임'과 연결시키는 데에서 분명해진다. Boss Priest는 제퍼슨 읍내를 통틀어 자동차가 두 대밖에 없던 당시에 이미, 머지않은 장래에 자동차가 다니지 못할 도로가 없을 정도로 자동차가 일반화될 것을 예견하면서, Maury의 세마업소도 앞으로는 아마 '프리스트 자동차 회사'로 바뀌게 될 것을 예언한다. 그 이유는 사람들은 "움직임을 위해서라면 어떤 대가라도 지불할 것이기 때문이"(People will pay any price for motion. 41)다. 즉 변화란 필연적인 현상이며, 우리 삶의 일부로

소설의 진행을 진전시키지는 않지만 주제를 진전시키는데, 그 주제란 바로 '삶의 수용'이라고 분석한다. 『도둑들』에서 언급되는 여타의 포크너 주인공들은 모두 자신들이 직면한 삶에 반항했으며 그 결과 자신들의 어리석음에 대한 대가를 지불한 반면, 그들이 배우지 못했던 교훈을 11살 된 Lucius가 『도둑들』의 끝부분에서 터득한다고 Moses는 주장한다. Moses, 313면.

우리가 수용해야 하는 것이란 의미이다. Miss Reba의 집에 좀더 오래 머문다면 남녀가 성교하는 장면을 볼 수 있을 텐데 그럴 수 없어서 안됐다는 Otis의 말을 들으면서 Lucius가 다음과 같이 반문하는 대목에서 변화의 필연성은 다시 한번 강조된다.

"뭣 때문에?" 난 말했다. 난 그것을 물어보아야만 했단다. 왜냐하면 내가 원하는 바는 집으로 돌아가는 것이었기 때문이다. 내겐 엄마가 필요했다. 경험, 지식, 인식을 얻을 준비가 되어있어야 하기 때문이다. 어둠 속에서 노상강도에게 의식하지도 못하고 얻어맞는 식이어서는 안 된다. 난 11살이었다는 사실을 기억해라. 이 세상에는 있어서는 안 되지만 실제로 존재하는 물건들과 상황들과 조건들이 있는 법이다. 이를 피할 수는 없으며, 설사 네가 선택할 수 있다 하더라도 너는 피하려 하지 않을 것이다. 왜냐하면 그런 것들 또한 움직임의 일부이고, 삶에 참여하는 것의 일부이며, 살아 있다는 것의 일부이기 때문이다. 하지만 그런 것들은 우아하게 예의를 갖추어서 찾아와야 하는 법이다. 난 아무런 도움도 없이 너무나 많은 것을 너무나 빨리 배워야만 했다.

"What for?" I said. You see, I had to ask it. Because what I wanted was to be back home. I wanted my mother. Because you should be prepared for experience, knowledge, knowing: not bludgeoned unaware in the dark as by a highwayman or footpad. I was eleven, remember. There are things, circumstances, conditions in the world which should not be there but are, and you can't escape them and indeed, you would not escape them even if you had the choice, since they too are a part of Motion, of participating in life, being alive. But they should arrive with grace, decency. I was having to learn too much too fast, unassisted; (155)

여기서 Lucius는 전체적으로 인생의 경험도 중요하지만 그 이전에 이를 용해하고 소화할 수 있는 준비가 되어있어야 하며, 특히 성과 같은 민감한 주제에 대한 교육은 적절한 대비와 절차를 통해 이루어져야 한다는 보수적 교육관을 피력한다. 그러면서도 움직임이란 살아있다는 것, 삶에 참여한다는 것을 의미함을 역설한다. 여기서 Lucius는 보수주의자의 면모를 보이면서도 전체적으로는 변화와 움직임을 강조한다. 이런 태도는 『도둑들』의 구조에 담긴 작가의 메시지와 부합된다. 왜냐하면 Lucius 자신이 별로 준비가 되어있지 않은 상황에서 급작스럽게 겪었던 경험(혹은 움직임)이 결국 그에게 중요한 교훈들을 얻게 해 주고, 이를 통해 신사로 성장하는 긍정적 계기로 작용하기 때문이다.

그러나 『도둑들』에서 자동차가 상징하는 변화 혹은 변화를 대변하는 자동차가 언제나 긍정적 의미를 지니는 것은 아니다. 이는 Hell Creek Bottom에서 진창에 빠져 옴짝달싹하지 못하는 자동차를 묘사하는 다음의 대목에서 입증된다.

생물학적으로는 죽은 형체이고, 따라서 태어나기도 전에 이미 퇴물이 되어버린 자동차. 힘과 능력에 있어서는 말 열두 마리에 필적하는 것으로 평가되면서도, 기계를 사용하지 않은 고래의 방식으로 만들어낸 가장 연약한 정수와 단위의 움직임으로도 오랜 세월동안 이를 전혀 주목하지도 않은 채로 쉽게 대처해온, 몇 인치 안 되는 두 개의 온순하고 평화로운 물질들—흙과 물—의 일시적인 조합의 거의 어린아이 같은 손아귀에서 무력하고 무능하게 사로잡혀 있는, 비싸지만 쓸모없는 장난감 기계.

being themselves biological dead ends and hence already obsolete before they were born; the automobile: the expensive useless mechanical toy rated in power and strength by the dozens of horses, yet held helpless and impotent in the almost

infantile clutch of a few inches of the temporary confederation
of two mild and pacific elements-earth and water-which the
frailest integers and units of motion as produced by the
ancient unmechanical methods, had coped with for countless
generations without really having noticed it; (87)

여기서는 자동차라는 기계와 물과 흙이라는 자연이 대비되면
서, 무수한 세월동안 별 어려움 없이 극복해온 최소한의 장애조차
넘지 못하는 자동차의 무능함이 강조된다. 이를 통해 자동차가 상
징하는 현대라는 '기계 시대'(the machine age, 28)의 초라함과 빈
약함을 날카롭게 조롱한다. 여기에다가 한때는 경제적 필수품이
었지만 지금은 '사교적 필수품'(193)으로 전락했다는 비판과 연결
되면, 자동차 및 그것이 상징하는 현대의 기계문명에 대한 화자의
비판의 강도는 훨씬 심해진다. 그러나 그렇다고 자동차의 맹점에
대한 화자의 조롱이 자동차 의 폐기나 자동차 무용론으로 이어지
는 것은 아니다. 다만 변화의 필연성은 인정하되, 그 변화가 가져
올지 모르는 상실에 대해서 냉철하게 따져 보아야 하며, 올바른
방향으로 이런 변화를 견인해야 한다는 메시지를 담고 있다.

그런데 변화에 대한 화자의 이런 변증법적 시각은 전체적으로
공개적인 발언을 통해 피력해온 포크너의 사상과 많이 닮아있다.
예를 들어 진보는 필연이지만 너무 빠른 진보는 '정신적인 상실'을
초래한다는 발언[160]이나, 변화와 진보의 반대는 죽음이라는 주
장[161] 등은 위에서 나타난 Lucius의 발언과 일맥상통한다. 포크너
는 "The Bear"의 마지막 장면―Boon이 망가진 총을 고치려 애쓰
면서, "여기서 꺼져! 손대지 마! 그놈들 중 단 하나도 손대지 마!

---

160) *FIU*, 68면.
161) *FIU*, 151면.

그놈들은 내꺼야"(*GDM*, 252)라고 미친 듯이 외치는—이 결국 변화가 모든 선을 파괴할 수밖에 없음을 의미하는가라는 질문에 대해서 다음과 같이 답변한다.

현명한 사람들에 의해서 통제되지 않는 변화는 때로 그것이 가져오는 것보다 더 많은 것을 파괴합니다. 현명한 사람이 변화의 한가운데로 와서 그것을 감당하지 않으면, 변화는 대체 불가능한 것을 파괴시켜 버릴 수도 있습니다. 변화의 이유가 천박한 동기에서 연유한 것이라면—즉 황야를 개간해서 목화밭을 만든다거나, 농노제, 노예제를 근거로 한 토지경제하에서 목화를 재배하기 위한 것이라면, 그런 변화는 천박한 것입니다. 왜냐하면 목화밭은 그것이 대체하는 황야만큼 유익하지 않기 때문입니다. 그러나 보다 많은 사람에게 보다 많은 교육을, 그리고 보다 많은 사람에게 보다 많은 식량과 보다 많은 인생의 유익을 제공하기 위한 목적에서라면, 단지 자동차를 타고 돌아다닐 수 있는 여가 대신 이쪽에 담긴 것[개인의 잠재적 능력]을 사용할 여가를 제공하기 위한 목적에서라면, 그런 변화는 황야를 파괴할 가치가 있는 변화입니다. 하지만 황야의 파괴가 단지 더 많은 사람에게 타고 돌아다닐 수 있는 더 많은 자동차를 제공하기 위한 것이라면, 그 경우는 황야가 훨씬 낫습니다.

Change if it is not controlled by wise people destroys sometimes more than it brings. That unless some wise person comes along in the middle of the change and takes charge of it, change can destroy what is irreplaceable. If the reason for the change is base in motive-that is, to clear the wilderness just to make cotton land, to raise cotton on an agrarian economy of peonage, slavery, is base because it's not as good as the wilderness which it replaces. But if in the end that makes more education for more people, and more food for more people, more of the good things of life-I mean by that to give man leisure to use what's up here instead of just leisure to ride around in automobiles, then the-it

was worth destroying the wilderness. But if all the destruction
of the wilderness does is to give more people more automobiles
just to ride around in then the wilderness was better.[162]

포크너에게 있어서 변화란 불가피한 것이지만 그 자체로 정당
성이 확보되는 것은 아니다. 변화가 보편적인 가치를 향해 열려져
있는 경우에만 그 변화는 가치가 있다. 지혜로운 사람들에 의해
조절되지 않는 변화는 득보다는 실이 많다는 포크너의 주장은 엘
리트주의라는 비판의 소지가 있지만, 여기서 포크너가 말하는 지
혜가 지식 혹은 학식과는 직접적 관련이 없으며, Ned나 Uncle
Parsham 같은 인물들이 지닌 삶에 대한 깊은 통찰을 가리킴이
분명하다. 이들에게서 진정한 신사의 도를 배운 Lucius들에 의해
서 변화의 방향과 속도가 조절되는 가운데 이루어지는 사회의 진
보야말로 포크너가 제시하는 대안이라고 말할 수 있다.

이는 다시 포크너의 인간관과 연결된 문제로서, 포크너는 인간
의 본성이 결코 선하다고 믿지 않으며, 오히려 인간본성은 선보다
는 악을 생각하고, 상상하고, 그려내는 일에 더 재능을 보인다고
주장한다.[163] 그럼에도 불구하고 인간은 연민, 명예, 자부심, 인내
등으로 승리할 것이며,[164] 개개의 인간은 멸망하고 사라질 수 있
어도 인류는 결코 자멸하지 않을 것이며, 스스로를 개선해 가서
언젠가 전쟁, 질병, 무지, 가난의 문제를 해결하게 될 것이라고 포
크너는 주장한다.[165] 여기서 포크너는 일견 모순 된 주장을 펼치
는 셈이지만, 개개의 인간본성에 대한 비관론과 전체 인류의 운명

---

162) *FIU*, 277면.
163) *FIU*, 5면.
164) *FIU*, 5면.
165) Fant, *Faulkner at Westpoint.* 80, 120면.

에 대한 낙관론이 포크너에게 혼재할 수 있는 원인을 '소수의 현명한 사람들'에서 찾을 수 있다. 어찌 보면 포크너의 예술 세계는 바로 이 소수의 지혜로운 무리들을 발굴하고, 교육하고, 그들의 경험을 후대에 전승하는 일에 초점을 맞추고 있다고 볼 수 있다. 이런 이유에서 성장소설은 포크너의 작품세계 전반을 특징지어주는 가장 중요한 주제이자 기법이라고 할 수 있는 것이다.

V. 맺음말

　포크너의 작품세계는 소재, 주제, 배경, 인물의 일관성이 있으면서도 동시에 급진적인 변화가 일어나는 세계이다. Carothers는 이 변화를 초기의 아이러니, 비관주의, 절망으로부터 후기의 긍정적 수사와 희극적 해결로의 긴 여행이라고 주장한 바 있다.166) 물론 이런 변화는 단선적인 현상이 아니며, 이러한 주장에는 많은 제한과 설명이 덧붙여져야 한다. 즉 후기의 긍정적 수사에도 전기의 비관주의와 아이러니가 계속 끼어들어 오며, 형식적으로는 낙관적인 결말로 끝나는 작품에서도 왠지 모를 불안감이 녹아들어 있다. 그럼에도 불구하고 언어를 통한 의사소통 가능성에 대한 극도의 불신이 후기에 들어오면서 많이 약화되거나 극복되면서, 전체적으로 자신의 이야기를 들어줄 청중을 창조해 내고 이들과의 연대를 통해서 문제를 극복해 나가는 주인공들의 모습이 비중 있게 그려지는 것만은 분명하다.

　지금까지 세 편의 소설들을 성장이란 주제로 분석해 봄으로써 후기 포크너의 주제와 기법 상의 변화를 규명해 보았다. 『정복되지 않는 사람들』의 Bayard가 남북 전쟁 기에 겪은 여러 입문의 경험들이 어우러져서 아버지의 죽음에 대한 복수이행을 요구하는 사회의 압력에 그 나름의 창조적인 방법으로 대응하는 Bayard의 성장을 살펴보았다. Bayard의 성장에서 가장 중요한 영향을 끼친

---

166) James Carothers, "The Myriad Heart: The Evolution of the Faulkner Hero", *"A Cosmos of My Own" : Faulkner and Yoknapatawpha, 1980.* Eds. Doreen Fowler and Ann J Abadie (Jackson: UP of Mississippi, 1981) 252면.

인물은 Granny와 Drusilla이다. Bayard는 Granny에게서 최선을 다해서 궁핍한 이웃을 돌보는 책임감을 배운다. 그러나 Granny는 남부의 지배 이데올로기의 일부인 가부장적 온정주의에 의거해서 집단 대이동 도중에 낙오한 흑인 여자에게 자선을 베푼다거나 정처 없이 떠돌아다니는 흑인들을 보살피는 자비를 베풀긴 하지만, 그들로 하여금 무모한 탈출 행각을 벌이게 만든 인종차별의 현실을 직시하는 일은 끝내 외면한다. 결국 Granny는 남부적인 가치를 지나치게 추종한 대가로 목숨을 잃는다. Granny의 삶을 통해 작가는 그녀가 충실히 이행한 남부적 가치의 긍정적 면모를 계승하면서도, 동시에 그 근본적인 한계를 넘어설 것을 Bayard에게 요구한다.

Drusilla와의 만남을 통해서 Bayard는 남부인들이 목숨을 바쳐서라도 지키려고 애써온 남부의 전통과 체제가 실상은 남부 여인들의 자기실현을 가로막는 질곡일 수도 있다는 가능성에 눈뜨게 된다. 여기에다가 남부의 전통에 의거해서 Grumby에게 행한 복수 또한 부정적인 기억으로 각인되면서, 남부의 전통과 가치에 대한 Bayard의 회의를 심화시키는데 일조한다. 이런 경험들이 축적되면서 「버베나 향기」의 초반에서 Bayard는 아버지의 죽음에 대한 복수이행의 의무를 아예 무시해버리겠다는 결심을 하게 된다. 그러나 이 결심은 두 여인과의 만남을 통해서 바뀌게 된다.

일전에 Bayard는 Drusilla와의 황홀한 키스의 경험을 통해 틀에 가둘 수 없는 그녀의 생명력을 발견하고, 나아가서 여성 전반이 보여주는 유형화시킬 수 없는 개성을 찬미한 바 있다. 그러나 Drusilla는 남부사회가 규정해온 왜곡된 여성적 정체성을 벗어버리는 데에는 성공하지만, 이를 넘어서 여성으로서의 자신의 고유한 정체성을 발견하는데 까지는 나아가지 못한다. 그러다보니 위

대한 남부의 재건이라는 대의에 입각해서는 상당한 독창성과 생명력을 발휘하던 Drusilla가 이러한 대의가 부정당하는 현실에서는 이를 받아들이지 못한 채 결국 광기에 사로잡힌 비극적 인물로 전락한다. Drusilla의 전락은 Bayard의 애초의 결심을 번복하게 만드는 직접적 계기가 된다.

한편 Bayard는 죽은 John 대령의 여동생인 Aunt Jenny에게서 Redmond에 대한 복수를 단념하라는 권고를 받는다. 그러나 Bayard가 보기에 자신에게 떳떳하다면 공동체의 비난 정도는 간단히 무시할 수 있다는 Aunt Jenny의 합리적 개인주의는 문제의 진정한 해결책이 될 수 없다. Drusilla를 위시한 많은 이웃들이 아직도 남부의 왜곡된 이데올로기의 영향력에서 벗어나지 못하는 상황에서 어떤 식으로든 그들의 아픔을 끌어안는 선택이어야 한다는 데에 Bayard의 고민이 있다. 온 밤을 지새운 끝에 Bayard는 비무장으로 Redmond에게 맞서기로 결심한다. 공동체가 요구하는 용기라는 가치와 비폭력이라는 자신의 신념을 동시에 충족시키기 위한 고육지책이다. Bayard의 행동에 대해 제퍼슨 사회는 존경과 동의의 제스처로 화답한다. 『정복되지 않는 사람들』은 개인이 진정한 주체로 성장하기 위해서는 개인의 자아실현을 가로막는 사회의 그릇된 통념과 관행을 극복해야 하지만 이러한 극복이 공동체의 평가와 기대를 아예 무시해버리는 방향이어서는 안 된다는 메시지를 담고 있다.

기법적인 측면에서 보자면, 어린 화자의 목소리와 장년이 된 화자의 목소리를 병치시키는 이중적 관점의 기법을 통해서 성장의 과정을 생생하게 전달하면서도 인생에 대한 원숙한 통찰을 가미한다. 또한 12세부터 24세에 이르는 청년기에 주인공이 경험한 7개의 에피소드를 하나의 소설로 묶음으로써 성장의 직접적 계기

내지는 메커니즘을 집중적으로 규명하는데 성공한다.

『어둠 속의 침입자』의 Chick 역시 진정한 주체로 성장하기 위해서는 남부인의 삶과 의식을 왜곡시켜온 지배 이데올로기의 질곡을 벗어나야 한다. 이는 인종차별주의, 성차별주의, 편향된 계급의식 등을 정직하게 대면해서 극복해야 한다는 의미이다. Lucas와의 첫 만남은 Chick이 알게 모르게 내면화시켜온 남부의 인종차별주의를 대면하는 계기가 된다. 이후 Chick과 Lucas사이에 벌어진 선물보내기 경쟁은 서로가 선물을 받는 열등한 위치로 전락하지 않으려는 필사적인 몸짓이다. Lucas의 완강한 태도로 인해 빚을 갚을 기회를 잡지 못하던 Chick에게 드디어 기회가 찾아온다. Vinson의 살해범이라는 누명을 쓴 Lucas가 자신을 부른 것이다. Lucas는 Chick에게 무덤에 가서 시체에 난 탄흔이 자기 총의 총알자국이 아니라는 사실을 확인해서 자신을 구해달라는 부탁을 한다. Chick이 Lucas를 만나러온 데에는 이번 기회를 통해 선물을 주는 자의 신분을 회복하려는 인종주의적 동기도 한 몫을 했다. 그러나 막상 창살을 마주하고 Lucas와 손을 마주잡은 Chick은 목숨이 경각에 달린 상태에서 자신의 생명을 한 소년의 호의에 걸 수밖에 없는 Lucas의 궁핍한 처지를 절감하게 되면서 조건 없이 Lucas의 부탁을 이행하기로 결심한다. 이처럼 살인 사건에 본격적으로 뛰어들기 전에 Chick은 이미 남부 백인소년의 허위의식을 상당 부분 벗어버린 상태이다. 따라서 『어둠 속의 침입자』에 그려진 Chick의 성장은 이와는 다른 측면에서 이해될 필요가 있다.

Bayard의 경우에는 자신의 근대적 신념과 남부 사회의 전근대적 전통과의 괴리를 극복하는 것으로 충분했다면, Chick의 경우는 남부의 왜곡된 이데올로기의 영향력에서 벗어날 뿐만 아니라 자신의 변화된 신념과 정체성에 공감하는 청중을 창출해야 하는 과제를 안고 있다는 점에서, 한층 더 힘든 경우라고 볼 수 있다. 따라서 『정복되지 않는 사람들』은 Bayard의 의식의 성장에 초점을 맞추는 반면, 『어둠 속의 침입자』는 Lucas의 누명을 벗겨줄 논리를 개발하고 이를 통해 이웃들을 설득하는 이야기 능력의 습득에 주목한다. 이는 Chick의 성장과정에서 멘토의 역할을 담당하는 Gavin과의 관계를 통해서 집중적으로 부각된다. 소위 Gavin의 남부 자치론은 Lucas 사건의 와중에 Chick이 느낀 혼란과 환멸을 달래기 위한 목적에서 제기되었다. 따라서 Gavin의 남부 자치론은 Gavin이 의도한 소기의 성과를 제대로 성취했는가라는 관점에서만 제대로 평가될 수 있다. 남부인들은 노예제라는 반인륜적인 제도의 폐지자체에 반발하는 것이 아니라 남부인들의 동질성을 해치면서까지 폭력적인 변화를 강제하려는 북부의 간섭에 저항하는 것이며, 흑인 문제는 남부의 문제이고 남부의 백인들이 풀어야 할 숙제라는 Gavin의 남부 자치론에 대해서 Chick은 상당 부분 수긍을 한다. 그러나 Gavin의 논리는 남부인들의 의도를 너무 미화시키면서 현실적으로 그들이 보여주는 반동적 태도에 대한 뼈아픈 자성을 동반하지 않는다는 맹점을 지닌다. 이것이 단적으로 드러나는 장면이 바로 군중의 의도에 대한 해석을 둘러싸고 Gavin과 Chick이 논쟁을 벌이는 장면이다.

Chick은 군중들이 자신의 잘못을 인정하기 싫어서 도망친 것이라고 비난한다. 이에 대해 Gavin은 군중들은 Lucas가 아니라 Crawford를 피해서 달아난 것이라고 주장한다. 무덤에 이르기 직전에 Gavin과 나누었던 대화에서는 대체로 Gavin의 남부 자치론을 수긍했던 Chick이 작금의 논쟁에서는 Gavin의 논리를 하나하나 꼼꼼히 따져 가면서 반박한다. Gavin의 논리는 크게 보아

Gowrie 등에 의한 Lucas 린치와 Crawford의 형제살해는 전혀 차원이 다른 행위이며, 우리는 형제살해 금지라는 특별 원칙을 우선적으로 견지한 상태에서 타인 살해 금지라는 보편 원칙까지 나아가야 한다는 점진론이다. 그러나 Chick은 이런 Gavin의 논리에 대해 분명하게 반대의사를 표명한다. Chick의 반발은 살인금지라는 보편 원칙에 입각하지 않은 상태에서 어떻게 형제살해금지라는 특수 원칙을 강요할 수 있는가라는 원론적인 반대와, 보편 원칙이 확립되기 이전에 무수히 죽어나갈 수많은 Lucas들의 목숨은 어찌할 것인가라는 현실적인 반대에서 기인한다. 갑론을박 끝에 군중들은 자기 자신으로부터 도망친 것이며, 자신들의 수치를 피해서 달아난 것이라는 데에 양자는 동의한다. 형식상으로는 이 논쟁이 무승부로 끝난 듯 보이지만, 내용상으로는 Chick의 승리이다.

이처럼 Chick의 성장의 주된 측면은 상대방의 논리적 비약을 지적하거나, 상대방의 핵심직 논거를 집어내서 이를 반박할 수 있는 인식 능력과 표현능력의 성장이다. 특히 Gavin이 해박한 지식과 통찰력을 지닌 달변의 변호사이면서 제 나름대로 공평무사하게 남부의 문제를 성찰해온 인물이라는 점은 오히려 Chick에게 더 큰 부담이 될 수도 있는 요소이다. Chick으로서는 Gavin의 장황한 논리 속에 혼재되어 있는 통찰과 편견들을 가려서, 받아들일 것은 받아들이고 반박할 것은 반박해야 하는 힘든 과제를 안고 있는 셈이다.

Chick의 성장의 또 다른 측면은 자신이 경멸하는 군중들이 결국 자기가 인정하고 함께해야 할 이웃이라는 자각의 형태로 나타난다. 흑인에 대한 고정관념에 사로잡혀서 일단 린치부터 가하고 보자는 군중들의 태도가 잘못임은 분명하지만, 이를 받아들이는 자신의 태도에도 문제가 있음을 Chick이 인정한 것이다. 이런 군중들에게서 환멸과 경멸을 느끼는 것만으로는 자신의 도덕적 우월성을 입증할 수는 있어도 사태의 해결에는 아무런 도움도 되지 않는다는 점을 깨달은 것이다.

마지막으로 Chick의 성장에서 빼놓을 수 없는 요소가 바로 공감적 상상력이다. 삼촌의 차를 타고 집으로 돌아오던 Chick은 Miss Habersham의 쓸쓸한 귀갓길에 관한 상상에 골몰한다. 앞다투어 집으로 도망가는 군중의 차량행렬에 끼어들 수가 없어서 반마일도 채 되지 않는 집을 지척에 두고 결국 차량행렬을 따라 집과 반대방향으로 차를 몰고 가는 Miss Habersham의 귀갓길을 그려보면서, Chick은 그녀가 느꼈을 절망감과 쓸쓸함을 서정적으로 묘사한다. 이를 통해 Chick은 논리적 설득이라는 이야기 방식뿐만 아니라 공감적 상상력에 기반한 감성적 이야기방식까지 터득했음을 보여준다.

한편 형식적인 측면에서 『어둠 속의 침입자』는 성장소설과 탐정소설을 결합시키는 새로운 시도를 보여준다. 이런 시도는 포크너가 후기 들어서 양식상의 실험을 자제했다는 일반적 평가를 재검토 할 것을 요구한다. 후기의 포크너가 양식상의 실험을 자제했다기보다는 실험의 내용이 전기와 달라졌다는 것이 보다 정확한 평가이다. 즉 전기에는 시점에 중점을 둔 다양한 실험을 선보였다면, 후기에는 자신의 변화된 비전을 담아낼 수 있는 다양한 소설 양식을 실험했다고 볼 수 있다. 이런 이유로 후기의 포크너는 탐정소설, 극소설, 단편 모음집, 로맨스, 우의 등의 다양한 양식의 소설을 발표한다.

『도둑들』의 Lucius는 멤피스로의 일탈 여행을 통해 진정한 신사란 무엇인가를 배우게 된다. 첫 장면에서부터 Powell의 총이라는 상징을 통해서 인종주의와 신사의 코드라는 중심 주제가 교묘하게 결합된다. 자신의 남성성을 상징하는 총을 반드시 소지해야만 하는 Powell의 입장과 자신의 권총 이외에는 어떤 총기도 사업장에 존재해서는 안 된다는 사장의 상충되는 원칙이 소매 속에 감춰둔 권총이라는 절묘한 타협점을 찾은 것을 두고 Lucius는 Powell과 Maury 사이에 맺어진 신사협정이라고 부른다. '모른 척하기'에 바탕을 둔 이런 해결이 Boon의 난동에 의해 일시에 무너질 수 있는 허약한 구조물이고, 이는 인종차별의 현실을 모른 척하기를 요구하는 남부 백인사회의 이데올로기에 대한 비판이다. 그러나 『도둑들』에서 포크너의 관심은 남부의 지배 이데올로기의 일부인 신사의 코드라는 것이 얼마나 기만적이고 허약한가를 폭로하는데 있는 것이 아니라, 인종주의에 기반한 백인의 신사 개념을 넘어서는 진정한 신사의 도를 탐색하는 데에 있다. 이 과정에서 Lucius의 입문을 이끌어 주는 멘토들이 바로 Uncle Parsham과 Ned라는 흑인과 Corrie와 Miss Reba라는 여성들이다.

이중에서도 Ned는 포크너의 흑인인물들 중에서 흑인적 정체성에 대한 당당한 자부심을 지닌 보기 드문 인물이다. 더욱이 Ned는 다른 흑인들과의 끈끈한 연대의식을 갖춘 인물이다. 『도둑들』의 중심 모티프인 여행과 경마 시합이 벌어지게 된 것이 따지고 보면 궁지에 빠진 동료 흑인을 도와주려는 목적에서 기인한 것만 보더라도 Ned가 작중에서 차지하는 비중을 알 수 있다. Lucius는 Ned에게서 실타래처럼 복잡하게 뒤엉킨 상황을 정확하게 읽어내는 능력과 장애물에 굴하지 않고 목적을 성취하는 뚝심 및 이길 때와 질 때를 구별할 줄 아는 지혜를 배운다. 또 다른 멘토인 Uncle Parsham을 통해서는 상대방을 먼저 배려하는 겸손과 때를 기다릴 줄 아는 인내를 배운다. 무엇보다 Lucius는 이들을 통해서 진정한 신사는 타고난 신분이나 물려받은 재산 등의 외면적 요소에 의해서가 아니라, 사람의 중심을 보는 능력과 자기가 돌봐야 할 자들을 최선을 다해서 보살피는 책임감 등의 내면적 요소에 의해서 만들어진다는 사실을 깨닫게 된다.

한편 Corrie와의 만남을 통해 Lucius는 성의 세계에 대한 눈뜸의 경험을 갖게 된다. 그녀를 지켜보면서 Lucius는 여성을 천사와 창녀로 이분화시킴으로써 한편으로는 여성의 성을 거세하고 다른 한편으로는 여성의 성을 착취하는 방식으로 여성을 통제해온 남부의 가부장제 이데올로기의 허구성을 깨닫게 된다. Lucius가 자신을 위해서 Otis와 싸우다가 상처를 입었다는 사실에 감동한 Corrie가 매춘을 그만두겠다고 결심하는 설정은 약간 멜로드라마적이긴 하지만, 그녀가 진작에 이 일을 그만두고 싶어 했다는 점을 감안할 때 이는 충분히 납득이 가는 결정이다. 자신의 몸의 통제권을 되찾음으로써 진정한 여성 주체로 성장해 가는 Corrie의 모습은 독자의 공감을 사면서 Lucius의 성장에 있어서도 중요한 일익을 담당한다. 또한 Corrie와 Miss Reba, Miss Reba와 Minnie 사이에 존재하는 상호 이해와 협력을 통해서 Lucius는 여성 주체들 간의 연대 능력에 대해서 배우게 된다.

『도둑들』에서는 마치 Browning의 극적 독백에 비견되는 독특한 서술 구조를 통해서 Lucius의 입문 경험이 그의 손자에게 전수되고 그를 통해 다시 독자에게 전달되게 만든다. 이는 작가가 보다 인간다운 사회로의 진전에 대한 희망을 어린 세대의 성장에서 찾고 있음을 보여준다. 개개의 인간본성에 대한 비관론과 전체 인류의 운명에 대한 낙관론이라는 모순된 입장이 포크너에게 혼재할 수 있는 원인을 '소수의 현명한 사람들'에서 찾을 수 있다. 포크너의 예술 세계는 바로 이 소수의 지혜로운 무리들을 발굴하고, 교육하고, 그들의 경험을 후대에 전승하는 일에 초점을 맞춘다고 볼 수 있다. 이런 의미에서 성장소설은 포크너의 작품세계 전반을 특징지어주는 가장 중요한 주제이자 기법이라고 할 수 있다.

포크너가 후기로 가면서 성장소설에 집착하는 것은 현실에 대한 비관주의적 인식이 새로운 탈출구를 모색하는 과정에서 얻어진 해답이라는 측면이 있다. 현실 속의 지배계급인 남부 백인남성들에게서 남부의 모순을 극복할 가능성을 볼 수 없었던 포크너는 이들의 한계를 넘어서는 다음 세대의 '성장'에 기대를 걸 수밖에 없었고, 이것이 성장소설에의 천착으로 나타난 것이다.

결국 포크너는 변화하는 시대 속에서 변함없이 간직해야 할 가치들을 추구하면서 이 변화를 올바른 방향으로 이끌어 갈 소수의 현명한 세력을 길러내고, 이들과 함께 보다 의미 있는 내일을 열어가는 활동의 일환으로 자신의 문학세계를 바라본 것이라고 할 수 있다.

BIBLIOGRAPHY

Ⅰ. Texts

Faulkner, William. *The Unvanquished.* The New American
　　Library: New York, 1959.

Faulkner, William. *Intruder in the Dust.* Harmondsworth:
　　Penguin, 1960.

Faulkner, William. *The Reivers.* New York: Random House,
　　1962.

Ⅱ. References

1. 젠더

Dwyer, June. "Feminization, Masculinization, and the Role of
　　the Woman Patriot in *the Unvanquished*", *Faulkner
　　Journal* 6.2(1991).

Fowler, Doreen and Ann J. Abadie, eds. *Faulkner and Women:
　　Faulkner and Yoknapatawpha, 1985.* Jackson : UP of
　　Mississippi, 1986.

Gwin, Minrose. *The Feminine and Faulkner: Reading (Beyond)
　　Sexual Difference.* Knoxville: U of Tennessee P, 1990.

Jones, Anne Goodwyn. "Female, Feminine, Feminist, Femme,
　　Faulkner?", *Mississippi Quarterly* 51.3(1998).

Kartiganer, Donald M. and Ann J. Abadie, eds. *Faulkner and*

Gender: Faulkner and Yoknapatawpha 1994. Jackson: UP of Mississippi, 1996.

Roberts, Diane. *Faulkner and Southern Women.* Athens: U of George P, 1994.

2. 인종

Banta, Martha. "Razor, Pistol & Ideology of Race Etiquette", *Faulkner & Ideology: Faulkner & Yoknapatawpha.* Eds. Donald M. Kartiganer and Ann J. Abadie. Jackson: UP of Mississippi, 1995.

Fowler, Doreen and Ann J. Abadie, eds. *Faulkner and Race: Faulkner and Yoknapatawpha, 1986.* Jackson and London: UP of Mississippi, 1987.

Jenkins, Lee. *Faulkner and Black-White Relationship: A Psychoanalytical Approach.* New York: Columbia UP, 1981.

Rogers, David. "Shaking Hands: Gestures Toward Race in William Faulkner's *The Unvanquished*", *Mississippi Quarterly* 43.3(1990).

Towner, Theresa Mary. *Faulkner On the Color Line: The Later Novels.* Jackson: UP of Mississippi, 2000.

Towner, Theresa Mary. "How can a Black Man Ask?": "Race and Self-Representation in Faulkner's Later Fiction", *Faulkner Journal* 10.2 (1995).

3. 계급

Godden, Richard. *Fictions of Labor: William Faulkner and the South's Long Revolution.* Cambridge: Cambridge UP, 1997.

Hiles, Jane. "Kinship and Heredity in Faulkner's 'Barn Burning'", *Mississippi Quarterly* 38(1985).

Jehlen, Myra. *Class and Character in Faulkner's South.* New York: Colombia UP, 1976.

이진준, 『William Faulkner 연구―「가난한 백인」과 계급상승의 주제를 중심으로』서울: 서울대학교, 1995.

4. 정신분석

Adamowski, T. H. "Bayard Sartoris: Mourning and Melancholia", *Literature and Psychology* 23.4(1973).

Fowler, Doreen. *Faulkner: The Return of the Repressed.* Charlottesville: UP of Virginia, 1997.

Irwin, John T. *Doubling and Incest/Repetition and Revenge.* Baltimore and London: The Johns Hopkins UP, 1975.

Kartiganer, Donald & Ann J. Abadie, eds. *Faulkner and Psychology: Faulkner and Yoknapatawpha 1991.* Jackson: UP of Mississippi, 1994.

Lacan, Jacques. *The Four Fundamental Concepts of Psychology.* Tr. Alan Sheridan. New York: Norton, 1981.

Turner, Dixie M. *Jungian Psychoanalytic Interpretation of William Faulkner's As I Lay Dying.* Washington, D. C.; UP of America, 1981.

5. 성장소설

Alden, Patricia. *Social Mobility in the English Bildungsroman: Gissing, Hardy, Bennet, and Lawrence.* Ann Arbor: UMI Research Press, 1986.

Bradley, Burton Melvin. *The Aesthetics of Growth: A study of the Bildungsroman in Twentieth-Century American Litera-*

ture. Ph. D. Diss. State University of New York at Stony Brook, 1986.

Brylowski, Walter. "The Theme of Maturation in *Intruder in the Dust*", *Readigs on William Faulkner.* Ed. Clarice Swisher. San Diego, CA: Greenhaven Press, 1998.

Buckley, Jerome H. *Season of Youth: The Bildungsroman from Dickens to Golding.* Cambridge: Harvard UP, 1974.

Lalonde, Christopher A. *William Faulkner and the Rite of Passage.* Macon: Mercer UP, 1996.

Minden, Michael. *The German Bildungsroman: Incest and Inheritance.* Cambridge: Cambridge UP, 1997.

Moretti, Franco. *The Way the World: The Bildungsroman in Europe Culture.* 1987; London, New York: Verso, 2000.

Polk, Noel. Children of the Dark house. Jackson: UP of Mississippi, 1996.

Sequeira, Isaac. "The Initiation of Chick Mallison", *William Faulkner: A Centennial Tribute.* New Delhi, Prestige, 1999.

Vanderwerken, David L. *Faulkner's Literary Children: Patterns of Developments.* New York: Peter Lang, 1997.

윤지관. 『근대사회의 교양과 비평』 서울: 창작과 비평, 1995.

최선령. 『20세기 초반 교양소설(*Bildungsroman*) 연구: D. H. Lawrence와 James Joyce, Thomas Mann의 작품을 중심으로』 서울: 서울대학교, 2002.

6. 포크너 일반

Basset, John E. "*The Reivers*: Revision and Closure in Faulkner's Career", *The Southern Literary Journal* 18.2(1986).

Bradford, M.E. "A Redefined Myopia: Faulkner and the New Literary History", *Sewanee Review* 99.1(1991).

Brooks, Cleanth. *William Faulkner: The Yoknapatawpha Country*. New Haven and London: Yale UP, 1963.

Carothers, James. "The Myriad Heart: The Evolution of the Faulkner Hero", *"A Cosmos of My Own": Faulkner and Yoknapatawpha, 1980*. Eds. Doreen Fowler and Ann J Abadie. Jackson: UP of Mississippi, 1981.

Carothers, James. "The Road to The Reivers", *"A Cosmos of My Own": Faulkner and Yoknapatawpha, 1980*. Eds. Doreen Fowler and Ann J Abadie. Jackson: UP of Mississippi, 1981.

Clark, Keith. "Man on the Margin: Lucas Beauchamp and the Limitation of Space", *Faulkner Journal*. 6.1(1990).

Dawson, William P. "Fate and Freedom: The Classical Background of Go Down, Moses", *Mississippi Quarterly*. 43.3(1990).

Donaldson, Susan V. "Dismantling the Saturday Evening Post Reader: *The Unvanquished* and Changing 'Horizons of Expectations'", Faulkner and Popular Culture: Faulkner and Yoknapatawpha, 1988. Eds.

Doreen Fowler and Ann J. Abadie. Jackson: UP of Mississippi, 1990.

Dussere, Erik. "The Debts of History: Southern Honor, Affirmative Action, and Faulkner's *Intruder in the Dust*". *Faulkner Journal* 17.1(2001)

Elnimeiri, Ahmed Mohammed. *William Faulkner's The Reiver: A Reminiscene: Annotations to the Novel*. Ann Arbor: 1987.

Fant, Joseph L. eds, *Faulkner at Westpoint*. Random House: New York, 1964.

Fowler, Doreen. *Faulkner's Changing Vision: From Outrage to Affirmation* Michigan: UMI Reasearch P, 1983.

Froehlich, Peter A. "Faulkner & the Frontier Grotesque: *The Hamlet* as South Western Humor." Faulkner in Cultural Context: Faulkner and Yoknapatawpha 1994. Eds. Donald Kartiganer & Ann J. Abadie. Jackson: UP of Mississippi, 1997.

Gibb, Robert. "Moving Fast Sideways: A Look at Form and Image in *the Unvanquished*", *Faulkner Journal* 3.2 (1988)

Gobble, Maryanne M. "The Significance of Verbena in William Faulkner's 'An Oder of Verbena'", MIssissippi Quarterly 53.4(2000).

Gwynn, Frederick L. and Joseph L. Blotner, eds. *Faulkner in the University.* Charlottesville, U of Virginia P, 1959.

Hamblin, Robert W. & Charles A. Peek, eds. *A William Faulkner Encyclopedia.* Connecticut: Greenwood P, 1999.

Hinkle, James C. & Robert McCoy. *Reading Faulkner: The Unvanquished.* Jackson: UP of Mississippi, 1995.

Kartiganer, D. M. and Ann J. Abadie, eds. *Faulkner and Ideology: Faulkner and Yoknapatawpha.* Jackson: UP of Mississippi, 1995.

Kartiganer, D. M. and Ann J. Abadie, eds. *Faulkner in Cultural Context: Faulkner and Yoknapatawpha 1994.* Jackson: UP of Mississippi, 1997.

McHaney, Thomas. "An Episode of War in The Unvanquished", *Faulkner Journal.* 2.2(1987)

Meriwether, James and Michael Millgate, eds. *Lion in the Garden: interviews with William Faulkner.* New York: Random House, 1968.

Millard, James M. "Faulkner's 'Golden Book': *The Reivers* as Romantic Comedy", *Makers of the Twentieth-Century Novel*. Ed. Harry Garvin. London: Associated UP, 1977.

Millgate, Michael. *The Achivement of William Faulkner.* Athens and London: U of Georgia P, 1989.

Moreland, Richard C. "Contexualizing Faulkner's Intruder in the Dust: Sherlock Holmes, Chick Mallison, Decolonization and Change", *Faulkner Journal* 12.2(1997).

Moses, Edwin. "Faulkner's The Reivers: The Art of Acceptance", *Mississippi Quarterly* 27(1974).

Nicolaisen, Peter. "Because We were Forever free" : Slavery and Emancipation in *the Unvanquished Faulkner Journal* 10.2(1995).

Polk, Noel. "Faulkner and the Southern White Moderite", *Children of the Dark House: Text and Context in Faulkner.* Jackson: UP of Mississippi, 1996.

Powers, Lyall H. *Faulkner's Yoknapatawpha Comedy.* Ann Arbor: U of Michigan P, 1980.

Ragan, David Paul. "The Evolution of Roth Edmonds in Go Down, Moses" *Mississippi Quarterley* 38(1985).

Railey, Kevin. *Natural Aristocracy: History, Ideology, and the Production of William Faulkner.* Tuscaloosa and London: U of Alabama P, 1999.

Rossky, William. "The Reivers: Faulkner's 'Tempest'", *Mississippi Quarterly* 18(1965).

Samway, Patrick H. *Faulkner's Intruder in the Dust: A Critical Study of the Typescripts.* New York: The Whitston Publishing Company, 1980.

Swiggart, Peter. *The Art of Faulkner's Novels.* 1962; Austin: U of Texas P, 1967.

Taylor, Nancy Dew. "'Moral housecleaning' and Colonel Sartoris's Dream", *Mississippi Quarterly* 37.3(1984).

Towner, Theresa Mary. *"A World Unsuspected" : Story as Structure, Telling as Theme in Faulkner's Later Novels.* Ph. D. Diss. U of Virginia, 1990.

Towner, Theresa Mary. "It Ain't Funny A-Tall" : "The Transfigured Tales of The Town", *Mississippi Quarterly* 44.3(1991).

Vickery, Olga. *The Novels of William Faulkner.* Baton Rouge: Louisiana State UP, 1964.

Weinstein, Philip. *Faulkner's Subject: A Cosmos No One Owns.* New York: Cambridge UP, 1992.

Weinstein, Philip, eds. *The Cambridge Companion to Faulkner.* New York: Cambridge UP, 1995.

Yaeger, Patricia. "Faulkner's 'Greek Amphora Prietess' : Verbena & Violence in the Unvanquished", Faulkner and Gender: Faulkner and Yoknapatawpha 1994. Eds. Donald M. Kartiganer and Ann J. Abadie. Jackson: UP of Mississippi, 1996.

이주영. 『미국사』. 서울: 대한 교과서 주식회사, 1990.

· 저자 ·

신영헌(辛永獻)

· 약력 ·

서울대학교 인문대학 영어영문학과 졸업(학사)
동 대학원 졸업(문학석사)
동 대학원 졸업(문학박사)
University of Florida에서 연구
현재 서울대학교, 서울여자대학교, 성신여자대학교
덕성여자대학교, 한성대학교 출강

· 주요논저 ·

『William Faulkner의 후기 성장소설 연구 : The Unvanquished,
Intruder in the Dust, The Reivers를 중심으로』
『As I lay dying과 Go down, moses 연구 : Faulkner의 비전의 변화
를 중심으로』
「상호텍스트성으로 풀어본 포크너 주인공들의 성장」
「문학적 영화읽기와 문화연구적 영화읽기: 영화 <장미의 이름>을 중
심으로」

윌리엄 포크너 연구
- 성장을 통한 희망찾기 -

· 초판 인쇄	2005년 6월 27일
· 초판 발행	2005년 6월 27일
· 지 은 이	신영헌
· 펴 낸 이	채종준
· 펴 낸 곳	한국학술정보㈜
	경기도 파주시 교하읍 문발리 526-2
	파주출판문화정보산업단지
	전화 031) 908-3181(대표) · 팩스 031) 908-3189
	홈페이지 http://www.kstudy.com
	e-mail(e-Book사업부) ebook@kstudy.com
· 등 록	제일산-115호(2000. 6. 19)
· 가 격	17,000원

ISBN   89-534-2431-3 93840 (Paper Book)
         89-534-2432-1 98840 (e-Book)